# L'Égaré

Du même auteur

-

Starburst, L'académie terrienne, Première année : La Prophétie, 2017

Starburst, L'académie terrienne, Deuxième année : Résistance, 2018

Parietal Art, 2023

Sébastien Hourticq

# L'Égaré

Les Quatre Royaumes de Lakoele

© 2024 Sébastien Hourticq

Édition : BoD • Books on Demand GmbH, In de Tarpen 42, 22848 Norderstedt (Allemagne)
Impression : Libri Plureos GmbH, Friedensallee 273, 22763 Hamburg (Allemagne)

Illustration : Images générées par IA

ISBN : 978-2-3225-5576-5
Dépôt légal : Août 2024

*Pour Marine et Jacques-François*

CHAPITRE 1 : CHADIA

Impossible d'ouvrir les yeux. Tout mon corps semblait endolori. Je ne pouvais pas dire que j'avais réellement mal mais je me sentais faible et courbaturé. Cependant, mon inquiétude ne vint pas de cet état de faiblesse physique mais plutôt de son origine. Je n'avais plus aucun souvenir. Rien ne me revenait en tête.

Puis, une odeur d'herbe fraîchement foulée titilla agréablement mes narines. Finalement, j'entrouvris mes paupières laissant ma vue s'habituer à la lumière environnante. Qui étais-je ? Où étais-je ? Je n'en avais pour le moment aucune idée. Mes muscles se contractèrent, mon ouïe perçut des bruits un peu plus loin. Je les identifiais comme ceux de chevaux. Oui, je savais ce qu'étaient des chevaux ou bien encore de l'herbe. Mais des données me manquaient. Quelque chose se bloquait dans mon esprit m'interdisant d'en savoir plus car j'en savais assurément plus. J'en avais l'intime conviction.

Une légère brise me fit frissonner. J'étais nu. En clignant des yeux, je parvins finalement à retrouver ma vision et à chasser ce flou handicapant. J'étais étendu dans une plaine à même l'herbe grasse. De nombreux bosquets se dressaient fièrement sur des collines verdoyantes cherchant la lumière réconfortante d'un soleil massif. Une rivière slalomait autour des monticules de verdures. Un peu plus loin, la lisière d'une vaste forêt composée de grands arbres centenaires marquait le début d'un nouveau territoire.

Les chevaux se rapprochaient et mon instinct me dicta de ne pas rester étendu là à attendre l'arrivée des cavaliers. Certes, cela aurait été sans doute la meilleure façon de savoir pourquoi j'étais là au milieu de nulle part, dans un endroit que je ne connaissais pas. D'ailleurs, à dire vrai, je ne me rappelais pas connaitre un quelconque autre endroit. Aussi, ai-je préféré infliger un effort douloureux à mon corps pourtant très musclé pour le forcer à me porter dans un bosquet non loin.

Je me jetais dans un fourré touffu et me dissimulais le long d'un tronc d'arbre pour observer discrètement les arrivants. Ma peau d'ébène m'aida à me fondre dans la pénombre.

Ils avaient plutôt fière allure. La troupe était composée d'une dizaine de cavaliers montés sur des purs sangs. Tous portaient la même tenue d'aspect oriental. Une grande robe noire de bédouin et un pantalon bouffant de la même étoffe se mariaient parfaitement avec le large turban noué qui dissimulait complètement leurs traits. Une ceinture en bandoulière supportait un lourd cimeterre à la crosse d'argent richement décorée. Certains avaient même un arc court accroché dans le dos.

Le groupe fit halte à l'endroit même où je m'étais réveillé quelques minutes auparavant. L'un des guerriers, car de tout évidence ils n'avaient pas l'apparence de marchands, mit pied à terre et scruta attentivement la zone. Si parmi eux, un seul avait des notions de pistage, ils ne mettraient pas longtemps à me trouver. Il suffisait d'observer la trace que j'avais laissée dans l'herbe en me trainant lamentablement jusqu'au bosquet.

J'allais m'enfoncer un peu plus dans le bois quand une lame acérée se posa délicatement sur ma gorge. Une agréable odeur d'ambre et de jasmin me signala que mon agresseur était sans doute une femme. Une jeune voix suave avec un léger accent oriental me chuchota l'ordre de ne pas bouger. Nous regardâmes approcher le cavalier. De toute évidence dans quelques secondes, il découvrirait notre cachette.

Suivant sans difficulté mes traces, l'homme écarta les premiers arbustes et avança dans notre direction. Il fallait fuir maintenant. Le fille collée à moi dut ressentir la crispation de mes muscles et intensifia immédiatement la pression de son couteau recourbé sur ma gorge. Je pus deviner de nombreux tatouages subtils dessinés au Khôl sur le dessus de sa main armée. Ses ongles subtilement peints étaient incrustés de minuscules pierres précieuses multicolores. Les effluves de son parfum m'enivrèrent rapidement.

A ma grande surprise, le guerrier passa à quelques centimètres de nous sans nous voir. Je n'osais à peine respirer et me demandais par quel subterfuge il ne pouvait pas nous remarquer. L'homme s'éloigna puis finalement rebroussa chemin avant de rejoindre ses compagnons. Il parla dans une langue gutturale que je ne connaissais pas puis enfourcha habillement sa monture avant d'entrainer ses comparses loin de notre cachette.

La pression de la lame se fit moins forte. Je pris un moment pour reprendre mon souffle et me retournais doucement. La mystérieuse inconnue tenait toujours dans sa main son poignard recourbé, finement ouvragé et le pointait en direction de ma poitrine. Elle portait une robe orientale en soie noire qui lui couvrait tout le corps. Un voile dissimulait ses cheveux et son visage. On ne pouvait voir que ses magnifiques yeux bleus très clairs mis en valeur par un rimmel sombre. Sa tenue partiellement transparente et légèrement indécente laissait deviner des formes parfaites, malgré son jeune âge. Elle devait à peine être sortie de l'adolescence. Des bijoux en or décoraient ses poignets et j'entraperçus un collier de perles à son cou. Poser mes yeux sur elle fut tout simplement un enchantement. Mon cœur se mit à battre la chamade. Je me sentis envouté ou plus justement ensorcelé par l'aura et le charisme qu'elle dégageait.

- Je ne sais pas trop comment tu t'y es prise mais je te remercie de ne pas m'avoir livré à ces gens-là.

- Je ne l'ai pas fait pour vous mais pour moi. Ces hommes étaient à ma recherche. Ce n'est que par le plus grand des hasards que vous vous êtes retrouvé à fuir en direction de ma cachette, dit-elle d'un ton légèrement hautain, voir agacé.

Sa voix n'en était pas moins suave, teintée d'un accent oriental plutôt exotique. Décidément cette jeune femme avait bien des charmes en sa possession.

- Qui sont ces hommes ?

- Des Yényitchéri, les membres de la garde personnelle du tout puissant Sultan Omek III.

- Tu vas me prendre pour un fou, mais je n'ai pas la moindre idée de ce que je fais ici, ni de qui je suis. Je me suis réveillé nu sans aucun souvenir de mon existence passée.

Elle fouilla sa besace et en sortit une large étoffe en coton qu'elle me jeta au visage.

- Commencez par dissimuler votre intimité. Qui que vous soyez, il est évident que l'on ne vous a pas appris les bonnes manières.

Je me confectionnais un pagne légèrement honteux d'avoir exposé ma virilité à ses yeux.

- Etant donnée votre allure, vous avez du vous faire détrousser par des malandrins ou bien encore vos acolytes n'ont pas voulu partager avec vous le butin que vous avez dérobé à une jeune et jolie princesse.

Elle se mit à sourire.

- Ça pourrait être toi, la princesse.

La fille reprit son allure hautaine.

- Je ne suis pas une princesse et ne me croyez pas démunie face à vous. Je vous ai déjà montré que je possédais des facultés particulières.

- Alors dis-moi ce qu'une si jolie créature fait cachée dans un bosquet en plein milieu de nulle part ?

- Ça ne vous regarde pas. Disons pour votre gouverne que j'ai pris la poudre d'escampette sans y être officiellement autorisée.

Elle sembla apercevoir quelque chose sur mon épaule et son attitude changea brusquement. Elle recula vivement l'air affolé et brandit son arme devant elle pour mieux se protéger.

- Ne m'approchez pas, dit-elle d'une voix bredouillante.

- Qu'est ce qui se passe ?

- Le tatouage, vous ... vous êtes un Égaré.

Je regardais vivement mon épaule et j'aperçus avec surprise un tatouage coloré représentant une sphère emprisonnant trois étoiles et la lettre E. Une savante illusion d'optique donnait l'impression que les astres finement dessinés tourbillonnaient dans la boule autour du E avec un effet en trois dimensions. Pourtant mon esprit ne sembla pas s'affoler face à ce spectacle déroutant.

- Un Égaré, dis-tu ? Qu'est-ce que c'est ?

- Je ne veux rien avoir à faire avec un paria. Je suis en danger en restant ici à vos côtés. Les Yénytichéri seront le cadet de mes soucis si on me prend en compagnie d'un Égaré.

Elle semblait réellement paniquée.

- Calme-toi. La situation est déjà compliquée pour moi. Accorde-moi quelques explications et tu pourras reprendre ta route seule en toute sérénité.

Sa respiration haletante sembla se calmer et elle baissa son arme.

- C'est bien ma chance, se dit-elle pour elle-même.

- Quel est ton nom, jeune fille ?

- Mon nom ne regarde que moi. Quand ils vous auront mis la main dessus, vous gouterez à la trépanation. En tout cas, ils tentent toujours de faire parler ceux qu'ils capturent en utilisant la trépanation.

Elle tapota son index sur sa tempe.

- Dis-m'en plus, s'il te plait !
- Les Égarés apparaissent toujours vers cette période de l'année. Ils ne sont jamais très nombreux parfois cinq, rarement plus de dix. Nul ne sait d'où ils viennent vraiment. On raconte qu'ils auraient été bannis du royaume des dieux. Des anges déchus en quelque sorte. Ils sont alors envoyés ici avec le commun des mortels pour expier leur faute.
- Charmant ! Donc je serais un paria divin. Et ici c'est où ?
- Bienvenue dans les resplendissants Quatre Royaumes de Lakoele, répondit-elle sur un ton ironique.
- Et qui veut ma peau ?
- De ce que je sais, presque tout le monde. Les Égarés intéressent beaucoup de personnes car elles pensent pouvoir communiquer avec les dieux par leur intermédiaire. Certains déboursent des sommes folles pour pouvoir en capturer un. Mais les plus impitoyables sont les membres de la légion Wolfen à la solde du ténébreux roi Géhofft, seigneur incontesté des baronnies Teutoniques. Ils ont fait de la traque des Égarés un art parfaitement maitrisé.

La gamine se redressa et se faufila plus profondément dans le bosquet sans dire un mot de plus. Elle se déplaçait agilement et gracieusement exhibant de façon outrecuidante ses formes trop généreuses pour son jeune âge. Je la suivais sur mes gardes sans rien manquer du spectacle. De toute évidence, tout en elle éveillait au plaisir. Elle était beaucoup trop parfaite.

Au centre du bois se trouvait une petite clairière dans laquelle broutait paisiblement un cheval puissant et majestueux.

- Je vous présente Melkor, il vient directement de l'écurie royale du Sultan. C'est une de ses plus belles montures.
- Tu lui as volé ?
- Pas exactement.

Elle retira une gourde en cuir et un sachet d'une besace suspendue à la selle de l'étalon.

- Buvez et mangez, vous en aurez plus besoin que moi.

Je me jetais sur la nourriture offerte : du pain aux épices et des fruits secs. Puis, j'avalais goulument une désaltérante gorgée de boisson sucrée.

Voyant la jeune fille pouffer de rire, je lui tendis la gourde, tout penaud.

- Un vrai goinfre. Vous mangez sans aucune manière et vous allez devoir apprendre à vous rationner pour survivre. Je ne sais pas si vous êtes lié aux dieux mais j'en doute fortement. Et pensez-vous vraiment que je vais boire et manger après vous ? Là d'où je viens, bon nombre d'hommes ont eu la tête coupée pour juste oser me regarder.

- Mademoiselle, semble être une personne d'importance. Une princesse ou une reine peut-être ?

- Mangez et buvez. Nous reprendrons la route en pleine nuit. Le village de Folfougère n'est pas très loin. Une fois là-bas, je vous achèterai de quoi vous vêtir et vous défendre et nos routes pourront enfin se séparer.

- Pourquoi fais-tu tout ça pour moi ? Tu ne me connais même pas et m'as dit que je représentais un danger pour toi.

- Je suis comme vous : une traquée. Et une loi du Sultan dit « Si tu viens en aide à l'Égaré alors mort et souffrance seront tiennes pour l'éternité » mais un vieil adage transmis de génération en génération raconte que « l'Égaré est un dieu déchu. Aide le à retrouver sa place dans les cieux et tu recevras ton dû».

- Je saurai te remercier une fois que j'aurai retrouvé cette mémoire qui me fait défaut. Comment as-tu fait tout à l'heure pour échapper à nos poursuivants ?

- Le harem du Sultan est une des meilleures écoles des Royaumes de Lakoele. On y apprend dès le plus tendre âge à servir le Sultan sous toutes les formes possibles et inimaginables. La manipulation mentale et psychique est un art que peu de personnes se vantent de maitriser. Mon enseignante dans ce domaine fut la meilleure qui soit.

- Tu servais dans un harem ?

- J'acquerrais les connaissances et techniques nécessaires à faire de moi une bonne épouse. Mais les choses ont tourné court récemment et j'ai dû mettre un terme à ma formation.

- Je vois. Chacun a ses secrets. Pour ma part, je n'ai rien à te révéler car je ne sais rien de moi. Je te dois sans doute la vie et je ne supporte pas l'idée qu'une enfant mette la sienne en danger pour moi.

Elle sembla se vexer un instant.

- Je ne suis plus une enfant. D'ailleurs, j'ai passé l'âge de la procréation cette année. Melkor m'a été offert par le Sultan en personne à cette occasion.

- Je ne voulais pas te manquer de respect. Tu es ravissante et surprenante. Je te confie ma vie, les yeux fermés.

Elle me sourit sous son voile. Décidément, cette fille était un don des dieux.

- Gardez-les ouvert. Je vais devoir prendre un peu de repos pour récupérer des efforts que j'ai dû faire pour manipuler l'esprit du Yényitchéri. Réveillez-moi lorsque le soleil se sera couché.

La fille alla s'étendre sur l'herbe à l'ombre et sembla trouver rapidement le sommeil. Comment faisait-elle pour ne laisser transparaitre aucune peur ? J'étais convaincu que là d'où je venais les jeunes adultes n'avaient pas autant d'assurance et de bravoure. Je m'assis dos à un arbre et finis mon frugal repas en contemplant la petite princesse se retourner dans son sommeil. La nuit tomba rapidement et ce fut le cri d'un oiseau nocturne qui me fit sortir de mon sommeil. Comment avais-je pu piquer du nez dans une situation pareille ?

Ma sauveuse était toujours étendue dans l'herbe et elle gémissait doucement. Je m'approchais discrètement quand quelque chose passa en volant sans bruit à quelques mètres d'elle. S'agissait-il d'une chouette ou d'une chauve-souris ? Dans la pénombre, je n'en étais pas sûr mais cela ressemblait bougrement à une sphère ronde et brillante de la taille d'un melon. La chose flotta un instant au-dessus d'elle, sembla se tourner vers moi et fila en direction de la forêt pour disparaitre dans l'obscurité.

Quelle étrangeté est-ce donc ? J'allais réveiller ma compagne mais je ne pouvais me résoudre à le faire immédiatement. Elle était si magnifique, couchée sur l'herbe. Sa robe de soie transparente laissait parfaitement transparaitre son corps de déesse au clair de lune. Sa peau était bronzée et sans défaut. Je pouvais deviner la naissance d'une poitrine proéminente grâce à un décolleté inopinément entrouvert. A l'instant où j'allais poser une main sur son épaule pour la faire quitter les bras de Morphée, une lame surgit de sous ses étoffes. Elle bondit agilement sur ses deux pieds en me menaçant.

- Garde ton calme ! Je ne te veux pas de mal. La nuit est tombée. Il est temps de partir, dis-je, surpris.

Je me demandais si elle m'avait vu la contempler pendant une bonne minute. Elle s'étira gracieusement.

- Oui, nous devons profiter de l'obscurité pour nous échapper. Sais-tu monter à cheval ? dit-elle en jonglant avec son arme.

- Ma foi, tant que je n'aurai pas essayé, je ne pourrai pas répondre à ta question.

Il s'avéra que j'étais un piètre cavalier. Aussi, elle prit les reines et accepta de bonne grâce de me faire monter derrière elle pour m'éviter de marcher. Nous quittâmes discrètement les sous-bois, à l'affut du moindre bruit et du moindre mouvement. Au loin, on pouvait deviner la position de plusieurs feux de camps.

Melkor prit un peu de vitesse sous l'impulsion de sa maitresse et le cheval se mit à galoper en direction du nord. Le vent me fouettait le visage. Je tentais de faire bonne figure en me cramponnant tant bien que mal à la selle mais finalement je dus me résoudre à me coller à la cavalière et à passer mes bras autour de sa taille. Elle ne dit aucun mot. Son contact était réconfortant. Les effluves de son parfum, diffusées par le vent, m'envoutaient aussi surement qu'une puissante drogue. Je réprimais l'envie de la caresser et de chercher un contact encore plus charnel avec ce fruit interdit.

Alors que nous étions à mi-parcours de notre objectif, la grande forêt salvatrice, des cris retentirent non loin de nous. Des cavaliers surgirent des bosquets alentours et convergèrent dans notre direction. Je ne pouvais pas voir exactement de qui il s'agissait. Pour moi, c'était déjà un miracle que notre monture puisse galoper à pleine vitesse uniquement sous le blafard rayonnement de deux lunes jumelles. Je sentis le corps de ma compagne se rigidifier et elle incita sa monture à accélérer sans prononcer aucune parole. Melkor parvint un temps à accroitre la distance qui nous séparait des poursuivants. Notre joie fut de courte durée quand, non loin des bois, une meute de cavaliers fit son apparition. Pris en étau, notre situation commençait à se compliquer dangereusement.

La fille tenta de lancer sa monture vers la droite puis vers la gauche mais à chaque fois des assaillants surgissaient toujours en plus grand nombre. Une compagnie avait dû être missionnée pour nous mettre la main dessus.

Les premiers cavaliers nous rattrapèrent non loin de la rivière : des Yényitchéri, à n'en pas douter.

L'un d'eux fit tourner des boules de métal reliées à une lanière en cuir au-dessus de sa tête puis projeta son arme en direction des pattes de notre cheval. Habillement, la fille esquiva le redoutable projectile. L'animal se démenait, écoutant les ordres de sa maitresse. Tous deux semblaient faire corps et réagissaient comme une seule et même créature. Mais bientôt la demoiselle montra des signes de faiblesse. Une fatigue soudaine sembla l'assaillir et je dus la serrer fortement contre moi pour lui éviter de défaillir.

L'un de nos assaillants se porta sur notre gauche alors que notre monture galopait dans l'eau sur la berge. A l'instant même où il allait lever son sabre pour me frapper, j'esquivais de façon vive et surprenante son coup pour lui porter un douloureux uppercut au menton. Il chuta et roula dans la boue. De toute évidence et à ma grande surprise, je disposais d'une connaissance avancée dans l'art de nuire physiquement à mon prochain. Ma condition physique était excellente et je semblais avoir d'une force accrue supérieure à la normale. Hélas, un nouveau tir fit mouche et emprisonna les pattes arrière de Melkor. L'animal perdit l'équilibre et nous entraina la tête la première dans les flots glacés du fleuve.

Nos poursuivants ne mirent que quelques minutes à nous repêcher pour nous trainer jusqu'à la rive bouseuse. Je n'étais pas beau à voir, étalé sur le sol. Agenouillée à côté de moi, ma belle inconnue gardait toute sa splendeur. Sa fine robe souillée collait à son corps nu. Elle retira sa coiffe laissant voler au vent une longue chevelure noire et soyeuse. Un regard fier et combatif transfigurait son visage fin et sans défaut. De façon surprenante, elle se laissa tomber sur moi et étala discrètement une pleine poignée de boue sur mon tatouage d'Égaré. Je la regardais un instant dans les yeux, profitant de ce contact charnel inattendu. Elle me rendit mon regard avec connivence et je compris alors à cet instant qu'elle venait de me voler mon cœur à jamais.

Elle fut relevée avec fort ménagement alors qu'on me bourra de coups pour me redresser. Un cavalier tourna autour de nous un moment avant de mettre pied à terre pendant que des hommes s'activaient à allumer des torches. Il avait bien l'apparence d'un Yényitchéri mais ses vêtements bleus foncés semblaient plus luxueux. L'homme impressionnant avait le visage dissimulé par un masque oblongue parfaitement lisse et sans aucun trou fait d'argent poli qui brillait à la lueur des flammes. Cela lui donnait une apparence surnaturelle et effrayante. Sa voix grave et profonde m'inspira la plus grande peur. Cet homme était-il vraiment un homme ?

- La gracieuse Chadia ne perd jamais de sa superbe. Cet accoutrement vous va à ravir.

Plusieurs hommes se mirent à rire.

Le colosse s'approcha, dégaina un lourd cimeterre et sans prévenir transperça de part en part l'un d'eux. Il le souleva du sol d'une seule main avec une facilité déconcertante et après un moment le laissa retomber sans vie dans la vase ensanglantée.

- Mille excuses, princesse. Ce vaurien a osé vous manquer de respect.

A cet instant tous les hommes baissèrent les yeux et je suivais prestement leur exemple.

Il dégrafa sa cape en peau de fauve et la posa sur les épaules de Chadia.

- Vous semblez avoir froid, vos mamelons pointent comme ceux d'une nourrice prête à allaiter. Couvrez-vous avant qu'il ne prenne l'envie à l'un de mes soldats de vous contempler à nouveau.

- Seigneur Falkomed, qui d'autre que vous, mon père aurait-il pu envoyer pour me ramener ?

- Vous auriez pu tomber dans les griffes des pisteurs de votre futur époux, mademoiselle. Je ne pense pas que la légion Wolfen aurait pris autant de peine à vous ménager. Heureusement, nous avons eu la chance de vous trouver avant eux.

- Auriez-vous rêvé en secret de me posséder, Seigneur ? Hélas, un autre que vous aura cette joie, moi le 5e joyau royal du Sultanat d'Abakour. C'est le choix du sultan mon père et il est dicté par les dieux.

Elle se mit à rire insolemment et passa sa langue sur ses lèvres de façon provocante.

- Vous venez de fêter votre dix-huitième anniversaire et vous avez toujours la langue de vipère de vos jeunes années. Je n'ai sans doute pas été suffisamment autoritaire lorsque je vous ai enseigné l'art de la guerre.

Il se tourna vers moi.

- Qui est ce vaurien qui vous accompagne ?

- Un vaurien qui m'est cher.

- Il vous a sans doute aidé à fuir. Serait-ce une vaine tentative pour retrouver votre sœur ? Je ferai bien de tuer ce bougre sur le champ afin de lui épargner mille tortures à Abakour.

Le guerrier souleva de nouveau son arme mais Chadia se jeta à ses pieds.

- Je vous en supplie seigneur, ne le tuez pas. C'est un fidèle esclave qui n'a fait qu'écouter mes ordres sans rien savoir de mes projets. Je lui dois plusieurs fois la vie.

- L'instant d'avant vous me ralliez et maintenant vous vous prosternez à mes pieds. Quel genre de femme êtes-vous ?

- Malgré votre rudesse, vous m'avez protégé depuis ma naissance. Je vous le demande comme une faveur personnelle.

- Votre perfidie n'a donc aucune limite ? Vous usez de vos charmes pour me convaincre de lui laisser la vie sauve. Est-il votre amant ? Ce chien a-t-il abusé de vous ? Vous a-t-il ôté votre précieuse virginité ?

- La route est longue jusqu'à Abakour. Je saurai vous divertir comme une parfaite demoiselle élevée dans le plus prestigieux des harems sait le faire.

- Pensez-vous que j'ai hâte de sentir vos lèvres de pucelle sur ma virilité ? La jouissance par la bouche de la fille adorée de notre Sultan serait une bonne contrepartie à la vie sauve de cet homme. Seriez-vous une catin prête à cela, ma tendre enfant ?
- Seigneur Falkomed, vous êtes un pourceau. Si mon père vous entendait, il vous ferait couper la langue, dit-elle, manifestement offensée.
- Vous avez perdu votre sens de l'humour, princesse. Je n'abuserai ni de vos charmes, ni de vos compétences. Votre sœur a déjà perdu sa virginité et la voilà bannie à jamais du pays. Je suis votre serviteur et celui de votre père depuis des années. J'ai mille fois désiré vous posséder comme tous les membres du palais à dire vrai. Vous êtes la plus belle réussite de notre vénéré Sultan. Votre esclave aura la vie sauve mais il sera torturé et emprisonné à vie comme le prévoit la loi du Sultanat. La mort aurait sans doute été plus douce que le calvaire qu'il va avoir à supporter.

Les soldats me ligotèrent sans ménagement et on m'enferma dans une cage de fer juchée sur une carriole tirée par quatre chevaux de traits. Je n'étais pas seul dans mon étroite prison. Deux bougres se serraient dans un coin à l'opposée d'une vielle femme en guenilles. Ils croupissaient sur une couche en paille malodorante couverte de déjections. Personne ne m'adressa la parole et je trouvais rapidement un coin inoccupé pour réfléchir à ma situation. Mon mental en prenait un sérieux coup. Toujours aucun souvenir précis mais une conviction se gravait de plus en plus surement en moi : ce pays n'était pas le mien. Je n'avais rien à voir avec ces gens-là. Alors pourquoi je me retrouvais ici dans une cage à ruminer comme un lion en captivité.

Vers la fin de journée, on m'apporta du pain, de la viande séchée, une orange et un pichet d'eau. Je soupçonnais Chadia d'avoir corrompu le geôlier pour transformer un repas frugal en diner parfaitement honorable. J'en profitais pour partager mes rations avec les autres prisonniers. J'allais m'approcher de la vieille femme quand l'un des hommes me retint le bras.
- Ne t'approche pas d'elle, c'est une seiðkona, elle va te jeter un sort.
- Ce n'est qu'une vieille femme épuisée.
Je le repoussais sans ménagement et tendis le reste de mon pichet et un peu de nourriture à la prisonnière. Elle était fortement ridée et l'un de ses yeux vitreux lui donnait une apparence effrayante. Sa robe grise en lambeaux avait du mal à dissimuler sa maigreur squelettique. Pourtant, son œil valide était animé d'une lueur de vie pétillante. Elle attrapa

vivement mes offrandes et se mit à mordre dedans, dévoilant une mâchoire partiellement édentée.
- Merci, les dieux sauront te rendre ton don.
Elle se mit à parler dans une autre langue plus chantante que je reconnus de suite comme étant ma langue natale.
- Toute sorcière, toute conjureuse, toute nécromancienne ou toute prostituée manifestement infectée qui sera trouvée sur le territoire sera expulsée. Nous demandons à chaque prêtre d'éradiquer le paganisme et d'interdire la wilweorthunga, la licwiglunga, la hwata, la galdra, l'idolâtrie et toutes les abominations pratiquées par les hommes comme sorcellerie, et frithspottum avec des ormes et autres arbres, des alignements de pierre, et toute sorte de fantômes. Voilà la nouvelle loi de l'église qui fait de moi une créature démoniaque.
- D'où viens-tu ? répondis-je dans la même langue.
La femme sembla surprise.
- Comment connais-tu la langue divine ? A part les prêtres et les érudits, peu de monde est capable de parler ce langage interdit. Approche.
Je m'exécutais tout en restant sur ma défensive. Elle passa sa main sur mon épaule sans pour autant y effacer la boue qui masquait mon tatouage.
- Je ressens bien mieux que je ne vois. Tu es donc un Égaré arrivé fraichement dans les Quatre Royaumes, n'est-ce pas ?
Il était inutile de lui mentir. Je tenais peut-être ma chance d'en savoir plus sur ma condition.
- Oui, je suis ici depuis un peu plus d'un jour. Peux-tu m'aider et m'en dire plus ? Je ne me rappelle de rien.
- C'est le propre de l'Égaré. Je peux sans doute te guider mais nous ne pourrons rien faire tant que nous serons dans cette cage.
- Je n'ai pas l'intention de pourrir dans une prison en plein désert. Je vais trouver un moyen de nous faire sortir d'ici.
- Bien, l'Égaré doit toujours garder espoir. On a déjà du t'enseigner qu'il valait mieux dissimuler ta condition que de la dévoiler à tous. Tes capacités vont se révéler au fil des jours, si tu réussis à survivre assez longtemps ! Tu es plus rapide, plus fort et plus intelligent que le commun des mortels. Certains Égarés développent même des dons extraordinaires. Les puissants de ce monde ne souhaitent pas voir leur suprématie remise en question. Aussi, ils s'attachent à éliminer ces bannis par les dieux après les avoir utilisés pour communier avec leurs créateurs.
- Mais quel est mon but exactement ? Est-ce uniquement de mourir entre les mains de despotes pour leur servir de communicateur avec les cieux ?

- L'une des tablettes runiques explique que l'Égaré pourra retourner dans les cieux auprès des dieux, s'il prouve sa grandeur d'âme. Alors, le jour du jugement dans le temple divin primitif, il remontera parmi les siens ou finira par bruler dans les flammes du dragon.
- Il suffit donc de faire le bien et de se rendre dans ce temple pour que tout soit pardonné.
- Ce n'est pas aussi simple que cela, hélas. La divine bonté est très relative. Le bien et le mal n'ont pas de frontière explicite. Parfois, tu croiras faire le bien mais ceux d'en haut attendaient de toi autre chose, voir que tu fasses le mal. Ils restent seuls juges et leurs désirs te sont rarement connus.
- Je vois. Des Égarés ont-ils réussi leur quête ?
- De mémoire de seiðkona, très peu mais ça arrive. Donc la chose n'est pas impossible.
- Où se trouve ce temple que je puisse être confronté au jugement ?
- Dans le nord, à l'extrême frontière du territoire des Côtes Gelées d'où je viens. C'est un voyage long et périlleux, semé d'embuches. Es-tu prêt à l'affronter ?
- Ai-je le choix ?
- Alors, je t'y aiderai du mieux que je puisse si tu parviens à nous sortir d'ici.

Elle cracha dans sa paume et me tendit sa main décharnée. Je fis de même et nous sellâmes ensemble notre pacte en nous serrant la main devant les yeux outrés des deux autres incarcérés.
- Quel est ton nom, veille femme ?
- Je porte de nombreux noms sur cette terre mais tu peux m'appeler Maëvilis, dit-elle d'un sourire étrangement carnassier.

La troupe avait dressé son campement pour la nuit sur une petite colline. Malgré les conditions ambiantes exécrables, je réussis à trouver un semblant de sommeil. Mon repos fut agité par un terrible cauchemar.

Je me tenais sur une femme partiellement dévêtue. Mes mains enserraient son cou avec violence. Ses yeux étaient exorbités et elle cherchait désespérément un peu d'air. J'étais en train de l'étrangler. Ses larmes coulaient sur ses joues tuméfiées. Je me rendis très vite compte que je n'étais pas maitre de la situation. J'étais en train de violer sans vergogne cette femme. Son rouge à lèvre se mélangeait au filet de sang qui s'écoulait lentement de sa bouche blessée. Je voulais desserrer ma prise et lui permettre de respirer mais je n'y parvenais pas. J'étais écœuré mais aucun son ne sortait de ma gorge. Tétanisé dans mon propre corps, j'assistais à la mort de cette femme inconnue. Son visage exprimait la terreur et la souffrance. Ses longs cheveux châtains s'étaient emmêlés entre eux au cours de la lutte. Elle essaya une dernière fois de se débattre et je me sentis jouir en elle à l'instant même où son cou se brisa entre mes poignes d'acier. Ses yeux gris me dévisagèrent une dernière fois avant qu'ils ne s'injectent de sang.

Je me réveillais en hurlant. Chadia se trouvait à quelques centimètres de moi derrière les barreaux. Elle avait passé une robe orientale violette très féminine, à manches longues. Elle était ornée de jolies coutures de couleur ocre parsemées sur sa face avant et sur ses extrémités. Une ceinture d'ornement était nouée autour de sa taille et cintrait la robe mettant en exergue sa poitrine parfaitement sculptée.

La princesse me sourit.

- Votre nuit semblait particulièrement agitée ! dit-elle avec compassion.
- Un cauchemar, rien de plus. As-tu réglé son compte à ce Falkomed ?

Elle me sourit.

- Falkomed est un ḥašašyīn. Il appartient à la secte des Nizârites dirigée par leur grand maître le mystérieux vieux de la montagne Hassan ibn al-Sabbah. Les « djins de Hassan », comme on les appelle chez nous, sont redoutés par tous et même par les puissants califes et autres vizirs. Ils mènent à bien des missions d'espionnage et des assassinats d'ennemis importants.

J'allais lui prendre la main quand des cris d'alerte retentirent. Il se passait quelque chose dans le camp. Plusieurs soldats passèrent en courant à côté de nous. On ne voyait pas grand-chose car les torches et les feux de camp s'éteignaient un à un. Soudain, notre geôlier fut projeté en arrière et s'écrasa sur la cage. Chadia cria. Une giclée de sang avait aspergé son visage. L'homme avait été transpercé et son corps était maintenant cloué à l'attelage par une longue lance. Quelques secondes après, un bruit de charge se fit entendre et nous aperçûmes au clair des lunes une colonne de chevaliers en armures lourdes montés sur des destriers de guerre caparaçonnés de métal.

Je m'empressais de fouiller la poche du cadavre pour en tirer les clefs et faire sauter le lourd cadenas afin de recouvrer la liberté. Les cris redoublèrent. Les premières escarmouches s'accompagnèrent des sempiternels entrechoquements d'armes. J'aidais la sorcière et les deux bougres à sortir de la cage. Ces derniers filèrent sans demander leurs restes. Il fallait profiter du chaos ambiant pour fuir rapidement. Inutile d'attendre de savoir qui allait remporter le combat. De toute façon, je ne donnais pas chère de notre peau qu'elle que soit l'issue de la bataille.

- Grimpez sur le chariot, nous allons l'utiliser pour foutre le camp d'ici, ordonnais-je à la veille femme et à la princesse.

Je pris les rênes de l'attelage et fouettais les chevaux pour qu'ils prennent rapidement de la vitesse. La carriole s'élança et dévala la colline projetant sur le bas-côté toute personne qui tentait de se mettre sur notre chemin. Par miracle aucun chevalier en armure ne croisa notre route. Nous nous enfonçâmes dans la nuit en direction de la grande forêt qui se trouvait non loin.

- Qui sont ces guerriers ? criais-je à Chadia qui se cramponnait tant bien que mal au chariot.

- Une escouade de Chevaliers Teutoniques. Nous sommes sur leur territoire et ils n'ont pas dû apprécier d'y voir camper une garnison du Sultanat. Les deux royaumes ne sont pas en guerre mais dès que l'occasion se présente, ils n'hésitent pas à en découdre. Après quelques morts de part et d'autre, ils repartiront chacun dans leurs pénates respectifs.

- J'espère que ton mentor au masque de fer y laissera la peau et que personne ne cherchera à nous pister.

- C'est bien mal le connaitre. En restant avec moi, tu mets ta vie en danger car je suis sans doute aussi recherchée qu'un Égaré.

- Dites-moi les enfants, je ne voudrais pas vous inquiéter mais il semblerait qu'on se soit lancé à notre poursuite. Ma vue est faible mais mon ouïe très fine. Ils sont deux et galopent à vive allure dans notre direction, cria la vieille femme.

- Je ne vois rien. Des chevaliers ou des camarades de la princesse ?

- Juge par toi-même, ils seront sur nous dans un instant.

Le premier Yényitchéri sortit de l'obscurité à notre droite et fondit sur nous. Le second nous prit en étau par l'autre côté. Une flèche siffla à quelques centimètres de mon visage. Ces satanés guerriers savaient parfaitement tirer tout en chevauchant en pleine nuit.

Nous étions trop lourds pour les semer, il fallait les affronter sans arme. L'un des cavaliers se porta à notre niveau et sauta adroitement sur la cage en s'agrippant aux barreaux. Il dégaina un poignard et le plaça entre ses dents pour faciliter son ascension. Je confiais les rênes de la carriole à la princesse et grimpais à mon tour sur la cage pour recevoir comme il se devait notre invité. Je fus surpris par ma vélocité et mon agilité à exécuter cette périlleuse tâche. Le soldat avait à peine eu le temps de se redresser sur la carlingue qu'il recevait déjà un violent coup de pied au visage.

Malheureusement pour lui, mon attaque enfonça son arme profondément dans sa bouche. Partiellement décapité, son corps resta un instant immobile en équilibre avant de s'effondrer sans vie et chuter lourdement hors du chariot.

Son camarade tira une nouvelle flèche qui s'enfonça douloureusement dans ma cuisse gauche. Mon pied passa à travers les barreaux et je me retrouvais bloqué au sommet de la cage. Déjà, l'archer armait son arc pour me décocher un second trait mortel. Tout en criant de rage, je bandais mes muscles et me projetais à l'aide de ma jambe encore valide dans les airs. Ma voltige abracadabrantesque me projeta sur lui à sa plus grande surprise. Porté par l'adrénaline et ignorant la douleur, je parvins à le déséquilibrer pour le faire chuter. L'un de ses pieds resta coincer dans son étrier et le pauvre bougre fut trainer sur plusieurs dizaines de mètres avant que la lanière de cuir cède. Je tentais tant bien que mal de reprendre le contrôle de la monture pour lui faire suivre le chariot.

Nous galopâmes pendant une dizaine de minutes pour enfin atteindre la lisière de la forêt salvatrice. Je m'écroulais au sol, la jambe tétanisée couverte du sang qui s'échappait abondamment de ma blessure.

Maëvilis empoigna la flèche, la cassa et tira sans ménagement pour l'extraire de ma cuisse. J'hurlais et faillis perdre conscience.

- Il va falloir que tu apprennes à souffrir si tu veux rester en vie, jeune homme.

Elle se retourna vers Chadia qui semblait partager ma souffrance.

- Donne-moi un morceau d'étoffe de ta robe que je puisse stopper l'hémorragie. Ensuite, j'irai chercher quelques plantes près de la rivière pour lui confectionner un cataplasme. Nous ne devons pas trainer trop longtemps ici.

La seiðkona détacha deux de nos montures avant de susurrer quelques choses aux oreilles du reste de l'attelage. Le chariot repartit dans la vallée pour tromper nos éventuels poursuivants.

Je sombrais finalement dans l'inconscience.

Lorsque je rouvris les yeux, j'aperçus la seiðkona à mes côtés. Je ne ressentais plus aucune douleur sous le bandage qu'elle m'avait confectionné.

- Je suis resté dans les vapes longtemps ?

- Quelques précieuses heures. Chadia m'a informée que ta blessure était déjà en train de cicatriser. Elle n'en revenait pas. Tu sembles disposer d'une faculté de récupération plutôt extraordinaire.

- Où est-elle ?

- Près de la rivière. Suis le bruit de la chute d'eau et tu la retrouveras là-bas. Hâtez-vous, nous avons déjà que trop tardé dans cet endroit.

Non loin, je découvrais une cascade qui déversait ses eaux tumultueuses dans une petite cuvette. La rivière reprenait ensuite son parcours sinueux au cœur de la forêt tempérée. Au centre du bassin, la jeune fille était en train de nager. Ses vêtements avaient été soigneusement déposés sur un gros rocher au bord de la berge. Je me dissimulais rapidement derrière un arbre pour ne pas troubler la naïade. Après quelles brasses, elle se redressa et sortit de l'eau. Les gouttelettes qui ruisselaient sur son corps nu et bronzé étincelaient sous les premiers rayons du soleil matinal. Elle était définitivement divine. Trop parfaite pour être réelle, me dis-je. Toute personne avait à ma connaissance des défauts, même minimes. Je n'en voyais aucun dans cette innocente jeune fille.

Quelque chose bougea de l'autre côté de la cuvette. Dans la pénombre, je pouvais voir distinctement une forme humaine. Rien de bien précis. Quelque chose de flou. Une sphère surgit soudain des fourrés à côté d'elle et voltigea en direction de la princesse. Je m'empressais de bander l'arc que j'avais récupéré sur le cheval du Yénytchéri tué la veille.

La flèche frôla la baigneuse incrédule et frappa la sphère de plein fouet. L'objet perdit de la vitesse, ricocha sur la surface de l'eau avant de sombrer. J'encochais déjà une nouvelle flèche et visais en direction de l'autre berge mais la forme avait disparu.

Chadia tentait tant bien que mal de dissimuler ses atours.

- Il faut récupérer ce truc sous l'eau avant que le courant ne l'entraine, hurlais-je.

Je quittais mes vêtements à la hâte et plongeais dans l'eau. L'adrénaline me permit de ne pas faire un arrêt cardiaque. Comment la fille avait-elle fait pour prendre un bain dans une eau glacée ? J'apprendrais plus-tard que dès leur plus jeune âge les femmes du harem étaient accoutumées à se tremper dans l'eau glacée des montagnes pour vivifier leur peau.

Après quelques minutes de plongées successives, je pus enfin mettre la main sur la sphère et sortir triomphant des eaux.

Chadia avait remis à la hâte sa robe qui collait à sa peau encore mouillée. Elle aurait tout aussi bien pu rester nue devant moi. Cela n'en était que plus charmant.

- Vous m'avez fait une peur bleue. Ça vous prend souvent de reluquer les filles en train de prendre leur bain pour ensuite surgir à l'improviste et manquer de les abattre d'une flèche en pleine tête.

- Il y avait quelqu'un ou quelque chose là-bas. La sphère lui appartient sans aucun doute. Je l'ai déjà vue lors de notre première rencontre.

Au moment même où je m'apprêtais à l'examiner, une vive douleur m'obligea à lâcher l'objet.

Elle m'avait brulé la paume. La sphère se mit ensuite à luire fortement et à fondre sous nos yeux médusés. Il ne resta plus que des cendres l'instant d'après.

- C'est la magie des dieux, annonça Chadia. Ne restons pas là.

Nous reprîmes notre route dans la forêt à dos de cheval en prenant soin d'éviter les chemins trop fréquentés. La faim commença à se faire sentir et les quelques baies dégotées par la sorcière ne parvenaient pas à la combler. Depuis le début de notre périple sous les arbres, j'avais la désagréable impression d'être suivi. Plusieurs fois, à la limite de mon champ de vision, je crus apercevoir des bosquets bouger. Puis, quand une nouvelle sphère passa subrepticement au-dessus de la canopée, mes doutes furent confirmés. Nous étions bien de nouveau la proie de quelqu'un ou de quelque chose.

Dans la soirée, alors que notre destination n'était plus qu'à deux jours de marche, je décidais de passer à l'action et expliquais mon plan.

Après avoir franchi une petite colline, je grimpais discrètement dans un arbre non loin du sentier et me dissimulais dans les branchages. Le reste du groupe continua son chemin comme si de rien n'était.

Quelques minutes plus tard, j'entendis quelque chose passer en dessous de moi. Je ne voyais rien et pourtant je devinais des empreintes de pas dans l'herbe humide. Elles disparaissaient aussi vite qu'elles apparaissaient ne laissant aucune trace. Les empreintes s'immobilisèrent et une tête d'homme apparut soudainement, flottant mystérieusement dans les airs. Je n'en croyais pas mes yeux. Une autre tête se matérialisa non loin de la première. C'était une femme. Leur visage imberbe et dénué de cheveux était pourtant particulièrement gracieux. Par contre leur peau était d'une lividité cadavérique. Ces deux personnes semblaient porter une tenue les rendant totalement invisible. Ils avaient simplement retiré une sorte de cagoule.

- Arrête. Ils sont tout proche, dis la femme, légèrement énervée.

Une image apparut soudainement devant eux et se mit à flotter dans les airs. Je pouvais voir mes deux compagnes descendre le sommet d'une colline.

- Putain, il est où l'autre zouave ? interrogea la fille.
- Il doit sans doute jouer à l'éclaireur. De toute façon, il ne peut pas nous échapper. Tu veux t'en fumer une ?
- Il n'est pas comme les autres. Tu l'as bien vu. Il voit les angelots. Merde, c'est quand même l'étrangleur. Faut pas déconner avec ce type-là.
- Ne fais pas chier. C'est sans doute un défaut du réceptacle. Ça arrive parfois. L'étrangleur, je l'emmerde. De toute façon, il n'a pas le moindre souvenir de qui il est.

Il retira un sachet de sa poche, en sortit un peu de tabac et roula une longue cigarette qu'il tendit à sa coéquipière.

- C'est de la super bonne. Je la fais venir directement du marché noir de Kilimanftu. Elle me coute une blinde mais c'est sans doute la meilleure des Quatre Royaumes.
- C'est quand ta prochaine permission ? demanda la femme.
- Dans trois semaines. Je vais justement me payer une virée à l'extrême orient des Quatre Royaumes. J'ai assez économisé pour passer une bonne semaine là-bas. A moi les joies de la divinité réincarnée sur terre.

Une gouttelette de ma transpiration tomba sur le front de l'homme. Il leva la tête

Je n'eus d'autre choix que de me laisser tomber sur eux. Ma chute fut considérablement amortit par le corps massif du type à l'allure patibulaire. J'avais voulu seulement l'assommer mais mon poids lui brisa les cervicales dans un craquement écœurant.

La fille réagit très rapidement. Elle se jeta sur moi et m'envoya rouler de nouveau au sol. Impossible d'esquiver efficacement ses coups puisque je ne voyais que sa tête flotter dans les airs. Rompue au corps à corps, elle maitrisait parfaitement ses techniques de combat. Je ne donnais pas cher de ma peau face à une guerrière aussi aguerrie qu'elle. Elle parvint à balayer mes jambes et à se précipiter sur moi pour m'immobiliser à l'aide d'une clef de bras particulièrement douloureuse. Ses capacités surpassaient nettement ma force physique.

- Putain, je vais te butter saleté de boucher. Tu aurais dû crever depuis longtemps déjà… .

Elle ne put finir ses derniers mots car un éclair venu du ciel la frappa. Alors que son corps se mit à bruler, elle m'observa sans broncher :

- On se retrouvera, l'Etrangleur.

Elle se consuma sous mon regard horrifié ne laissant derrière elle qu'un tas de cendres qui se dispersa rapidement au vent. Un nouvel éclair foudroya le corps sans vie de son coéquipier qui disparut également en fumée. Je me retrouvais seul, percevant plusieurs sphères voltiger à quelques distances de moi.

Pour ne pas inquiéter mes deux compagnes de route, je pris le parti de ne pas révéler les étranges choses qui s'étaient passées sur la colline. Les bruits de tonnerre alors que le ciel était sans nuage avaient cependant éveillé leur curiosité et leur inquiétude.

Le soir, je les interrogeais discrètement afin d'en savoir plus sur ces étranges personnes.

- J'ai l'impression qu'il y a encore ces choses étranges qui nous tournent autour. J'ai cru apercevoir au bord du bassin une personne. Elle n'avait pas de cheveux, ni de cils, ni de sourcils. Son visage était très pâle. Pourtant… .

- Un divin, tu as vu un divin ou bien peut-être une divine, répondit inquiète Maëvilis.

- Un divin ! C'est quoi un divin ?

- Un ange, un envoyé des dieux. Ils ont tous la même apparence quand ils viennent nous rendre visite sur terre. Nous les honorons au même titre que nos dieux. Ils sont leurs messagers et parfois leur propre incarnation. Quiconque s'oppose aux divins finit foudroyé, répondit Chadia. Ce sont nos maîtres et nous leur devons respect et obéissance.

J'avais terrassé deux divins. Même s'ils m'avaient paru assez redoutables, je m'en étais débarrassé à mains nues. De toute évidence, ils me surveillaient de près. J'étais encore en vie. C'était la preuve que deux divins en moins ne manqueraient pas aux dieux perchés sur leur nuage. Bientôt je serai de retour parmi eux.

CHAPITRE 2 : JUDITH

Au bout de deux jours, nous arrivâmes enfin dans la ville de Folfougère. Nichées au cœur de la forêt, d'innombrables maisons et huttes en bois étaient protégées par une imposante enceinte faite de troncs de chênes massifs. Un réseau impressionnant d'immenses cabanes avait été construit dans la canopée. De larges passerelles permettaient de se déplacer aisément d'un lieu à l'autre. Au sol, comme dans les airs, la vie battaient son plein. De nombreux commerçants et villageois vaquaient à leurs occupations dans ce pittoresque endroit.

Alors que nous nous apprêtions à passer la grande porte, un garde en gambison, armé d'une arbalète et d'une lance en bois, nous apostropha.

- Voilà donc un bien étrange cortège. Un gueux, une vieillarde et une jeune et jolie Yényitchéri. Qu'est-ce qui vous amène ici ?

- Je voyageais vers Hernstein pour rencontrer mon futur époux quand notre équipage a été attaqué par des malandrins. Mes servants et moi-même avons réussi à nous échapper par la grâce des dieux. Les routes dans cette région ne sont pas sûres.

- Comme toutes les routes des Quatre Royaumes, ma jolie dame. Je n'avais jamais vu de filles de harem avant mais il est vrai que votre beauté surpasse votre réputation. Capitaine Anton, chef de la garde, soyez prudente. Malgré nos patrouilles, certaines ruelles de la cité sont peu recommandables.

- Je vous remercie pour votre compliment, capitaine. Avez-vous un établissement en particulier à nous recommander pour passer la nuit ?

- L'auberge des cimes est un établissement respectable et bon marché dans le quartier commerçant. Si vous avez les moyens, vous pouvez également trouver un gite et un couvert excellent chez Maximilien Fortbras. Il tient la meilleure enseigne de la ville. Cependant ses prix sont prohibitifs.

- Merci encore pour vos conseils avisés, dit en souriant Chadia.

Anton nous salua et se porta à la rencontre d'une caravane de troubadours.

La ville grouillait d'activité. Bien que de taille modeste, il était facile de se perdre. Les constructions tarabiscotées formaient des chemins sinueux qui pouvaient vous conduire jusqu'au sommet des plus grands arbres.

Malgré la beauté des lieux, je ne me sentais pas en sécurité sur ces passerelles en lianes et j'avais la désagréable impression d'être encore suivi. Nous arrivâmes sur une place jonchée d'échoppes diverses. Chadia négocia la vente de ses bijoux auprès de plusieurs commerçants. Elle était particulière douée pour charmer ses interlocuteurs et parvint à en tirer une coquette somme mais bien en deçà de leur valeur réelle cependant.

- Tu n'avais pas besoin de tous les vendre, ils te donnaient un certain charme, dis-je en m'amusant.

- Il me rappelle trop ma servitude. Bien que fille du Sultan, je n'en reste pas moins sa propriété. Ces bijoux coutent une fortune et j'aurai besoin de tout l'argent possible pour organiser mon périple.

- Maëvilis et moi allons rejoindre les Côtes Gelées pour en apprendre plus sur ma condition d'Égaré. Viens avec nous ?

Elle ne s'attendait pas à ce que je lui propose une telle chose.

- C'est un voyage très dangereux. Sauf votre respect, Maëvilis est une vieille femme aveugle et tu ne connais rien au monde de Lakoele. Par ailleurs, j'ai une tâche importante à accomplir.

- Et quelle est cette tâche si importante ?

Je la regardais droit dans les yeux. Son regard s'embua. Troublée, sa voix se fit plus hésitante.

- Je recherche, Lubanah, ma sœur, le 4e joyau du sultanat. Elle était promise à un brillant avenir. Elle devait épouser mon futur époux le roi des Baronnies Teutoniques. Nous étions très complices et passions le peu de temps libre que nous avions, ensemble. Mais son destin fut brisé lors qu'elle fut victime d'une infâme agression dans les jardins du palais. Quelques semaines passèrent et elle s'aperçut qu'elle était enceinte. Les eunuques apprirent la nouvelle à mon père qui entra dans une rage folle. Séance tenante, pour éviter que la honte ne retombe sur le royaume, il

envoya ma sœur à l'abbaye de Sainte-Catherine, une institution des baronnies à la sinistre réputation. Celles qui y rentrent avec leur enfant, n'en ressortent jamais. Manu militari, je me retrouvais à remplacer ma sœur dans ce mariage de convenance. Je ne me déroberai pas à ma tâche mais je dois d'abord tirer ma sœur et son enfant de leur geôle.
- Dans ce cas-là, je te viendrai en aide.
Je ne m'étais pas attendu à embuer de grosses larmes ses jolis yeux clairs.
Elle se jeta à mon cou et me sera fort contre elle.
- De toute façon, sans moi, vous n'iriez pas bien loin, dit-elle en m'adressant son plus charmant sourire. Et si nous allions nous restaurer ? Je meurs de faim.

Chadia acheta des côtelettes de viande rôtie marinée au miel dans une échoppe puis troqua sa tenue trop voyante pour une robe longue en coton noir et un long manteau à capuche en fourrure de loup. L'armurier me fournit une armure de cuir tanné, un casque à lunettes d'homme du nord qui dissimulerait facilement mes traits, ainsi qu'un glaive simple mais plutôt bien équilibré. Je lorgnais un moment sur un carquois de flèches et un petit arc facilement transportable. Cependant, la sorcière me proposa plutôt un pistolet à poudre. Certes plus bruyant mais plus impressionnant dans un combat rapproché.
Un attroupement sur la place attira notre attention. Plusieurs troubadours amusaient la plèbe en chantant et en dansant. Certains jonglaient pendant que d'autres effectuaient des pirouettes rocambolesques sous les acclamations des spectateurs.
-La compagnie Guerez est dans votre merveilleuse ville pendant quelques jours. Venez admirer nos artistes, vous n'en croirez pas vos yeux, harangua un homme. Pour quelques écus, vous pourrez participer à notre incroyable spectacle de magie et entendre la plus merveilleuse des divas de tous les temps.
Plusieurs gardes entourant une personne vêtue d'une longue toge et d'une capuche dissimulant son visage arrivèrent sur la place. Les badauds s'écartèrent devant eux. Face aux forains, le mystérieux inconnu dévoila lentement son visage à tous. C'était un divin. Les autochtones baissèrent leur regard n'osant le dévisager. Les artistes cessèrent leurs numéros.
- Continuez, dit le divin, votre spectacle m'est divertissant.
Les troubadours redoublèrent alors d'effort pour plaire à cet étrange personnage. J'étais légèrement écœuré.

- Ne restons pas là, nous pourrions attirer son attention, dis-je à mes compagnes.

Nous empruntâmes rapidement une ruelle qui grimpait afin d'éviter l'axe principal.

Au détour d'une passerelle, nous tombèrent sur un groupe d'individus plutôt louches et peu amicaux. Derrière nous, deux autres personnes se positionnèrent pour bloquer une éventuelle retraite. Leur chef s'avança dans notre direction.

- Bien le bonjour, mes seigneurs. Mes amis et moi souhaiterions vous soulager de quelques deniers. J'ai ouïe dire que votre bourse était pleine à craquer. Les étrangers riches ne devraient pas s'aventurer seuls dans ce quartier.

J'allais dégainer ma nouvelle épée quand la sorcière posa sa main sur mon bras.

- Inutile de créer un esclandre ici. Nous devons rester discrets. Chadia donne leur l'argent.

- Mais, je peux tuer ces malandrins sans grandes difficultés, ai-je répliqué.

- Je n'en doute pas et nous aurions sans doute la milice et les autres bandes à nos trousses. Faites-moi confiance. L'argent n'est pas une fin en soi. Nous aurons l'occasion d'en trouver lors de notre périple.

Chadia détacha à regret la bourse de sa ceinture et la jeta en direction du chef. Ce dernier l'attrapa en plein vol.

- Je vois que la raison de la vieille femme l'emporte sur la témérité du guerrier. C'est une bonne chose. Nos archers cachés dans les arbres vous auraient transpercés de flèches. Pour ce généreux don, nous allons vous octroyer à un sauf-conduit dans notre beau quartier. Vous faites de nous vos obligés. Bon séjour à Folfougère de la part de la bande du renard d'argent.

Notre groupe dépassa les malandrins alors que je rageais encore de ne pas pouvoir en transpercer quelques-uns. Il ne nous restait plus un sou pour loger à l'auberge.

- Je vais parlementer avec le patron et négocier une chambre pour la nuit. Attendez-moi ici, ordonna Chadia.

La gamine parla un moment avec le tenancier puis finalement revint vers nous avec une grosse clef en fer dans les mains.

- Nous ne passerons pas la nuit à la belle étoile. Allons nous installer à une table pour préparer notre périple ! J'ai également réussi à obtenir des rations pour quelques jours.
- Bravo, ma grande et qu'as-tu offert en échange à ce bougre ? Une nuit de plaisir.
- Je ne suis pas une prostituée ! Quand allez-vous vous mettre ça dans la tête ?

Ses yeux s'humidifièrent légèrement. Je ne pensais pas que ma petite blague l'avait à ce point touchée. Elle reprit cependant très rapidement de sa superbe.

- Je vais offrir à ses clients une danse nuptiale.
- C'est quoi une danse nuptiale ?
- Vous verrez bien.

Je me tournais vers Maëvilis.

- Dis-m'en plus ?
- C'est un art secret jalousement gardé par les harems Yényitchéri. Seules les plus exceptionnelles filles sont formées à procurer un plaisir sensoriel exquis à leur maitre à travers une danse et des chants presque divins. Peu de personnes ont pu assister à un tel spectacle et bon nombre payeraient un prix d'or pour le faire. Lors d'un raid dans le sud, nos navires ont mis la main sur une courtisane Yényitchéri. J'ai vu notre chef de guerre, Hakon, réputé pourtant pour tuer tous ses prisonniers, rendre sa liberté à la Yényitchéri et toute sa cour après avoir assisté à l'une de ces danses mystiques.

Notre plan était plutôt simple. Quitter la ville et les baronnies teutoniques pour trouver vers l'est un bateau dans l'archipel de Bienvino. De là, rejoindre le royaume des Côtes Gelées et le volcan abritant le temple sacré évoqué par Maëvilis. C'était un périple de plusieurs semaines semé de dangers et d'incertitudes.

Le soir venu, l'auberge était bondée. Le patron avait dû faire une bonne publicité pour attirer autant de monde afin que la bière coule à flots et que les bourses se délient. Tout reposait maintenant sur les épaules d'une jeune fille de moins de vingt ans.

Chadia apparut discrètement derrière le bar et se mit à chanter. Sa voix légèrement fluette prit de l'assurance puis devint de plus en plus mélodieuse. Bientôt, toute l'assemblée se tut pour écouter la jeune femme fredonner des mots dans sa langue natale. Puis, elle sortit une petite flute qu'elle posa sur ses lèvres pour prolonger sa mélopée. Les paroles et les sons s'enchainaient mutuellement provoquant une réelle ivresse.

Elle grimpa ensuite sur une table au milieu des habitués et laissa son manteau de fourrure tomber au sol. Sa poitrine était emprisonnée dans un soutien-gorge fait d'anneaux d'or finement ciselés. La même cotte de mailles recouvrait le bas de son ventre laissant cependant à la vue de tous ses jolies fesses sculptées.

Chadia se mit à chanter et à jouer de façon plus rythmé tout en dansant habillement sur la table. Elle remuait son corps de façon effrénée en se laissant accompagner par la musique. Sa danse devint de plus en plus osée et provocante. Bientôt son corps fut couvert de sueur mais elle souriait toujours, invitant son auditoire captivé à boire ses paroles. Personne n'osait l'approcher. On n'approchait pas une déesse, on la contemplait. Elle frôlait intimement les clients sans jamais vraiment les toucher. L'air était empli d'un parfum enivrant et pourtant bestial. Tout son auditoire était accroché à ses gestes. J'étais médusé devant tant de grâce, de beauté et d'invitation au plaisir.

Sa danse devint encore plus tendancieuse. Femmes comme hommes semblaient prendre un plaisir inhumain à contempler cette jeune femme danser pour eux. Certains s'embrassaient déjà. La danse arriva à son paroxysme quand, accroupie sur notre table, elle remonta et descendit son corps tout en mimant une jouissance physique certaine. Ses yeux étaient plongés dans les miens. A ce moment-là, comme tous les spectateurs, je crus réellement être en train de faire l'amour avec elle. Je me surpris même à grimper au septième ciel. Chadia s'écroula en hurlant de plaisir sur la table et mit fin au spectacle. Tout le monde se regarda incrédule. Bon nombre comme moi avait atteint l'extase le temps de cette danse nuptiale.

Je pris Chadia dans mes bras et la conduisis à l'abri des regards indiscrets dans notre chambre. Epuisée, elle dormait déjà quand je la glissais sous les draps.

De retour dans la salle, je constatais que l'ambiance était redevenue normale. On riait et on consommait des boissons fermentées à profusion.

Un grand type aux traits fins, habillé comme un bourgeois précieux, le visage poudré, demanda l'autorisation de s'asseoir à notre table. Les deux coupes de vin qu'il déposa devant nous finirent par me convaincre de l'écouter.

- Je me prénomme Gustavo Guerez. J'ai contemplé votre amie danser ce soir. Je n'avais rien vu de tel de toute ma vie.

- Oui, elle est plutôt douée pour une esclave mais elle n'est pas à vendre. Que pouvons-nous pour vous, monsieur ?
- Je suis le chef d'une compagnie théâtrale ambulante. La présence de ... votre jeune esclave serait un réel atout lors de nos représentations. Nous pourrions faire des tournées dans les capitales au lieu de nous contenter de vulgaires villes de province. Je puis vous assurer le versement d'une part non négligeable des revenus engendrés. Les gens vont se bousculer pour assister à la danse nuptiale d'une véritable beauté de harem Yényitchéri.
- Merci pour votre offre mais elle est encore trop jeune pour se lancer dans le spectacle. Peut-être un peu plus tard.

Mon ton ferme et cassant ne lui laissa aucune seconde chance pour essayer de me convaincre.
- Je vois. Si d'aventure vous changez d'avis, nous sommes installés sur la grande place principale jusqu'à demain.

Il nous salua poliment et quitta notre table l'air un peu déçu.
- A son accent, il vient de l'archipel de Bienvino. Ce sont tous des commerçants ou des pirates dans ce royaume. Cependant, son ton semblait honnête, annonça Maëvilis. Ça pourrait être un bon moyen de voyager incognito.

La porte de la taverne s'ouvrit laissant entrer le capitaine de la garde et plusieurs soldats. Il repéra rapidement notre position et s'avança vers nous l'air embarrassé. Je posais ma main sur le pommeau de mon épée certain que sa venue n'était pas de bon augure.
- Je peux vous offrir une chopine, capitaine. Vous venez de manquer le spectacle de quelques minutes.

Il s'installa à notre table et se pencha vers moi.
- Vous n'êtes plus en sécurité, ici. Une troupe importante de Yényitchéri disposant d'un sauf conduit du roi Géhofft en personne s'est présentée il y a une heure aux portes de la ville.
- Etaient-ils menés par un guerrier impressionnant portant un masque d'argent ?
- Oui, vous les connaissez sans aucun doute. Ils recherchaient une très jolie jeune femme de leur royaume et un homme à la peau noire plutôt musclé. J'ai naturellement tout de suite pensé à vous.
- Que leur avez-vous dit ?
- Rien, pour le moment. Je ne pourrai pas les retenir longtemps dehors. Surtout après le spectacle offert par votre protégée. La rumeur de la

présence d'une véritable beauté de harem se répand comme une trainée de poudre dans la ville.

- Pourquoi venir nous prévenir ? Vous auriez pu nous livrer à eux.
- Je suis tombé sous le charme de votre amie. Les principales portes font l'objet d'une surveillance accrue. Vous pourriez cependant facilement intégrer une caravane de marchands et disparaitre avant qu'ils aient finalisé leur blocus.
- Je vous remercie Anton.
- Les dieux vous le rendront, ajouta mystérieusement la sorcière.

Une heure après, nous étions cachés dans une ruelle donnant sur la grande place. Une dizaine de grands chariots trônaient effectivement en son centre formant un cercle. Le nom de la compagnie Guerez était inscrit en lettres de feu sur les toiles de tentes qui recouvraient chaque caravane.

- Je vais aller parler à ce Gustavo. Vous, vous restez là bien cachées !

Alors que j'allais franchir le cercle de carioles, un homme vêtu d'une chemise bouffante, d'un pantalon serré et d'une paire de bottes montantes en cuir me coupa net le passage. Il portait une rapière dans un baudrier accroché à sa taille. Son large couvre-chef et sa peau bronzée m'indiquèrent qu'il devait être au même titre que son employeur originaire de l'archipel de Bienvino.

- On ne passe pas. Le spectacle est terminé.
- Je ne suis pas là pour le spectacle mais pour voir Guerez. Il m'a fait une proposition tout à l'heure qui finalement pourrait m'intéresser.

Il me scruta de la tête au pied. Ses longs cheveux bouclés, sa fine moustache et sa barbichette noire lui donnaient un air plutôt amical.

- Vous allez devoir déposer votre épée et le pistolet que je devine dissimulé sous vos frusques.

Je m'exécutais sans montrer le moindre signe de résistance.

Il me conduisit derrière les chariots. Une petite troupe était attablée autour d'un grand feu de camp. Plusieurs troubadours et des personnages costumés discutaient et chantaient entre eux. Lorsque Gustavo m'aperçut, son regard s'illumina et il me fit signe d'approcher.

- Je vois que vous avez déjà fait la connaissance de Franscesco en charge de la sécurité du convoi. Venez, faites de la place à notre ami, voulez-vous.

Je m'assis à ses côtés et on me fourra dans les mains une chopine de bière et une assiette contenant une tranche de cochon grillé et quelques légumes de pays.

- Quel est votre nom, déjà, me demanda-t-il ?

Mon nom, j'avais beau me creuser les méninges, je ne me rappelais de rien.

- Hakon, répondis-je en me remémorant le nom du seigneur de guerre de l'histoire de la sorcière.

- Cela signifie « le haut protecteur » dans la langue des hommes du nord. Ce fut le nom de nombreux roi.

Je me tournais vers celle qui avait prononcé ces mots.

C'était une jolie femme d'une quarantaine d'années portant une superbe robe de dame de la cour en tissu brocart blanc rehaussé de fils d'argent. Son décolleté proéminent exposait plus que de raison une généreuse poitrine extravagante. Son visage était couvert de fard blanc qui se mariait subtilement avec la couleur de sa coiffe compliquée. Ses yeux gris me mirent mal à l'aise. J'avais réellement l'impression qu'elle me dévorait du regard.

- Je vous présente Elisa, la marquise de Venitchio, mon épouse.

- Et également, la plus grande cantatrice des Quatre Royaumes, ajouta-t-elle en me présentant sa main couverte de bagues.

Je m'empressais d'hotter mon casque pour l'embrasser.

- Les hommes du nord aurait-il des manières ? On raconte que dans ces contrées sauvages, les clans barbares n'ont ni foi, ni loi, se pillant et se tuant entre eux. Est-ce vrai ?

- De nombreuses légendes nous entourent mais nous ne sommes pas pires qu'un Yényitchéri enragé, un guerrier teutonique ivre ou bien encore un pirate de Bienvino sortant d'une taverne. Pour ma part, je cumule tous ces défauts en tant qu'Yényitchéri du nord.

Elle me sourit en passant discrètement sa langue sur ses lèvres.

- Votre proposition de nous prendre dans votre troupe tient-elle toujours ?

- Oui, naturellement. Auriez-vous changé d'avis ?

- Mes amies n'attendent que mon signal pour nous rejoindre.

- Mais qu'attendez-vous ? Faites les venir se réchauffer autour du feu. Les nuits sont fraiches dans les baronnies.

Maëvilis et Chadia nous rejoignirent rapidement.

- Qu'est-ce qui vous a fait changer d'avis aussi rapidement ? demanda Gustavo.

- Si je vous répondais l'appât du gain vous ne me croiriez pas. Nous sommes à la recherche d'une caravane sûre pour voyager jusqu'au nord afin de retourner dans notre contrée.

- Et vous, jeune esclave ? Votre maitre étant d'accord, je suppose que cela ne vous posera pas de problème de vous donner en spectacle de temps en temps.
- Mon maitre !
- Oui, puisque je suis d'accord, mon esclave n'opposera aucune réticence à vous aider, ais-je surenchéri avant qu'elle ne dévoile mon subterfuge.
Chadia me jeta un regard noir.
- Mon maitre est si bon avec moi que je le suivrais les yeux fermés, répondit-elle d'un air narquois.
- Gustavo m'a grandement vanté vos performances scéniques. Il est vrai que votre charme n'a d'égal que votre jeunesse. J'ai hâte d'assister à l'une de vos futures représentations. Etes-vous réellement une beauté de harem? s'interrogea Elisa sur un ton inquisiteur qui en disait long.
- Oui, j'ai eu les meilleures enseignantes qui soient.
- Et comment se passe la vie dans un harem ?
- Le sérail d'Hammet, la capitale des Yényitchéri est un lieu clos où les femmes sont la propriété du grand Sultan Omek III. C'est l'établissement le plus réputé des Quatre Royaumes. Il forme les femmes à devenir des épouses exquises. Les plus chanceuses deviendront concubines ou maitresses du Sultan. Mais de nombreux astres de beauté inconnus s'éteindront, sans jamais avoir rayonné en dehors. Certaines seront vendues, offertes ou mariées de force pour sceller des pactes commerciaux ou diplomatiques avec des puissants. Ne vous m'éprenez pas sur nous cependant. Notre éducation et nos dons sont sans pareil. C'est pour cette raison qu'une femme de harem est un bien rare et extrêmement précieux. Beaucoup d'entre nous parviennent à obtenir leur liberté et nous occupons toutes des places dominantes dans la société.
- J'ai entendu dire que les propres filles du sultan Omek III étaient formées dans son harem. Les avez-vous déjà rencontrées ? On dit d'elles qu'elles sont d'une beauté resplendissante.
Je faillis m'étrangler mais Chadia resta imperturbable.
- Sa cinquième fille est une superbe créature assez hautaine et destinée au cruel roi Géhofft. Je plains définitivement cette jeune fille quand elle aura à partager la couche de ce pourceau, répondit la jeune femme avec aplomb.
Tout le monde s'esclaffa de rire.

Un peu avant le départ, j'expliquais en catimini à notre hôte qu'il ne serait pas bon que l'armée de Yényitchéri, postée aux portes de la ville, nous mette la main dessus. Gustavo organisa notre évasion en nous dissimulant dans un chariot. Nous passâmes par la porte nord sans grande difficulté et pûmes profiter encore quelques heures d'un repos bien mérité.

Cependant, sur la route qui menait à la forêt, une patrouille de guerriers de Sultan prit à partie notre convoi.

Elisa entra comme une furie dans la roulotte et ouvrit une grande malle percée de multiples trous. Elle ordonna à Maëvilis de sortir et cacha sous le lit mon armure et mes armes.

- Rentrez là-dedans et pas un bruit.

J'entendis la sorcière parler dehors et protester afin d'interdire l'accès au wagon de sa maitresse.

Je me couchais immédiatement dans l'étroite cachette et Chadia n'eut d'autre choix que de me rejoindre en s'allongeant sur moi. A peine Elisa fermait-elle le couvercle qu'un soldat pénétrait dans ses quartiers.

- On ne vous a pas appris la politesse, seigneur. C'est le wagon d'une dame. Je suis la marquise de Venitchio ...

- Je n'ai que faire de tes jérémiades. Mes ordres viennent d'en haut. Laisse-moi passer, veux-tu ? Que caches-tu, de la drogue, des potions aphrodisiaques, de l'or ? Ouvre-moi ce coffre.

- Toute femme a ses petits secrets qu'elle ne souhaiterait pas voir divulguer. J'ai toujours rêvé de rendre heureux un beau Yényitchéri comme toi. Laisse-moi être gentille avec toi. Tu n'auras pas à le regretter.

Par les fentes, je pus voir Elisa s'agenouiller devant le soldat et commencer à lui baisser son pantalon.

Chadia était plaquée contre moi et n'osait pas bouger. Malgré la situation périlleuse, ce contact charnel était divin. La donzelle ne portait que sa culotte et son soutien-gorge à mailles. Bien que je sois certain qu'elle ne disposait pas de fioles de parfum, sa peau distillait une odeur de jasmin aphrodisiaque. Quand elle sentit mon excitation grandir, Chadia me jeta un regard noir. Le Yényitchéri avait décidé de consommer plus complètement ce met qui lui était offert. Elisa se retrouva couchée sur le lit en acceptant de bonnes grâces les assauts du soldat.

Je posais une main sur les hanches de la princesse et effleurais doucement du bout des doigts ses fesses nues. Elle voulut geindre mais ne dit rien de peur de nous faire découvrir. Avec mon autre main, je la serrais contre moi pour l'immobiliser. Sa poitrine était collée contre mon torse. Je pouvais sentir la pression de ses tétons gonflés par l'émotion sous la fine étoffe de mailles de son vêtement.

Le soldat termina son affaire avec l'actrice et quitta le chariot sans demander son reste. Le convoi reprit sa route. Elisa nous libera rapidement.

- On m'avait vanté les performances des Yényitchéri et je peux vous confirmer que ce ne sont pas des mensonges. Le bougre m'a fait jouir comme jamais. Dites-donc vous deux ? On dirait bien qu'il s'est passé quelque chose là-dedans. Vous n'auriez quand même pas abusé de votre petite esclave pendant que ce sauvage me tringlait sans vergogne.

Chadia se planta devant moi et me gifla sans prévenir.

- La prochaine fois que vous posez les mains sur moi sans mon consentement, ça sera un coup de couteau entre les omoplates. Est-ce bien clair ?

Elle n'attendit pas ma réponse et quitta la carriole, furibonde.

- Sacré caractère cette jeune esclave.

Elle me fit un clin d'œil.

- Pas un mot à Gustavo. Ça sera notre petit secret à tous les trois.

Pendant plusieurs jours, le voyage se déroula sans autres désagréments. Ce laps de temps nous permit de faire plus ample connaissance avec le reste de la troupe. Composée principalement de comédiens et de chanteurs, elle comprenait également Elruis un jeune magicien plutôt doué et Fauvellia, une superbe acrobate Yényitchéri à la peau bronzée.

Maëvilis prit sous sa coupe le mage afin de partager quelques secrets avec lui. Je soupçonnais la vieille femme de ne pas avoir révélé tous ses talents. Elle se montrait discrète mais pourtant la majorité de nos compagnons en avait un peu peur. Naturellement, Chadia se trouva des points communs avec sa compatriote qui lui enseigna quelques mouvements de gymnastique plutôt gracieux. La petite était définitivement douée.

A aucun moment, nous avions échangé sur notre relation éphémère. Chadia se montrait un peu plus distante mais continuait quand même à me parler comme si de rien n'était. Elle semblait avoir tourné la page et avoir oublié définitivement cet évènement. Pour ma part, j'étais encore envouté pensant constamment à elle jour et nuit.

Un soir, autour d'un feu de camp, Elisa nous conta l'effrayante histoire de Mordredaedüs.

- Nous sommes des troubadours et des gens du voyage. Certains voient en nous des amuseurs et d'autres des charlatans. Il y en a encore beaucoup que ont peur de nous. Il y a fort longtemps, le jeune Mordred charmait ses spectateurs à chacune de ses représentations. Il chantait divinement bien et les opéras auxquels il participait faisaient toujours salle comble. Malheureusement, il croisa un jour la route de la jeune baronne de Boncieux. Mordred qui avait une réputation de coureur de jupons tomba pourtant sous le charme de la demoiselle et coucha avec la pucelle. Ils prirent tous les deux la fuite, pourchassés par le père, fou de rage de voir son enfant souillée et déshonorée par un vulgaire troubadour.

Le baron de Boncieux les captura quelques mois plus tard alors que la grossesse de sa fille était déjà bien avancée. Aveuglé par la fureur, il éventra sa progéniture et jeta aux flammes le fœtus. Le chanteur prononça alors une terrible malédiction à l'encontre du baron. Il offrit son âme aux ténèbres en échange du pouvoir de se venger. La langue de Mordred fut coupée et il fut laissé pour mort, pendu à un arbre. Ce furent les rats qui rongèrent sa corde et lui permirent d'échapper à une fin certaine. Mais Mordred n'était plus le même. Son âme était devenue impie. Mordredaedüs, le Nospheratu avait été créé par le pire acte que puisse commettre un homme, tuer sa descendance.

Une nuit, alors qu'une épaisse brume s'était levée, un village fut envahi par des hordes de rats. Quelques jours après, les paysans succombèrent d'une peste bubonique foudroyante. L'unique survivant a raconté avoir entendu un chant très triste. Une forme emmitouflée dans un long manteau a alors surgi du brouillard. La créature ténébreuse, entourée par des meutes de rongeurs, s'est alors abreuvée du sang de ses victimes hypnotisées par sa mélodie maléfique. Le périple du vampire l'amena de village en village en direction de la ville des Boncieux. Il ne laissait que mort et chaos derrière lui. Son armée grossissait avec les mourants qu'il métamorphosait en créatures de la nuit comme lui. Sa meute parvint finalement jusqu'au château du baron. Ce dernier avait fui comme un lâche et avait quémandé l'aide de son suzerain le roi. Aussi, l'armée des ténèbres fut accueillie par l'inquisiteur Perken en personne et ses redoutables templiers. Une terrible bataille s'engagea et Mordredaedüs affronta en personne l'inquisiteur. Perken parvint à vaincre son ennemi et lui planta un pieu en plein cœur. Hélas, le mort-vivant dans un dernier sursaut de vie lui arracha le cœur de ses propres mains. La dépouille du vampire et le corps de l'inquisiteur furent enterrés dans une crypte cachée au plus profond du château. On n'entendit plus jamais parler du vampire mais certains habitants du château racontent entendre parfois une mélopée envoûtante provenir des profondeurs. Il arrive que certains domestiques manquent à l'appel. On impute alors leur disparition au chant du vampire emprisonné dans les oubliettes. Le baron, quant à lui, ne put trouver le repos et mit fin à ses jours en se jetant des remparts de son château.

- Comment voulez-vous que je dorme après une horrible histoire comme celle-là, bredouilla Chadia.

Elle se blottit contre la sorcière pour chercher un peu de réconfort. Je décidais de m'éloigner un peu du campement pour profiter en solitaire de la pleine lune. Je trouvais un point d'observation en hauteur sur une grosse pierre partiellement dissimulée par la végétation. A ma grande surprise, je pus apercevoir une sphère voltiger puis disparaitre dans un arbre. J'en étais réduit à penser que ces objets étaient liés à moi et à mon statut d'Égaré.

Mes songes convergeaient encore vers Chadia quand je vis apparaitre Elisa. Elle avait quitté son costume de scène pour une robe moins voyante et moins encombrante. C'était finalement une jolie blonde aux cheveux bouclés et aux yeux gris, un peu replète mais véritablement charnelle. Au naturel, elle apparaissait très attirante et plein d'entrain. J'aurais même dit très sauvage.

Elisa regarda derrière elle pour voir si on ne la suivait pas puis sortit de sous son décolleté pigeonnant une petite fiole de liquide brunâtre. Elle l'ouvrit délicatement et la vida d'une traite puis se déshabilla complètement. Je la vis soudain se cambrer et elle tomba au sol. J'allais quitter ma cachette pour lui porter secours quand son corps prit une attitude grotesque. Ses membres craquèrent et son corps s'étira. Des poils percèrent sa peau et sa face s'allongea. La femme devait subir le martyr et gémissait ou hurlait au cours de cette terrible transformation. Bientôt, je pus apercevoir en lieu et place d'Elisa une créature humanoïde au pelage noir et au faciès de loup qui se tenait debout sur ses pattes. Ses bras puissants étaient munis de griffes acérées. La créature hurla en direction de la lune et se mit à courir vers les bois. Décidément ce monde me réservait bien des surprises. Pourtant, j'étais maintenant convaincu que ce n'était pas le mien.

Je décidais cependant d'en parler avec Maëvilis. Elle m'expliqua que certaines personnes avaient la capacité de se métamorphoser en animaux ou en des choses bien pire encore. Dans les Quatre Royaumes ce don ou cette malédiction était rare. Ceux qui disposaient de cette capacité étaient appelés des mutants. Parfois une potion permettait d'avoir les mêmes effets en métamorphosant le corps en quelque chose d'autre. Sans doute qu'Elisa disposait de ce type de breuvages et avait souhaité passer une nuit dans la peau d'un loup à chasser en pleine forêt. Maëvilis m'apprit également que la légion Wolfen ne comportait que des mutants capables de prendre des formes d'animaux utiles dans leur chasse aux Égarés.

Franscesco galopa en direction de Gustavo.
- Une petite troupe de Yényitchéri est sur notre piste. Je ne sais pas comment ils ont fait mais ils sont à seulement un jour de cheval de nous. Par ailleurs, ils gagnent du terrain. Nos invités ont l'air d'avoir une certaine valeur à leurs yeux. Il faut accélérer la cadence et les perdre dans le bois de Hurlevent.
- Nous n'allons pas passer par ce lieu maudit. Les esprits vont s'emparer de notre âme.
- J'ai parlé avec Maëvilis. Elle connait un puissant rituel pour les repousser le temps de notre passage, argumenta le bretteur.
- Et vous faites confiance à une sorcière du nord ? s'exclama Gustavo.
- Maëvilis est expérimentée. Elle ne nous ferait pas courir de danger si effectivement elle n'était pas capable de s'occuper des esprits, ajoutais-je, sans être réellement convaincu par mon annonce.

Le convoi s'arrêta devant un pont en pierres qui enjambait un torrent tumultueux.
- Pourquoi arrêtez-vous le convoi ? hurla Gustavo.
- Il y a quelqu'un qui en bloque le passage, patron.
Je me portais au-devant du premier chariot accompagné de Chadia. Un chevalier en armure noire se tenait fièrement sur son destrier. Il portait une longue lance et un bouclier dont les armoiries représentaient un aigle enserrant dans ses serres un serpent.
- Vous êtes sur les terres du Baron Harmman et ce pont est sa propriété. Nul ne peut y passer sans me vaincre en combat singulier.
Sa forte voix bien qu'apparemment âgée gardait un ton ferme et déterminé.
- Je n'ai jamais jouté avec un chevalier teutonique, annonça Franscesco. Ce n'est pas dans mes compétences. Nous pourrions forcer le passage.
- Et nous retrouver face à une nouvelle troupe encore plus terrible que les Yényitchéri. Non, ce n'est pas une bonne idée. Je vais aller lui parler, décida le chef de la troupe.
Gustavo accompagné d'Elisa et de Franscesco s'approchèrent du chevalier.

- Noble seigneur, nous ne sommes qu'une troupe de comédiens qui demande l'autorisation d'emprunter votre pont pour traverser sans histoire votre domaine. Si vous le souhaitez, nous pouvons payer notre passage ou bien encore vous distraire quelques heures dans votre château.
- Je n'ai que faire de vos offres. Si vous voulez passer, il faudra me faire tomber de cheval dans un combat loyal à la lance.
- Soit, je relève votre défi mon seigneur mais je n'ai point de lance à vous opposer, criais-je à son attention.

Tout le monde se retourna vers moi. Je perçus un instant le regard impressionné mêlé d'inquiétude de Chadia. Cela me mit du baume au cœur.

- Je vous offre la lance, mon garçon. Rejoignez-moi de l'autre côté, mon écuyer va vous équiper. Je ne voudrai pas vous transpercer dès la première passe.

Un jeune page du même âge que Chadia sortit d'une tente ronde et me tendit un bouclier et une longue lance en bois pour jouter. Je plaçais ma monture face à mon adversaire puis l'éperonnais pour m'élancer à vive allure vers lui. J'eus toute les peines du monde à maintenir ma lance dans l'axe du champ de lice. Je levais instinctivement mon bouclier pour protéger mon visage et pointais la lance en direction de sa cuisse. Un coup vicieux et difficile mais qui l'obligerait à baisser sa garde. Au tout dernier moment, juste avant l'impact, j'utilisais toute la force de mon genou pour remonter soudainement la lance afin de tromper la vigilance du chevalier. L'assaut fut terrible. Son coup me désarçonna et je me retrouvais à voltiger en l'air avant de retomber douloureusement au sol. Ma lance s'était brisée sur son bouclier. Le vieux briscard ne s'était pas laissé avoir par ma technique improvisée. Il mit pied à terre et releva sa visière. Ce n'était qu'un vieillard ridé. Cependant son regard apparaissait aussi vif et malicieux que celui de notre sorcière.

- Vous joutez bien pour un homme du nord, mon garçon. Enfin, je devrais plutôt dire un Yényitchéri convertit en homme du nord. Ce n'est pas banal. Avec un peu de temps, je pourrais faire de vous un excellent bretteur.

La chute avait endommagé la manche de mon armure de cuir. L'homme aperçut mon tatouage sur l'épaule. Son visage se voila et ses traits se durcirent.

- Votre troupe dinera au château ce soir. Nous avons à parler.

Il nous fit traverser son domaine composé principalement de champs de blé et de quelques vignes entretenus par des paysans. Son château ressemblait plus à un grand manoir. Il était cependant doté d'un mur d'enceinte en pierre et d'une tour carrée partiellement délabrée. Une jeune femme blonde l'attendait sur le perron accompagnée d'un serviteur. Ses traits ne m'étaient pas inconnus. Je jurais l'avoir déjà vue auparavant.

- Père, vous nous ramenez des invitées sans prévenir.
- Ne te montre pas insolente, Liliane. Cette troupe de comédiens va nous distraire en échange du gite et du couvert. Prépare le vin et demande au village qu'on nous fasse griller un cochon. Aujourd'hui, c'est jour de fête. Suis-moi, dit-il en m'attrapant par le bras.

Je passais à côté de Liliane et la salua poliment. Elle me rendit mon salut sans aucun sourire et plutôt inquiète. Sa tenue correspondait plus à celle d'une femme de chambre que d'une fille de chevalier. L'argent ne devait pas couler à flot dans cette maisonnée.

Nous grimpâmes les escaliers de la tour et il me fit entrer dans la plus haute pièce encore intacte. Il alluma une lanterne qu'il posa sur un grand bureau en chêne massif. Il retira deux coupes en métal d'une étagère et y versa du vin extrait d'un petit tonneau.

- Buvez, cela vous fera le plus grand bien, Égaré.
- Je posais ma main sur le pommeau de mon épée.
- Tu n'as rien à craindre de moi, mon ami. Aide-moi à retirer cette armure.

Sans un mot, je lui servis d'écuyer. Il remonta sa manche et me dévoila un tatouage parfaitement identique au mien. Seule la couleur était différente.

- Vous êtes également un Égaré.
- Oui, j'ai foulé pour la première fois le sol des Quatre Royaumes quand j'avais approximativement ton âge.
- Que pouvez-vous me dire sur les Égarés, sur mon passé ? demandais-je, tout excité.
- Je comprends ton entrain mais j'ai bien peur de ne pas pouvoir répondre à toutes tes questions. De nombreux points restent encore obscurs, même pour moi.
- Parlez ! Je vous en conjure.
- Dans un premier temps, dis-moi, ce que tu sais de nous ?
- Je me suis réveillé sans souvenir de mon passé et sans connaissances propres sur cette contrée. J'ai l'impression de ne pas y être chez moi. Des sphères de métal me traquent et j'ai dû affronter des divins.
- Redis-moi ça.
- Les sphères ?

- Non, les divins. Tu en as rencontré ? Enfin, je veux dire, tu as eu à faire à eux ?
- Oui, j'en ai, disons, tué deux et je les ai vus bruler devant mes yeux, foudroyés par des éclairs venus du ciel, un jour sans orage.
- Les divins sont très dangereux. Tu as de la chance d'avoir survécu à leur rencontre. Montre-toi discret et humble. Certains ne sont que de simples exécutants mais beaucoup sont de véritables dieux doués de pouvoirs incommensurables et capables d'éradiquer une ville ou une civilisation entière. Ils s'amusent avec nous les vivants.
- D'où viennent les Égarés ?
- Le commun des mortels pense que nous venons du ciel, là où vivent les dieux et leurs messagers. Nous serions des anges déchus chassés du firmament par les dieux pour expier nos péchés dans les Quatre Royaumes. Pour ma part, je ne crois pas un traitre mot de tout ça. Comment expliques-tu que personne n'ait jamais réussi à franchir les hautes montagnes qui entourent Lakoele ? Pourquoi les savants disparaissent quand ils sont en passe de faire des découvertes importantes. La magie, les miracles, tout ceci n'est qu'une incroyable supercherie. Je ne peux pas t'en dire plus pour le moment car tu devras découvrir certaines choses par toi-même. La pièce que tu vois là renferme toute mes connaissances sur ce sujet.

Il me désigna une lourde porte de métal.

- Un jour peut-être, lorsque tu auras plus de maturité, je te révélerai ces secrets. Pour le moment, tu dois cultiver et développer tes pouvoirs et tes capacités. Quel est ton objectif ?
- Rejoindre le temple divin primitif.
- C'est effectivement, ce que tous les Égarés tentent de faire. Saches que très peu ont réussi et on ne les a jamais revus ensuite. Tu n'auras qu'une année pour y parvenir ensuite ses portes te seront définitivement fermées. Tous les puissants chercheront à te mettre des bâtons dans les roues. Il te faudra des amis fidèles et dévoués à ta cause pour parvenir à tes fins. Viens, il est temps de rejoindre les autres pour dîner. Nous reparlerons de tout ceci plus tard.

Le Baron Harmman se révéla un excellent hôte, naturellement épicurien mais également bon vivant. Liliane se dérida rapidement. Lorsque la troupe entama une farandole et plusieurs danses, elle se retrouva rapidement ivre de plaisir en passant dans les bras des uns et des autres. La jeune femme ne devait pas avoir beaucoup de distraction dans ce vieux château avec un père âgé et aucun frère et aucune sœur. Elle discutait vivement avec Chadia en me jetant des regards amusés.

- Votre fille est charmante, Baron.

- Oui, il faudra un jour que je pense à lui trouver un prétendant sinon elle va finir vieille fille.

Je regardais avec compassion la jolie blonde aux cheveux longs et aux yeux d'émeraude. Elle capta mon regard et se mit à rougir tout en me souriant. Chadia remarqua nos simagrées et conduisit Liliane à notre table.

- Mon maitre, pouvez-vous raconter à notre gracieuse hôtesse, comment vous savez vous servir habilement de vos mains enfermés dans un coffre avec une jeune femme ?

Elle se mit à pouffer de rire en me voyant rougir honteusement. L'éducation de Liliane lui interdit de rire également. Mais son petit sourire en coin en disait long.

Elruis effectua quelques tours de magie puis s'approcha de Liliane.

- Mademoiselle, je crois bien qu'on vous a volé votre collier.

La jeune femme se mit à tâter son cou mais n'y trouva effectivement aucun bijou. Son air changea alors subitement.

- Rendez-moi ce collier, immédiatement, dit-elle en colère.

- Je ne l'ai pas pris. Je pense que c'est le seigneur Hakon qui vous l'a subtilisé. Un véritable maitre voleur qu'est cet homme du nord.

Elle se retourna vers moi un regard noir dans les yeux.

- Rendez-lui seigneur, fouillez dans votre poche, ordonna le magicien.

J'examinais cette dernière et en extrais un collier en or auquel était fixé un petit poignard en métal sombre, parfaitement lisse et veiné de rouge, d'une dizaine de centimètres.

- Remettez ce bijou à Liliane, imposa le Baron Harmman.

Je me permis de lui fixer au cou et elle nicha le bijou à l'abri entre ses seins. L'instant d'après, sa bonne humeur était retrouvée.

Nous décidâmes de dormir en sécurité dans le château et de partir dès le lendemain pour les bois de Hurlevent. Le Baron nous déconseilla de prendre cette route. Il proposait même de lever une armée pour repousser les envahisseurs. Sa fille dût le ramener à la raison et l'emmener se coucher afin qu'il puisse dessoûler.

Une chambre avait été mise à ma disposition mais ni Chadia, ni Maëvilis ne souhaitèrent la partager avec moi. Je fus guidé dans mes quartiers par Liliane.

- Votre père est un homme juste et bon. Vous avez de la chance de l'avoir.
- Oui, il m'a apporté un toit et une éducation. J'ai toujours voulu l'accompagner dans ses voyages mais il a toujours refusé. Ma vie est bien triste mon seigneur, enfermée dans ce château. Vous comprendrez que j'aspire à le quitter pour voler de mes propres ailes. Mais que ferait une pauvre demoiselle dans ce monde de brutes sans pitié. Je suis très pieuse et j'implore les dieux chaque jour de changer mon destin.

Elle me regarda droit dans les yeux. C'est à cet instant que je compris qui elle était. Enfin plutôt, à qui elle ressemblait. Ses cheveux, ses yeux et son corps étaient différents mais son visage était indéniablement celui d'une divine.

- Emmenez-moi avec vous, Seigneur Hakon.
- Et que deviendrait votre père sans vous, madame ?
- Je vous en supplie. Prenez moi, enlevez moi mais je ne pourrai pas rester une semaine de plus dans ce château. Je préfèrerais me jeter du haut de la tour. Après trente hivers passés ici, je ne tiendrais pas une saison de plus.
- Ne dites pas ce type de chose.

Elle détacha la fibule qui tenait sa cape. Puis devant mes yeux incrédules, elle déboutonna sa robe et la fit glisser jusqu'au sol. Entièrement nue, elle m'adressa un timide sourire. Sa peau d'une blancheur extrême et sa minceur m'indiquèrent qu'elle ne devait pas manger tous les jours à sa faim, ni profiter suffisamment de la caresse du soleil. Pourtant, ses jolis seins dressés, mis en valeur par son long collier et son regard vert suppliant, invitaient à commettre l'irréparable. Elle défit le nœud qui retenait ses cheveux. Sa longue chevelure, jaune comme les blés, tomba outrageusement jusqu'à la naissance de ses fesses.

- Ne me trouvez-vous pas à votre gout ? Je ferais une bonne compagne et vous m'apprendriez à devenir une bonne amante.

Elle s'approcha de moi et je ne pus que la prendre dans mes bras. Sa peau était douce et parfumée.

- Liliane, vous êtes une femme ravissante et tout autre homme que moi aurait succombé à votre charme.
- Chadia occupe votre cœur, c'est ça ? Comment puis-je lutter face à tant de beauté et de jeunesse ? Laissez-moi vous faire oublier ce succube le temps d'une nuit.

Elle se pressa contre moi plus fortement. Sa respiration s'accentua.

Je relevais alors l'épaulette de mon armure de cuir pour lui montrer mon tatouage. Son regard se figea et des larmes de tristesse prirent naissance au coin de ses jolis yeux verts.

- Veuillez me pardonner, seigneur, je ne connaissais pas votre sacerdoce qui est également celui de mon père.

Elle déposa un baiser sur mes lèvres puis remonta sa robe avant de fuir dans le couloir mal éclairé en sanglotant.

Ma nuit fut troublée par un nouveau rêve particulièrement étrange. Je flottais dans les airs. Tout autour de moi, je ne pouvais apercevoir qu'une blancheur immaculée éclatante. Je dus plisser les yeux pour ne pas être aveuglé par tant de clarté. Lorsque mon regard se fit à la luminosité ambiante, j'aperçus une femme qui flottait à quelques mètres de moi. Elle était blonde et portait une queue de cheval qui partait du haut de son crane pour redescendre sur son dos. Son visage fin était subtilement maquillé pour faire ressortir ses yeux et ses lèvres. Du far recouvrait ses joues. Ses cils avaient été rasés pour ne former qu'un mince trait au-dessus de ses yeux. Elle portait une tenue en cuir ajustée près du corps. Des épaulettes renforcées et cloutées lui donnaient un aspect guerrier certain. Son cou était protégé par un col rehaussé. On ne pouvait voir que le haut de ses seins emprisonnés dans un bustier intégré à sa combinaison. Une courte jupe toujours en cuir noir, des bas-résilles et des bottes montantes rehaussées constituaient le reste de son étrange accoutrement. De toute évidence, elle ne ressemblait pas à ce que l'on voyait ici. J'en conclus donc qu'elle ne pouvait être qu'une habitante de ma contrée d'origine.

Ses yeux bleus me lancèrent un regard aimant qui me bouleversa.

- Qui êtes-vous ? ai-je demandé.

- Je ne puis te répondre sur ce point car cela perturberait ton esprit et mettrait ta vie en danger. Appelle-moi Judith et considère que je suis ton ange gardien. Je dois faire vite pour ne pas être repéré. Tu dois accomplir ton destin et emmener, coute que coute, Chadia au temple divin. Il en va de ta survie et de celle du LEF. Je veillerai sur toi du mieux que je puisse le faire, mon amour.

- Le LEF, c'est quoi ça ?

Elle s'approcha de moi et m'embrassa avec passion. Ses lèvres sucrées et les subtils mouvements de sa langue dans ma bouche me projetèrent au septième ciel. Je me réveillais aux anges mais ma joie fut de courte durée quand je m'aperçus qu'un des gros chiens du baron était en train de lécher mon visage.

Le lendemain, la caravane était déjà prête à partir. Le baron glissa un manuscrit dans mes mains.

- Je l'ai écrit moi-même. C'est un recueil sur l'apprentissage de la joute et il renferme quelques techniques secrètes de mon invention. Une bonne lecture conjuguée à un bon entrainement pourrait faire de toi un excellent bretteur. Si tu ne parviens pas à réaliser ta quête, reviens me rendre visite et je t'en dirai plus sur les Égarés.

- Et vous ? Qu'allez-vous faire ?

- Je me fais vieux et monter à cheval devient pour moi difficile. J'aurais pourtant voulu une dernière fois participer au prochain grand tournoi de chevalerie de Lakoele qui se tient dans la capitale Hernstein des baronnies teutoniques.

- Liliane n'est pas là ?

- Veuillez excuser l'absence de ma fille mais les quelques excès d'hier l'ont obligée à rester couchée. Tout rentrera dans l'ordre rapidement rassurez-vous.

J'aperçus fugacement une ombre derrière la fenêtre de sa chambre.

- Veillez bien sur elle et remerciez-la de son accueil. Je lui souhaite de rencontrer rapidement un bon et loyal époux afin qu'elle puisse vous offrir une digne descendance.

- Ce n'est que ma fille adoptive. Tu l'apprendras sans doute à tes dépends mais un Égaré ne peut pas avoir d'enfant. J'ai adopté Liliane alors qu'elle n'était qu'un bébé. Sa mère l'a mise au monde avant de mourir. C'est une fille exemplaire qui s'est toujours occupée de moi malgré mes nombreux voyages et mes extravagances d'Égaré. Il va bien falloir un jour qu'elle puisse prendre son envol. Mais je ne la crois pas encore suffisamment préparée.

- Elle l'est mon seigneur. Liliane aspire à découvrir le monde à vos côtés ou dans les bras d'un mari.

- Tu as sans doute raison. Je l'ai sans doute trop protégée. Mais sa troublante ressemblance avec une divine est un danger pour elle. Je te souhaite bonne chance mon ami. Nous allons ralentir vos poursuivants. Ils vont tâter de ma lance puis si nécessaire je les enivrai avec ma piquette.

- Soyez prudent, baron. Ces hommes ne rigolent pas et leur chef est impitoyable.

- Dans tous les cas, j'ai fait passer la consigne pour que tous disent que vous êtes partis vers l'est. Ils ne penseront pas que vous êtes assez fou pour vous aventurer dans les bois de Hurlevent. Adieu, mon ami.

Je tournais une dernière fois la tête vers les remparts à la recherche de Liliane mais je ne vis personne.

CHAPITRE 3 : LE TOURNOI

L'orée des bois de Hurlevent avait déjà une apparence inquiétante. Les arbres étaient massifs et tortueux. L'herbe de la prairie ne parvenait pas à se développer sous l'épaisse toison de feuilles. Si bien qu'on avait l'impression qu'une frontière avait été artificiellement créée entre les deux paysages. Une zone morte d'apparence brulée où rien ne poussait. Lorsque nous empruntâmes l'unique chemin qui s'enfonçait dans la forêt, je me mis à frissonner. Mes compagnons semblaient ressentir la même impression de mal être que moi. Je me demandais également comment le chemin était-il si bien entretenu si personne ne mettait les pieds ici.

- Qu'allons-nous trouver là-dedans, Maëvilis ?
- Si les dieux sont avec nous, rien. Dans le cas contraire, ils souhaiteront que nous rejoignions les profondeurs de la terre. Mais rassure-toi, je suis une seiðkona. Il ne vous arrivera rien si vous faites exactement ce que je vous dis. En premier lieu, restez toujours sur le chemin. Il est sacré et mère nature, elle-même, ne peut pas violer ce sanctuaire.
- Alors, seigneur Hakon, mon maitre, avez-vous passé une agréable nuit avec cette Liliane ? Un peu maigrichonne à mon goût quand même.
- Tu es stupide Chadia. N'as-tu pas vu que cette femme était en détresse ? Elle n'aspire qu'à voyager pour quitter ces lieux austères. Serais-tu jalouse ?
- Jalouse d'elle. Osez-vous me comparer à cette bigote à la peau laiteuse ? Elle ne m'arrive pas à la cheville. Je l'ai trouvée cependant d'agréable compagnie. Elle ferait une bonne catin pour les divins.

- Pas de blasphème, Chadia. Ce lieu est fortement observé par les dieux. N'allons pas les offenser quand nous allons avoir besoin de leur aide prochaine, répliqua la sorcière.

Chadia se renfrogna, fit la moue et s'éloigna vers l'avant de la caravane avec son cheval. Cette peste restait toujours aussi désirable.

- Des cavaliers approchent par le devant, cria notre éclaireur. Ils seront sur nous dans moins de dix minutes.
- As-tu pu voir leur apparence ? demanda Gustavo.
- Ce sont des pisteurs de la légion Wolfen.
- Il faut quitter la route et dissimuler la caravane dans les bois. Avec un peu de chance, ils passeront à côté de nous sans nous voir. S'ils nous tombent dessus, ils ne feront qu'une bouchée de notre compagnie, ajouta Gustavo.

Je regardais Maëvilis. Elle ne montra pas de signe de peur mais ne semblait pas rassurée pour autant.

- Il vaut mieux affronter les esprits des bois que les chasseurs. Quittons la route prestement, proposais-je.

Les chariots s'enfoncèrent dans les broussailles et en quelques minutes toute la caravane se retrouvait dissimuler par la végétation. Il n'y avait étrangement plus aucune trace de notre passage. Le bois les avait toutes effacées. Je me dissimulais en compagnie de Chadia et Maëvilis au pied d'un roncier, non loin d'Elisa et de Gustavo.

La troupe ne tarda pas à arriver. La dizaine de cavaliers étaient tous revêtus de peaux de bêtes : Ours, loup, crocodile, oiseau, serpent, sanglier. Chacun avait une effrayante apparence de l'animal qu'il incarnait. Ils allaient passer quand l'un d'eux stoppa brutalement sa monture. Le guerrier vêtu d'un manteau en poils de renard huma l'air un moment et tourna finalement son regard vers nous.

- Qu'y a-t-il Fuchs ? demanda l'un de ses compagnons.
- Je sens une présence ici. Il y a bien un effluve de parfum oriental mais je perçois également l'odeur du loup. Il y a un mutant caché non loin de nous.

Le reste de la troupe mit pied à terre.

- Löwe nous a bien parlé d'une jeune femme Yényitchéri ?

Je jetais un regard à Elisa qui ne parut pas comprendre mon geste.

- Sabre au clair, messieurs, nous allons fouiller la zone et dénicher ces rats.
- Chef, il ne fait pas bon de quitter le sentier.

- Tu as peut être raison, Schlange. Transforme-toi et va jeter un œil. On te couvre.

Les autres s'esclaffèrent.

L'homme quitta son armure faite d'écailles de reptiles et commença à muer sous nos yeux. En quelques instants, il s'était métamorphosé en un gros python réticulé. Il glissa doucement sur le sol, lardant l'air avec sa langue fourchue. Il se redressa un instant et pris soudain de la vitesse pour s'élancer dans notre direction. Nous venions d'être repérés. Je sortais mon glaive et poussais Chadia de côté, à l'instant même où la tête du monstre perçait les ronces. Ses acolytes accourraient déjà, armes à la main. J'esquivais habilement sa première attaque. La créature parvint cependant à agripper avec sa queue la princesse. Ses anneaux se refermèrent doucement mais impitoyablement sur son corps qui tentait de se débattre en vain. Je trébuchais en reculant et il tenta de me mordre. Heureusement, une flèche salvatrice tirée par Gustavo vint se figer dans sa gueule. Je dégainais prestement mon pistolet à poudre et lui tirais une balle à bout portant. Le tir puissant lui explosa la tête. Son corps fut parcouru de spasmes et ses anneaux se desserrèrent libérant Chadia.

Le combat était engagé mais les forces étaient trop déséquilibrées. Nous ne pouvions pas faire face à dix hommes solidement entraînés. Déjà quelques-uns des nôtres gisaient à terre, blessés ou mourants. Franscesco croisait le fer avec brio mais, seul, opposé à trois adversaires, il commençait à fatiguer dangereusement.

L'intervention d'Elisa transformée en lycanthrope ne changea pas la donne. Nous dûmes résolument baisser les armes et nous rendre pour ne pas tous succomber.

- On les tue tous ? demanda l'un des hommes.

- Non, répondit leur chef. Il nous faut la princesse vivante. Pour les autres pas de quartiers.

Il était massif et gigantesque. Une peau d'ours recouvrait ses épaules et sa tête. Pour seules armes, il portait des gants en cuir sur lesquels étaient fixées des griffes d'acier.

- Attendez, il y a un Égaré parmi eux, je le sens, ajouta l'homme-renard.

- Intéressant, la prime n'en sera que plus mirobolante.

Il s'approcha d'Elisa qui avait repris forme humaine. Elle semblait gravement blessée.

- Veux-tu que je mette fin à tes souffrances, la louve ? Tu n'es qu'une usurpatrice. Utiliser des potions pour prendre l'apparence d'un animal.

A cet instant, une grosse branche se brisa et fracassa le crane du chef. Des racines sortirent du sol, s'enroulèrent autour de lui et le traînèrent en direction d'un gros chêne. Le guerrier reprit connaissance au moment même où l'écorce du tronc craqua formant une bouche grotesque qui l'assimila tel un insecte. Nous entendîmes ses cris un moment puis ils se turent. Alors la forêt dans son ensemble s'anima. Les branches devinrent des mains gigantesques, les ronces se transformèrent en terribles serpents et les champignons larguèrent dans l'air des substances psychotropes hallucinogènes.

-Vite au chariot, il faut rejoindre la route, cria Maëvilis.

Je déposais le corps d'Elisa à l'arrière d'une carriole et grimpais avec Chadia et la sorcière devant. A bride abattue, l'attelage fonça en direction de la route. Une liane se fixa solidement à l'une de nos montures. Je sautais alors du chariot sur le dos de l'animal et coupais tant bien que mal l'entrave. Je perdis cependant l'équilibre et chutais lourdement sur le sol. Le chariot passa à côté de moi à vive allure et j'entendis hurler Chadia qui me jeta un regard désespéré. Je me mis à courir et j'aperçus Franscesco s'élancer non loin de moi. Nous courrions maintenant pour notre survie. La forêt déchaînée se transformait derrière nous et bientôt autour de nous. Je courrais à en perdre haleine devançant de quelques mètres mon compagnon. Je parvins à plonger à travers un buisson épineux qui m'obstruait le passage. Couvert de profondes griffures, j'atterris par miracle sur le sol terreux du chemin. Franscesco réussit également à me rejoindre à bout de souffle. Nous nous regardâmes le sourire aux lèvres. L'instant d'après une racine s'enroula autour de sa cheville et le tira vivement dans les sous-bois. Il disparut en criant puis le son de sa voix fut étouffé par la végétation luxuriante.

Il ne restait que trois roulottes en tout et pour tout. Le chemin était coupé. Les arbres tout autour de nous formaient un cercle créant une clairière qui ressemblait plus à un cimetière. Mais l'assaut final ne se produisit pas. Une grande créature squelettique surgit de derrière un tronc. Elle avait une forme humanoïde mais sa ressemblance avec nous s'arrêtait là. Ses membres noueux démesurés étaient faits de bois et d'écorce. Sa chevelure se composait de ronce et de mousse. Une forte odeur d'humus nous parvint. Sa vision inspira immédiatement la terreur à tous les survivants. Les chevaux hennirent et s'agitèrent. Il se mit à hululer ses yeux luisirent dans la pénombre comme ceux d'un hibou carnassier.

- C'est le golem d'Hurlevent, s'exclama Maëvilis. Laissez-moi faire et oubliez tout ce que vous allez voir et entendre. C'est un démon de la pire espèce. Il pourrait vous rendre fou. Ne tentez rien. Lorsque le chemin réapparaitra, fuyez avec les caravanes. Ne m'attendez pas, je vous retrouverai à la sortie de ces bois maléfiques.

Elle sauta du chariot et repoussa avec une force surprenante ma veine tentative de l'arrêter. Puis, d'un pas tranquille s'avança en direction de la créature. Il se mit alors à lui parler dans la langue divine.

-Vielle sorcière, penses-tu que tes misérables pouvoirs magiques vont te sauver d'Hurlevent. Tu as foulé le sol de ma tanière et je vais me nourrir de ton cadavre.

Il s'avança vers elle.

Maëvilis ne sembla pas paniquer. Sa voix prit un étrange timbre guttural et particulièrement effrayant. Une aura de pénombre se forma autour de la sorcière et ses traits changèrent. Elle dégagea une impression de menace et de cruauté indicible. Mes cheveux s'hérissèrent. Plusieurs de nos compagnons prirent leurs jambes à leur cou et préfèrent fuir dans les bois obscurs qu'affronter la vision de ces deux créatures démoniaques.

-Pauvre de vous, Hurlevent. Vous ne m'avez même pas reconnue. Je vous savais plus sage et moins belliqueux par le passé.

Le démon stoppa immédiatement son avancée.

-Babayaga…que faites-vous aussi loin de vos terres ?

Son timbre avait changé, il paraissait plus hésitant et même quelque peu troublé.

- Marouchka ne m'a plus donné de nouvelles depuis de nombreuses années. Se porte-t-elle bien ?

- Vous n'avez pas reçu ma missive ? Marouchka s'est éteinte il y a plus d'une centaine d'années d'une terrible maladie.

- Je peux lire en toi comme dans un livre ouvert. Elle te manque n'est-ce pas ? De mes quarante et une fille, ce n'était pas ma préférée. Marouchka a toujours était un peu sauvage. Elle semblait aimer tant la nature et la vie dans les bois que tu lui proposais. Heureusement, j'ai su en faire une bonne épouse avant de te la confier. Toutes les filles de Babayaga laissent à leur époux un souvenir impérissable s'ils parviennent naturellement à subvenir à leurs féroces besoins de chair humaine. En souvenir de Marouchka, laisse nous passer à travers ton royaume Hurlevent. Je ne souhaite aucunement t'affronter et devoir t'incinérer toi et les tiens.

- Marouchka était déjà morte lorsque vous me l'avez envoyée pour se donner à moi. Vous l'avez détruite et avez perverti son âme. La jeune fille que je connaissais et que j'aimais a été remodelée pour en faire une monstruosité. Chaque nuit, je devais l'entraver de mes plus puissantes racines pour qu'elle n'aille pas commettre d'atroces crimes chez les humains. Elle a été capturée et brulée vive après avoir enlevé et dévoré une dizaine d'enfants. Une épouse angélique et adorable la journée et une démone assoiffée de sang la nuit. Je vous hais depuis tout ce temps-là. C'est de votre faute si les bois sont devenus si impopulaires depuis des décennies.

Hurlevent recula doucement et disparut dans la pénombre. Soudain des lianes surgirent de l'endroit où il se tenait et foncèrent en direction de la sorcière. Un bouclier apparut dans les bras de Maëvilis et des flammes en surgirent. Elles s'élancèrent en direction des lianes et brulèrent tout sur leur passage. L'incendie se propagea rapidement et les arbres vivants, dans une veine tentative de survie, tentèrent d'échapper au brasier surnaturel. Le sentier commença à apparaitre. Sans attendre la suite des évènements, j'entrainais notre attelage dans une folle course à la recherche de la sortie salvatrice.

Finalement le convoi parvint à percer l'orée de la sombre forêt pour retrouver la bienfaitrice lumière du jour. Le terrain, bien que plus dégagé, était toujours couvert de buissons et de broussailles nombreux, denses, touffus et enchevêtrés.

Nous avions échappé de justesse aux monstruosités du bois d'Hurlevent. Il n'y avait que peu de survivants. En tout est pour tout, seules trois roulottes avaient réussi à s'enfuir. Sans demander notre reste, nous nous sommes élancés sur le chemin. Il n'y avait plus traces de Maëvilis.

L'ambiance était plutôt morose. Gustavo s'occupa de son épouse dont les jours n'étaient plus comptés grâce à ses soins avisés. Je compris cependant rapidement que le dirigeant de la compagnie regrettait amèrement d'avoir emprunté ce chemin et qu'il nous tenait pour principaux responsables de ce fiasco. Chadia dut jouer de tout son charme pour lui rappeler que ses principales vedettes étaient encore vivantes et que grâce à ses dons, il pourrait très rapidement embaucher de nouvelles recrues.

Je montais la garde tard dans la nuit quand j'entendis quelque chose approcher. Je dégainais mon épée, incertain de la suite des évènements. J'allais m'apprêter à donner l'alarme quand Maëvilis chevauchant un renne aux panaches majestueux apparut à la clarté du feu de camp. Elle avait retrouvé son apparence de veille femme fragile et âgée.

Elle descendit de sa monture, lui fredonna quelques mots étranges et il reprit son chemin en bondissant dans un fourré.
- N'aie crainte, mon ami. Ce n'est que moi.
- Que s'est-il passé là-bas ? Qui es-tu réellement ?
- Comme je te l'ai dit Hurlevent est un golem démoniaque. Je n'ai pu le tromper qu'en prenant l'apparence de celle qu'il déteste le plus au monde, la cruelle et puissante ogresse Babayaga, la reine du quatrième royaume de Lakoele : la reine des Côtes Gelées.
Ses yeux pétillèrent de malice.
- Sa haine lui a fait prendre des risques. Il a levé ses barrières pour m'attaquer et le feu magique a fait le reste. Il ne me restait plus qu'à demander l'aide d'un de mes puissants amis de la forêt pour vous rejoindre. Sors de derrière cet arbre, ma jeune princesse.
Chadia vint les rejoindre et tomba dans les bras de Maëvilis. Elle la serra fortement contre elle comme l'aurait fait une grand-mère avec sa petite fille.
- Je vais aller me coucher dans la chariote. Mes forces ont été mises à rudes épreuves aujourd'hui et je suis exténuée.
Elle semblait effectivement harassée. Lorsque Maëvilis disparut dans le chariot, je me retournais vers Chadia.
- Tu ne dors pas ? ai-je demandé.
- J'ai du mal à trouver le sommeil après toutes ces horreurs. Pensez-vous que l'on trouvera la paix un jour et que l'on pourra vivre heureux ?
- Nous, comme nous deux ?
Chadia sourit.
- Enfin, vous voyez bien ce que je veux dire.
Elle frissonna.
- Approche.
Elle vint se blottir contre moi.
J'entendis un bruit sous la roulotte juste à côté de nous. Une forme en surgit soudainement et agrippa Chadia.
En me relevant, je constatais que Fuchs avait posé un poignard sur sa gorge. Etait-il le seul rescapé de sa bande ou bien d'autres s'apprêtaient-ils à nous fondre dessus ?
- Lâche la môme, ce n'est qu'une enfant.
- Elle n'a rien d'une gamine, dit-il en posant ses sales pattes sur ses seins. Elle vient avec moi.
Maëvilis sortit de la roulote. Malgré sa cécité, elle semblait parfaitement voir la gravité de la situation. Elle prit la parole.

- Membre de la légion Wolfen, lâche l'enfant ou sinon les dieux vont te foudroyer sur place.
- Crois-tu que les boniments d'une vieille sorcière vont m'effrayer ? Amenez-moi une monture et vite.

Maëvilis prononça quelques mots dans ma langue natale puis désigna du doigt le renard. Un terrible éclair surgit du ciel et le frappa instantanément. Le tonnerre gronda quelques secondes après alors qu'il se consumait devant nous tous. Il ne resta bientôt qu'un tas d'os fumant. Chadia, épargnée par ce miracle, se jeta dans mes bras. Tous se tournèrent vers la sorcière. Aujourd'hui, elle avait révélé sa toute puissance et avait définitivement imposé aux autres le respect qui lui était dû.

Alors que la caravane allait reprendre sa route, mon regard fut attiré par quelque chose qui brillait dans le tas d'ossements de Fuchs. Je trouvais un minuscule objet en métal brillant pas plus gros qu'un ongle. Il était marqué de multiples stries. Des symboles presque invisibles étaient gravés dessus : « Lakoele E. »

Judith, mon ange gardien me chevauchait comme une diablesse. Ses yeux bleus étaient braqués sur les miens et elle me fixait intensément cherchant au plus profond de moi à percer mon âme.
- Je t'aime, dit-elle dans un souffle.

Alors que j'allais m'épancher en elle, mon amante en sueur se retira vivement et accueillit avec extase le fruit de ma jouissance dans sa bouche avide. Elle n'en perdit pas une goutte.
- Marie ne te fait pas ce genre de petites gâteries, n'est-ce pas mon chéri ?

D'un doigt, elle essuya les méfaits de sa dernière prouesse qui souillaient sa joue et finit par le lécher entre ses lèvres avec délectation.
- Tu es vraiment une coquine.

Je me réveillais sur ma couche en sueur.

Nous arrivâmes au pont suspendu de Peninsmouth. Ce dernier enjambait sur plusieurs dizaines de mètres un gouffre sans fond. Sa traversée pouvait se montrer périlleuse pour notre petite caravane. Bien que solidement construit, l'ouvrage n'était pas tout jeune. Nous empruntâmes donc ce chemin avec la plus grande prudence et à allure réduite. Arrivée à mi-chemin, nous vîmes arriver une troupe derrière nous. Quelle ne fut pas notre surprise en constatant qu'elle était composée des Yényitchéri qui nous pistaient et de plusieurs membres de la légion Wolfen.

Le seigneur Falkomed, accompagné d'un géant noir portant la peau d'un lion sur ses épaules sortit des rangs. Ce devait être Lowë, le chef de la légion.

- Il faut rejoindre l'autre côté au plus vite. C'est notre seule chance de salue.

Nous fouettèrent les cheveux jusqu'au sang pour leur intimer l'ordre de grimper au plus vite. Le pont se mit à trembler et à grincer sous les roues de nos carrioles. Les deux premiers chariots attinrent l'autre côté. Alors que notre attelage n'avait plus que quelques mètres à parcourir, un câble céda brusquement. Déstabilisé, le pont se mit à tanguer dangereusement. Les lattes de bois se désolidarisèrent de leur fixation et chutèrent vers le gouffre. Finalement, l'ouvrage se brisa en son centre et chacune des deux parties retomba lourdement sur son pan de falaise. Je sautais dans les airs pour agripper une corde en tenant solidement Chadia par la taille. Mon rétablissement fut catastrophique mais je parvins à tenir bon. Le chariot et les chevaux disparurent sous nos pieds. Chadia glissa dans la manœuvre et je ne pus la rattraper qu'au dernier moment par la main. Nous étions suspendus dans le vide, le long de la falaise. La corde commença à s'effilocher.

- Donne-moi ta main, hurlai-je.

La princesse tenta de se redresser mais ni parvint pas. Je sentais sa poigne glisser. J'avais beau serrer de toutes mes forces, je ne parvenais pas à la retenir.

Elle me regarda une dernière fois. Elle ne semblait pas effrayée.

- Je vous aime, dit-elle avant de lâcher prise et tomber.

- NON ! criais-je, totalement désemparé.

Alors qu'elle disparaissait dans la brume du gouffre, une forme ailée plongea à sa suite et ressurgit du brouillard en la tenant dans ses serres. Le grand oiseau la posa sur le versant opposé au pied de Falkomed et de Lowë.

- Bien joué Adler, cria le chef de la légion à son mutant.

Je me hissais au sommet de la falaise aidé par Gustavo.

- Nous avons Chadia. Tu ne perds rien pour attendre l'Égaré, cria Falkomed. Toute personne qui te viendra en aide sera châtiée comme il se doit. Le dernier en date, un vieillard en armure noire, se balance au bout d'une corde au sommet de sa propre tour.

- Tu le payeras de ta vie, Falkomed, hurlais-je.

Une flèche s'écrasa à quelques centimètres de moi et Gustavo dût me tirer par le bras pour me mettre à l'abri.

- Maëvilis ne peux-tu pas les foudroyer avec tes éclairs ?
- Ce ne sont pas les miens mais ceux des dieux. Aujourd'hui, ils ne souhaitent pas intervenir en notre faveur.
- Je vous maudis dieux et déesses, qui que vous soyez.
Nous reprîmes la route vers le nord pour nous éloigner de nos poursuivants.
- Où vont-ils emmener Chadia ?
- Sans aucun doute rejoindre son futur mari, le roi Géhofft, dans son château d'Hernstein. Il célébrera son mariage pendant le grand tournoi, précisa Maëvilis.
- Qu'as-tu dis ?
- Qu'il célébrera son mariage pendant le grand tournoi de chevalerie. Il sera trop heureux d'exhiber son trophée aux plus puissants guerriers du pays.
- Chadia sera sous bonne garde jusqu'au tournoi. Nous ne pourrons rien tenter sans risquer nos vies et la sienne. L'ouvrage d'Harmman m'a appris une chose très intéressante que nous pourrions utiliser à notre avantage. Nous devons retourner chez le Baron. Je vais demander à Gustavo de continuer jusqu'à Hernstein et de nous attendre là-bas. Ils devront se montrer discrets.

Nous prîmes un cheval et partîmes en direction de la passe la plus proche. Il fallait faire vite pour devancer la troupe de Falkomed. Nous galopâmes sans nous arrêter jusqu'au terre d'Harmman en évitant soigneusement le bois d'Hurlevent. Il nous fallut plusieurs jours pour atteindre son château.

Un spectacle de désolation apparut à nos yeux attristés. Il n'y avait pas âme qui vive. La demeure avait été brulée. Les rares serviteurs avaient été empalés sur des pieux. Quant au baron, il était effectivement pendu en haut de sa tour avec son armure encore sur lui. Je me précipitais dans la grande salle et grimpais au plus vite les escaliers à la recherche de Liliane. Je la trouvais à moitié nue sur son lit. Du sang séché souillait l'intérieur de ses cuisses. Elle devait se trouver dans cet état depuis quelques jours. Elle n'avait sans doute pas eu la force de bouger. Il lui restait encore un peu d'eau dans le brot en porcelaine normalement utilisé pour la toilette. Laissée pour morte, la fragile Liliane s'était accrochée à la vie et respirait encore.

- Maëvilis, utilise tes dons pour la soulager et la soigner, je vais m'occuper de son père.

Je hissais le cadavre de l'Égaré et lui retirais son armure que je trouvais étonnamment légère. Elle n'était pas faite de métal mais d'un matériau ayant la même apparence mais beaucoup plus léger. Il me fallut un certain temps pour confectionner un grand bucher et y déposer son corps. Je rassemblais également les autres cadavres afin qu'il repose en paix avec leur maitre. Le soir venu, j'enflammais le gros tas de bois, jurant de venger le vieil homme. Je mettrai toute mon énergie à exterminer Falkomed.

Nous ne devions pas trop trainer ici. Je regagnais la chambre de Liliane afin d'évaluer ses chances de s'en tirer. Maëvilis avait fait du bon boulot car la jolie blonde avait repris connaissance et ne semblait plus souffrir physiquement.

- Vous… vous êtes revenus ! Pourquoi ?
- Nous avons appris que votre château avait été attaqué par nos poursuivants. Ils ont enlevé Chadia. Que s'est-il passé ?
- Père les a provoqués en duel et a perdu. Ils ont trainé son corps jusqu'ici et l'ont pendu sous mes yeux. Ensuite…

Elle se mit à pleurer.

- Ensuite, un Yényitchéri masqué m'a violentée. Il m'a frappée et m'a violée.

Ses sanglots s'accentuèrent et je dus lui prendre la main pour la calmer.

- Vous êtes en vie Liliane et vous allez venir avec nous. Vous mettrez du temps à oublier ce calvaire mais votre force de caractère vous permettra de surmonter cette terrible épreuve.
- Pensez-vous que le temps ou la magie pourra effacez-ça ? dit-elle en hurlant de rage.

Elle retira le bandage qui lui couvrait le visage et le jeta au loin. La partie gauche de son visage était défigurée par plusieurs profondes blessures faites au couteau et l'un de ses yeux était crevé.

Maëvilis couvrit ses plaies avec des onguents et lui fit boire une tisane qui la plongea dans un sommeil sans rêve.

- Ses cicatrices seront très vite fermées avec cette mixture mais elle gardera à jamais les traces indélébiles de cette agression. La dague utilisée était empoisonnée. Elle a perdu beaucoup de sang. La potion va lui donner de l'énergie pour un temps mais j'ai peur qu'elle soit atteinte d'un mal plus profond. Sa haine consume son innocence et les traits de sa jeunesse. Si elle survit, elle ne retrouvera jamais sa beauté.
- Veille sur elle, nous attendrons son réveil pour continuer notre voyage.

Liliane reprit connaissance quelques heures après. Comme l'avait promis la sorcière, ses blessures étaient cicatrisées mais son visage resterait défiguré à jamais.

- J'aurais souhaité examiner la chambre forte de votre père. Savez-vous comment y accéder ?

Elle se mit à tripoter nerveusement le poignard accroché à son cou.

- Je tiens à lui comme à la prunelle de mes yeux. Parlons-en de mes yeux, il ne m'en reste plus qu'un mais ça sera suffisant pour retrouver mon violeur et le faire payer devant les dieux.

- Calmez-vous, Liliane.

- Je suis calme pour une fille qui revient du royaume des morts. Ce bijou a toujours était en sécurité caché sur moi. Il sert de clef.

- Oui, plus d'un souhaiterait prendre la place de cette clef, répondis-je un sourire aux lèvres.

Elle se mit à rire.

- Vous vous moquez de moi, dit-elle en retirant le collier de son cou et en me le tendant. Je viens avec vous. Père m'a dit que c'était bien plus qu'une clef et que je devais le cacher aux yeux de tous. A quoi bon sert un bijou qui ne peut pas être admiré. J'aurais dû m'en servir pour poignarder mon agresseur au moment même où il jouissait au plus profond de mes entrailles.

Je lui pris la main et nous grimpâmes jusqu'au bureau du chevalier. La porte était intacte. Je glissais la clef dans le trou et parvins, non sans mal, à l'ouvrir.

Mon excitation fut de courte durée. La petite pièce était vide. Je cherchais attentivement avec ma lanterne la trace d'un passage secret ou d'un quelconque indice mais je ne découvris rien, strictement rien. Même la sage Maëvilis ne put résoudre ce mystère.

- Père entrait toujours dans cette salle avec son armure complète. Je lui demandais même pourquoi il mettait son bacinet. Il me répondait : « pour mieux voir, ma fille, pour mieux voir ».

Je décidais donc d'endosser sa seconde peau. L'équipement était très léger et particulièrement confortable. Il s'ajustait miraculeusement à ma morphologie alors que j'étais convaincu d'être plus grand et plus musclé que le baron. Quand je plaçais son heaume noir sur ma tête, ma vision changea brusquement. Les corps de mes deux compagnes étaient parfaitement visibles malgré l'obscurité. Un fin trait vert dessinait parfaitement leur contour. Quand je me mis à marcher, j'eus l'impression de ne faire aucun effort. Une force invisible m'aidait dans chacun de mes gestes. Je ramassais son épée et frappais une colonne. La lame entailla profondément la pierre sans se briser.

- Son équipement provient des dieux eux-mêmes. Je l'ai toujours connu ainsi. Il me disait que ma mère avait été une grande guerrière comme lui et qu'un jour il me donnerait l'armure qui lui avait appartenue. En fouillant les catacombes, il y a quelques années, j'ai mis la main dessus. Elle était blanche et rutilante. Le temps ne l'avait pas dégradée. Je n'ai rien dit à père, naturellement. Elle doit encore se trouver là-bas.

- Tentons notre chance dans la salle.

A l'instant même où je pénétrais dans le sanctuaire du baron, une Liliane plus jeune et non défigurée se métamorphosa devant moi. Pourtant, l'originale se tenait juste à mes côtés. Apparemment, j'étais le seul à pouvoir la voir et l'entendre. Quelle était donc cette magie ? Je tendis ma main dans sa direction mais elle la traversa comme si c'était une vision.

- Que puis-je pour vous, père ?
- Qui êtes-vous ?

Mes compagnes me regardèrent soucieuses et je dus leur expliquer ce que je voyais.

- Je suis Liliane, votre fille.
- Etes-vous un fantôme ou un spectre ?
- Je ne suis que l'interface virtuelle de votre mémoire. L'auriez-vous oublié ? Souhaitez-vous déposer un souvenir ou bien en consulter un ?
- De quels souvenirs parlez-vous ?
- J'ai en mémoire tous les souvenirs que vous avez souhaités me voir enregistrer.
- Montrez-moi le dernier souvenir enregistré.

La vision dans mon casque changea et je crus être projeté dans la peau d'un autre. Je voyais, j'entendais et je ressentais tout ce qui se passait comme si j'y étais mais en simple spectateur.

J'étais en train de charger un adversaire à cheval. Oui, je participais à une joute contre…moi-même. L'impact arriva rapidement et je pus me voir désarçonner de mon cheval et chuter lourdement à terre. Le casque m'avait indiqué les endroits où placer la lance et j'avais pu la manier sans difficulté avec des réflexes accrus. Harmman avait mémorisé notre première rencontre et notre affrontement près du pont.

- Que peux-tu me dire sur cette armure ?

Un nouveau flash m'apparut. Je galopais, enfin le baron Harmman, galopait à vive allure dans une gorge entourée par deux hautes montagnes. La nuit était tombée. Soudain quelque chose perça les nuages et vint percuter le sol telle une météorite. Une longue trainée de feu s'était formée dans le bosquet ravagé par la chute de l'objet stellaire. Harmman faillit être désarçonné mais tint bon sur sa monture. Il se précipita vers le lieu de l'impact. A sa grande surprise, il découvrit parmi les flammes une grande sphère de métal noir de la taille d'une carriole. Les mots « LAKOELE E. » étaient peints dessus en grosses lettres noires. Un quart de la sphère était faite de verre qui s'était partiellement brisé. Au travers, il put voir deux personnes en armure, immobiles. Le baron, malgré l'incendie, parvint à extraire les deux individus de leur habitacle étrange. Il les tira juste avant que l'objet s'enflamme et se mettent à fondre sous ses yeux. L'un d'eux portait son armure sombre. L'autre semblait être de sexe féminin et endossait une protection de couleur blanche. Il décida de leur soulever leur heaume et découvrit le visage de deux divins. L'homme était décédé. La femme respirait encore. Elle avait les yeux de Liliane. Il parvient avec difficulté à leur retirer leur armure. Etait-ce des dieux ? La femme était visiblement enceinte. Quand elle ouvrit la bouche du sang s'écoula de sa bouche et elle toussa. Elle le regarda avec compassion. Il ne lui restait plus beaucoup de temps à vivre.

- Où est Yedouine ? Ils sont à nos trousses. Prenez cette clef et gardez-là comme le plus précieux des trésors. Il en va de la survie du LEF.

Elle lui tendit un petit morceau de métal strié qui n'avait pas grand-chose à voir avec une clef. Celui là-même qui était accroché au cou de Liliane.

- Gardez votre calme, votre seigneurie. Tout va bien se passer.
- Je perds les eaux. Ma fille arrive.

Le baron s'apprêtait à aider la divine à accoucher mais cette dernière succomba soudainement au milieu d'une nouvelle quinte de toux. Il ne put se résoudre à laisser l'enfant périr dans le ventre de sa mère. Aussi, à l'aide de sa dague, il ouvrit délicatement le ventre de la trépassée pour en extraire un nouveau-né sanguinolent. La vision se brouilla à nouveau.

- Qu'avez-vous vu, Seigneur Hakon ?
- Je viens de vous voir naitre. Votre père adoptif vous a-t-il dit que vous étiez la descendance de dieux venant des cieux. Nous venons tous les deux de là-haut. Moi, j'en ai été chassé, si j'ai bien tout compris, et vous vous n'en avez jamais vu la couleur.

Vos parents semblaient pourchassés. Des parias comme moi sans doute.
Le mot LEF vous dit-il quelque chose ?
- Non, je n'ai jamais entendu ce mot-là.

- Allons chercher votre armure. Elle pourrait se révéler utile et quittons ce lieu rapidement. Je pressens que nos poursuivants ne vont pas tarder à venir nous chercher ici. M'autorisez-vous à porter l'armure et l'épée de votre père, Liliane ?

- Seigneur Hakon, n'ai-je pas été suffisamment explicite lors de notre dernière rencontre. Je suis toujours prête à mettre mon existence entre vos mains, pourvu que vous l'acceptiez. Vous serez le digne successeur des armoiries de mon père.

- Je serai votre protecteur et veillerai sur vous tant que j'aurai un souffle de vie.

- Je n'en demande pas tant, mon seigneur. Les dieux veilleront sur moi. Je n'ai point besoin de votre pitié et je saurai prendre soin de ma personne. Ne vous aventurez pas dans des sermons que vous ne pourriez pas tenir. Vous m'avez déjà repoussée alors que j'étais encore belle. Je ne place plus aucun espoir sur mes chances de conquérir un jour votre cœur. Chadia, votre jeune esclave, a déjà remporté le combat. Je soupçonne même qu'elle n'ait rien d'une esclave. Laissez-moi au moins la liberté de vous aimer d'un amour que je sais sans retour. Je ne chercherai pas à vous voler votre cœur mais vous devez savoir que vous avez subtilisé le mien au premier regard.

Elle cacha la partie de son visage défiguré et détourna la tête.

Je la pris dans les bras. D'abord réticente, elle s'abandonna rapidement pleurant contre ma poitrine.

- Nous vengerons votre père et je tuerai le pourceau qui vous a fait souffrir.

Elle me regarda droit dans les yeux. La douleur et le chagrin s'étaient envolés.

- J'espère que vous avez bien compris que je m'occuperai personnellement de mon agresseur. Il mourra de ma main même si je dois périr pour y parvenir.

Dans son armure blanche, Liliane prenait une toute autre apparence. Sa morphologie était gracieuse et épousait parfaitement les courbes de son corps en les accentuant à l'extrême. Sa barbute était gravée de lionnes en colère. Son épée par contre était identique à la mienne. Ces armes n'étaient pas des armes comme les autres. J'avais déjà testé sa résistance et la force de frappe qu'elle développait conjuguées au pouvoir de l'armure. En la maniant, je constatais qu'elle faisait corps avec cette dernière. Par la pensée, j'étais capable de l'enflammer ou de la rendre aussi électrique que la foudre. Cette magie était un don des dieux qui allait m'aider dans la difficile tâche qui m'attendait.

Après avoir rassemblé le strict nécessaire et des provisions pour plusieurs jours, nous prîmes la direction d'Hernstein. Liliane avait récupéré plusieurs bourses d'écus qui représentaient la maigre fortune de feu son père. Nous n'étions donc pas démunis.

Le troisième jour, Liliane montra des signes de faiblesse puis s'écroula de son cheval. Elle paraissait très pale.  Sa peau laissait transparaitre ses veines où circulait un sang noirâtre.

- Elle est brulante et fiévreuse. Enlevons-lui son armure afin de faire chuter sa température, ordonna Maëvilis.

Je m'exécutais mais cela ne suffisait pas à la calmer. Visiblement, elle délirait.

- Son sang n'est pas empoisonné mais il est contaminé.

Je la déposais sur la berge et la sorcière lui retira ses vêtements.

- Porte-la dans l'eau jusqu'à ce que ses lèvres bleuissent. Nous devons détruire le virus par le froid.

- Le quoi ? demandais-je.

- Je n'ai pas le temps de t'expliquer. Appelons ça la maladie si tu préfères.

Je la pris dans mes bras et la trempait dans l'eau glacée de la rivière. Sa température chuta rapidement et elle se mit à grelotter. Son corps se couvrit de gèle. Sa respiration s'amenuisa puis plus aucun souffle ne s'échappa d'entre ses lèvres.

- Nous la perdons, Maëvilis. Je ne sens plus son pouls battre.

- J'ai allumé un feu. Dépose là auprès de lui et étale cette mixture sur son corps en la frictionnant. Je vais lui préparer une tisane qu'elle devra immédiatement boire lorsqu'elle reviendra parmi nous.

Elle me tendit un pot contenant une mixture huileuse ayant une forte odeur de menthol.

J'étalais l'onguent sur le corps de la divine. Sa peau était froide mais douce. Mes mains suivirent les courbes de son visage pour atteindre sa poitrine. Je caressais doucement ses seins pour les réchauffer puis je passais à son ventre plat. Elle n'avait que la peau sur les os. Aussi, je jurais de lui donner à manger à sa faim. Je finis par ses cuisses et en profitais pour découvrir ses fines fesses.

Sa peau glaciale reprit rapidement des couleurs. Je sentis enfin son souffle prendre de l'ampleur. Entre deux délires, je pus lui faire boire la décoction. A aucun moment, elle ne s'offusqua de me voir la serrer nue. Je n'avais de toute façon en tête qu'une seule idée : lui sauver la vie même si je devais y laisser la mienne. Après une journée difficile, elle retrouva rapidement et presque miraculeusement sa santé. Nous avons pu reprendre la route sans échanger plus longuement sur sa maladie.

Hernstein était une cité fortifiée plutôt impressionnante. Construite dans une vallée irriguée par un grand fleuve, elle disposait de deux colossaux murs d'enceinte. Au centre, nichée sur une colline, se trouvait la forteresse du roi. Cet immense château-fort carré, doté de plusieurs tours rondes et d'un bastion central, constituait un redoutable abri pour l'un des plus puissants seigneurs des Quatre Royaumes. Chadia devait être enfermée là-dedans. Son port également fortifié, ses entrepôts plein de grains et sa position stratégique au centre de Lakoele avait permis à Hernstein de devenir un centre névralgique pour le commerce et la diplomatie de tout le pays. De nombreuses bourgades s'étaient construites tout autour faisant de la citée une véritable mégalopole.

Une partie de la plaine avait été conservée pour aménager le champ de Lices où s'affrontaient à longueur d'année les guerriers teutoniques et parfois, comme c'était le cas prochainement, certains des meilleurs bretteurs des Quatre Royaumes. Comme me l'avaient appris les notes d'Harmman, le roi Géhofft avait organisé une impressionnante série de joutes et de jeux guerriers pour célébrer son prochain mariage.

J'avais décidé de m'inscrire sous l'identité du baron Harmman. Je n'avais pas la prétention de remporter la victoire mais, j'étais convaincu que c'était la seule manière d'approcher facilement Chadia.

Nous louâmes, avec l'aide de Liliane, des appartements discrets dans un quartier commerçant tranquille. Ils devaient nous servir de base d'opérations pour subtiliser Chadia des griffes du roi. Il me fallait maintenant retrouver Gustavo et sa troupe. Cela n'allait pas être une mince affaire car il devait avoir changé le nom de sa compagnie. Nous passâmes donc quelques jours à trouver nos marques et à repérer les lieux. Cependant, plus le temps avançait et plus je constatais que mon plan comportait de nombreuses lacunes.

Un soir, on frappa à ma porte. J'ouvrais et me retrouvais en face de Liliane. Elle était méconnaissable. Un masque gracieux en or, incrusté de rubis et d'émeraudes, dissimulait habilement la partie de son visage défiguré et mettait en valeur l'autre moitié. Elle me sourit et entra.

- La dernière fois que vous vous êtes tenue devant moi comme ça, il me semble que je vous ai vu ensuite entièrement nue.

Elle tira sur le nœud de sa courte robe et la laissa glisser à ses pieds. Son corps avait pris quelques rondeurs plutôt charmantes.

- Ne me trouvez-vous pas attirante avec ce masque ? J'ai vendu mes terres et le château de mon père pour me l'offrir.

- Vous êtes une ravissante créature, Liliane.

Elle s'approcha de moi, prit ma main et la posa sur son sein gauche.

- Vous sentez ce cœur qui bat dans ma poitrine. Il bat pour vous et grâce à vous, seigneur Hakon. A l'instant où j'ai posé mes yeux sur vous, vous m'avez ensorcelée. Mais je vous l'ai déjà dit. J'ai tellement envie de vous rendre heureux. Laissez-moi soulager votre chagrin et prendre la place de Chadia.

Je la repoussais. Elle se jeta à mes pieds en me suppliant. Ensuite, Liliane releva la tête et me regarda de son unique œil en se mordillant les lèvres.

- Même si nous partageons une provenance et une destinée commune, ne jouez pas la tentatrice. Je n'ai rien de bon à vous apporter. Habillez-vous et quittez ma chambre avant que je ne sois obligé de vous éconduire.

Elle se redressa fière, remit sa robe et tourna les talons sans dire un mot. Sa longue chevelure vola au vent. Arrivée à l'entrée de ma chambre, elle se retourna et m'adressa un grand sourire charmeur.

- Je respecte votre serment et c'est tout à votre honneur, mon seigneur. Je ne vous importunerai plus de la sorte.

Mon cœur balançait entre ces deux femmes. Mon amour allait définitivement vers Chadia mais Liliane avait éveillé en moi d'étranges sentiments. Je ne pouvais pas résister à son charme et à ses tentatives de séduction. Son amour pour moi rayonnait chaque jour de plus en plus. Je n'avais jamais vu une femme si pleine de vie après avoir subi tant d'épreuves. Tel un Phoenix, elle avait ressuscité de ses cendres.

Le matin, nous passions de nombreuses heures ensemble à nous entrainer au combat. Elle était de très bon conseil ayant vu son père maintes fois combattre sur son pont. Mes techniques devenaient redoutables tant au maniement de la lance qu'au combat à l'épée ou au pistolet.

- Essayez de parer cette attaque, cria Liliane.

Elle pointa son épée dans ma direction et lui fit effectuer un quart de cercle vicieux. La lame toucha mon bras et je sentis une vive douleur qui

me paralysa le corps entier. Je me retrouvais au sol sans pouvoir amortir ma chute. Liliane se jeta sur moi et posa sa dague au niveau de mon cou.
- Vous avez utilisé le pouvoir de votre arme, tricheuse.
- Qui vous dit que vous serez le seul à avoir ce type d'arme ? Si mon père en a trouvé deux, il y a fort à parier que des armes divines sont également possédées par certains guerriers de renom. Il faudra apprendre à vous en défendre efficacement.

Elle se redressa et m'aida à me relever.
- Je vais vous enseigner la botte d'Harmman. Elle est très difficile à parer et mettra à terre votre adversaire.

Nous avons passé plusieurs jours à travailler ce coup redoutable. Effectivement, plutôt difficile à mettre en œuvre, cette botte secrète permettait au final de déstabiliser l'adversaire, de le désarmer et de l'envoyer rouler au sol sans raffinement aucun.

Au bout du cinquième jour, nous pûmes enfin mettre la main sur la troupe de Gustavo. Maëvilis avait obtenu l'information d'un autochtone rencontré dans une boutique d'épices. Il nous accueillit plutôt froidement mais Elisa, la marquise de Venitchio me sauta au cou.
- Vous nous avez manqué. Gustavo ne l'avouera jamais mais ce n'est plus pareil depuis notre séparation. Les affaires sont bonnes en ce moment. De nombreux voyageurs venant des Quatre Royaumes sont présents ici pour les festivités et dépensent sans compter.
- Nous avons engagé un mercenaire apatride pour assurer la sécurité, annonça Gustavo.
- Apatride ? demandais-je.
- Un apatride ne fait pas parti d'un des Quatre Royaumes. Il reste encore quelques iles et morceaux de terres éloignées qui n'ont pas rejoints l'un des puissants royaumes de Lakoele. Je m'appelle Luitaï et je viens des terres vierges d'extrême orient.

Luitaï était vêtu d'un kimono noir fait de bandages serrés. Seuls ses yeux bridés étaient visible par la fente de sa cagoule. Un sabre court et plusieurs armes étranges étaient suspendus dans son dos. Il s'inclina vers moi et posa sa main recouverte d'une mitaine en cuir garnie de clous sur son cœur. Je lui rendis son salue.

Notre groupe se retrouva dans une taverne pour mettre une touche finale à notre plan. Liliane et Elisa avaient rivalisé d'inventivité pour se faire remarquer. La première avait conservé son style guerrier. En moins de deux semaines, la jeune et fragile jeune femme s'était métamorphosée tel un papillon sortant de son cocon. Un camail en cotte de mailles lui recouvrait les épaules et la poitrine jusqu'au bas des seins. Elle avait ensuite le ventre et les hanches nues. Une petite culotte de mailles minimaliste associée à des chauffes à guêtres torsadées remontant jusqu'à ses genoux la rendaient aussi désirable que dangereuse. Elisa, quant à elle, avait opté pour des atours de princesse avec une robe compliquée constituée de multiples jupons et d'innombrables rubans colorés. Son décolleté était toujours aussi provoquant et descendait jusqu'au milieu de son ventre laissant parfaitement visible pratiquement la moitié de sa poitrine. Sans doute pour imiter Liliane, elle portait un loup recouvert de plumes afin de dissimuler ses traits.

- Votre plan est incomplet. Comment pensez-vous vous échapper une fois que Chadia aura été récupérée ? demanda Gustavo.

- Par le fleuve, il nous faut une embarcation rapide et discrète afin de ne pas être rattrapés, répondis-je.

- J'ai peut-être une idée qui pourrait vous plaire. Elle a son cout mais vous garantirait une évasion plus rapide, proposa Elisa.

- Nous vous écoutons.

- Les colporteurs des cieux.

- Ces navires qui flottent dans les airs à l'aide de multiples gros ballons gonflés avec un gaz étrange. Tu n'y penses pas, jamais je ne monterai dans un de ces bateaux volants, expliqua Liliane.

- L'idée est bonne. Là d'où je viens, nous utilisons couramment ce moyen de transport. C'est beaucoup plus sécurisé qu'il n'y parait pourvu que nous ne croisions pas des pirates de l'air ou bien des divins volants voir les dieux eux-mêmes, ajouta Luitaï.

- Les divins volants ? s'interrogea Liliane.

- Oui, ce n'est pas une légende parmi les colporteurs des cieux. Ils croisent assez fréquemment des divins dans leurs étranges sphères volantes. Ils passent fugacement et disparaissent dans les cieux. Plusieurs pistes d'atterrissage ont été aménagées dans la cité. Je peux me charger de trouver un contrebandier qui pourra prendre en charge le groupe. Qui en fera partie?

- Maëvilis, Chadia, Liliane, moi-même et toute personne qui souhaiterait nous accompagner jusqu'à l'extrême nord du pays.

- Nous ne pourrons pas t'accompagner. Je misais beaucoup sur les talents de Chadia mais j'ai une activité à faire prospérer, répondit Gustavo.

Elisa sembla déçue mais n'alla pas à l'encontre de son époux.
- Si j'organise une rencontre demain avec un colporteur, aurez-vous les fonds pour financer cette opération ?
- L'argent n'est pas un problème pour nous, répliqua Liliane en s'asseyant sur mes genoux avant de tenter de m'embrasser devant tous.
Je la repoussais délicatement.
- Très bien retrouvons-nous ici demain à la même heure.

Le lendemain, la taverne était bondée. Elisa était en train de converser avec un homme rougeau richement vêtu. Je m'approchais de la table en me frayant un chemin entre les clients déjà éméchés.
- Tout ça n'est pas bon pour les affaires. Ils ont interdit à mon convoi de rejoindre l'abbaye de Sainte-Catherine. Impossible de ravitailler mon échoppe avec leur liqueur. J'ai des commandes à honorer moi, bougonna le marchand.
- Et vous savez pourquoi ? demanda Elisa.
- Soit disant une pandémie. Foutaise, madame. Il ne manquerait plus qu'ils invoquent cette légende de vampires de Boncieux. Moi, je pense plutôt qu'il s'agit d'une opération militaire d'envergure.
Deux hommes s'approchèrent de notre tablée en titubant. De toute évidence, ils n'en étaient pas à leur première bière.
- Mon camarade et moi, on se demandait si ces deux charmantes femmes ne seraient pas prêtes à passer quelques heures avec nous pour quelques écus.
- Foutez le camp, bande de poivrots, répliqua Elisa.
L'un des types leva sa main et tenta de frapper la marquise. Je parais son coup et lui décochais un direct en plein visage. Il s'écroula sur une autre table et ne se releva jamais. Son compagnon sortit son épée mais Liliane dégaina un pistolet à poudre caché dans son sac. Elle tira et pulvérisa le crane de cet imbécile.
- La femme de ménage risque d'avoir du travail ce soir, dit-elle avec un rictus qui en disait long.
De toute évidence, la jeune et frêle fille de chevalier était définitivement morte et enterrée.
Les clients reprirent leurs activités comme si rien ne s'était passé. Elisa s'occupa de graisser la patte de l'aubergiste pour éviter que l'on se face expulser.

Luitaï fit son apparition quelques minutes après. Il était accompagné d'un type immense et maigre comme un clou. Son apparence était comparable à celle d'un vautour. Il avait de petites lunettes rondes suspendues à un long nez crochu. Malgré la température clémente de cette saison, il portait une écharpe et un long manteau recouvert de plumes.

- Je vous présente Condoris le capitaine de l'Aktarius. Il est prêt à prendre à son bord quatre personnes contre de la monnaie sonnante et trébuchante.

- Pour quelle raison souhaitez-vous quitter Hernstein ? demanda-t-il d'une voix aigüe.

- Ces raisons ne regardent que nous. Pouvez-vous nous emmener dans le royaume des Côtes Gelées.

- Pas de raisons, alors le prix sera double. C'est le tarif dans la profession. La prise de risque à un coût mes seigneurs. Où voulez-vous allez dans le nord ?

- A l'extrême nord du royaume.

Il se mit à éclater de rire.

- Les ballons ne peuvent pas aller là-bas. Les courants sont beaucoup trop dangereux et les températures sont mortelles pour nos engins volants. Je peux tout au plus vous déposer sur l'une des iles du nord de l'archipel de Bienvino. De là, vous pourrez prendre un bateau pour rejoindre les Côtes Gelées. Pour quatre personnes, ça vous coutera donc....disons huit cents écus.

- Huit cents écus ! C'est une sacrée somme, répliquais-je.

- Cinq cents maintenant et cinq cents de mieux à notre arrivée, annonça Liliane.

- Topez-la, madame ! A ce prix-là vous devez être particulièrement dans la mouise. Rejoignez-nous à la date et l'heure convenues sur la piste d'envol près des moulins à vent. Hangar n°4.

Liliane sortit une bourse pleine de pièces d'or de son sac à dos et déposa la somme convenue devant les yeux voraces de Condoris.

Elisa aperçut une patrouille de soldats qui venait de faire irruption dans la taverne et commençait à interroger des clients. Ces derniers désignèrent notre tablée.

- On dirait bien qu'on vient nous féliciter pour avoir débarrassé la cité de deux racailles. Il est temps pour nous de nous éclipser. Nous nous reverrons dans trois jours en fin d'après-midi. Soyez prêt Condoris, vous devrez pouvoir décoller dès notre arrivée.

- Nous le serons, mon seigneur, nous le serons.

Nous nous éclipsâmes par la porte de derrière.

Alors que j'allais fermer les yeux pour initier une bonne nuit de sommeil, on frappa à la porte de notre maison. J'ouvris la fenêtre de l'étage qui donnait dans la ruelle et j'aperçus Luitaï. Intrigué, je le fis rentrer et lui offris un verre de vin qu'il refusa.
- J'ai un service à vous demander, seigneur Hakon.
- Parlez, je vous écoute.
- Mon dernier employeur, le baron Herzan s'est fait cambrioler la nuit dernière. Le voleur était venu chercher quelque chose de bien précis : un tableau de maitre d'une valeur inestimable. Il a cependant été dérangé dans son forfait par les gens de la maisonnée. Pourtant, le baron pense qu'il va remettre le couvert très prochainement. Il est convaincu d'être la cible du célébrissime « renard d'argent » qui vole au riche pour redonner au pauvre. Il m'a proposé une somme rondelette et une place définitive comme chef de sa garde si je parviens à déjouer les plans de ce mystérieux voleur. Je ne pourrai pas le faire seul. Pouvez-vous m'assister ? En récompense, je vous remettrais l'une de mes tenues de Shinobi Shozoku. Elle vous permettra d'être discret au cœur de la nuit.
- Chouette, s'écria Liliane en descendant l'escalier à moitié nue.
- Le cœur a parlé avant la raison mais puisque la beauté a toujours le dernier mot, nous vous assisterons dans cette mission, Luitaï.

Nous nous retrouvâmes donc à faire le guet dans le parc de la grande propriété du baron. Plusieurs hommes d'armes étaient également présents. N'importe quel voleur aurait remis à plus tard son cambriolage ou l'aurait tout simplement abandonné. Mais tout le monde savait que le renard d'argent n'était pas n'importe qui. Au contraire, il avait la réputation de s'attaquer aux plus difficiles cambriolages qui soient. Nous avions d'ailleurs été victime d'une de ses bandes de malandrins dans la cité sylvestre.
Alors que je patrouillais en baillant dans une allée, j'aperçus quelque chose briller un instant dans les arbres au-dessus de moi. Quelqu'un venait de quitter silencieusement le premier étage par la fenêtre ouverte pour rejoindre la sécurité des branches garnies de feuilles d'un imposant chêne.
Le voleur avait-il accompli son forfait sans se faire repérer ? Comment s'était-il débarrassé des deux gardes postés dans le bureau ? Je décidais de

suivre discrètement l'individu vêtu de noir qui sautait souplement et aisément d'un arbre à l'autre.

Il parvint à quitter la propriété pour rejoindre les toits des premières maisons. Je le pistais du bas voyant parfois son ombre au clair de lune. Il tenait effectivement un grand sac dans son dos qui ne pouvait renfermer qu'un tableau. Le voleur descendit le long d'une gouttière aussi souplement qu'un chat et allait s'engouffrer dans un passage obscur quand je lui barrais la route.

- Ta course est finie, mon gaillard.
- Pensez-vous pouvoir m'arrêter, messire ?

Il était vêtu d'une combinaison noire et portait un masque de renard en cuir et une longue capuche qui dissimulait complètement son visage.

Je dégainais mon épée.

- Je n'ai point l'intention de te tuer. Rends-moi ce que tu as chapardé et fiches le camp d'ici ! Tu as bonne réputation auprès des miséreux mais on m'a payé pour défendre ce trésor.
- Vous comprendrez que je ne peux point accepter votre offre même si elle est honorable venant d'un simple roturier comme vous.

Il sortit à la vitesse de l'éclair deux dagues de sous ses vêtements et plongea dans ma direction. J'esquivais l'une des lames mais la seconde me frappa sur le côté. Je n'avais pas mon armure de chevalier pour me protéger mais ma protection en cuir doublée de la cotte de mailles m'évita une blessure sans doute pas fatale mais suffisamment handicapante pour me mettre hors-jeu. Je reculais vivement et frappais un coup d'estoc puissant. Il para avec sa courte arme. Cet homme était non seulement un brillant voleur mais également un excellent combattant rompu au combat au corps à corps. Je redoublais d'efforts et le frappais de façon répétée afin de le fatiguer. Ses dagues ne lui permettraient pas de tenir longtemps un affrontement face à une épée maniée avec puissance et rapidité. Pourtant rien ne semblait le fatiguer. Du bruit provint de l'autre bout de la ruelle. Il en profita pour trouver une échappatoire et réussit à me fausser compagnie en sautant à travers une fenêtre.

Je me lançais à sa poursuite entrant dans la chambre d'un couple en train de forniquer. Il passa la porte et fonça vers l'étage. Une enfant sortit de sa chambre. Il l'esquiva habilement en s'accrochant à une poutre du plafond avant de s'élancer sur le balcon. Je le suivais à la trace mais il mettait déjà de la distance entre nous. Il sauta sur un autre balcon et grimpa rapidement sur les toits. Afin de rattraper mon retard, je tentais le tout pour le tout. J'aurais très bien pu laisser l'individu s'échapper mais cette chasse était devenue un réel défi que je ne pouvais pas abandonner. Je me jetais dans le vide de l'autre côté de la ruelle et attrapais une corniche. Le toit était plus plat de ce côté. En me hissant, je pus me mettre à courir au lieu de marcher. Mon retard fut largement compensé par ce subterfuge. Je m'élançais, à nouveau, à plus de dix mètres de haut, sur la façade opposée. Mon corps percuta l'adversaire. Il perdit l'équilibre, roula et glissa le long des tuiles. Malgré ses tentatives pour se rattraper, ses jambes atteignirent le vide. Je me résolus à lui tendre une main salvatrice pour lui éviter la mort. A l'instant où le voleur l'agrippa, une patrouille de soldats fit irruption par une lucarne, sans doute alertée par le boucan que nous avions fait. Je pus apercevoir furtivement un petit tatouage alambiqué représentant une tête de renard sur son avant-bras droit.

- Vous remportez cette joute mais laissez-moi fuir, messire. Je ne ferai pas un bon prisonnier dans les geôles du ténébreux roi.

Il me fixa droit dans les yeux puis détacha le tableau accroché dans son dos avec sa main libre et le jeta sur le toit.

- Voilà pour vous. Je reviendrai le chercher un autre jour.
- Tu ne dois pas être un si mauvais bougre que ça. Je n'ai aucune estime pour le roi Géhofft. Plus il aura d'épines dans le pied, mieux je me porterai.

Je le balançais fortement afin qu'il puisse atteindre le balcon un étage plus bas.

- Je me rappellerai votre geste, messire. Quel est votre nom ?
- Hakon.
- Que les dieux vous gardent, Hakon.

Il disparut à l'angle de la bâtisse.

Les gardes me tombèrent dessus et je dus attendre l'arrivée du baron Herzan pour pouvoir être lavé de tout soupçon. Je reçus une belle récompense et tous les remerciements de mon employeur et de mes collègues. Luitaï avait, grâce à moi, gagné sa place auprès du baron.

Dans deux jours, le tournoi allait commencer. Nous décidâmes avec Liliane d'effectuer une dernière reconnaissance des lieux. La prairie où se déroulerait le tournoi était couverte de tentes dédiées à la préparation des chevaliers. Chaque royaume disposait de son quartier attitré. Chacun avait donc aménagé sa zone avec l'esprit de sa patrie. Les tentes des hommes du nord étaient faites de toiles soutenues par des planches sculptées représentant des serpents de mer. Bien qu'impressionnantes, elles ne pouvaient rivaliser en taille avec les immenses abris des bédouins du désert. Les chevaliers teutoniques utilisaient, quant à eux, des tentes rondes décorées de bannières multicolores. Enfin les marins des iles de Bienvino avaient monté des casernements en bois pour démontrer leur savoir-faire en ébénisterie et en charpenterie. De nombreux guerriers s'entrainaient au maniement des armes. Nous évitâmes le quartier Yényitchéri afin de ne pas tomber par malchance sur un membre de la troupe qui nous pourchassait.

Liliane attirait invariablement le regard des soldats. La discrétion n'était plus un de ses points forts. Elle parvint cependant facilement à utiliser son charme pour obtenir toutes les informations qui nous manquaient.

Un élément crucial vînt cependant perturber mon plan. Nous apprîmes de la bouche d'un héraut que le roi Géhofft et sa future épouse ne seraient présents officiellement qu'aux demi-finales du grand tournoi. Je ne pourrais donc m'approcher suffisamment de Chadia que si je parvenais à obtenir une place de choix à l'un des trois concours organisés : le tir à l'arc, le combat au corps à corps et la prestigieuse joute équestre.

J'abaissais la visière de mon casque et j'éperonnais ma monture caparaçonnée. Elle s'élança en direction de mon adversaire. Je suivis les recommandations tactiques qui s'affichaient dans mon champ de vision et orientais mon bouclier de manière à faire riper la pointe de lance qui filait droit vers ma tête. Le cavalier fut désarçonné et tomba à terre alors que j'esquivais adroitement son attaque. La foule m'acclama. Les gradins installés de part et d'autre du champ de lices étaient bondés d'une populace diverses et variées. La tribune centrale abritait la loge du roi Géhofft et des principaux puissants et notables du pays. Une délégation de chaque royaume avait été conviée au mariage et au grand tournoi.

Mon identité restait secrète et tout le monde pensait que je combattais sous l'identité du baron Harmman. Je n'avais pas eu grand mal à me défaire des premiers adversaires grâce aux pouvoirs de mes armes et à l'aide de mes compétences avancées. A aucun moment, je n'avais pu apercevoir Chadia et le ténébreux roi. Il tenait sa réputation de ne faire aucune pitié à ses adversaires tant sur le champ de bataille que sur l'échiquier politique. On disait de lui qu'il pactisait avec les ténèbres et utilisait des subterfuges inavouables pour arriver à ses fins. Le chantage, l'assassinat et la séquestration étaient devenus un art qu'il maîtrisait à la perfection. Seule la reine mère Damballa, cheftaine incontestée des multiples iles de l'archipel de Bienvino, disposait d'une réputation encore plus diabolique. La reine des glaces Babayaga n'avait pas très bonne réputation mais on ne connaissait que peu de choses sur elle.

Pour régner en despote absolu, le roi Géhofft disposait d'innombrables légions de chevaliers teutoniques et vassaux à son service. La légion Wolfen et ses membres mutants contribuaient largement à instaurer la peur dans le cœur de ses adversaires. Oui, Géhofft n'était pas un ennemi à prendre à la légère. Il était discret et très intelligent. Il ne sortait que très peu de son château et quand il le faisait, il portait son armure de combat complète. Très peu de personnes s'étaient vantées d'avoir pu observer un jour son visage. Il fallait cependant reconnaitre que son royaume était riche et que la plupart de ses sujets ne manquaient de rien.

J'avais été éliminé rapidement de la compétition à l'arc et mon prochain adversaire au combat à l'épée n'était autre que le Seigneur Falkomed en personne. Il avait tué le baron Harmman de ses propres mains et connaissait parfaitement son écusson. J'étais donc convaincu qu'il se poserait de justes questions quand il serait confronté à son fantôme. Mes chances de l'emporter étaient, de plus, particulièrement maigres étant donnée la réputation du guerrier masqué. Aussi, j'avais décidé de ne pas me présenter face à lui et de tout miser sur le tournoi à cheval.

Quand Liliane apprit mon souhait de capituler sans même combattre, elle rentra dans une rage folle. C'était un déshonneur pour son père et elle-même. Elle tenait enfin l'occasion de pouvoir se venger. Je ne pouvais cependant pas risquer d'être découvert et mettre tout notre plan en péril juste pour une question d'honneur.

J'avais pris pour habitude de ne me présenter qu'au dernier moment sur le champ de lices. J'étais toujours dissimulé sous mon casque afin de ne pas subir de questionnements du camp adverse. Ainsi, je cultivais le mystère auprès de mes supporters qui devenaient, au fils de mes victoires, de plus en plus nombreux. Après chaque combat, je quittais immédiatement la prairie pour rejoindre par de nombreux détours, soit nos appartements, soit la caravane de Gustavo, prenant soin de vérifier plusieurs fois que je n'étais pas suivi.

Liliane m'en voulut à mort ce jour-là car elle ruminait sa vengeance depuis déjà plusieurs semaines. Son affront était caché au plus profond d'elle-même mais ne pouvait le rester plus longtemps. Quand je me réveillais au petit matin, je constatais que la jeune femme n'était plus dans la maison.

Maëvilis l'avait vue partir tôt avec mon armure sur le dos. Une profonde inquiétude vînt m'assaillir. Avait-elle osé faire ça et mettre sa vie en péril pour une histoire d'honneur et de vengeance ? Je la croyais hélas bien capable de le faire. J'enfilais mes vêtements et une cape à capuche et me mis à galoper le plus rapidement possible vers la grande prairie en espérant qu'il n'était pas trop tard.

Hélas, le combat avait déjà commencé. Liliane avait effectivement revêtu l'armure de son père et portait fièrement son épée. Le colosse Falkomed tenait d'une seule main sa gigantesque arme courbée. L'herbe humidifiée par la rosée du matin se reflétait dans son masque miroir. L'homme, s'il en était réellement un, apparaissait toujours aussi effrayant.

- Qui se cache sous cette armure ? demanda-t-il à Liliane.

Cette dernière ne répondit pas.

- Que tu sois un revenant ou un charlatan, je vais te renvoyer en enfer. Meurs usurpateur !

Il leva son cimeterre et l'abattit avec force à l'endroit où se tenait Liliane. Elle tenta de lever son bouclier mais le coup l'envoya rouler au sol quelques mètres plus loin. La force de Falkomed était définitivement surnaturelle. Elle se releva avec peine et lâcha sa protection qui avait volée en éclats. La jeune guerrière empoigna son épée à deux mains et s'avança sans peur en direction de son adversaire. Elle esquiva habilement la lame du géant et parvint à lui asséner un terrible coup dans le dos. Le Yénytichéri perdit l'équilibre et s'effondra à son tour sur le sol. Je me doutais qu'elle avait usé de l'un des pouvoirs de l'arme divine. N'importe quel combattant serait resté couché après une telle punition mais le mystérieux guerrier n'était pas n'importe qui. Il posa un genou à terre et s'aida de son arme pour se redresser. Quand il eut reprit tous ses esprits, il s'adressa à Liliane.

- Impressionnant. Tu oses utiliser des armes divines contre moi. Soit, je serai donc dans l'obligation d'user des miennes. Je vais…

Liliane ne lui laissa pas le temps de finir sa phrase. Elle chargea et visa directement sa tête. Habilement, sa lame détourna la lourde épée et frappa de plein fouet le visage de son ennemi. Elle venait de mettre en œuvre la botte secrète de son père. Mais le coup n'eut pas l'effet escompté. Elle sembla rencontrer un mur invisible sur lequel ripa son épée batarde. Falkomed s'esclaffa de rire. Il frappa la femme avec son poing et la propulsa une nouvelle fois contre l'enclos du terrain situé à plusieurs mètres. La chute fut brutale. Il n'attendit pas qu'elle se relève pour la rouer de coups de pieds. Lorsqu'elle fut définitivement à terre, il amorça un cercle dans l'air avec son cimeterre et pulvérisa son casque l'envoyant rouler dans les tribunes sous les acclamations de joie du public. Liliane était blessée et cracha du sang.

- Vous ? dit-il surpris en voyant le visage défiguré mais plein d'agressivité de son adversaire.

- Vous m'avez laissée pour morte. Je suis là pour venger l'affront que vous nous avez fait subir en tuant mon père et en me violant. Je réclame justice.

Elle tenta de se relever en titubant mais n'y parvint pas.

Falkomed la repoussa avec son pied avant de le poser sur sa poitrine comme il l'aurait fait avec un gibier tué lors d'une chasse à courre. Liliane perdit connaissance.

- Emmenez-la dans ma tente et faites quérir mon chirurgien sur le champ, dit-il à l'un de ses soldats. Si elle meurt, je lui trancherais la tête personnellement, est-ce bien compris ?

- Oui, seigneur.

Liliane fut emportée hors de l'arène de combat sur une civière de fortune.

Il me fallait trouver un moyen de m'introduire discrètement dans sa tente. Après avoir questionné quelques usagers, je parvins à trouver l'emplacement du dispensaire. Un chirurgien quitta la grande tente sans doute pour aller rejoindre l'un de ses patients. Je le pris en filature. A l'abri des regards indiscrets, je l'assommais pour pouvoir lui dérober sa tenue. Son masque à lunettes avec un long nez courbé et son chapeau à bord large associés à sa longue tunique noire me dissimuleraient parfaitement. J'empoignais sa sacoche de travail et rejoins la grande tente de Falkomed.

Deux gardes me barrèrent le passage.

- J'ai été quéri par le médecin de seigneur Falkomed pour l'assister dans l'opération chirurgicale d'une guerrière. Il m'a dit que c'était très urgent et de la plus haute importance.

Ils hésitèrent.

- Connaissant un peu la réputation du Seigneur Falkomed, que pensez-vous qu'il fasse s'il apprenait que deux soldats ont empêché le meilleur chirurgien du royaume de venir en aide à la guerrière qu'il souhaite sauver?

Ils se regardèrent puis écartèrent les toiles de la porte d'entrée pour me laisser passer.

Liliane gisait nue sur une table. Deux toubibs s'activaient autour d'elle.

- Elle a fait plusieurs hémorragies internes. Nous allons l'ouvrir et stopper ces dernières ensuite il faudra recoudre. Cependant, elle a perdu beaucoup de sang. Il va falloir la transfuser. Je vais tester son sang. Il sortit plusieurs fioles remplis de produits chimiques et versa un peu de sang dans chacune d'elle. Impossible de déterminer son affiliation sanguine. C'est peut-être une divine ?

- Il ne manquait plus que ça, recommence le test. Si on n'a pas quelqu'un sous la main dans les minutes qui viennent, je ne donne pas chères de nos têtes. Je leur avais dit de nous trouver un Égaré pour le tournoi. Leur sang divin est compatible avec tous les groupes.

Je m'approchais.

- Je suis un Égaré, vous pouvez réaliser la transfusion, répondis-je en pointant de façon menaçante mon poignard dans leur direction.

Ils paniquèrent un moment puis finalement obtempérèrent.

Les médecins me piquèrent le bras avec une aiguille désinfectée à l'alcool et réalisèrent la même opération sur le bras de Liliane. Avec un petit flacon muni d'une manivelle, ils commencèrent à me pomper le sang pour réalimenter la victime tout en continuant à l'opérer.

Au bout de quelques heures, le chirurgien en chef des Yényitchéri finit sa dernière couture.

- Voilà, il ne reste plus qu'à lui administrer les potions et à recouvrir les plaies d'onguents médicamenteux. Si elle passe la nuit, nous vivrons tous au petit matin. Avez-vous constaté mes très chers confrères que la femme est enceinte de plusieurs semaines ? Nous avons bataillé pour sauver deux vies ce matin.

J'assommais méticuleusement chacun d'entre eux. Puis je les ligotais et les bâillonnais avant de les enfermer dans une grosse malle.

L'instant d'après, j'entendis les gardes s'activer à l'entrée. Je décidais de me dissimuler derrière une grande armoire à l'abri des regards indiscrets.

Le Seigneur Falkomed entra seul dans la tente et regarda le corps de Liliane qui luttait pour survivre.

- Aujourd'hui, je suis victorieux. Mais votre vaillance et votre courage m'ont impressionné. Vous avez gagné à jamais mon respect et mon amour. Votre père s'est bien battu et je n'ai point usé de subterfuges pour le vaincre. J'ai abusé de votre corps et je vous ai défigurée car je vous ai désirée plus que tout, dès le premier regard. Une telle beauté ne pouvait appartenir à aucun autre homme. Puisque je savais que jamais vous ne pourriez m'aimer, alors votre laideur repousserait tous les autres prétendants, si vous surviviez, bien entendu. Vous faites de moi un être tourmenté car si vous mourriez aujourd'hui jamais je ne pourrais me pardonner ces gestes envers vous. Liliane Harmman, vous êtes encore plus désirable avec ce masque qui cache comme moi vos difformités. Nous sommes faits l'un pour l'autre.

Il retira son masque et je pus apercevoir son visage atrocement brulé. Falkomed lui prit la main et lui caressa le visage puis il fit glisser sa paume sur le reste de son corps insistant sur des points névralgiques que lui seul connaissait. Le corps de la jeune femme réagissait à la moindre de ses impulsions et se contractait.

- Voilà qui est fait. Ce massage de vos points vitaux va vous aider à survivre. Dormez maintenant, jeune baronne.

Il remit son masque et quitta la grande tente. Je sortis de ma cachette et fis appeler une charrette. Je m'empressais de dissimuler mon armure dans un ballot confectionné à l'aide d'un drap taché de sang et demandais aux gardes de charger délicatement le corps de Liliane sur le chariot après y avoir improvisé une couche mollassonne. Nous nous éloignâmes rapidement du lieu des festivités et je menais l'attelage jusqu'à notre maisonnette.

Maëvilis prit tout de suite en charge la blessée. Elle me confirma que les chirurgiens avait fait du bon travail. Quelques incantations et une potion de sa fabrication permettraient sans aucun doute de la remettre sur pied rapidement. Je lui appris qu'elle était enceinte. Maëvilis ne montra aucune surprise.

Liliane reprit connaissance le lendemain après-midi. Elle me sourit en m'apercevant à son chevet.

- Vous avez Falkomed à votre botte, ma chère. Il semble particulièrement épris de vous. Le violeur serait-il tombé sous votre charme. Voyez-vous, il vous a sauvé la vie après avoir tenté de vous l'enlever. Je l'ai même surpris à vous déclarer sa flamme.

Elle ne montra aucun signe apparent de surprise.

- M'avez-vous vue combattre ?

- Oui, une vraie lionne, inconsciente du danger et terriblement fautive d'avoir agi de la sorte. C'est la deuxième fois que je vous sauve la vie. D'ailleurs, vous me devez un peu de sang.

Elle fit la moue.

- Excusez-moi. J'ai mis votre plan en déroute en agissant de la sorte. Pourrez-vous me pardonner ce geste ?

- J'affronte l'amiral Beltime dans quelques heures. Il me manque un bon litre de sang. C'est la demi-finale mais le baron Harmman n'a pas dit son dernier mot.
- Vous allez la retrouver.
- Oui, Liliane, j'espère pouvoir l'apercevoir.
- Ne suis-je pas arrivée à vous la faire oublier ?
- Vous êtes une compagne merveilleuse et vous saviez en jouant à ce petit jeu avec moi qu'il ne pouvait pas en être autrement.
- M'autoriserez-vous au moins à devenir votre maitresse ?
- Reposez-vous, coquine ! Vous récupérez vite à ce que je vois.
- Approchez.
Elle me vola un baiser sur la bouche.
- Faites bien attention à vous, mon preux chevalier.

Le roi ténébreux se trouvait à ses côtés. Il portait une armure aussi sombre que la mienne et d'apparence similaire. Cependant, elle était garnie de pointes acérées. Son heaume représentait un dragon la gueule ouverte. J'avançais tranquillement menant ma monture au pas devant les tribunes jusqu'à ma position. Elle était là. Totalement voilée pour qu'on ne puisse pas voir son visage avant le mariage et toute vêtue de noire. Le Seigneur Falkomed était également installé juste à côté de la princesse. Je jubilais quand je le vis se lever pour m'observer. Il n'osa cependant pas interrompre le tournoi. Soudain le son des clairons se fit entendre.

Le Roi Géhofft, chevalier teutonique de légende, apparut tel un spectre de l'ombre. Revêtu d'une armure de plate noire, ornée de pointes menaçantes qui semblaient transpercer les ténèbres elles-mêmes, il imposait, rien que par sa présence, la terreur sur les champs de bataille.

Son heaume, une œuvre d'art sinistre, cachait son visage derrière la gueule effroyable d'un dragon. Des yeux d'acier luisaient à travers les fentes et évoquaient la froide détermination d'un conquérant implacable. Les cornes acérées qui ornaient le sommet du heaume semblaient percer le ciel, et ajoutaient à son apparence une aura démoniaque.

Une cape sombre flottait derrière lui et agitait son emblème royal dans le vent comme un étendard de l'enfer. Son énorme masse d'arme noire, symbole de son pouvoir martial, résonnait d'une aura menaçante. Chaque pointe acérée ornant son équipement évoquait la promesse de souffrance et de destruction pour quiconque oserait défier sa puissance.

Géhofft chevauchait un destrier colossal, vêtu d'une armure assortie, qui créait une image apocalyptique de chevalier et de monture forgés dans un seul but : celui de détruire et faire souffrir son ennemi. Les cris de guerre qui émanèrent de son heaume résonnèrent comme des grondements de tonnerre et propagèrent la peur dans toute l'assemblée.

Impressionnant et terrifiant, le Roi Gehofft incarnait la fusion brutale de la puissance militaire et de la terreur psychologique. Sous son règne, chaque bataille se transformait en une danse macabre, et son apparition était gravée dans la mémoire de ceux qui avait eu le malheur de croiser son chemin sur le champ de bataille et la chance d'en sortir vivant. Le roi prit place dans les tribunes à côté de sa future épouse.

Je reportais mon attention sur mon adversaire du jour. L'amiral Beltime avait une réputation d'excellent cavalier très doué dans le maniement de la lance. C'était le champion attitré de la reine-mère Damballa. On racontait que son armure était faite d'écailles de Léviathan, une créature mythique qui vivrait au fond des océans. Jamais personne n'avait réussi à la transpercer. Même si cela n'était sans doute qu'une légende, l'amure d'écailles rouges brillait d'un reflet malsain au soleil et sa vision impressionnait tout combattant sein d'esprit.

Nous nous saluâmes de façon courtoise. Les trompettes sonnèrent et nous nous élançâmes l'un vers l'autre, lances en l'air. Au milieu du parcours, nos pointes en bois s'abaissèrent pour tenter de désarçonner l'adversaire. La première passe tourna à la faveur du capitaine. Un retard d'une demi seconde me valut de briser ma lance sur son bouclier et d'être touché au bras. Il marqua donc un point. Je fus plus attentif sur la deuxième passe en suivant attentivement les indicateurs clignotants sur mon heaume divin. J'aperçus une infime brèche dans sa défense que j'exploitais aussitôt. Il redressa son bouclier au dernier moment mais légèrement trop tard pour esquiver le coup. Dans un vacarme tonitruant nous tombâmes tous les deux à terre. J'avais espéré que cette chute aurait handicapé Beltime mais il se remit en selle sans grande difficulté. Pour ma part, mon bras soutenant mon bouclier était cassé. Il me restait une passe pour égaliser ou mettre à terre mon adversaire. Je tournais la tête du côté des tribunes cherchant un peu de réconfort en regardant ma bien-aimée. Elle était en pleine conversation avec le roi et ne prêtait aucune attention au spectacle.

Je serais les dents et éperonnais ma monture. Je devais prendre suffisamment de vitesse pour mettre mon plan à exécution. Le cheval hennit, se cabra et s'élança à vive allure en direction de mon adversaire. A mi-parcours, je lâchais mon bouclier. Cela avait dû désorienter un instant, l'amiral. Arrivé sur lui, je ne disposais plus d'aucune défense pour contrer son attaque. Il me fallait l'esquiver. Je me penchais dangereusement vers la droite pour utiliser le poitrail de mon destrier comme protection. Aucun chevalier digne de ce nom ne pouvait frapper un destrier lors d'une joute. Je me retrouvais à quelques centimètres du sol soutenu uniquement par mes étriers et le contrepoids de ma lance. Le choc fut terrible. La pointe de l'adversaire ripa sur ma jambe gauche mais j'avais visé juste. Il continua sa course sur quelques mètres puis tomba à la renverse le corps tétanisé par l'impact de plein fouet de ma lance sur son plastron. Je parvins à me redresser pour décrocher la victoire par chute. Mes fans scandaient mon nom en tapant leur arme sur leur bouclier. Je reviens à proximité de l'amiral Beltime. Il releva sa visière. Du sang coulait sur sa joue lacérée. Le soldat m'indiqua que tout allait bien.

- Un coup de maître, Baron Harmman. Jamais, je ne vous aurais cru si agile à votre âge. Me voilà affublé d'une nouvelle cicatrice. Allez donc profiter de votre victoire bien méritée.

Je lui fis un signe de tête puis je pris la direction des tribunes principales. Face à Chadia, je tendis ma lance dans sa direction. Elle sembla surprise par ce geste, regarda le roi puis décrocha l'un de ses voiles qu'elle fixa à l'extrémité de la pointe. Elle acceptait par ce geste que je devienne son champion.

Au trot, je quittais le champ de lices tout en récupérant le morceau d'étoffe que je portais à mes narines. Ce parfum de rose, bien que fort agréable, n'était pas le sien. Sans doute lui avait-on offert de multiples toilettes et de nombreux produits pour se rendre encore plus belle.

Maëvilis avait fait des merveilles en consolidant mon bras cassé dans une espèce d'argile dure. Elle m'avait dit que la magie des dieux et mes capacités de régénération avancées le répareraient en quelques heures seulement. Je ne l'avais pas crue mais effectivement le lendemain j'avais retrouvé mon bras comme neuf.

Le grand jour de la finale m'opposa à l'amazone Cassandre, la faiseuse de veuves. C'était elle qui avait remporté le dernier tournoi. Elle n'avait d'allégeance à aucun royaume et dirigeait une armée de femmes mercenaires au service du plus offrant. Les amazones étaient toutes des cavalières hors-paires. Elles se faisaient couper l'un de leurs seins pour ne pas être gênées lorsqu'elles utilisaient un arc. Cassandre était resplendissante. Ses longs cheveux roux et bouclés retombaient sur sa cotte de mailles en or. De discrètes taches de rousseur lui donnaient encore un air juvénile alors qu'elle était déjà une femme dans la force de l'âge. On disait des amazones que passées l'âge de trente-cinq hivers, elles ne vieillissaient plus. Des ragots racontaient même que Cassandre foulait déjà l'herbe des champs de batailles alors que les plus anciens chevaliers de la compétition n'étaient même pas encore nés. Beaucoup la considéraient comme une divine même si elle n'en avait pas l'apparence.

La guerrière s'approcha de moi sans aucun respect pour le protocole. Elle me chuchota à l'oreille.

- Ton réceptacle d'homme noir te va à ravir, cher Jésus. Tu ressembles vraiment beaucoup à Balthazar.

- Je ne comprends pas un traite mot de ce que vous me racontez. Je vous en conjure dites-m'en plus ! Mon vrai nom est-il Jésus ?

- Je suis vraiment désolé de devoir te faire définitivement mordre la poussière. Comment as-tu pu faire ça ? Tu avais tout. Tu occupais la place centrale du conseil. Assassiner celle qui t'aimait. C'était la plus pacifiste de nous tous. J'attends ce moment depuis ta condamnation. Meurt, l'étrangleur.

Elle éperonna sa monture et fila sans que je puisse lui poser toutes les questions qui brulaient mes lèvres.

Les deux premières passes furent brutales. Cassandre ne combattait pas pour gagner mais pour tuer. J'étais parvenu à transformer ses attaques meurtrières en chutes douloureuses mais mon armure de combat n'avait pas résisté au dernier choc. Il m'était impossible de continuer le combat avec un plastron défoncé qui m'empêchait de respirer. Je dus donc hotter ma protection ne gardant qu'une simple cotte de mailles et mon casque partiellement déréglé. Je savais que le prochain coup pouvait m'être fatal. Même si je parvenais à la toucher avant qu'elle ne me frappe, l'armure de Cassandre était bien trop solide pour que je puisse la blesser ou la faire chuter.

Une voix déformée raisonna dans mon casque :
- Vise sa tête et fais-moi confiance.

J'éperonnais ma monture, m'élançant vers ma propre mort. Jésus, je m'appelais Jésus chez les dieux. Au moins, je connaissais mon nom.

Cassandre n'était plus qu'à quelques mètres de moi. Je pointais ma lance le plus loin possible et visais son casque. A ma grande surprise, un instant avant de nous entrechoquer, le haut de son heaume explosa. Cassandre n'eut pas le temps de s'effondrer sur sa monture. Je frappais à l'endroit même de la terrible blessure et la désarçonnais violemment. Elle était de toute façon déjà morte en touchant le sol. J'arrêtais la course de ma monture et revins sur mes pas pour examiner le cadavre. Sa tête n'était plus qu'un amas de chair, de sang, d'os et de ferraille. J'activais l'enregistrement des derniers instants du combat et le visionnais à vitesse réduite. Un petit projectile particulièrement rapide et véloce avait discrètement transpercé son crâne. Apparemment, j'avais été le seul grâce à mon casque à remarquer l'assassinat discret et parfaitement orchestré de la guerrière amazone qui devait, qui plus est, être sans aucun doute une divine. J'observais discrètement les alentours sans voir la trace d'un quelconque assassin. Au moins, j'avais un ange gardien, bien réel celui-là.

La foule était en délire. Ma victoire face à l'amazone relevait du miracle surtout quand on connaissait mon soi-disant âge vénérable. Je m'approchais de la tribune officielle sans retirer mon heaume.

- Votre victoire est éclatante, baron Harmman. Je suis fier de vous compter parmi mes preux chevaliers, annonça le roi Géhofft d'une voix grave. Vous méritez monts et merveilles pour avoir supprimer cette arrogante reine des amazones. Demandez-moi ce qu'il vous plaira et je vous l'accorderai.

Je pris une voix usée par le temps.

- Je souhaiterais promener sur mon cheval, votre future épouse, mon seigneur. Elle m'a choisi pour champion et lui faire partager ma victoire serait pour moi la plus belle des récompenses.

- Je reconnais bien là les forfanteries d'un vieux seigneur, là où d'autres m'auraient demandé de l'or ou des terres. Soit, si tel est ton choix, que le 5e joyau te rejoigne.

A ma grande surprise, ni Falkomed, ni Géhofft ne s'opposèrent à ma requête. Chadia toujours voilée, descendit gracieusement de la tribune et je lui offris ma main pour qu'elle puisse s'installer confortablement en position de cavalière devant moi.

Mon cheval fit le tour tranquillement du champ de lices sous les acclamations des spectateurs. Je posais ma main sur la hanche de Chadia et la serrais contre moi.

- Vous êtes bien valeureux, mon seigneur, me dit-elle.

Mon sang se glaça. La voix que je venais d'entendre n'était pas celle de la juvénile Chadia. Son corps bien que charnel n'était pas non plus le sien.

- Puis-je voir votre visage, moi qui suis votre champion ?

Elle souleva discrètement son voile dévoilant un jolie minois de femme d'une quarantaine d'années. Ses cheveux étaient blonds comme les blés et son regard gris vous transperçait aussi efficacement qu'une flèche.
- Je ne vois que vos yeux à travers cette fente mais ils me paraissent surpris. Ne suis-je pas à votre gout, messire. Montrez-moi à votre tour votre vrai visage.
Je soulevais légèrement ma visière.
- Hum, je pensais le baron Harmman beaucoup plus vieux et plutôt blanc de peau. Vous êtes réellement charmant. Pourtant, j'ai cru comprendre qu'il se balançait au bout d'une corde et que sa fille avait pris sa place. Je ne m'attendais pas à voir un inconnu porter ses armoiries. C'est puni de mort ici, le saviez-vous ?
- Qui êtes-vous ?
- Le 5e joyau royal du Sultanat d'Abakour. A voir votre regard vous en doutez. Je suppose donc que vous connaissez cette charmante Chadia. Une véritable beauté n'est-ce pas ?
- Où est-elle ?
- Au château, sous bonne garde. Mon frère s'attendait à un enlèvement, il m'a donc sommée de jouer le rôle de la princesse le temps du tournoi. Je suis Hélène, la sœur du roi Géhofft. Etiez-vous là pour la ravir ? Vous en êtes amoureux n'est-ce pas ? J'adore les histoires d'amour. Mon frère n'a que faire d'elle, voyez-vous il préfère plutôt partager sa couche avec les garçons. Ce mariage n'est qu'un acte diplomatique fort pour lui assurer le soutien des Yényitchéri.
- Je pourrais vous enlever et demander un échange.
- Vous feriez de moi la plus heureuse des femmes. Pensez-vous que mon frère porte une quelconque importance à mon existence ? Si tel avait été le cas, pensez-vous vraiment qu'il m'aurait demandé de porter cette robe voilée ? Si vous souhaitez remettre la main sur Chadia, je peux vous aider à le faire mais vous me devrez un service en retour.
- Pourquoi m'aidez et qu'attendez-vous de moi ?
- Je vous trouve attirant. J'aime votre aspect bestial d'homme du sud.
Elle se mit à sourire de façon charmante.
- Si vous souhaitez revoir votre beauté de harem, il faudra tuer mon frère.
J'opinais du chef et la déposais au pied de la tribune officielle. Elle me fit une révérence.
- L'un de mes serviteurs vous portera une invitation à la cérémonie de demain, adieu chevalier.

Je la regardais s'éloigner sans trop savoir dans quel guêpier j'allais mettre les pieds.

Furieux, je rentrais à la maison et décommandais provisoirement notre envol. Liliane me rejoint dans la chambre alors que j'avais déjà vidé une bouteille d'alcool de blé.

- Pourquoi vous mettre dans tous ces états ? Nous allons peaufiner un plan pour enlever Chadia pendant la cérémonie. Vous n'aurez pas à combattre ce roi. Et si le plan échoue alors oubliez cette fille et aimez-moi.
- Il suffit, Liliane. Vous m'énervez et je ne suis pas en état de rire de ces choses-là. Foutez le camp d'ici.
-Vous êtes mon ami, Hakon. Je sais que je ne pourrais pas chasser Chadia de votre cœur.

Elle prit ma main et la posa sur son ventre.
- Falkomed m'a violé et je porte son enfant. Je ne suis pas crédule comme vous pouviez le penser. Je me montre forte mais je suis en fait terrorisée. J'ai bien pensé m'en débarrasser mais quelque chose en moi me l'interdit. Je veux cet enfant.

Je me levais et la pris dans mes bras.
-Tant que je vivrai, Liliane, je prendrai soin de vous et de votre enfant, n'ayez crainte.

Elle se mit sur la pointe des pieds et m'embrassa sur la bouche langoureusement. Elle frissonnait mais son corps m'invitait à tous les pêchers.
- Seigneur Hakon, je vous ai fait le serment de ne plus vous tenter par l'avenir. Vous resterez à tout jamais dans mon cœur mais je sais cet amour sans retour.

Elle s'écroula à mes pieds et se mit à pleurer. Je l'ai portée jusqu'à ma couche et nous avons dormi ensemble comme l'aurait fait deux compagnons d'infortune. Il n'y eut que de la tendresse et de la chaleur partagées. A aucun moment, elle comme moi, avons succombé au désir de l'autre.

CHAPITRE 4 : LA FUITE

Je présentais l'invitation qui m'avait été remise par Hélène pour pénétrer dans la cathédrale. Liliane était à mon bras vêtue d'une longue robe de bédouine, toujours aussi rayonnante de beauté et de mystère. J'avais quitté l'armure trop voyante d'Harmman pour revêtir des vêtements en soie qui convenaient parfaitement à l'émir pour lequel je me faisais passer. Ma fidèle épée n'en restait pas moins accrochée à mon ceinturon cachée sous les plis de ma toge. Je misais sur la foule et mon turban pour passer inaperçu aux yeux des rares personnes qui me connaissaient. Nous prîmes place sur un banc en bois au cœur de la nef, non loin d'une sortie. La cérémonie débuta par une musique jouée à l'aide d'un immense orgue. Un rang de moines guerriers encapuchonnés vêtus de chasubles de couleur ocre fit son apparition et forma un cercle autour du cœur. Un prêtre bedonnant en habits sacerdotaux prit une amulette dans sa main et récita un quantique pour accueillir le futur marié. Ce dernier, toujours en armure de combat, était accompagné par sa garde royale et plusieurs de ses fidèles conseillers dont le chef de la légion Wolfen. Il s'installa à proximité de l'autel. Il retira son heaume mais ses traits étaient toujours dissimulés par un élégant demi-masque en argent.

La musique changea et prit une consonance orientale. Les grandes portes de la cathédrale s'ouvrirent pour laisser passer le cortège de la jeune mariée. Elle était assurément divine. Chadia avait été conçue par les astronomes de son royaume pour émerveiller quiconque portait son regard sur elle. Son charme bien que naturel était exacerbé par un maquillage complexe et de multiples tatouages qui recouvraient son corps sans défaut. Comme le voulait la tradition Yényitchéri, aucune robe ne devait dissimuler ses atours offerts aux yeux de tous, le jour de l'union. Un parterre de fleurs était créé par une myriade d'enfants qui la devançait en lançant des pétales multicolores sur le sol.

- Elle est magnifique, déclara sincèrement Liliane.

La jeune princesse se positionna à côté de son futur époux sans montrer aucune gêne et aucune peur. Elle souriait à tous.

Le prêtre prit la parole.

- Roi Géhofft, agenouillez-vous devant votre dulcinée et mettez votre vie entre ses mains.

Le seigneur s'exécuta. Le maitre de cérémonie apporta une dague posée sur un coussin blanc et la présenta à la future mariée. Cette dernière la prit en main et la posa sur la gorge du ténébreux.

- Tu viens de m'offrir ta vie. Elle sera donc mienne jusqu'à ce que la mort nous sépare.

Elle s'agenouilla à son tour et le roi se releva. Il récupéra la dague et prononça à son tour le serment. Sa voix n'était pas aussi grave que celle que j'avais entendue lors du tournoi. Le prêtre lacéra la main droite de Chadia jusqu'à en faire couler du sang et fit de même avec celle du roi. Ils se joignirent les mains et mêlèrent leur sang qui souilla l'autel.

- Devant les dieux, vous venez de pactiser par le sang votre mariage. Vous pouvez honorer la mariée d'un baiser. Longue vie à la reine Géhofft.

Les deux époux s'embrassèrent tendrement sous les acclamations de l'assistance. Tout était minutieusement orchestré.

Nous rejoignîmes les invités triés sur le volet pour participer à la fête qui se tenait dans les magnifiques jardins de la forteresse. De nombreux convives dansaient ou s'émerveillaient devant les banquets somptueux chargés de victuailles à profusion. Certains prenaient plaisir à se perdre dans le labyrinthe végétal ou bien à discuter autour de l'étang recouvert de nénuphars. De nombreux domestiques s'activaient pour répondre aux moindres exigences des puissants présents au diner. Alors que j'étais adossé à un arbre en train de surveiller Liliane qui se laissait conter fleurette par un jeune noble, une jolie blonde au visage masqué par un loup m'apostropha. Elle était accompagnée par une fille plus jeune, de petite taille et légèrement replète.

- Je vous présente ma sœur cadette, Ctimène, annonça Hélène. Elle est entrée dans les ordres à l'âge de seize ans mais ne vous fiez pas aux apparences, elle rêve secrètement de trouver un autre amour que celui des dieux.

Elle pouffa de rire quand sa sœur surprise et confuse devint toute rouge.

Ctimène devait avoir entre vingt et trente ans. Elle était châtain et son joli minois était couvert par quelques tâches de rousseurs charmantes. Sa courte jupe noire de prêtresse, trop serrée, l'engonçait et la grossissait. Elle portait de hautes bottes en cuir souple qui lui arrivaient à mi-cuisses. Ctimène était définitivement charnelle et ses formes avaient quelque chose d'attirant. A chaque mouvement, sa poitrine démesurée essayait désespéramment de surgir de son surprenant décolleté proéminent. Dans les Quatre Royaumes, le physique était important pour les nobles. Ctimène ne correspondait pas encore aux critères actuels de beauté.

Je posais un genou à terre et pris sa main dans la mienne afin de la baiser. Je croisais un instant son regard gêné. Ses yeux verts clairs étaient magnifiques.

- C'est un honneur de vous rencontrer, mademoiselle. Et je puis vous assurer que les dires médisants de votre sœur ne sont que le reflet de sa jalousie.

- Je vous remercie, messire, ma grande sœur a souvent tendance à vouloir me rabaisser aux yeux des autres.

Les effluves de son parfum s'insinuèrent jusqu'à mes narines et m'envoutèrent aussi efficacement que les danses de ma tendre Chadia.

- Si tu n'abusais pas des pâtisseries, on n'en serait pas là. Mais venons-en à nos affaires. Ctimène va vous faire rentrer dans la chambre nuptiale et vous allez vous y dissimuler jusqu'à l'arrivée du couple.

Je m'offusquais en apprenant que la prêtresse était dans la confidence.

- Ne vous en faites pas pour Ctimène. Si vous trouvez que je suis dure avec elle, ce n'est rien par rapport à ce qu'elle subit de notre frère. C'est lui qui l'a forcée à intégrer l'ordre religieux des Tanennites. Il n'est pas tendre avec leurs prêtresses. De plus, il l'a bat et c'est encore une chance qu'il ne l'ait pas violée.

- Il suffit, Hélène. Je ne pense pas que notre invité ait besoin de connaitre mes afflictions dans les moindres détails.

Elle s'était voulue ferme dans la voix mais ses yeux s'embuaient déjà.

- Revenons-en à notre plan. Je sais que ce sera difficile pour vous mais vous devrez attendre qu'ils aient consommé leur relation avant d'intervenir. La poitrine et les parties intimes de Chadia ont été enduites par mes servantes de drogues de contact. J'ai bon espoir que mon frère ne puisse résister à l'envie de gouter sa dulcinée.

- Vous ne pouviez pas y mettre du poison ?

- Le roi est immunisé contre tous les poisons connus. Cependant, il ne s'est pas fait insensibilisé contre les drogues douces pour pouvoir profiter de leurs effets. En parlant de drogue, tenez avalez ça. Ça vous aidera à garder les idées claires.

Elle me tendit une petite fiole contenant un liquide orange à l'odeur amère.

- Je n'ai pas besoin de ça.
- Je puis vous assurer que vous aurez besoin de toutes vos capacités pour affronter mon frère.

J'avalais la mixture avec méfiance et dégout.

- Maintenant partez. Si on me voit trop longtemps avec vous, cela paraitra suspect.
- Venez, suivez-moi, discrètement, dit Ctimène.

Je lui emboitais le pas, reluquant ses jolies fesses rebondies.

Elle me mena à travers les nombreuses salles de château jusqu'à une petite chambre austère qui comprenait un bureau, une simple armoire, un âtre et une couche modeste.

Elle était toute essoufflée.

- Quand j'y pense, c'est la première fois que j'amène un garçon dans ma chambrette.

Elle rougit de plus belle de son effronterie.

Comment étais-je tombé sous son charme ? J'avais une terrible envie de lui faire l'amour. Usait-elle de sorcellerie ?

- Toutes les chambres des membres de la famille dispose d'un passage secret. Cette pièce est normalement destinée à un serviteur mais mon frère s'est dit que je préparerais mieux ma vie à l'abbaye. Je n'ai connu qu'elle depuis la mort de père et de mère, il y a maintenant plusieurs années.
- Votre frère n'a pas voulu vous marier ? Je puis vous assurer que bon nombre de nobles chevaliers vous feraient la cour. Vous sous-estimez vos charmes, Ctimène.

Je tentais de lui voler un baiser mais elle me repoussa.

- Ne vous moquez pas. Hélène me dit parfois que je suis jolie comme tout, mais j'ai du mal à la croire.

Elle tira une chaine dissimulée dans la cheminée à l'aide d'un tisonnier et une porte de pierre s'entrouvrit en grinçant. Elle sortit ensuite une bougie d'un tiroir du bureau et l'alluma.

- Suivez-moi sans bruit, ordonna-t-elle, en pénétrant prudemment dans le couloir sombre.

Après avoir parcouru une dizaine de mètres dans le passage secret poussiéreux, nous sommes arrivés devant une nouvelle chaine. La jeune femme la tira nous permettant d'entrer dans la chambre du roi.

- J'espère que vous avez le cœur bien accroché car les goûts de mon dégénéré de frère sont plutôt malsains.

La salle était luxueuse. Un grand lit à baldaquin couvert de draps en soie trônait au centre de la pièce. Plusieurs grands tableaux montraient des scènes d'orgies et de luxures. Ils avaient sans doute étaient peints par les plus grands maitres du continent. Une collection d'objets en rapport avec le libertinage était enfermée dans des vitrines finement ouvragées. La pièce maitresse de cette collection représentait la statue d'une naïade grandeur nature prise violemment par un chevalier au trait du roi.

La peau d'un animal sauvage au couleur étrangement changeante reposait devant une cheminée gigantesque ornée de trophées de chasse tous plus inquiétants les uns que les autres.

- Mon frère est un chasseur reconnu, dit-elle en chuchotant. Avec sa bande de mercenaires mutants, il a chassé les animaux les plus rares et les plus dangereux. Son gibier préféré est l'Égaré. Ils se ventent d'en capturer plusieurs chaque année. Ils les torturent, pour obtenir je ne sais quel secret des dieux puis les tue. Les malheureux.

Je m'avisais bien de lui dire que je faisais partie de cette espèce en voie d'extinction.

Un imposant coffre fait apparemment d'or massif reflétait subtilement les lumières du feu de cheminée. Je m'approchais et essayais de l'ouvrir par curiosité.

Ctimène pouffa.

- Même avec de la poudre explosive, vous ne parviendriez pas à ouvrir ce coffre. Le plus habile des voleurs ou le plus puissant des sorciers s'y casserait les dents. Seule la clef autour du cou de mon frère le permet. Il y détiendrait ses plus grands trésors.

Elle ouvrit une grande armoire.

- Vous allez vous dissimuler là-dedans. Le miroir est sans tain. Ainsi, vous pourrez profiter pleinement du spectacle, dit-elle un sourire aux lèvres. Tournez-vous, et regardez dans le coin là-haut, je vous prie.

Je m'exécutais mais mon instinct de survivaliste m'intima de rester sur le qui-vive. Aussi, je pus espionner son manège dans le reflet de la glace de l'armoire.

Elle remonta rapidement sa robe dévoilant une jambe gainée d'un bas blanc et en extirpa une fine dague.

- Voici pour vous. Elle vous permettra de frapper vite et bien. Visez le cœur, dit-elle sans émotion, en me tendant l'objet de mort.

La potion commençait à faire ses effets. Mes sens semblaient exacerbés. Je ressentais beaucoup plus les choses qui m'entouraient. Je ne sais pas si c'était un effet secondaire mais je me surpris à vouloir prendre sans préliminaire la donzelle qui s'offrait à mes yeux.

Alors qu'elle allait m'enfermer, mon ouïe fine perçut des bruits de pas derrière la porte. J'attirais Ctimène à moi en l'agrippant par le bras et refermais la penderie. Je me retrouvais à nouveau caché avec une femme dans un meuble.

Le roi, accompagné de Chadia, entra dans la pièce.

Il s'assit sur le bord du lit et elle s'approcha de lui. Elle était vêtue d'une simple toge de soie partiellement transparente et un voile incrusté de dorures ne laissait paraitre que ses yeux.

Puis Chadia se mit à chanter langoureusement. Son chant était divin et envoutant. Je ne comprenais pas sa langue natale mais ce n'était pas nécessaire pour boire ses paroles. Son corps se mit à onduler de façon hypnotique. Il était impossible de ne pas succomber à son charme. De façon délicieuse et charnelle, elle dévoilait ses parties intimes toujours en dansant. Puis ses mouvements devinrent plus rapides, plus énergétiques et plus sensuels. Nous étions tous envoutés et excités. Les effluves de son parfum aux notes ambrées accentuées par la transpiration de son corps inondèrent nos narines. Bientôt sa tunique lui colla à la peau dévoilant par transparence son corps de déesse.

Ctimène trembla. J'avais posé une main sur sa bouche pour étouffer le son de sa trop forte respiration. Mon autre main était plaquée sur le ventre de la fille pour bien la serrer contre moi. Je pouvais sentir ses petites fesses plaquées contre mon intimité. Je n'avais jamais pensé un instant me retrouver dans cette situation aussi embarrassante que dangereuse. Ctimène ne faisait rien pour arranger la chose en gigotant doucement. Malgré le risque de mourir dans l'instant mais poussé par mon attirance inexplicable pour la prêtresse, la drogue et la vision du spectacle aphrodisiaque de ma bienaimée, je ne pus réprimer une violente érection.

La prêtresse s'en aperçut immédiatement et sa respiration rapide s'accéléra à nouveau. Elle savait maintenant que ce n'était pas que la présence de Chadia qui m'émoustillait autant.

Je relevais silencieusement la robe de la jeune femme et découvrit ses fesses. Elle se frotta à moi silencieusement. L'un de mes doigts pénétra dans sa bouche à la recherche de sa langue. Elle le suça sensuellement. Je lui en mis un deuxième puis un troisième afin de la faire saliver plus que de raison.

Elle desserra les jambes lorsqu'elle sentit la seconde main descendre doucement vers son intimité pour jouer avec ses petites lèvres. Elle dut se pencher et agripper la tringle pour ne pas tomber. De la sueur se forma alors sur son corps lorsqu'elle sentit mon membre durci collé à ses fesses. Lentement, elle commença à prendre un réel plaisir. L'excitation mêlée à la peur et à la découverte lui provoquait d'étranges sensations extrêmement agréables. Même si j'en avais une énorme envie, je n'osais pas la pénétrer. Me frotter à son arrière train tout en jouant avec son clitoris humidifié était déjà largement excitant. Elle haletait et aurait voulu crier tout le plaisir qu'elle ressentait à se faire caresser de la sorte. J'en profitais pour libérer sa poitrine de sa prison. Mes deux grosses poignes ne suffisaient pas à enserrer ses seins cyclopéens.

Arrivée au paroxysme de sa danse nuptiale, Chadia se contracta. Sa jouissance fut parfaitement synchronisée avec celle de la prêtresse. Le roi cria de plaisir même s'il n'avait pas osé la toucher pendant sa représentation. Du liquide s'écoula sur les cuisses de la jeune reine prouvant qu'elle avait, elle aussi, atteint le paroxysme de sa jouissance.

Chadia s'écroula sur le lit, inconsciente. Son époux, toujours sous l'effet de la danse hypnotique la rejoint immédiatement dans le pays des songes. Je souillais alors à mon tour les fesses et le dos de mon invraisemblable amante. Nous avons attendu quelques minutes pour nous remettre de nos émotions et nous assurer que le couple était bien plongé dans un profond sommeil.

Ctimène sortit de l'armoire et se retourna vers moi. Elle tenta de me gifler mais je retins sa main.
- Mais qu'est-ce qui vous a pris ? On aurait pu tous les deux y rester, dit-elle en reprenant sa respiration difficilement.
- Je suis désolé. La danse de Chadia a un effet hypnotisant et aphrodisiaque très puissant. La tête m'a tournée. Je n'ai pensé qu'à vous donner du plaisir.
- Ça vous a plu de me voir transformée en fille de joie. Vos attouchements étaient….
- Plutôt plaisant, n'est-ce-pas ?
Elle me sourit, rouge de honte.
- Vous avez abusé de moi mon seigneur alors en échange de mon silence, il vous faudra m'épouser, dit-elle en chuchotant, un grand sourire aux lèvres.

- Mon cœur est déjà pris, jeune prêtresse. Gardez de moi, le souvenir fugace de ce moment de plaisir partagé dans une armoire. Mais je ne pourrai pas accéder à votre souhait.

Je pris la lame dans ma main et m'approchais du roi endormi. Il allait mourir vite sans souffrir même si j'aurais aimé le voir crever dans les pires douleurs.

Je me plaçais juste au-dessus de lui et visais son cœur. Il semblait profondément endormi. Son visage exprimait une juvénilité qui contrastait avec son âge vénérable supposé. Il avait des cheveux longs impeccablement peignés. Il portait du maquillage qui le rendait parfaitement charmant. Un véritable apollon. L'instant d'après ma lame rencontra le matelas. Le seigneur avait subitement roulé sur le côté.

J'extirpais ma lame et d'un mouvement rapide tentais à nouveau de lui planter dans le corps. Il bondit vivement au-dessus de Chadia toujours endormie pour esquiver mon assaut sans difficulté. Il se redressa et sortit deux dagues dissimulées dans son dos. J'empoignais fermement la mienne pour l'affronter au corps à corps. Je m'attendais à voir surgir la garde d'un instant à l'autre.

Nous avons tourné l'un autour de l'autre pendant quelques secondes puis les coups se mirent à pleuvoir de part et d'autre. Il était vif, très vif et même trop vif pour un simple humain. Ma célérité améliorée d'Égaré, accentuée par les effets de la drogue d'Hélène, me permettait à peine de percevoir les frappes qu'il décochait. Les éclairs de métal fusaient et je me retrouvais bientôt sur la défensive. Il parvint finalement à briser ma garde et les premières gouttes de sang qui souillèrent le parquet furent les miennes.

Pourtant, au lieu de poursuivre son assaut, il me contourna subitement et se jeta sur Chadia. Il la pressa contre lui pour s'en servir de bouclier puis posa l'une de ses lames contre sa gorge et l'autre sur son ventre. Elle se réveilla en plein cauchemar et hurla.

- Lâchez votre arme où je l'envoie rejoindre les mondes ténébreux. Je puis vous assurer que sa vie n'a aucune valeur pour moi depuis que nous sommes mariés.

Si je posais ma lame, je nous savais condamnés mais je ne pouvais risquer la vie de Chadia. Je lâchais ma dague et levais les mains en l'air. Ctimène stupéfaite ne disait pas un mot.

- Que fais-tu ici dans la chambre nuptiale, ma bien aimée petite sœur ? C'est surement Hélène qui t'a envoyée dans ce guêpier. Demande à l'un des gardes dehors d'aller prestement la querir sur tes ordres.

-Ne lui faites pas de mal, mon frère. Ce n'est qu'un vulgaire assassin. Vous me devez tous vos maux. Prenez ma vie si cela peut contribuer à calmer votre soif de sang, dit-elle en pleurnichant.

- Tu as pris du plaisir avec cet étranger et tu t'en es amouraché. Toi la prude Ctimène. Tu en es tombée amoureuse. Voilà pourquoi il n'a pas pu résister à tes phéromones de prêtresse en chaleur. Je ne te pensais pas capable de faire ce genre de chose. Hélène est une vile garce mais toi, je te croyais plus pure. Tu n'es finalement qu'une putain, digne membre de cette famille de dégénérés.

Tremblante, elle alla parler aux gardes et revint se poster non loin de la porte sans dire un mot.

Quelques minutes passèrent et la porte s'ouvrit à la volée. Hélène pénétra dans la chambre. Son visage devint blême quand elle vit son frère vivant devant elle.

Il s'approcha de moi et pressa sa lame sur ma carotide tout en maintenant fermement Chadia contre lui. Quand, il tendit complètement le bras, je pus voir à cet instant un tatouage de renard sur son avant-bras.

- Vous êtes le renard d'argent ?

Cette remarque sembla le surprendre.

- Je vous ai sauvé la vie, il y a quelques jours sur un toit alors que vous aviez dérobé un tableau.

- C'était vous ?

Il baissa son arme et repoussa Chadia vers moi. Elle se précipita à mon cou en tremblant.

- Votre sœur souhaitait votre mort et j'ai accepté de vous tuer pour récupérer celle que j'aime.

- Il ment, mon frère. J'ai toujours été là pour m'occuper de vous, répondit Hélène.

- Oui et c'est pour cette raison que je ne te tuerai pas de mes propres mains, aujourd'hui. Maintes fois, tu m'as charmé ou drogué afin de coucher avec moi jusqu'à me dégouter des femmes. J'ai maintenant reporté mes attentions sur les hommes. Tout ce qu'elles t'ont raconté sur moi est sans aucun doute faux. Certes mes gouts pour la luxure peuvent en choquer plus d'un mais je ne suis pas le monstre que tout le monde décrit.

L'Égaré, tu as hanté chacun de mes rêves depuis notre dernière rencontre et tu connais maintenant mon secret. Je te dois la vie. Maintenant que je suis marié à Chadia, tu comprendras que je n'ai que faire d'elle en tant qu'épouse. Même si je peux reconnaitre que ses talents et ses charmes ont réveillé en moi une attirance pour les femmes que je croyais définitivement perdue. Seul m'importait de renforcer mes liens avec le sultan. Fuis avec ta dulcinée. Je te laisse une petite heure avant de te traquer personnellement.

- C'est un Égaré, s'étonna Hélène. Tuez-le, mon frère. Récupérons l'artefact dans son crâne et communions avec nos créateurs dans la tour de Babel.

- Tais-toi, hurla le souverain. Ne parle pas de chose que tu ne connais pas. On voit bien que tu n'as jamais mis les pieds là-bas.

Je couvrais Chadia à l'aide d'une toge et d'une cape trouvées dans l'armoire. Je jetais un dernier regard en direction de Ctimène. Elle me regarda décontenancée. Hélène, quant à elle, me jeta un regard noir.

- Je vous remercie mon seigneur et je ferai bon usage du temps que vous nous accordez. Hélène est une intrigante de la pire espèce, punissez-là comme il se doit. Quant à Ctimène, ne soyez pas trop dure avec elle. C'est une jeune femme qui n'aspire qu'à découvrir la vie.

La prêtresse me jeta un regard en coin plutôt suppliant.

- C'est moi qui vous punirez de mes propres mains, cria Hélène, alors que nous étions déjà en train de courir dans le couloir nous menant à la liberté.

Maëvilis, Liliane, Chadia, et moi-même sommes arrivés au galop au hangar du dirigeable. Condoris et son petit équipage nous attendaient prêts à lever l'ancre. L'engin flottant était gigantesque. Plusieurs énormes ballons faisaient flotter dans les airs une pinasse en bois de belle taille équipée de quelques canons.

- Jolie embarcation, capitaine. J'espère qu'elle nous mènera à bon port.

- A ce jour, le Cirilus ne m'a jamais fait défaut. C'est un petit navire flottant mais il est bien plus maniable et rapide que les frégates de guerre et les gros galions marchands. Vos deux cabines vous attendent. Embarquez sans tarder, je vous prie.

Le dirigeable s'éleva rapidement dans les airs laissant en dessous de lui les nombreuses lumières de la cité.

- Le vent nous est favorable, nous n'aurons pas à utiliser les hélices pour avancer.

Le grand homme se plaça derrière la barre et manœuvra afin de prendre le bon cap. Un complexe système de polies et de cordages permettait d'orienter les ballons et les voiles du vaisseau volant pour le diriger. Jamais, je n'aurais cru une chose pareille si je ne l'avais pas vue de mes propres yeux.

Liliane et Chadia étaient émerveillées de voler dans la nuit. Nous aperçûmes de temps en temps au sol les lumières de quelques feux de camps ou de cheminées. Maëvilis quant à elle, priait les dieux afin qu'ils prennent bien soin de l'embarcation.

- Il n'est jamais très bon de se rapprocher des nuages où vivent les dieux sans en être invité, nous avait-elle annoncé.

- Allons dormir, nous pourrons admirer le paysage au lever du soleil, proposais-je.

Je partageais pour la première fois depuis longtemps une petite cabine avec Chadia. J'avais hâte de pouvoir lui parler et la câliner. Je devais par ailleurs dissiper rapidement tout malentendu en justifiant mon comportement avec Ctimène.

La reine s'étendit sur le lit et lorsque j'eux fini mes ablutions, elle dormait déjà. Passablement vexé, je pris place sur le lit du haut et m'endormis également rapidement.

Le lendemain, le spectacle qui nous fut offert fut l'un des plus merveilleux que je pus contempler depuis mon réveil sur cette prairie de Lakoele. Plusieurs majestueux lacs étaient reliés par un fleuve tumultueux qui serpentait entre les collines et les vastes forêts. De nombreux villages et plusieurs places fortes étaient construits à des endroits stratégiques tout le long du parcours. Parfois, une chute d'eau obligeait les embarcations à utiliser un système d'écluses à plusieurs niveaux. Au loin, à l'est, nous pouvions voir une grande chaine montagneuse couverte de neige. Notre vaisseau se dirigeait vers la mer qui n'était pas encore visible.

Chadia passa la journée avec Liliane et je suivais de loin leurs longues conversations. J'en profitais pour en apprendre un peu plus sur les royaumes et l'endroit où nous nous rendions. Le capitaine et Maëvilis m'expliquèrent que l'archipel de Bienvino était constitué d'une centaine d'iles réparties sur une vaste mer intérieure qui allait du sud jusqu'au nord des Quatre Royaumes de Lakoele et s'étendait sur des milliers de kilomètres. Lakoele était entouré d'une gigantesque chaine montagneuse circulaire que rien, ni personne n'avait pu franchir. Cette frontière naturelle appartenait aux dieux et quiconque osait s'y aventurer n'en revenait jamais. Le soleil commençant à se coucher, je rejoignis ma cabine pour prendre un peu de repos. Chadia m'attendait assise sur une chaise, pensive.

- Nous n'avons pas pu parler ensemble sérieusement depuis que vous m'avez libérée.
- Oui, j'ai eu l'impression que tu m'évitais. Que se passe-t-il ?
- Vous en avez aimé beaucoup d'autres en mon absence ? La petite prêtresse semble avoir eu le droit à tous vos égards ! Et Liliane, avez-vous couché aussi avec elle ? Une nymphomane et une cochonne, rien ne vous arrête, on dirait. Je les déteste. Et dire que je vous ai déclaré ma flamme pensant passer de vie à trépas. Quelle idiote je fais, maintenant.

Elle avait les larmes aux yeux.

- J'ai beaucoup d'affinité avec Liliane mais c'est une amie proche. Quant à Ctimène, j'ai agi sous l'emprise de la drogue et de ta danse aphrodisiaque. Je n'ai fait que la caresser. Me pardonnes-tu cette escapade?

Chadia se mit à pleurer.

-Vous êtes venu me chercher. C'est bien la preuve que vous tenez à moi. Est-ce par compassion pour moi ? Peut-être me voyez-vous comme votre propre fille alors que moi je vous vois comme un amant ! Comment pouvez-vous penser que je puisse vous en vouloir ? J'ai cru ne plus jamais vous revoir.

La boule qui s'était créée au creux de mon estomac disparut d'un coup.

- J'ai cru un moment que tu ne m'aimais plus. Mon amour pour toi a toujours été sincère, depuis le premier jour, dans ce bosquet où j'ai posé les yeux sur toi.
- Qui serais-je pour vous critiquer quand moi-même je me donne à tant de spectateurs. Est-ce que j'occupe encore la première place de vos bien-aimées sur le podium ? Je me battrai bec et ongles pour vous conserver. Si vous avez aimé cette prêtresse, je puis vous assurer que vous serez aux anges quand je pourrai me donner à vous. J'ai passé ma vie à apprendre à donner du plaisir à mon partenaire quel qu'il soit.

Elle me sourit d'une façon éhontée.

Je m'approchais d'elle et la pris dans mes bras pour l'embrasser. Nos langues se lièrent pour un profond baiser qui éveilla en moi un incommensurable désir. Je sentais la pression de sa poitrine sur mes pectoraux. Sa peau naturellement parfumé au jasmin avait un effet aphrodisiaque. J'avais une envie folle de la posséder.

- Hum, Hakon, je vois que votre désir de moi n'est pas simulé. Mais vous devrez attendre la fin de notre voyage pour en profiter pleinement.

Moi aussi, je meurs d'envie de perdre ma virginité. Mais la prophétie se doit d'être respectée. Il en va de notre survie à tous.
Elle me poussa dans le couloir et referma la porte derrière moi, en rigolant de plus belle.
- Et n'en profitez pas pour reporter votre dévolu sur Liliane. Sale pervers.

Je montais sur le pont me demandant de quelle prophétie parlait-elle. Je ne tardais pas à trouver Maëvilis en train d'observer avec attention l'horizon.
- Dis-moi, sorcière, Chadia m'a parlé d'une prophétie. Que sais-tu à ce sujet ?
- Il existe un bon nombre de prophéties dans les Quatre Royaumes. Peux-tu m'en dire plus ?
- C'est un peu intime. Disons que j'étais en train de l'embrasser et que malgré son attirance pour moi, elle a mis court à nos ébats.
- Je vois. Je m'en doutais un peu, répondit-elle en dévoilant sa mâchoire partiellement édentée. C'est la prophétie de l'Égaré :
L'Égaré est pourchassé
Il se doit de trouver la vérité dans le temple oublié.
Mais pour cela il devra affronter le gardien des flammes.
Le chemin apparaitra, si sa foi dans les dieux est sans faille.
Il devra alors consumer son union avec une vierge pour passer.
Mais, pour rejoindre les dieux, le plus grand des sacrifices lui sera imposé.
On peut tout interpréter par rapport à cette prophétie. Une chose est sûre, les réponses à tes questions se trouvent dans le temple oublié et il ne sera pas facile de s'y rendre comme tu as pu déjà le constater.

Le lendemain, Condoris fit manœuvrer le navire pour qu'il perde de l'altitude. Bientôt, il frôla les cimes des arbres. Je m'approchais de lui pour m'enquérir de cette manœuvre qui me paraissait dangereuse.
- Allez donc le demander à la reine. Elle m'a offert une petite fortune pour la déposer à l'abbaye de Sainte-Catherine. Dame Hélène semblait la soutenir avec un certain entrain.
- Nous allons passer à côté de cette abbaye ?
- Oui, je n'aime pas cette région. On y raconte tout un tas d'histoires et de légendes. Je n'ai pas vraiment envie de me faire sucer le sang par Mordredaedüs. Nous allons atterrir dans cette clairière à l'abri des regards indiscrets.

Il me désigna l'endroit en tendant son doigt dans sa direction.

- Il y a un village pas loin, vous pourrez y louer des chevaux et vous rendre à l'abbaye. Je ne peux pas m'approcher plus sinon la garnison du château nous tomberait dessus.

Je pus apercevoir, à quelques distance, un petit bourg et beaucoup plus loin un grand château se dressant sur un éperon rocheux haut de deux cents mètres. Constituée de noires tours élancées à flanc de montagne, la bâtisse offrait un spectacle à la fois féerique et inquiétant. Les vastes et sombres forêts aux alentours ajoutaient un décor des plus somptueux. Il avait dû être construit dans un style flamboyant, féerique, et fier, avec ses tours pointues élancées vers le ciel et ses créneaux d'une autre époque... aujourd'hui, il apparaissait délabré et en piteux état.

- La brume se lève et elle dissimulera notre embarcation aux yeux d'éventuels poursuivants. Ne trainez pas. Si vous n'êtes par revenus dans deux jours, nous partirons sans vous.

Je m'approchais de Chadia et Liliane.

- Je suppose que ce n'est pas la peine de vous dissuader. Chadia ta quête touche peut-être à sa fin dans cette abbaye. J'espère que tu y retrouveras ta sœur. Prenez le minimum, nous partons sur le champ. Maëvilis es-tu capable de venir avec nous ?

La sorcière semblait inquiète.

- Qui a-t-il, Maëvilis ? Je t'ai vu avoir cette expression soucieuse qu'une seule fois avant d'entrer dans les bois d'Hurlevent.

- Il se passe quelque chose ici. Je le ressens. Ce n'est peut-être rien mais la souffrance baigne cet endroit. Vous aurez sans aucun doute besoin de moi d'ici peu de temps.

Nous sommes sortis du bosquet pour rejoindre une route boueuse à pieds. La brume s'était épaissie et on n'y voyait plus qu'à quelques mètres.

- Le village est au bout de ce sentier. On ne peut pas le louper.

Soudain quelque chose surgit de la brume devant nous. C'était un homme en habit de laine crasseux, sans chemise. Son manteau était fait de bure grossière et ses bottes étaient fort trouées.

- Pauvre de moi, jamais n'aurais cru que l'aumône quêterais, mais je n'ai plus d'autre métier.

L'homme s'approcha en boitant et je sortis mon épée de son fourreau. Son visage recouvert de bubons était tuméfié et difforme.

- C'est un pestiféré, remarqua Liliane.

A ma grande surprise, Chadia s'approcha du mendiant et sortit de sa besace du pain et une pomme. J'allais pour l'en empêcher mais elle me repoussa gentiment.

- Je suis immunisée à ce type de maladie comme à bien d'autres. Ne me demande pas pourquoi. Ça fait partie des talents innés des joyaux du royaume.
- Merci votre grâce. Mon père est pauvre, il est sans terre. Aumône recevrai, j'espère : On dit beaucoup de bien de toi, altesse.

Elle lui tendit une pièce qu'il récupéra de sa main squelettique en faisant forces révérences.

- Vous me connaissez ? Demanda Chadia.
- Qui ne connait pas, la nouvelle reine. Même ici, vite les nouvelles vont. Ne trainez pas là, la terre y est devenue impie. Et la nuit, abris vous devrez trouver rapidement sinon un met exquis vous ferez.

Il fit une révérence et continua son chemin en chantonnant sans nous accorder plus d'attention.

Juste à l'entrée du village, nous avons croisé une gamine qui venait de remplir un seau plein d'eau à la rivière. Elle était vêtue comme une souillon. Sa robe était en lambeaux et sa coiffure et son visage étaient couverts de crasse. L'enfant semblait avoir la plus grande peine à transporter son encombrant fardeau.

Je m'approchais d'elle et lui prit le seau des mains.

- Laisse-moi t'aider, petite.

L'enfant fut surprise en nous voyant. Elle avait de jolis yeux bleus mais sa maigreur était terrifiante.

Liliane s'approcha et se mit à genou pour mieux s'adresser à elle.

- N'aie pas peur, nous ne te voulons aucun mal. Où habites-tu, gente demoiselle ?

La gamine sembla émerveillée devant la guerrière au visage masqué. Elle montra une maison au toit de chaume, à proximité. De la fumée s'échappait de la cheminée et un vieil écriteau en bois vermoulu indiquait « au cochon rôti ». Plusieurs paysans vaquaient à leurs occupations. A notre arrivée, ils nous jetèrent tous un regard inquisiteur. De toute évidence, ils ne devaient pas avoir reçu la visite d'étrangers depuis pas mal de temps.

Le village n'était pas très grand. De part et d'autre d'une rue boueuse, des maisons en bois au toit de chaume avaient été construites sommairement. Un seul bâtiment était en pierre. Il était plus imposant que les autres et faisait sans doute office de temple ou d'église. Il y avait encore la trace de nombreuses ruines aux alentours. Le bourg avait dû être un village important mais une guerre ou une catastrophe l'avait sans doute réduit en cendres voilà bien des années. Une unique échoppe attira l'attention de Liliane. Nous avons cependant décidé de nous rendre à l'auberge pour nous restaurer et obtenir quelques informations.

A l'instant même où la gamine entra, une voix puissante l'interpella.

- Lorelei, ça fait combien de temps que tu es partie. Je t'attends depuis des lustres. Tu vas tâter de ma ceinture, amène tes petites fesses ici, saletée.

Le patron, un grand gaillard aux cheveux hirsutes portant une barbe bien fournie se tenait non loin d'une grande cheminée. Il remuait les braises avec un tisonnier d'une main et faisait tourner avec l'autre une grande broche supportant plusieurs jarrets de porcs.

- Pouvons-nous diner ? demandais-je d'une voix encore plus grave que lui.

Il se retourna vers nous en sursautant.

- Je n'en crois pas mes yeux, des clients. Auraient-ils rouvert la frontière? Entrez mes amis, installez-vous. La nuit ne va pas tarder à tomber, vous serez en sécurité ici.

Il jeta un regard noir à la gamine.

- Toi, va me vider ça dans la citerne et va me chercher un pichet de vin pour ces altesses.

Nous nous sommes installés à une table près du feu. L'odeur de cochon grillé me donna tout de suite grand faim. La fille nous apporta du vin mais en renversa par mégarde sur la table en nous servant. Le tenancier s'excusa pour elle, l'attrapa par le bras et la gifla devant nous. Liliane allait se lever pour protester mais Chadia lui posa une main amicale sur la cuisse.

- Il aura des comptes à rendre mais pas tout de suite. Fais-moi confiance.

Liliane se ravisa et interpella l'odieux patron.

- Avez-vous des chambres à louer et j'aimerais également me baigner. Avez-vous une baignoire ?

- Mais bien entendu votre seigneurie. Lorelei, va vous préparer nos meilleures chambres et elle vous fera couler un bain bien chaud.

Il s'adressa à la môme.

- Allez tête de linotte, arrête de pleurnicher, tu agasses les clients, va vite faire chauffer la citerne. Ensuite, tu iras mettre des draps bien propres. File, maintenant.

Il se retourna vers nous.

- Veuillez excuser ma fille. Elle a perdu sa mère récemment et elle n'a plus toute sa tête. Je vais vous préparer un bon repas.

Liliane se leva et quitta l'auberge sans demander son reste. Le repas fut plutôt appétissant. Plusieurs autochtones nous avaient rejoints à l'intérieur pour diner.

Je versais un peu de vin dans une chopine et la tendit à l'aubergiste.

- Pour vous, mon brave.
- Merci, monsieur.
- Dites-moi, vous avez parlé de frontière fermée. Nous venons de loin et nous n'avons rien vu de tel.
- Vous n'êtes pas au courant ? Les autorités ont bloqué toutes les routes et tous les ponts menant à Boncieux. La contrée est en quarantaine à cause de la pandémie.

Il fit un signe de croix.

- Que les dieux nous viennent en aide. Mais il n'y a pas que cette maudite peste noire. Il regarda autour de lui et baissa d'un ton. Ne craignez rien, l'auberge dispose de volets renforcés et les lieux ont été bénis par la révérende mère en personne. Vous serez en sécurité cette nuit. Ce n'est pas le cas des cabanes de bons nombres de ces bougres. Demain matin, l'un d'eux sera sans doute porté disparu.
- Vous avez parlé de Boncieux. Le château est donc celui des Boncieux de la légende.

Un vieillard installé non loin de nous tapa du poing sur la table.

- La légende. Ça n'a rien d'une légende, mon bon monsieur. Mordredaedüs s'est réveillé et il a bien l'intention de se venger.
- Tais-toi l'ancien et ne fiche pas la frousse au client sinon tu vas tâter de mon bâton.

Je posais une poignée d'écus sur la table pour régler nos dépenses. Liliane revient finalement un sac dans les bras. Elle avait sans doute fait quelques emplettes.

- Mon bain est prêt ? demanda-t-elle.
- Oui, Madame, Lorelei va vous y conduire.
- Hakon, vient avec moi. Je vais avoir besoin de toi.

Chadia jeta un regard interrogateur à Liliane mais cette dernière lui fit un clin d'œil rassurant.

La gamine nous conduisit dans une arrière salle où se trouvaient une salle d'eau et une vieille baignoire pleine d'eau fumante.

- Nous n'avons plus d'onguent mais il nous reste du savon parfumé à la sève de pin pour un quart d'écu. Je peux vous frotter si vous le souhaitez pour un demi-écu.

Liliane ferma la porte.
- Déshabille-toi Lorelei, ce bain est pour toi.
- Je ne comprends pas, répondis la gamine.
- Je souhaite que tu profites de ce bain et que tu te reposes un moment.
- Mais, père va me gronder.
- N'aie plus peur de ton père, nous allons lui expliquer qu'il n'a pas le droit de te maltraiter et je puis t'assurer qu'il va se rappeler de cette leçon.

La gamine se déshabilla un peu honteuse. Elle était sale et maigrichonne. Son corps était couvert d'ecchymoses. Le martinet avait mordu sa peau plus d'une fois. Une profonde cicatrice lézardait son dos de bas en haut.

Les yeux de Liliane s'embuèrent et elle se mordit les lèvres.

Lorelei hésita et se plongea finalement dans l'eau chaude. Je lui tendis une savonnette.
- Voyons voir ce qui se cache là-dessous, dit Liliane.

Elle lava le visage de la fille avec du savon et de l'eau.
- Mais, oui, c'est bien une petite fille et très jolie en plus.

Lorelei lui sourit.

Liliane s'occupa ensuite de sa chevelure et passa un certain temps à lui démêler les cheveux. La gamine sortit du bain et Liliane la frictionna avec une grande serviette.
- Hakon, donne-moi le sac, veux-tu ?

Je lui lançais et elle l'attrapa pour en extraire une jolie robe bleue à carreaux et un tablier en cuir. Elle posa au sol deux solides sabots tout neuf.
- Mets ça, ma puce.
- Mais, je ne peux pas.
- C'est un cadeau. Je n'ai pas trouvé de robe de princesse mais tu n'en as pas besoin pour rayonner de splendeur.
- Vous me faites penser à maman. Elle me manque.

Lorelei se mit à sangloter et se blottit contre Liliane.

Lorsque nous sommes sortis tous les trois, le patron faillit s'étrangler en voyant sa fille méconnaissable.

Je m'approchais de lui.
- Ecoute-moi bien, l'affreux. La fille du sud qui m'accompagne n'est autre que Chadia votre nouvelle reine. Es-tu au courant du mariage ?

L'homme acquiesça de la tête.

- Liliane la femme masquée est la baronne Harmman. Quant à moi je suis le vainqueur du grand tournoi de chevalerie. Les dieux eux-mêmes me surnomment l'étrangleur.

J'attrapais son avant-bras et il ne parvint pas à le bouger malgré son imposante carrure.

- Je ne parle pas de la sorcière qui nous accompagne et qui est capable de foudroyer quiconque rien que par la pensée. Elle va jeter un sortilège de protection sur ton enfant. Lorelei est, à compter de ce jour, placée sous notre protection. Tu devras prendre soin d'elle car si par malheur tu ne la respectes pas alors nous le saurons et il t'arrivera malheur.

Je finis mon discours par un signe de croix.

L'homme ne dit pas un mot mais son visage blême m'indiqua qu'il avait parfaitement pris note de mes menaces et qu'elles n'étaient pas futiles.

Soudain, une cloche se mit à sonner.

Les clients se levèrent rapidement et quittèrent les lieux au pas de courses. L'aubergiste verrouilla solidement la porte derrière eux avec deux grosses barres de métal et ferma les volets aussi solidement que possible.

Lorelei était partie au premier étage pour faire de même dans les chambres.

Pour finir, le patron déposa plusieurs grosses buches sur le feu et fixa une imposante grille pour obturer le conduit de cheminée.

- Vous feriez mieux d'aller vous coucher.

- Qui craignez-vous autant et pourquoi la cloche à sonner ? demandais-je.

- La cloche annonce le crépuscule. Ils sortent uniquement la nuit venue.

- Qui sort la nuit ?

- Je ne les ai jamais vus mais on les entend. Les serviteurs de Mordredaedüs viennent se rassasier.

Il fit lui aussi un signe de croix.

Nous sommes montés dans nos chambres et j'ai vérifié nos volets et nos fenêtres. Le toit en chaume était doublé par de solides planches de pin. Il n'y avait aucun risque de ce côté-là. Je ne souhaitais pas mettre en place un fastidieux tour de garde afin de pouvoir profiter pleinement d'un repos largement mérité sur la terre ferme.

Un orage s'est abattu sur nous dans la nuit. Je trouvais pourtant le sommeil au milieu des éclairs et de la pluie battante.

Je fus réveillé par des grattements. J'ouvrais les yeux et découvris avec stupéfaction qu'un gros rat se tenait sur ma poitrine. Il me fixait avec ses yeux rouges et étincelants. De la bave coulait de sa gueule. A l'aide de la couverture, je réussissais à le repousser et il prit la fuite en couinant. Un nouveau grattement se fit entendre. Il provenait de l'extérieur. Quelque chose cognait à mes volets. Je me suis approché discrètement et j'ai tenté d'observer l'extérieur à travers un interstice. Mon regard croisa celui d'une épouvantable créature à la peau parcheminée tendue sur un visage squelettique. Plusieurs cris atroces retentirent à l'extérieur. J'entendis des battements d'ailes et on cogna plus lourdement sur les volets. La chose frappa de plus en plus fortement. Chadia en nuisette accourut dans ma chambre et entra sans frapper. Liliane la rejoint tout aussi peu vêtue. Elle avait cependant son épée à la main. J'attrapais, à mon tour, mon glaive et mon pistolet.

La créature tenta violemment d'arracher les volets avec ses mains griffus mais ces derniers tinrent bons.

Soudain un cri d'enfant retentit à l'autre bout du couloir. Nous sommes sortis en courant en direction de la chambre de Lorelei. Son père se tenait sur le seuil de la porte. Il était blême et paralysé par la peur. Je le poussais et j'entrais sans prendre la peine d'y jeter un coup d'œil avant.

La fenêtre avait explosé. La pluie battante inondait la chambre. A la lueur des éclairs, je pus apercevoir une maigre et grande créature aux membres noueux et démesurés. Elle avait agrippé l'enfant trempé qui hurlait. Ses ailes membraneuses s'agitaient dans son dos. Elle était prête à prendre son envol. Je tirais sur elle visant sa tête. La balle transperça son crâne et un sang noir comme l'ébène gicla du trou béant. Mais la monstruosité ne s'écroula pas. Elle se retourna et m'observa. Ses yeux étaient injectés de sang et elle retroussa ses babines pour exhiber deux imposants crocs. La blessure pourtant fatale était déjà en train de se refermer.

Liliane s'élança et frappa avec son arme divine. Le vampire repoussa l'attaque. Cependant sa main griffue fut tranchée nette et retomba sur le sol. La douleur ne semblait pas faire partie de ses afflictions. L'instant d'après le moignon était déjà en train de se recouvrir de chair. Le visage de Lorelei était creusé. De gros cernes se formaient autour de ses yeux.

- La créature se régénère en soutirant la force vitale de l'enfant. Si nous continuons à la blesser, nous allons tuer Lorelei annonça froidement Maëvilis.

- Je ne la laisserai pas prendre l'enfant, hurla Liliane.

Le vampire se jeta par la fenêtre, déploya ses ailes et s'envola dans la nuit emportant la gamine hurlante. Aux alentours, ses congénères semblaient se livrer au même type de festin.

Nous avons bloqué la porte et passé le reste de la nuit dans le couloir. L'aubergiste était tétanisé et sous le choc. Il avait dû se rendre compte pour la première fois de sa vie qu'il avait une fille et qu'elle ne reviendrait plus.

- Au petit matin, nous irons à sa recherche, annonça Liliane.
- Oui, surenchérit Chadia. Maëvilis doit bien connaitre un moyen de pister et tuer ces créatures.

Tout le monde se tourna vers elle.

La seiðkona ne montra aucune émotion.

- Les temps changes et le mal fait son apparition un peu partout dans les Quatre Royaumes. Ce n'est pas pour me déplaire, je n'aime pas la lumière comme vous avez pu vous en rendre compte. Si c'est réellement Mordredaedüs que nous devons affronter, je ne puis vous garantir un succès. C'est une âme en peine d'une terrible puissance que même mes pouvoirs ne pourront détruire. Les vampires font partis des créatures les plus dangereuses au monde. Seuls les inquisiteurs sont formés et équipés pour les affrontés. Ils disposent de la grâce des dieux. Je ne donne pas chère de notre peau si nous devons pénétrer dans leur antre. Cependant, il y a peut-être un moyen. Les vampires ne supportent pas la lumière du jour. Ils dorment d'un profond sommeil lorsque les astres solaires sont levés. Si nous parvenons à trouver leur repaire et à y pénétrer en journée, nous aurons peut-être une chance de remporter la victoire. Mais ne croyez pas que ce sera facile. Les vampires ont de nombreux et terribles alliés qui veillent sur eux en journée. Avez-vous de l'ail ? Je vais préparer une mixture spécifique et vous enduirez vos armes avec. Ça représentera pour eux un terrible poison et ça nous donnera une mince chance de survie.

Je t'adore Maëvilis, répondit Liliane en la prenant dans ses bras. La sorcière toussa et sembla un peu gênée devant tant d'émotion et d'entrain.

Nous avons repris la route au petit matin. L'aubergiste nous avait suppliés de retrouver sa fille. Il avait rempli nos sacs de victuailles et nous empestions l'ail et le cochon grillé. Il avait même glissé dans ma poche une flasque de Sainte-Catherine, la fameuse liqueur de pin locale.

- Je vous prête ma carriole. Les canassons ne sont plus très jeunes mais ils auront suffisamment de vigueur pour vous mener là où se trouve ma fille. Ramenez-la moi et je vous conjure que je la chérirai comme il se doit.

Les vampires pouvaient avoir élu domicile un peu n'importe où et nous avions tout au plus qu'une journée pour les trouver. Comme prévu, notre chemin nous amena devant un gros donjon percé de quelques meurtrières. Il était imposant et lugubre.

A l'extérieur, plusieurs bonne-sœurs travaillaient de façon harassante dans les champs de blé. Beaucoup étaient très jeunes. Les plus âgés semblaient donner les ordres de façon autoritaire. Je ne trouvais pas trop de différence entre un camp de forçats et cette étrange congrégation.

Non loin se trouvait un petit site industriel caractérisé par sa haute cheminée en briques et ses nombreuses grosses barriques : c'était la distillerie qui fournissait les Quatre Royaumes avec sa liqueur à la sève de pins. Le procédé de fabrication était jalousement gardé par les sœurs et le modèle économique indétrônable. Les pensionnaires travaillaient gracieusement toute leur vie dans le couvent. Les « offrandes » faites par les riches parents pour que leurs enfants soient oubliés et les revenus réalisés par les ventes permettaient à l'institution de réaliser de copieux bénéfices.

- Nous voilà au cloître de Sainte-Catherine, annonça Chadia. Nous pourrons y libérer ma sœur et son enfant. De plus, je suis certaine que nous glanerons des informations précieuses sur le mal de la région.
- Penses-tu qu'il sera si facile que ça de libérer ta sœur ? demandais-je.
- Non, mais j'ai murement réfléchi un plan.
- Vous êtes mon escorte pour me livrer à eux. Je suis envoyé ici sur les ordres de mon père après lui avoir désobéi une fois de trop.

Je m'approchais de la lourde porte en fer et tambourinais de toutes mes forces dessus. Je me sentis observé pendant un certain temps. Finalement une trappe coulissa laissant apparaitre par la fente les yeux d'une vieille femme.
- Que voulez-vous étrangers, vous n'êtes pas les bienvenus au cloître de Sainte-Catherine ?
- Je viens sur les ordres du Sultan Omek III. Je dois vous remettre sa fille la princesse Chadia, 5e joyau du royaume afin qu'elle intègre votre ordre au même titre que sa sœur l'a fait il y a quelques mois. J'ai avec moi une bourse pleine.

Je remuais l'unique bourse qu'il restait de l'héritage de Liliane.

- Vous ne tombez pas très bien. La région est dangereuse. Je suis surprise que l'on vous ait laissés passer à la frontière. La princesse Chadia n'a-t-elle pas épousé le roi Géhofft en remplacement de sa sœur ?

- Ecoutez. Je ne souhaite pas m'éterniser ici. Donc, soit vous m'ouvrez la porte et vous empochez cet or, soit je fous le camp d'ici mais vous aurez à répondre de vos actes auprès de personnes beaucoup moins amicales que moi. Les Yényitchéri ne sont pas réputés pour leur clémence. Regardez par vous-même, je ne vous raconte pas d'histoire, ma sœur.

J'attrapais le menton de Chadia et approchais brusquement son visage de la meurtrière. Elle grimaça de douleur.

La porte se déverrouilla.

- Suivez-moi, je vous conduis à la révérende mère de notre ordre.

Nous avons gravi un grand escalier en pierre et traversé un couloir qui donnait sur des petites cellules habitées par les sœurs. Beaucoup étaient absentes car elles cultivaient les champs ou travaillaient à la distillerie. Elles étaient en grand majorité jeunes. Nous entendions des gémissements et des pleurs dans certaines cellules et même parfois des cris de douleurs.

- Plusieurs de nos pensionnaires sont souffrantes. La peste noire a fait des ravages, expliqua notre guide.

Elle frappa à une lourde porte en bois et entra sans attendre de réponse. La sœur nous fit attendre un moment à l'extérieur puis elle nous autorisa finalement à pénétrer dans la pièce.

Nous nous sommes retrouvés dans un grand bureau confortablement chauffé par un bon feu de cheminée. Des tentures recouvrant les murs et un tapis épais venant du sultanat rendaient l'endroit plutôt luxueux. Ce n'était pas le décor auquel nous nous étions attendus dans un tel lieu de recueillement. La lumière du soleil filtrait faiblement à travers des vitraux finement ouvragés représentant des divins recevant des offrandes des humains. Une bibliothèque en pin massif pleine d'ouvrages poussiéreux couvrait tous les murs de la salle.

- Prenez place, je vous prie, annonça la révérende mère.

Elle congédia sa subalterne en lui demandant de fermer la porte derrière elle.

Une divine se tenait devant nous assise sur une chaise qui avait l'allure d'un trône. Son grand bureau en acajou était recouvert de manuscrits et de parchemins. Un cube se trouvait au centre de la table. Elle posa les mains dessus et il se mit à irradier une lumière bleuâtre.

- J'ai très peu de temps. Aussi, je vais devoir me montrer brève. Ils vous suivent grâce aux angelots invisibles qui virevoltent autour de vous. Mais, ils peuvent également voir par vos yeux et entendre par vos oreilles. Le cube bloque temporairement toutes les ondes. Ils ne vont pas tarder à réagir et à envoyer des nettoyeurs.

Elle me regarda droit dans les yeux.

- Je suis Judith. J'ai abattu la reine des amazones pendant le tournoi. Nous nous sommes déjà rencontrés dans tes rêves mais tu me connaissais bien avant que tu deviennes un Égaré.

Elle s'approcha de moi et m'embrassa fougueusement. Je ne pus résister à son étreinte. Je me sentais lié à elle. Finalement, elle me relâcha à regret.

- Tu me manques cruellement, mon chéri.

Chadia m'adressa un regard noir interrogateur. J'haussais les épaules tout autant surpris qu'elle. La divine reprit la parole.

- Le **LEF** est une organisation qui s'oppose au pouvoir en place dans ce que vous appelez les cieux. Nous luttons pour la Liberté, l'Egalité et la Fraternité. Ceux que vous prenez pour des dieux ne sont que des imposteurs qui profitent de vous et vous exploitent de façon inacceptable.

Le cube se mit à rougeoyer.

- Ils seront là dans quelques instants. Liliane détient le talisman. Il est resté caché tout ce temps, ici dans les Quatre Royaumes. Nos meilleurs espions sont morts pour l'obtenir. Ils ne savent pas encore ce que c'est. Vous ne devez plus en parler entre vous.

Elle plongea son regard dans le mien.

- Tu dois impérativement finir ta quête et revenir avec le talisman chez nous. Quoi qu'il en coute. Chadia, tu connais ta destinée. Nous avons déjà échangé ensemble dans tes rêves. Le moment venu, tu devras respecter la prophétie et faire bon usage du talisman. Sinon, il ne sera d'aucune utilité.

Elle s'approcha de Chadia et caressa son visage et ses longs cheveux avec tendresse. Elle se retourna vers moi et me sourit avec compassion.

- Nous nous retrouverons bientôt, mon amour.

Soudain, une chaine reliée à un grappin transperça son ventre. Judith nous regarda sans exprimer de douleur. Du sang s'écoula de sa bouche. La chaine se tendit et tira sa proie violemment vers l'arrière. La divine fut projetée par les vitraux qui explosèrent. Deux sphères volantes, comme celle des parents d'Hélène qui s'était écrasée des années auparavant, flottaient dans les airs. Le corps sans vie de Judith était suspendu à l'une d'elle. Elles disparurent rapidement dans les nuages emportant avec elle le cadavre de la divine.

- Ne trainons pas ici, on ne sait jamais, hurlais-je, abasourdi.

J'ouvris la porte et sortis ma dague que je posais sur la gorge de la bonne-sœur.
- Finis de rigoler maintenant. La révérende mère n'est plus de ce monde. Vous allez nous conduire immédiatement à la sœur de Chadia.
- Si c'est ce que vous voulez, je vais vous amener à son chevet. Elle est de toute façon mourante.

Lubanah reposait dans sa cellule. Elle n'était plus que le pâle reflet de ce qu'elle avait dû être auparavant. La peste noire avait ravagé son visage et son corps. Chadia éclata en sanglot et se précipita vers sa sœur.
- Comment est-ce possible ? Nous sommes immunisées contre ces maladies.
- Chadia ? Tu es venue pour moi !
Des larmes embuèrent son visage. Elle toussa. Sa voix n'était qu'un murmure.
- Les dieux m'ont privée de mes divins atouts à l'instant même où je rentrais dans cette horrible institution. Trouve mon fils et sauve-le. Je t'en supplie.
Elle se mit à gémir de douleur.
- Maëvilis, ne peux-tu rien pour elle ? supplia, la reine.
- Je peux abréger ses souffrances mais le mal a ravagé l'intérieur de son corps. Elle est condamnée.
Chadia opina du chef et serra fortement la main de sa sœur.
La vieille femme sortit une potion de sa besace et versa quelques gouttes sur les lèvres de la mourante. Cette dernière fut parcourue de spasmes et retomba sur sa couche sans bouger. La vie l'avait quittée. Son visage semblait plus serein et plus apaisé. Il en devenait presque gracieux.
- Repose en paix, fille du sultan, murmura Maëvilis en passant sa main sur le visage de la morte afin d'en fermer définitivement les yeux.
- Liliane, occupe-toi de Chadia, ordonnais-je. Elle est sous le choc. Quant à vous, dites-moi ce que vous avez fait de l'enfant !
- Les nouveau-nés sont remis au fossoyeur. Il travaille au potager. Je vais vous y conduire.
Nous sommes descendus au rez-de-chaussée et elle nous a fait pénétrer dans une courette extérieure qui abritait un beau jardin potager. Des tomates, des laitues et des pommes de terre attendaient d'être récoltées. L'odeur du jardin chassa un instant ma tristesse. Je n'avais jamais vu d'aussi beaux légumes frais de toute ma courte existence. Un homme en robe de bure brune était en train de bécher non loin.

- Père Antonius, pouvez-vous venir en aide à ces gens ? Ils sont à la recherche du fils d'une de nos pensionnaires.

Le père nous regarda de façon inquiète. Des gouttes de sueur coulaient sur son front. Elles étaient surement autant dues à l'effort qu'à la peur que nous lui inspirions.

- Vous savez bien que je ne peux pas parler de ces choses-là à des étrangers, ma sœur.

- Il faudra bien pourtant, répondis-je, brutalement en sortant mon épée. J'ai vu beaucoup de femme-enfants ici. Où sont leurs bébés ?

- Sept cent trente-sept petits corps reposent sous vos pieds. Ils nourrissent la terre et donnent vie aux plus beaux légumes qui soient. Ces légumes sont consommés par nos pensionnaires chaque jour que les dieux font. C'est un véritable cercle vertueux.

Je dus refouler une violente envie de vomir. Nous n'étions pas dans un jardin mais en plein milieu d'un charnier.

- Vous êtes des monstres, vous méritez de les rejoindre en enfer.
- Attendez, qui était la mère de l'enfant ? supplia-t-il.
- Soeur Lubanah, répondit la femme d'église.
- Depuis qu'un terrible éboulement a condamné l'accès à l'un de nos chais, notre production d'alcool tourne au ralenti. Le château m'a alors proposé d'acheter à prix d'or nos enfants. J'ai vendu ceux qui ne sont pas tombés malades. Le petit à la peau bronzé faisait partie du lot. Une sacrée bonne aff...

Il ne termina pas sa phrase. Sa tête roula sur le sol, décapitée par ma lame.

- Quant à vous, ne vous avisez pas de prévenir les gardes du château. Sinon, je reviendrais pour prendre également votre tête.

Elle fit un signe de croix et se recroquevilla sur elle-même.

Nous avons quitté cette répugnante institution pour prendre la route en direction du château. Le temps passait et nous devions absolument mettre la main sur les vampires avant la tombée de la nuit sinon nous n'aurions plus aucune chance de revoir Lorelei et le fils de Lubanah vivants.

Le pont-levis du château était baissé. Nous n'avions pas croisé grand monde sur la route serpentant le long de la colline. Il faut dire que la pluie pénétrante et le vent glacial n'encourageaient pas les gens à sortir de chez eux.

Un garde s'adressa à nous derrière la muraille. Je soupçonnais que plusieurs soldats pointaient leurs arcs à travers les mâchicoulis pour nous transpercer de flèches si cela s'avérait nécessaire.

- Déclinez votre identité et la raison de votre venue ici.
- Je pensais que l'accueil de votre reine serait plus protocolaire. Je ne pense pas que le roi appréciera qu'on traite ainsi sa jeune épouse, répondit Chadia.

Elle mit pied à terre et releva sa capuche pour dévoiler son beau visage à tous. La reine avait enfermé son chagrin au plus profond de son cœur.

Après une éternité, le pont-levis s'abaissa et le chef de la garde fit son apparition, entouré par une forte escorte d'hommes en arme.

Il s'approcha de Chadia, fit une révérence et lui baisa la main.

- Mes hommages, votre altesse. Beaucoup ont vanté votre grande beauté. Ils étaient manifestement dans l'erreur. Votre charme pourrait faire pâlir de jalousie les dieux. Le baron de Boncieux va vous recevoir. Veuillez excuser notre accueil peu chaleureux mais nous n'avons pas été prévenus de votre visite. La région est dangereuse par les temps qui courent. Comment dieu votre mari a-t-il bien pu vous laisser quitter sa couche aussi rapidement ? Etrange lune de miel, vous ne trouvez pas ?
- Capitaine, la relation que j'entretiens avec mon époux ne regarde que moi. La raison d'état passe avant mon plaisir personnel. Si je suis ici, c'est sur ses ordres. Et ces derniers ne pouvaient attendre. Allez-vous nous laisser ici nous transformer en statues de glace ou bien puis-je échanger avec votre seigneur au coin d'un bon feu. Je suis frigorifiée.
- Mille excuses, madame. Je manque à toutes mes obligations.

Le capitaine donna des ordres et nous conduisit directement à l'intérieur de la demeure.

Le hall d'entrée était divisé en deux nefs. Les voûtes d'arêtes étaient ornées de peintures décoratives évoquant un combat contre un puissant dragon sur un volcan. Le plancher était recouvert de tuiles de couleur ocre du pays. À gauche du couloir, derrière les fenêtres doubles en plein cintre, se trouvait le quartier des domestiques. Ils nous accueillirent sans aucun sourire s'activant à nous sécher à l'aide de grandes serviettes en coton.

La salle du trône était conçue dans un style moyen-oriental sur deux étages, avec sa série de piliers en porphyre incrusté de lapis-lazuli. Sous la demi-coupole, dans une alcôve dorée, on atteignait la plate-forme du trône par une volée de marches de marbre blanc. Le trône lui-même, était conçu en or et en ivoire. La plateforme était encadrée par des peintures représentant douze personnages assis le long d'une grande table, et derrière la plate-forme, on pouvait voir un motif de lions d'or, symbole des Boncieux.

Le baron avait pris place sur son trône. C'était un bel homme, assez jeune, aux longs cheveux noirs. Son visage fin était particulièrement efféminé. Son regard pénétrant me plongea dans un malaise profond. Je me sentais scruté comme s'il cherchait à fouiller ma mémoire au plus profond de mon âme. Je dus détourner les yeux de lui. Il était vêtu d'un kimono en soie bleue nuit, doublé d'un fin matelassage et doté de manches longues et pendantes. Il n'avait pas du tout l'allure d'un chevalier teutonique.

Au pied de l'escalier menant au trône, plusieurs nobles nous observaient avec curiosité et échangeaient discrètement entre eux.

Une ravissante femme vêtue d'une longue robe verte et d'une coiffe en dentelles anciennes fit son apparition dans la salle. Elle portait un foulard rose en cachemire autour du cou. Elle semblait littéralement glisser sur le sol quand elle se déplaçait.

- Je ne peux vous laisser dans cet état, votre majesté. Certains de vos sujets pourraient ne pas s'en remettre.

Il est vrai que Chadia était à moitié nue sous son manteau. Sa courte robe, humidifiée par la pluie, lui collait à la peau dévoilant par transparence ses charmes les plus intimes.

- Ca ne sera pas utile, baronne. De là où je viens, nous n'avons pas pour habitude de cacher notre nudité.

Elle dégrafa sa robe et la laissa tomber au sol dévoilant son superbe corps nu et bronzé à toute l'assemblée.

- Je suis certaine que vous avez dans votre garde-robe quelque chose qui me siéra parfaitement.

La baronne ne montra aucune surprise et esquissa même un léger sourire. Son mari me quitta des yeux. Il se leva de son trône et descendit avec calme les marches jusqu'à Chadia. Il dégrafa sa propre cape d'hermine et lui passa autour des épaules afin de la couvrir. Un serviteur apporta un plateau chargé de coupes remplies de vin. Il en prit une qu'il tendit à la reine.

- Je suis curieux de savoir pourquoi vous êtes ici, votre majesté, demanda le baron en observant avec un intérêt non dissimulé la nudité de la jeune femme.

- Le roi s'inquiète de ce qui se passe ici. La région est comme maudite. Il lui a été rapporté la présence d'une terrible maladie et la venue la nuit de … vampires. Tout cela n'est pas bon pour le commerce.

La baron ne montra aucune surprise.
- Une vilaine épidémie de peste et quelques créatures de la forêt qui en profitent pour terroriser les paysans. Rien qui ne devrait rentrer dans l'ordre rapidement. Trouvez-vous que ma maisonnée ait l'air en souffrance ?
- Nous avons été confrontés au fléau sur la route qui nous a menés ici. Vos gens souffrent à l'extérieur. Je suis ici pour enquêter et rapporter au roi la vérité vraie. Ne me demandez pas pourquoi il m'a choisie. Il a sans doute une raison mais vous savez mieux que moi qu'il est passé maitre dans l'art de la politique.
- Vous avez fait un long voyage. Peut-être serait-il mieux de vous reposer et nous reparlerons de tout ceci au petit matin. Je vais vous faire préparer nos meilleures chambres.

Chadia me regarda discrètement et j'opinais du chef.

Comme je m'y attendais, on verrouilla la solide porte de ma chambre derrière moi. Impossible de penser pouvoir s'échapper par là sans se faire repérer. Le château disposait cependant de nombreuses fenêtres et ma chambre en était naturellement pourvue. A l'horizon, je voyais le soleil s'éloigner dangereusement. J'enfilais la tenue sombre de Luitaï. Elle était confortable et me permettrait de m'échapper discrètement d'ici. Le guerrier aux yeux bridés m'avait sommairement montré comment l'utiliser. Elle était dotée de gants et de bottes équipés de griffes acérées permettant de réaliser plus facilement l'escalade d'une paroi. Je dissimulais dans ses poches secrètes mon équipement et fixais solidement ma corde autour du lit en chêne. L'instant d'après, j'étais suspendu dans le vide en me balançant au grès du vent et des rafales de pluie. Il me fallut un petit moment pour trouver mon équilibre et descendre discrètement à l'étage inférieur.

C'était une grande chambre. Je forçais la fenêtre avec ma dague et j'entrais le plus silencieusement possible. La porte d'un cabinet dissimulé s'entrouvrit alors laissant un rayon de lumière s'en échapper. Je n'eus que le temps de me glisser derrière un grand rideau.

Le baron et son épouse pénétrèrent à l'intérieur de leur chambre. À la différence des autres, elle était magnifiquement sculptée dans le style néogothique. De nombreux sculpteurs sur bois avait dû travailler plusieurs années pour réaliser ce décor. Le lit était couvert de draperies richement brodées. Les peintures murales illustraient la triste histoire de

Mordredaedüs, qui avait impressionné plus d'une génération de Boncieux.

Un ruisseau situé au-dessus du château apportait l'eau qui coulait directement à la table de toilette.

- La venue de la reine est de très bon augure, annonça le baron.
- C'est effectivement un cadeau venu du ciel qui sera apprécié à sa juste valeur.
- S'il fait d'elle l'une des nôtres, nous la renverrons dans la couche du roi. Et alors tout le royaume tombera entre nos mains en une seule nuit. Quelle étrange idée que ce mariage de convenance. Nos ancêtres n'ont pas cessé de combattre le sultanat et voilà qu'avec cette imposture, le roi pense qu'une paix durable va s'installer entre nos deux royaumes. Je n'y crois pas un seul instant. Cette catin des harems a signé son arrêt de mort.

Il quitta la chambre sans se retourner.

La baronne demanda à une servante de lui retirer sa robe afin qu'elle puisse sans doute passer sa chemise de nuit. C'était une belle femme athlétique aux longs cheveux châtains.

Elle congédia sa domestique et se dirigea nue devant une grande armoire dotée d'un miroir. Elle retira le foulard autour de son cou et je pus apercevoir au niveau de sa jugulaire, deux points rouges espacés de quelques centimètres. La baronne avait été vampirisée.

- Inutile de resté caché derrière ce rideau. Vous empestez à plein nez l'ail.

Il me fallut quelques secondes pour me remettre de la surprise. J'écartais la tenture et m'avançais vers elle, une dague à la main.

Elle ne daigna même pas se retourner vers moi.

- Comment me trouvez-vous ? Je n'ai pas les formes et la fraicheur juvénile de la reine mais me donnez-vous l'âge de soixante ans. Il nous a changé et nous a redonné une jeunesse et une vigueur fortement appréciables.

Elle tourna enfin la tête vers moi, ouvrit sa bouche et me révéla deux longues canines.

- Nous n'avons même pas besoin de nous cacher des rayons du soleil. Cependant, notre soif de sang est inextinguible.

Elle se jeta sur moi avec une célérité déconcertante. N'importe quel combattant aurait cédé à la panique mais je n'étais pas n'importe qui. Mes réflexes, s'ils n'égalaient pas les siens, étaient bien supérieurs à ceux du commun de mortels. Je plongeais vivement sur le côté et lacérais profondément son ventre.

La créature hurla de douleur.
- L'ail est un poison pour vous et il coule maintenant dans vos veines.
Elle se recroquevilla dans un coin en crachant et en bavant.
- Où sont-ils ? demandais-je.
- Qui ?
- Les vampires ? Où sont-ils cachés ?
- Vous arrivez trop tard, Mordredaedüs s'est réveillé. Il va prendre le contrôle des royaumes et nous régnerons à ses côtés.
Elle se mit à gémir de douleur.
- Je ne vous dirais rien.
Je m'approchais d'elle et l'attrapais à la gorge afin de la soulever du sol. Sa force surhumaine avait considérablement décliné. Elle ne représentait plus une menace. Ses pieds se mirent à battre dans le vide. Même si elle était déjà morte et n'avait pas besoin d'air, un vieux réflexe humain lui imposait de chercher à reprendre son souffle. Je plantais ma lame dans son cœur.
- Je brule, je me consume de l'intérieur, susurra-t-elle. Fais cesser ce châtiment, je t'en conjure.
- Où se trouvent les vampires ?
- L'entrée de la crypte est dans la chapelle. Le chandelier de droite déclenche l'ouverture de l'autel.
Je la poussais sur le lit. Elle se mit à vomir du sang noirâtre puis ses yeux se révulsèrent. Son corps fut parcouru de spasmes violents. J'entendis plusieurs de ses os se disloquer sous l'effet des terribles contractions. Après un ultime effort, elle retomba inerte sur le lit. Sa peau se mit à se flétrir pour ne laisser devant moi qu'une vilaine momie parcheminée.
- Repose en paix, baronne.
Je bloquais l'accès au cabinet secret et verrouillais la porte derrière moi en sortant dans le couloir.
A pas feutrés, j'esquivais une patrouille en me cachant dans l'ombre. La combinaison jouait parfaitement son rôle. Les deux soldats passèrent à quelques centimètres de moi sans me prêter attention. Je me fondais dans le décor. Je parvins rapidement à retrouver les chambres de mes compagnes. Sur mes consignes, elles enfilèrent les tenues les plus sombres qu'elles avaient emmenées avec elle. Nous devions nous montrer discrets.

La petite chapelle se trouvait attenante à la cuisine. Dédiée à une déesse de la guerre, elle était richement sculptée. Un autel était encastré dans le mur. Le retable en bois sculpté représentait des scènes de la vie de la

déesse. Les vitraux à droite montraient l'inquisiteur Perken en train de recevoir les derniers sacrements.
- Nous y sommes. Elle t'a dit d'activer le chandelier de droite, demanda Liliane.
Elle s'apprêtait à poser la main sur l'objet quand Maëvilis lui ordonna d'un ton sec d'arrêter son geste.
- C'est trop facile. Je n'y vois pas grand-chose mais je suis certaine que ça cache un piège.
J'inspectais minutieusement la zone. Il y avait de part et d'autre de l'autel deux grands chandeliers. Les traces dans la poussière montraient que celui de gauche semblait avoir été manipulé plus souvent que l'autre. Je me décidais à soulever le chandelier de gauche. Un câble était fixé sous son pied. Un déclic se fit entendre et l'autel coulissa sur le côté pour dévoiler une volée de marches qui s'enfonçait dans l'obscurité. Nous avions sans doute échappé à un piège mortel ou à une alarme qui aurait signé notre arrêt de mort.
Maëvilis hésita un instant avant de nous rejoindre en bas.
- Je ne t'ai jamais vue avoir peur. Ce n'est pas pour me rassurer.
- Je connais bien les créatures de la nuit. Certains diront même que j'en suis une et pas des moindres. Les ténèbres les plus effroyables règnent ici. Même les profondes cavernes de la terrible Babayaga ne respirent pas autant le mal. Mordredaedüs est ici. Nous ne devrions pas descendre.
J'avisais un torche que je m'empressais d'allumer. Malgré l'épaisseur de ma combinaison, je frissonnais. Chadia m'attrapa la main. Liliane serrait fortement le pommeau de son épée divine lui faisant cracher sans le vouloir des flammèches.
Nous avons parcouru une bonne dizaine de mètres avant de déboucher dans la crypte.
Des chapiteaux à feuilles d'acanthe surmontaient les douze colonnes qui soutenaient la voûte d'arêtes en berceau. Sur le mur à notre gauche, dans l'avant-dernière travée, se trouvait un enfeu renfermant le gisant décapité d'un humain famélique : sans doute une représentation de Mordredaedüs. Du côté opposé, un cercueil en pierre avait été profané et un tas d'ossements jonchaient le sol. Le pan de mur, à l'arrière, avait été détruit pour laisser place à une profonde galerie creusée à même la roche.
- C'est la dépouille de l'inquisiteur. Elle protégeait les lieux grâce un puissant sortilège. Celui qui a rompu le charme de la relique est passé maitre dans l'art de l'occultisme, annonça la sorcière. En plus d'affronter le vampire originel et sa meute, nous devrons faire face à un mage noir.

Je pénétrais dans la galerie. Elle avait été creusée à la main et consolidée à l'aide d'étais et de poutres en bois. On pouvait voir des traces de griffes et du sang aggloméré sur les parois. Aucun être humain n'aurait pu réaliser ce travail titanesque.

- Pas feignante ces créatures, ironisa Liliane, pour se rassurer.

La descente nous sembla interminable. Nous avions du mal à respirer car l'air se raréfiait à mesure de notre progression.

- Vous ne sentez pas quelque chose ? demanda Chadia.
- Les vapeurs d'alcool, répliqua Maëvilis.

La galerie déboucha dans une grande salle. La pénombre était habitée d'effluves. Nous avons découvert un alignement de barriques en chêne. Le chai, lieu où se pratiquait l'art du vieillissement, était encore en activité. Ses murs étaient noircis par l'évaporation des eaux-de-vie, la «part des anges». Mais ce qui se tenait devant nous n'avait hélas rien de divin.

Telles des chauves-souris géantes, une nuée de vampires était suspendue au plafond de la vaste salle. Ils attendaient, enveloppés dans leurs ailes membraneuses, la tête vers le bas, le coucher du soleil.

- L'éthanol doit contribuer à l'accroissement de leur métabolisme, remarqua Maëvilis. S'ils se réveillent, je ne donne pas cher de notre peau. Trouvons leur maitre et finissons-en rapidement.

Les portes du chai avaient été solidement condamnées par des éboulis de pierres.

- Ne vous donnez pas tant de mal, vous arrivez juste à temps.

Le baron surgit de derrière une barrique. Il tenait Lorelei contre lui et menaçait sa gorge avec une dague.

- L'enfant m'a parlé de vous. Je savais que vous alliez venir la récupérer. Mais je ne vous pensez pas assez fou pour venir vous jeter dans la gueule du loup.

- Où sont les autres enfants que vous avez enlevés De Boncieux ? interrogea Chadia.

- Pas loin, ma reine, pas loin. Leur sang frais est un délice. Nous nous délectons de ce nectar avec une grande parcimonie. C'est une denrée très rare.

Je m'approchais du mage et il resserra sa prise sur l'enfant appuyant sa lame plus fortement sur sa gorge.

- Restez calme et tout ira très vite. L'heure arrive. Dans quelques instants, il va arriver.

La cloche du cloitre de Sainte-Catherine se mit à sonner au loin.

- J'entendis les pleurs d'un nouveau-né sur ma gauche. Ils provenaient d'une niche plongée dans les ténèbres.
- Agissez maintenant, le crépuscule tombe, hurla la seiðkona.

Elle sortit une bouteille de sa sacoche et me la lança. Comme nous l'avions convenu, je mis le feu à la mèche qui pendait du goulot avec ma torche. Je lançais le projectile en direction d'un des gros tonneaux. La bouteille explosa et le liquide qu'elle contenait s'enflamma immédiatement. L'incendie s'initia très rapidement et se propagea dans tout le chai.

Je courrais rapidement en direction de la niche et y trouvais un bébé miraculeusement sain et sauf emmitouflé dans un linge en coton.

L'enfer se révéla alors à nous.

Les vampires se réveillèrent à l'unisson. La morsure des flammes ou bien le coucher du soleil les avaient tirés de leur torpeur.

J'esquivais l'attaque d'une de ces créatures qui avait fondu sur moi en perçant l'épaisse fumée. Liliane avait engagé le combat et se retrouvait déjà acculée contre un mur. Plusieurs de ses adversaires se tordaient de douleur à ses pieds. Ils avaient compris bien vite que nous ne serions pas des proies si faciles. Il me fallait trouver rapidement Lorelei. Plus question de trainer ici.

Chadia utilisait avec habileté sa torche pour repousser ses ennemis. Nous devions absolument sécurisé notre seul et unique échappatoire : la galerie qui remontait vers le château.

Je retrouvais le baron au milieu de la fumée toujours accompagné de Lorelei. Il me scruta avec son regard mauvais et l'instant d'après je pris ma tête entre mes mains en hurlant de douleur. J'allais m'écrouler quand j'aperçus un mouvement furtif à l'arrière du mage noir. Maëvilis fondit sur lui avec une vitesse déconcertante qui n'avait rien d'humain. Elle lui planta une dague entre les omoplates et le repoussa loin de la gamine. Le noble, surpris, tomba à genou cherchant à arracher le dard empoisonné figé dans son dos.

- Maitre, venez-moi en aide, hurla-t-il avant de tomber au sol en gesticulant dans tous les sens.
- Fuyons ! hurlais-je en toussant.

D'un seul bloc, nous nous sommes engouffrés dans le passage souterrain. Je serrais contre moi le bébé et Liliane tirait Lorelei par la main. Chadia avait été griffée jusqu'au sang mais tenait bon. Nous courrions aussi vite que possible mais les vampires nous suivaient à la trace.

L'incendie, telle une bête vivante, pénétra dans la galerie et remonta vers nous aussi rapidement que nos poursuivants.

Nous avons finalement atteint la crypte à bout de souffle et en nage. La fumée avait déjà envahi la zone et nous suffoquions.

- Ils arrivent, je vais les retenir. Il faut bloquer le passage et les enfermer définitivement là-dedans, ordonna Liliane.

Malgré mes protestations, elle se positionna dans la galerie, l'arme à la main, prête à en découdre avec les horreurs que nous entendions hurler non loin dans l'obscurité.

Elle brandit son épée enflammée et repoussa les premiers assaillants. Ils étaient nombreux, trop nombreux. Puis la flamme s'éteignit et les créatures se tapirent dans l'ombre. Un chant mélodieux et envoutant se fit entendre du plus profond de la montagne. Quelque chose de mauvais et d'impie s'approchait.

De toutes mes forces, je frappais les poutres avec mon épée pour les briser et fragiliser la construction. Les premières pierres tombèrent. Je tirais le bras de Liliane pour l'entrainer vers la crypte et éviter que nous nous retrouvions ensevelis sous des tonnes de roches. Mais son autre bras fut violemment retenu en arrière. La galerie s'effondra entre nous. Il ne restait qu'un trou suffisamment grand pour y passer la main.

Elle me jeta un regard terrorisé. La guerrière arracha son collier et me le lança. L'instant d'après, les ténèbres l'engloutirent. Seuls ses cris d'horreur et de douleur me parvinrent. J'hurlais de rage. Le restant du passage s'écroula faisant taire à jamais ces bruits et ce chant insupportables. Je me jetais dans la crypte au milieu d'un nuage de poussières. C'était fini.

Le feu s'était considérablement propagé et le château commençait déjà à bruler. Nous nous sommes frayés tant bien que mal un chemin jusqu'à la cour de la citadelle pour retrouver des montures et fuir par le pont-levis abaissé. La forteresse fut secouée par une terrible explosion provenant sans doute des tonneaux de poudre de l'armurerie.

Nous nous sommes arrêtés à bonne distance. Personne n'échangea un mot. Liliane n'était plus parmi nous. Elle avait succombé lors de notre fuite. Il était inutile d'ajouter à l'horreur de la chose, une description de ce qui s'était passé. Tout était de ma faute. Je m'étais pourtant juré de la protéger. Des larmes coulèrent sur mes joues. Chadia qui pleurait aussi s'approcha de moi et me prit dans ses bras. Sa chaleur me réconforta.

- Laissez aller votre chagrin, Hakon. Liliane est morte en guerrière et repose maintenant auprès de son père dans les cieux. Elle doit nous regarder en train de sourire, une coupe de vin à la main.

Je m'écroulais à genou au sol et me mit à pleurer le front posé sur le sol, maudissant ma médiocrité. Mes mains se refermèrent sur la boue et j'hurlais en direction du ciel.

- Vous me l'avez prise mais je peux vous assurer que quand je reviendrai parmi vous, ma vengeance sera terrible.

Nous avons trouvé un vieux moulin abandonné près d'une rivière et l'avons pris pour refuge le temps que le jour se lève.

Lorelei n'avait pas trop souffert de sa captivité. Ce que lui avait fait subir son père l'avait sans doute endurcie. Je la regardais un moment se laver dans la rivière en compagnie de Chadia. La jeune reine lui lança de l'eau au visage et elle réussit à la faire sourire. Je ne sais pas si c'est la pensée de Liliane qui me démoralisa soudainement mais quelque chose me perturba.

Je restais mué comme une carpe pendant le petit-déjeuner et ne demandais même pas à Maëvilis comme elle s'y était prise pour terrasser le mage noir.

Le bébé réclamait à manger et nous n'avions rien à lui proposer. Je vis Maëvilis échanger un moment avec Chadia. La sorcière fit chauffer de l'eau et prépara une mixture dont elle avait le secret. La reine ingurgita la potion puis fut prise de violentes nausées.

- Que faites-vous toutes les deux ? demandais-je, inquiet.
- L'enfant a besoin de lait rapidement. Je viens de faire de Chadia sa nourrice.

Je regardais la reine. Elle avait la fièvre. Sa poitrine déjà volumineuse avait gonflé. Du lait perlait à travers les mailles de son soutien-gorge.

- Ne restez pas là, gros voyeur. A moins que vous ne souhaitiez subtiliser la pitance de l'enfant.

Elle sortit son sein sans aucune honte et prit l'enfant dans ses bras. Il se mit à téter goulument.

- Le petit monstre avait faim, dit-elle en gémissant.

Je me mis à sourire à mon tour. Au moins nous avions sauvé deux jeunes vies.

La pluie avait cessé et depuis plusieurs mois, la région voyait apparaitre ses premiers rayons de soleil. La malédiction avait-elle été rompue ?

Nous avons retrouvé le père de Lorelei dans le bourg tel que nous l'avions laissé. A ma grande surprise, il tomba à genou devant sa fille et la prit dans ses bras en larmes. Lorelei me jeta un regard étrange qui devait sans doute vouloir dire : « tu vois, maintenant, il ne peut plus rien m'arriver ».

Nous sommes repartis rapidement avec les bras chargés de victuailles.

L'Aktarius nous attendait sagement dans la clairière où nous l'avions laissé. Il ne lui fallut que peu de temps pour s'envoler. Je regardais une dernière fois ce paysage verdoyant, plutôt magnifique, une fois éclairé par le soleil. Puis un malaise m'assaillit aussitôt. Le même qui s'était réveillé à la rivière. Lorelei, Lorelei n'avait plus ses cicatrices. Elle s'était baignée nue et n'avait plus la moindre cicatrice alors que son dos en était couvert.

- Condoris, mettez le cap sur le bourg là-bas, je dois absolument vérifier quelque chose.

- Que se passe-t-il, Hakon ? demanda Chadia.

- Lorelei a changé. J'ai vu son dos quand Liliane lui a fait prendre un bain. Il était couvert de cicatrices. Et quand vous vous êtes baignés ce matin, il n'y avait plus aucune trace des blessures passées.

Condoris fit cap vers le village en ronchonnant. De toute façon, il savait que nous lui payerons grassement toutes modifications du trajet initial.

- Vous allez rester en survol et je descendrai seul par une corde. Je ne peux pas prendre le risque que nous soyons attaqués si nous nous posons. Postez des archers et des tireurs tout le long du bastingage et demandez à Maëvilis d'enduire leurs projectiles de poison. De là-haut, vous pourrez assurer mes arrières.

Arrivé non loin du village, je jetais une corde par-dessus bord et me laissais glisser jusqu'au sol, en rappel. J'espérais m'être trompé et trouver Lorelei et son père en train de déjeuner. Le spectacle de désolation qui s'offrit à moi confirma hélas mes craintes. Les villageois avaient tous été massacrés. Plusieurs corps démembrés jonchaient l'unique route. Le sang avait remplacé l'eau dans les marres. Des portes avaient été défoncées. Après une méticuleuse inspection, il n'y avait plus âme qui vive. Le père de Lorelei gisait près de la cheminée. Sa tête décapitée avait été plantée dans une broche et se consumait lentement sur le feu. Tout ceci ne pouvait être l'œuvre que d'une simple personne. Même un vampire n'aurait pas pu réaliser un tel charnier. Lorelei avait disparu. Pourquoi ne nous avait-elle pas tués dans la nuit ? Même Maëvilis qui n'avait pas son pareil pour démasquer les forces obscures ne s'était rendue compte de rien.

Mordredaedüs était vivant mais nul ne sait ce qu'il allait bien pouvoir faire maintenant. Nous reprîmes notre voyage sans plus attendre.

CHAPITRE 5 : BIENVINO

Condoris me proposa de participer à une pêche un peu particulière. Il me confia une grande épuisette en maille d'acier et m'invita à me pencher à bâbord tout en restant très vigilant. Le navire se mit à descendre presque au niveau de la surface d'un lac. Quelle ne fut pas ma surprise quand je vis passer comme une flèche un poisson qui bondit hors de l'eau, se mit à voler sur une courte distance avant de replonger sous la surface. Un banc de poissons volants argentés fit son apparition. Dotés de petites ailes et d'un nez en pointe, ils pouvaient se transformer en balles de fusil si vous n'y preniez pas garde. Je parvins avec quelques difficultés à en attraper un sous les applaudissements des filles. Heureusement, les marins du Cirilus étaient de meilleurs pêcheurs que moi.

- Dites-moi capitaine, connaissez-vous la tour de Babel ?

Je m'étais rappelé les paroles d'Hélène implorant son frère de nous tuer pour communier avec les dieux.

- Qui ne connait pas la tour de Babel, dit-il surpris par ma question. C'est une gigantesque tour qui se perd dans les nuages. Nous n'avons pas le droit de l'approcher sous peine d'être punis par les dieux. Je puis vous assurer que de nombreux explorateurs ont bien essayé de s'en approcher par les airs ou par la terre. Les éclairs et les gaz toxiques des terres désolées l'entourant ont toujours mis fin à leurs présomptueuses aventures. Tous les dix ans est célébrée la fête de l'Ascension. Alors, ceux qui possèdent un artefact d'Égaré ont le droit d'y pénétrer. Ce sont souvent les riches et les puissants de notre société. Les colossales portes s'ouvrent pour leur permettre l'ascension jusqu'aux dieux. Nul ne sait ce qui s'y passe mais le peu qui revient est changé à jamais. Les rares survivants sont plongés dans un mutisme profond et ne parlent jamais de leur ascension. Beaucoup deviennent fous. Une infinité parvient cependant à accroître considérablement leurs puissances et à devenir aussi puissant que les dieux eux-mêmes. La reine Damballa et le ténébreux seigneur Géhofft ont réalisé l'ascension ensemble. En tout cas, c'est ce qui se raconte. Le secret de la tour de Babel est jalousement gardé par les dieux. Il ne vaut mieux pas chercher à le découvrir.

Dans la soirée, après avoir dégusté le fruit de notre pêche plutôt risquée, je décidais de passer un peu de temps seul sur le sommet du plus grand mat où était installée la vigie. Les ballons n'étaient plus qu'à quelques mètres de moi et je les admirais avec attention. Sous les soleils couchant, mon regard fut attiré par une forme qui n'était pas celle d'un nuage. Un objet se déplaçait à grande vitesse dans notre direction. Je pris la longue jumelle que m'avait confiée le capitaine et tentais d'observer d'un peu plus près ce qui nous fonçait dessus.

Une sphère blanche volait dans les airs. Je pus distinctement voir l'inscription que m'avait décrite la mémoire du baron Harmman. Elle ressemblait en tout point à celles qui avaient harponné Judith au cloitre de Sainte-Catherine. Elle vola un moment avant de remonter dans les nuages pour finalement disparaitre. J'allais descendre à la hâte pour faire part de mon observation quand un nouveau point à l'horizon attira mon attention. Je pus apercevoir à travers la lunette un autre engin volant de taille similaire à la nôtre mais plus trapu. C'était sans doute un sloop. Il était assez éloigné mais suivait la même direction que nous.

J'avisais le capitaine de ma découverte et il m'indiqua que la voie aérienne était fréquemment utilisée par d'autres dirigeables. Il ne fallait pas s'inquiéter.

Nous fûmes réveillés en pleine nuit par une terrible explosion. Nous avons tout juste eu le temps de passer nos vêtements avant que le capitaine surgisse dans la cabine.

- Nous sommes attaqués par des pirates.

Après avoir demandé à Chadia et Maëvilis de se mettre à l'abri avec le bébé, je me précipitais à l'extérieur, épée à la main.

Une partie du pont avait volé en éclats sous les effets d'un boulet de canon incendiaire. Condoris avait ordonné de piquer vers la mer pour esquiver les tirs de notre poursuivant. Nous avons aperçu un autre navire volant qui fonçait sur nous pour nous aborder. Une capitaine pirate se tenait fièrement sur le pont du vaisseau volant. Un pavillon noir orné d'un nuage zébré d'un éclair, symbole de sa réputation impitoyable flottait sur le gaillard arrière. Drapée dans un manteau de cuir noir richement brodé d'or, elle portait avec grâce les marques d'innombrables batailles passées. Ses cheveux d'ébène flottaient sauvagement au gré du vent, encadrant un visage sculpté par la mer. Une cicatrice allant de son front à son menton passait par l'un de ses yeux recouvert d'un cache œil. Elle semblait montrer une détermination inébranlable.

Le choc fut brutal et nous avons dû nous accrocher au cordage pour ne pas chuter. Immédiatement après, des grappins reliés à des cordes s'écrasèrent non loin de nous et une meute de pirates enragés sauta sur le pont.

Cependant, ils ne s'attendaient pas à rencontrer une forte résistance. Ce fut une grave erreur de leur part. J'avais encore la rage de la défaite et je devais passer mes nerfs sur quelqu'un. L'absence de mon armure de combat ne diminua en rien mon efficacité sur le champ de bataille. J'ai taillé à grands coups d'épée dans les rangs adverses. J'utilisais à bon escient mon arme à feu pour refroidir un pirate armé d'un mousquet.

Voyant que son groupe subissait de lourdes pertes, la capitaine adverse lâcha le reste de sa meute sur nous et entra dans la bataille. Son regard intense m'examina avec une détermination indomptable. Son unique oeil, d'un vert océan, reflétait la froideur d'une mer en furie et la chaleur d'une passion insatiable pour l'action. Elle maniait avec habileté une épée effilée, témoin de son habileté au combat, tandis qu'une boussole ancienne, était suspendue à une chaîne autour de son cou.

Ses vêtements, mélange audacieux de velours pourpre et de cuir résistant, laissait penser qu'elle avait navigué entre la noblesse et la mendicité. Ses bottes de cuir usées témoignaient des épreuves endurées sur des terres lointaines, tandis que les breloques dorées accrochées à sa ceinture étaient une preuve des trésors qu'elle avait déjà pillés.

Même si l'équipage du Cirilus se battait vaillamment, il n'était pas composé de soldats expérimentés mais de simples marins. Malgré ma fureur, l'abordage tourna donc à l'avantage des bandits de l'air. Leur cheftaine était une bretteuse incomparable qui mettait à terre tous ses adversaires. Alors que la bataille semblait perdue, Maëvilis sortit sur le pont. Ses traits étaient machiavéliques. Nous l'avions déjà vue comme ça dans les bois maudits lorsqu'elle avait affronté le démon. C'était également ce visage qu'elle avait arboré lorsqu'elle avait poignardé le nécromant dans le chai. De ses mains surgirent des éclairs qui frappèrent les rangs adverses brulant et carbonisant chaque homme qu'ils rencontraient. Le courant électrique se propageait de victime en victime ne laissant qu'une trainée fumante sur son passage. En quelques minutes, les pirates étaient défaits et je vis la capitaine pirate prendre la fuite pour ne pas y laisser sa peau.

J'allais crier victoire quand un dernier tir de canon atteint de plein fouet le Cirilus. Le Bastingage explosa en une myriade de projectiles de bois et de métal. Condoris fut atteint de plein fouet par l'un d'eux. Je le vis basculer par-dessus bord. J'accourrais pour lui porter secours et parvins à lui agripper fermement une main. Un nouveau tir transperça la coque de notre navire. Il me jeta un regard affolé et lâcha prise. Son cri fut étouffé lorsqu'il toucha l'eau et fut englouti par une vague. J'hurlais cherchant dans la nuit une trace du capitaine.

Je vis Chadia foncer en direction de la poupe, pousser notre artilleur décédé et manœuvrer le canon mobile pour viser le sloop adverse. Elle orienta son tir vers les ballons. Une terrible explosion s'en suivit. Le souffle déstabilisa notre vaisseau flottant qui se mit à giter dangereusement. Il fonça vers la surface de l'eau et s'écrasa en ricochant. Il mit une bonne dizaine de minutes à couler, nous laissant tout au plus le temps de retrouver nos esprits et mettre à l'eau une chaloupe de sauvetage. A part Maëvilis, Chadia, l'enfant et moi, il ne restait que deux autres survivants. Nous ne trouvâmes aucune trace de rescapés, malgré nos nombreux appels désespérés. Ce fut un nouveau choc, tant pour moi que pour Chadia.

Quand les dieux nous accorderont-ils un moment de répit ?

Nous avons passé une bonne semaine à dériver sur notre embarcation de fortune. Les courants nous avaient menés beaucoup plus au sud dans des eaux plus chaudes. Il ne nous restait que peu de nourritures et presque plus d'eau potable lorsque nous avons vu au loin une ile volcanique recouverte d'une brume impénétrable.

Les flancs escarpés du gigantesque volcan émergeaient des eaux, créant une silhouette menaçante dissimulée par la vapeur sulfureuse. À mesure que nous nous aventurions à l'intérieur, la forêt vierge s'étendait devant nous, dense et obscure. Des arbres aux formes étranges semblaient surgir des ténèbres. Leurs feuilles épaisses formaient un dôme sinistre au-dessus de nous. Des lianes pendaient comme des serpents, prêtes à s'enrouler autour de quiconque oserait s'aventurer plus loin.

Le sol vibrant sous nos pieds révélait l'activité souterraine du volcan. Des fissures crachaient parfois des volutes de fumée sulfureuse, créant une mosaïque de couleurs sinistres sur le sol rocailleux.

Les échos inquiétants des cris d'oiseaux nocturnes résonnaient parmi les arbres et ajoutaient une note discordante à l'atmosphère déjà pesante. Des insectes aux tailles démesurées bourdonnaient dans l'air d'une manière étrangement sinistre.

Au loin, la lueur rougeoyante d'une éruption imminente perçait à travers la brume, jetant des ombres fantomatiques sur cette île volcanique, créant un tableau inquiétant d'une beauté terrifiante.

Il n'y avait pas trace d'habitants et nous avons dû rapidement nous lancer à la recherche de pitance. Notre exploration fut fastidieuse dans la forêt vierge. La nuit, nous devions lutter contre les insectes et ce fut de nouveau Maëvilis qui nous vint en aide grâce à ses mixtures protectrices à base de végétaux divers. Nous sommes finalement parvenus à une source d'eau et avons décidé d'installer un campement dans cet endroit. Le ventre rempli par la chair savoureuse de multiples fruits exotiques, je me lançais dans la confection d'une cabane pour nous protéger des intempéries fréquentes dans ce lieu à l'apparence paradisiaque mais inhospitalier.

L'un de nos compagnons d'infortune perdit la vie, mordu par un serpent venimeux. Notre dernier compatriote nommé Elias était un homme robuste et vieilli par les affres du temps. Habillé de haillons trempés par la sueur, sa chemise en lin autrefois blanche était devenue une toile écumeuse qui épousait son corps robuste. Son pantalon en toile de voile déchirée portait les cicatrices de nos aventures passées.

Ses cheveux gris, poissés par le sel, encadraient un visage buriné, autrefois marqué par le soleil et le vent des vastes océans. Des yeux céruléens, naguère perçants, portaient désormais le poids des horizons lointains et des tempêtes endurées dans les cieux. Une barbe drue et grisonnante donnait à son visage une allure de vieux loup de mer, d'homme forgé par les vagues tumultueuses et les bourrasques de vent.

Autour de sa taille, une ceinture de cuir usée portait les outils d'un marin aguerri : un couteau rouillé et une boussole qui avait guidé ses pas à travers d'innombrables lieux. Ses mains, tannées par les cordages et ornées de calligraphies de cicatrices, racontaient l'histoire d'une vie passée à naviguer sur des navires battant pavillon inconnu.

Son sac de toile déchirée contenait quelques effets personnels épargnés par le naufrage : une vieille carte marine, des lettres jaunies par le temps et une montre à gousset qui battait encore au rythme incertain du temps. C'était un homme marqué par le passé, porteur d'une sagesse forgée par les vagues déchaînées et les horizons infinis.

Son état d'esprit, malgré les épreuves, était empreint d'une résilience inébranlable. Les yeux fixés sur l'horizon inexploré de cette île mystérieuse, il conservait la détermination d'un homme de mer qui avait toujours su trouver sa voie à travers les tourbillons de l'océan. L'esprit du navigateur, bien qu'usé par les tempêtes, restait imprégné de l'espoir que chaque rivage portait en lui la promesse d'une nouvelle aventure.

Chadia passait le plus clair de son temps à s'occuper du bébé. Elle l'avait prénommé Mansur ce qui signifiait vainqueur dans sa langue natale. Elle me souriait souvent et semblait prendre beaucoup de plaisir à élever ce fils qui n'était pas le sien. La voir heureuse me comblait de plaisir à mon tour. Et je me voyais même vivre auprès d'eux le reste de mon existence.

Une nouvelle semaine passa. L'ile était vaste et nous n'en avions exploré qu'une infime partie. Peut-être qu'une ville portuaire se trouvait non loin d'ici. Notre base d'opération étant maintenant bien implantée, il nous fallait trouver un point culminant. Du haut du volcan nous pourrions observer toute la région. Aussi, nous avons décidé de monter une expédition pour rejoindre ce point culminant.

A mesure que nous nous rapprochions, la végétation changeait. Elle devenait moins dense et plus clairsemée. Puis nous avons entendu un cri. Un hurlement bestial et sauvage grave qui ne pouvait être poussé que par une créature de taille gigantesque. Nous avons tout juste eu le temps de nous dissimuler dans les broussailles. Une grande créature à la peau écailleuse de plus de quinze mètres, dressée sur ses pattes arrières fit son apparition à la lisière de la forêt. Je n'avais jamais rien vu de si terrifiant. Sa longue gueule énorme et disproportionnée était garnie de dents pointues. Il était doté d'un crâne massif équilibré par une longue queue puissante. Comparés à ses larges membres postérieurs, les bras de la créature étaient petits et atrophiés et ne portaient que deux doigts griffus. Une autre créature passa devant nous en courant sur ses quatre pattes.

Plus petite et plus trapue, elle n'en demeurait pas moins gigantesque pour nous. Le monstrueux prédateur se mit à la pourchasser. La terre trembla lorsqu'il prit de la vitesse. Sa célérité déconcertante pour un tel gabarit lui permit de percuter sa proie. Il referma sa mâchoire sur son cou et lui déchiqueta la gorge mettant fin à la chasse aussi rapidement qu'elle avait commencée.

- Est-ce un dragon ? demandais-je.

-Une expédition de boucaniers m'a raconté des histoires sur ces créatures. Ils parlaient d'iles dans le sud qui abritaient d'immenses créatures, expliqua Elias. Le conteur du bateau en charge de coucher par écrits les évènements en avait fait des dessins qui ressemblent beaucoup à ces monstres. Ce sont des Dynamosaurus imperiosus.

- J'ai entendu dire de la bouche de mon père le sultan que la reine-mère de l'archipel de Bienvino disposerait de bêtes lézardines gigantesques et voraces qu'elle fait combattre dans ses arènes.

- Il ne faut pas rester ici. Nous serons plus en sécurité dans la forêt vierge. Si nous escaladons les pentes du volcan, nous n'aurons aucun moyen de nous protéger d'une attaque, ajouta Elias.

Alors que nous revenions sur nos pas, nous avons croisé les premières traces d'existences humaines. Des pieux avaient été enfoncés dans le sol. Ils supportaient des crânes humains blanchis. Elias parla tout de suite de tribus cannibales. Je tentais de le rassurer en lui disant que ce n'était sans doute que des vestiges d'un temps passé pour effrayer les explorateurs ou des ennemis. Au même moment, je ressentis une vive douleur au niveau du cou. J'arrachais une petite écharde en bois qui s'y était plantée. Mes amis furent victimes de la même attaque vicieuse. Plusieurs indigènes à la peau grise, entièrement nus et recouverts de la tête au pied de tatouages tribaux surgirent de derrières les arbres. Ils étaient trop nombreux pour nous. Je terrassais le premier opposant.

- Fuyez, je couvre notre retraite, criais-je.

Après un moment à lutter, je décidais de prendre à mon tour mes jambes à mon cou. La course ne dura pas bien longtemps. Je fus même surpris de ne pas voir nos agresseurs nous poursuivre. Ma tête se mit à bourdonner et ma vision se brouilla. L'instant d'après, je me retrouvais au sol, incapable de bouger. Ils nous tombèrent dessus sans ménagement.

Nos agresseurs nous ligotèrent à de grosses branches d'arbres pour nous transporter à dos d'hommes dans la forêt. Ils quittèrent sans bruit la sureté des arbres pour rejoindre la savane et entamer la périlleuse montée d'un des pans du volcan. A mi-parcours, ils pénétrèrent dans une petite galerie souterraine qui déboucha dans une immense caverne. Nous empruntâmes un grand pont fait de lianes qui surplombait un torrent de lave serpentant beaucoup plus bas. De multiples alcôves, creusées à même la roche, étaient reliées par des passerelles suspendues le long de la paroi. De nombreux indigènes s'attroupèrent autour de nous, à notre arrivée. Chacun disposait d'une couleur spécifique de tatouages. Une majorité des autochtones étaient peinturlurés en blanc de la tête au pied. Certains portaient des arabesques rouges et une petite poignée seulement arborait des tatouages brillants.

Au sein de la tribu indigène, émergea une femme d'une beauté sauvage et envoûtante. Des tatouages dorés et argentés paraient son joli corps et racontaient l'histoire de traditions ancestrales et de rituels mystiques. Les motifs complexes, s'enroulant autour de sa peau ébène, évoquaient la connexion profonde entre la nature et son peuple.

Sous une coiffe élaborée, créée à partir de longues tresses aux nuances sombres, la femme dégageait une aura mystique. Des plumes d'oiseaux exotiques se mêlaient aux mèches et créaient une danse délicate à chacun de ses mouvements. Sa coiffe, parée de perles scintillantes, semblaient être une extension de son esprit libre et sauvage.

Sa poitrine nue, généreuse et fièrement dressée, témoignaient de la confiance qu'elle portait envers son corps et de la connexion sacrée avec la nature qui l'entourait. Un anneau d'or perçait chacun de ses tétons. Des colliers de dents d'animaux et de pierres précieuses pendaient gracieusement autour de son cou, ajoutant une touche de majesté à son apparence.

Ses traits délicats, alliés à une force intérieure indomptable, créaient une harmonie étrange et envoûtante. La femme incarnait la beauté sauvage et la grâce mystique au cœur de son monde tribal. Ses yeux, empreints de sagesse et de détermination, examinèrent chacun de nous avec une envie presque bestiale.

Elle s'approcha de Chadia et l'examina attentivement puis elle porta son attention sur Maëvilis. Elle lui arracha son bracelet d'ossements qu'elle passa autour de son poignet. Elle lui sourit, heureuse de ce cadeau volé.

Elle passa en revue Elias qui nous accompagnait puis se retourna vers moi. Elle m'ouvrit la bouche et sembla compter mes dents puis elle palpa mes muscles.

Son attention fut attirée par l'hologramme que je portais sur l'épaule et qui s'était mystérieusement réactivé. Elle eut un hoquet de surprise.

- Ngar, Ngar, hurla-t-elle.

Etais-je devenu un dieu ou un ennemi à leurs yeux à l'instant même où elle avait vu ma condition d'Égaré ?

Finalement, elle baragouina un ordre et nous fûmes emmenés vers des alcôves. Je me retrouvais isolé du reste du groupe. On me mit entièrement nu et on me coucha sur une grosse pierre qui ressemblait fortement à un autel, en m'écartelant les membres à l'aide de lianes. Je passais la journée dans cette position particulièrement inconfortable. De temps en temps, une femme venait me donner un peu d'eau à l'aide d'un bol en terre cuite. La nuit venue, plusieurs feux de camps furent allumés autour de l'autel. La caverne était baignée d'une lueur orangée provenant de la rivière de lave et une chaleur bienfaisante chassait la fraîcheur contrastée de la nuit.

Notre infortuné compagnon fut solidement ligoté à une grosse branche avant d'être placé sur un feu. Il se mit à crier et à hurler quand les flammes lui léchèrent la peau et commencèrent à le cuire lentement. Son agonie fut terrible et ses cris continuèrent à résonner bien trop longtemps dans ma tête.

Une procession d'indigènes s'approcha de moi et se mit à danser en hurlant et en criant. J'étais passablement terrorisé mais malgré ma force je ne parvins pas à faire céder mes entraves. Une femme brisa le cercle. Elle tenait de petites aiguilles et plusieurs pots dans ses mains. Il renfermait des poudres colorées. Elle se mit à dessiner sur mon torse un tatouage complexe et multicolore représentant une étoile. Puis, elle me fit avaler un breuvage amer qui eut un effet inattendu sur mon organisme. Cette boisson puissamment aphrodisiaque provoqua une érection non voulue et totalement incongrue dans cette horrifique situation.

Je ne fus plus certain de ce qui se passa après, tant ces évènements furent traumatisants pour moi. L'indigène qui m'avait tatoué monta sur moi et me chevaucha sans retenu devant le reste de la tribu. Elle abusa un moment de mon corps avant de redescendre passablement dépitée. Puis toutes les femmes de la tribu en âge de procréer, de la plus jeunes à la plus âgée, se succédèrent pour se donner du plaisir et chercher à récolter le fruit de leur travail. Les jeunes femmes utilisaient leurs mains, leur bouche et parfois leurs seins. Les plus expérimentés m'offraient leurs sexes et même l'intimité étroite de leurs fesses. J'étais exténué. Toutes cherchaient à m'apporter un plaisir charnel que je refusais intérieurement. Mon esprit luttait pour que ce viol collectif ne détracte pas définitivement ma santé mentale. Je n'en tirais que du dégoût.

Chadia se débattait et tentait d'amadouer ses gardiens mais ils semblaient résister à ses pouvoirs de persuasion. Maëvilis, quant à elle, ne semblait pas plus perturbée que ça. J'aurais pourtant donné tout l'or du monde pour qu'elle puisse jouer de sa puissance afin d'arrêter ce supplice.

Le chef des indigènes émergea tel un titan et brisa le cercle de mes tortionnaires. Imposant et majestueux, sa stature colossale dominait l'assemblée. Son corps était paré de peintures de guerre qui mêlaient des motifs tribaux d'une complexité impressionnante. Les teintes vives et éclatantes témoignaient de son statut élevé et de sa sagesse au sein de la tribu. Une coiffe ornée de plumes de rapaces féroces s'érigeait au sommet de sa tête, ajoutant à sa prestance. Des tatouages élaborés recouvraient ses bras puissants et contaient l'histoire de chaque bataille remportée et de chaque défi surmonté. Son visage était marqué par le passage du temps et la sagesse accumulée. Ses yeux, perçants et observateurs, étaient empreints d'une autorité incontestée. Son regard, teinté de bienveillance et de fermeté, brillait d'une détermination indomptable. Une barbe drue, également ornée de perles et de brins de plumes, donnait à son visage une aura sauvage et respectée. Il était vêtu de parures faites de peaux de lézards géants et d'ornements tissés à partir de fibres végétales.

Le chef tirait derrière lui malgré ses protestations la jolie femme tatouée d'or. Brutalement, il la jeta au pied de l'autel et lui ordonna quelque chose. La femme, vexée d'être ainsi maltraitée devant les siens, se redressa fièrement, malgré les larmes qui imbibaient ses yeux. Elle mâchouilla discrètement quelque chose, se pencha sur moi et m'embrassa avec un certain dégout afin de me faire partager la mixture comme si elle donnait la becquée à un oisillon.

Mes paupières se fermèrent et je me mis à divaguer. Une agréable sensation me fit sortir de ma torpeur. J'ouvrais mes yeux embrumés pour découvrir Chadia en train d'onduler sur moi. Elle se démenait comme une tigresse montant et descendant sur mon pieu de chair dressé. Je l'accompagnais en rythme en la maintenant par les hanches sous le martellement des tamtams qui résonnait dans la grotte. Elle était sur moi, transpirante et haletante. Incapable de résister et la trouvant plus que désirable, j'atteins le paroxysme de ma jouissance en m'épanchant en elle tout en l'entendant crier de plaisir. Puis ma vision se troubla à nouveau. La belle Chadia prit la forme de l'indigène. La femme m'avait trompé. Le reste de la tribu se mit également à gémir en rythme pour nous accompagner dans notre retour du septième ciel.

On me fit descendre de l'autel. Nos liens furent coupés. Chadia se précipita vers moi et me serra fortement contre elle. Elle jeta un regard de lionne autour d'elle qui montrait qu'elle n'hésiterait pas à en découdre avec celui ou celle qui oserait de nouveau s'approcher de moi.

Nous fûmes conduits dans une alcôve où on nous servit de la viande grillée qui ressemblait trop fortement à des parties de corps de pauvre Elias. Nous nous sommes rabattus sur des fruits frais et de l'eau étrangement gazeuse. Mansur dormait paisiblement dans un joli berceau décoré de coquillages. J'allais pour m'étendre sur une paillasse encore passablement traumatisé quand le chef me prit par le bras et me conduisit dans une autre alcôve dont l'entrée était protégée par une barrière faite de grandes feuilles de bananiers séchées et tressées. Il l'écarta, me poussa à l'intérieur et referma sans même prendre la peine d'entrer.

La pièce était richement décorée de peintures rupestres et de poteries. Je me couchais sur la natte, heureux d'avoir un moment d'intimité. La cloison bougea à nouveau et la femme qui m'avait fait jouir fit son apparition.

- Que veux-tu ? lui ai-je demandé.

Elle parla dans sa langue puis se reprit immédiatement. A ma grande surprise, elle s'adressa à moi dans le langage des dieux.

- Je te supplie de pardonner mon subterfuge, Égaré. Saches, qu'au même titre que toi, je n'avais pas consenti à cette copulation. Mais notre coutume impose aux femmes de la tribu de s'unir avec un Égaré. Celle qui parvient à enfanter donnera naissance à un dieu vivant.

- Ne savez-vous pas que les Égarés sont stériles ?

- Nous ne voyons pas passer d'Égaré tous les jours et nos coutumes sont ancestrales. Tu n'auras donc pas la chance de me voir mettre à bas ton enfant. De toute façon rassure-toi, j'ai pris une tisane qui ne laissera aucune chance au bébé de naitre.

Je me mis à rire et elle sourit également.

- Comment t'appelles-tu ? demandais-je.

- Kamala, dit-elle.

- Kamala, c'est un très joli prénom. Je m'appelle Hakon.

Nous passâmes la soirée à communiquer ensemble. Elle m'en apprit beaucoup sur la tribu, les grandes créatures de la savane et les dangers de la jungle. Il y avait parfois des naufrages ou des bateaux qui abordaient l'ile mais c'était rare à cause des monstres. Elle n'évoquait pas les gigantesques créatures mais d'autres bêtes à taille humaine et intelligentes particulièrement cruelles appelées Nougantaya avec qui la tribu Hatichi livrait une guerre séculaire.

Je cherchais à savoir ce que signifiait pour eux un Égaré. Elle m'expliqua que les personnes portant ce type de tatouage étaient dans leur religion des envoyés des dieux et qu'il fallait les servir comme tels.

Lorsqu'elle vit que je commençais à manquer d'attention, elle broya une petite noix dans un bol et mélangea la poudre avec un peu de liqueur de fruits macérés. Elle me tendit le récipient. Méfiant, j'ingurgitais quand même son contenu. C'était définitivement savoureux et enivrant. J'oubliais rapidement tous mes soucis.

- Je n'aime pas copuler avec les hommes. Ce sont les femmes qui m'attirent, déclara-t-elle.

- Je n'y vois aucun inconvénient au contraire tant qu'on n'abuse pas de mon corps à mon insu. J'en ai tué pour moins que ça.

Kamala s'approcha de moi, sortit une lame en métal d'une poterie et la posa sur sa gorge. L'arme teutonique avait sans doute était subtilisée à un malchanceux voyageur.

- Si tu ne me pardonnes pas ce viol infâme alors je me tuerai.

Je pris sa main.

- Vous êtes plutôt radical dans vos façons d'agir. Tu m'as trompé mais je ne peux pas nier que j'ai eu du plaisir car j'avais l'impression d'être dans les bras de ma bien-aimée.

- Oui, c'est l'effet des baies de passion. Pour ma part, tu ressemblais à Cabala, ma maitresse. J'ai donc pris un certain plaisir. Ta femme est d'une beauté incommensurable. J'ai bon espoir de pouvoir l'enivrer afin de profiter de ses formes aguichantes.

- Méfie-toi d'elle, c'est une vraie tigresse.

Elle me poussa sur la natte qui recouvrait le sol et se blottit contre moi en fermant les yeux. Je la caressais un moment afin de l'aider à trouver le sommeil. Lorsque je l'entendis ronronner à mes côtés, je m'endormis à mon tour prenant soin de mettre un peu de distance entre elle et moi afin de ne pas réveiller ma libido en pleine nuit.

Nous passâmes un peu plus de deux semaines en compagnie des Hatichi. Après avoir offert une sépulture digne de ce nom à Elias, je participais aux activités quotidiennes de la tribu et pouvais passer un peu de bon temps avec Chadia. La charnelle Kamala m'avait tout naturellement un peu délaissé pour nouer une certaines connivence avec la jeune reine, son fils adoptif et Maëvilis. Elles disparaissaient souvent toutes les trois hors du village pour revenir quelques heures après, le

139

sourire aux lèvres. J'avais beau les questionner sur leurs pérégrinations, je n'obtenais jamais de réponses franches de leur part.

Aussi, ai-je décidé, un jour, de les suivre en toute discrétion. Nous traversâmes la forêt pour rejoindre une jolie plage. Chadia se jeta à l'eau et Maëvilis se contenta de fouiller les rocher à la recherche d'algues pour ses potions tout en portant dans son dos le bébé à qui elle parlait souvent.

Kamala rejoint la reine à la peau bronzée dans l'eau totalement transparente et elle la guida jusqu'à une barrière de coraux magnifiques. Elle semblait parfaitement maitriser la natation et se déplaçait comme un poisson dans l'eau. L'indigène se dirigea vers un pan de la falaise, tira sous l'eau Chadia et plongea profondément.

Je décidais de me glisser à l'eau pour les suivre.

Avec difficulté, je parvins jusqu'à un petit goulot sous-marin que j'empruntais pour déboucher dans un bassin qui donnait sur une caverne. Eclairée par un trou qui s'était créé naturellement par l'érosion dans la voute, la zone brillait de mille feux.

Les deux femmes étaient étendues nues sur une petite plage de sable blanc. L'indigène replongea et revint avec une huitre géante dans les mains. A l'aide de son couteau fixé à sa jambe, elle ouvrit le coquillage pour en sortir une grosse perle qu'elle tendit à Chadia

- C'est un cadeau pour toi.
- C'est magnifique, Kamala.

Elle lui tendit l'huitre et lui ordonna de boire son contenu. Elle obtempéra. Son gout devait être exquis car ma bien-aimée sembla l'apprécier fortement.

- M'as-tu droguée ? demanda-t-elle d'une voix langoureuse.
- Reste-là ! Je reviens.

Elle disparut une nouvelle fois et réapparut avec plusieurs algues agréablement odorantes et visqueuses ainsi qu'une espèce de méduses gluante.

- Allonge-toi.

Chadia obtempéra, incapable de résister à ses charmes.

Elle plaça des morceaux d'algues vertes dans sa bouche et les mâchouilla un moment. Une huile se mit à couler entre ses lèvres et sur son menton puis sa poitrine. Elle s'enduisit les mains et le corps avec cette mixture gluante et commença doucement à la masser. L'ambiance intimiste aidant, Chadia trouva son petit jeu très distrayant. Elle se frottait à elle et usait habilement de ses seins pour la détendre. Lorsqu'elle arriva au bas de son ventre, ses doigts se glissèrent vers son intimité et le massèrent d'abord doucement puis de plus en plus vigoureusement. L'odeur de l'huile semblait enivrer totalement la princesse. Kamala la regardait en souriant et en haletant. Sous l'effet du puissant aphrodisiaque, Chadia souilla malgré elle, mais avec le plus grand des plaisirs, la main agile de sa comparse.

Elle prit une nouvelle algue dans sa bouche, la croqua et déversa son contenu sur la poitrine de Chadia qu'elle se mit à malaxer. Sa bouche remplaça ses seins et elle entreprit de lui donner du plaisir à l'aide de ses lèvres couvertes de cette huile aux odeurs marines. Les deux filles ronronnaient de joie comme des chattes et s'embrassèrent avec déraison. Kamala attrapa l'étrange méduse et la posa entre les seins de son amante. Les fins tentacules de la créature s'enroulèrent autour de ces deux gros rochers de chair qui lui étaient offerts. Elle s'y agrippa et parvint à les gravir pour se jeter goulument sur l'un des mamelons gonflés de plaisir. Chadia se mit à gémir de façon bruyante. Finalement, elle cria de plaisir et se mit à jouir à nouveau fortement quand Kamala arracha la créature à sa poitrine offerte.

Mais soudain quelque chose me tira violemment sous l'eau. Un coup sur la tête me fit sombrer dans l'inconscience. Avant de fermer les yeux, je pus voir des créatures humanoïdes à têtes de serpent et au corps recouvert d'écailles rouges et noires surgir de l'eau et se jeter sur Chadia et Kamala pour les capturer.

Je repris connaissance dans une petite cage faite à partir de solides cartilages de poissons. La vision qui s'offrait à moi était tout simplement irréelle. La mer se trouvait au-dessus de ma tête. Mes compagnes étaient également enfermées dans des cages du même acabit que la mienne. Nous reposions sur les fonds marins. Une gigantesque demi-sphère invisible créait un espace de vie et empêchait l'eau de l'envahir. Je ne voyais pas comment une chose pareille était possible.

Au cœur des profondeurs océaniques, la cité sous-marine des hommes serpent surgissait comme un vestige ancien et mystique. Ses structures imposantes et inquiétantes, modelées par les marées du temps, se dressaient fièrement sous l'eau. Des temples majestueux et des minarets élancés, ornés de motifs serpentins sculptés dans la pierre corallienne, composaient cette merveilleuse cité engloutie. Les teintes nacrées des coraux entrelacés aux structures conféraient à la cité une lueur iridescente et éclairaient les ruelles labyrinthiques et les places immémoriales. Des éclats de lumière solaire filtraient à travers les eaux profondes et projetaient des jeux d'ombres et de lumières qui dansaient sur les murs de la cité pour créer une atmosphère aussi ensorcelante que mystérieuse.

Les rues, serpentant entre les bâtiments antiques, semblaient raconter des légendes oubliées. Des algues multicolores s'enroulaient autour des colonnes décadentes et ajoutait une touche d'étrangeté à cette scène sous-marine. Les habitants, des hommes-serpents aux écailles chatoyantes, se déplaçaient avec grâce à travers les arches et les promenades subaquatiques.

Au centre de la cité, un immense temple se dressait comme le gardien sacré des secrets engloutis. Ses portails richement décorés s'ouvraient sans doute sur des salles sacrées où résonnaient encore les échos d'atroces rituels. Les minarets pointaient vers la surface, semblant vouloir percer la frontière entre le monde sous-marin et celui de la lumière céleste.

La cité sous-marine des hommes-serpents, à la fois inquiétante et merveilleuse, offrait une vision mémorable, où la beauté de l'océan et la magie des civilisations non humaines se rencontraient dans un ballet enchanteur.

- Nougantaya, gémit Kamala.
- Comment va-t-on se sortir de ce mauvais pas ? demandais-je à Chadia et Maëvilis.
- Attendons de voir ce qu'ils vont faire de nous, répondit Chadia en serrant fort son enfant.
- Ne peux-tu pas utiliser tes pouvoirs Maëvilis pour nous tirer de ce mauvais pas ? pleurnicha Chadia.
- Ma magie ne fonctionne pas sous les eaux. Je suis liée aux dieux des cieux et de la terre mais pas à ceux de l'eau.

Deux hommes-serpents s'approchèrent de nos cages. Ils nous parlèrent de façon parfaitement intelligible en émettant des sifflements inquiétants.
- La chasse a été bonne. Nous allons pouvoir les revendre un bon prix aux esclavagistes.
- Qu'allez-vous faire de nous ? demanda Chadia.
- Ne t'inquiète pas humaine, nous n'avons pas l'intention de te sacrifier aux dieux ou de te dévorer. Nos projets vous concernant sont bien plus lucratifs. Un Égaré, une très jolie femme exotique à la peau cuivrée et une seiðkona vont pouvoir se monnayer un bon paquet d'écus au marché. L'enfant est jeune mais nous avons des acheteurs pour ce type de marchandise. Les esclavagistes vont cracher au bassinet. Quant à l'Hatichi, bien qu'elle soit la fille du chef de nos ennemis, elle a moins de valeur

marchande. Pour les critères humains, elle est jolie et rudement bien faite. Elle devrait pouvoir être placée sans difficulté dans un bordel et rapporter un maximum d'argent à son propriétaire.
Ils semblèrent éclater de rire en sifflant bruyamment.

Les hommes serpents nous fixèrent des colliers en métal autour du cou et menottèrent nos mains et nos pieds avec des bracelets en chaines. Nous fûmes ensuite conduits dans un grand entrepôt où d'autres esclaves attendaient également leur sort. Plusieurs humains vêtus comme des pirates firent leur apparition. Ils examinèrent avec attention la marchandise, sélectionnant les individus qu'ils souhaitaient acquérir comme l'auraient fait des poissonniers à la criée. Naturellement, nous fûmes tous les quatre choisis sans hésitation. Une longue négociation s'en suivit. Je constatais bien que ma présence et celle de Chadia faisaient monter rapidement les prix. Finalement, ils se mirent d'accord. On nous plaça en ligne, attachés les uns aux autres. Puis les esclavagistes nous guidèrent vers un des grands minarets. Nous dûmes grimper un nombre interminables de marches jusqu'à déboucher à la surface de l'océan.
Une grande ile artificielle flottante avait été construite au-dessus de la cité sous-marine. Plusieurs navires étaient amarrés à ce port fortifié. La galère commandée par une dénommée Carpentras n'attendait plus que ses marins involontaires pour prendre la mer.
Carpentras, surnommée la Flamboyante, était une femme à la stature imposante, dotée d'une chevelure d'un rouge intense qui tombait en cascades ondulantes sur ses épaules. Ses yeux verts comme l'émeraude, perçants et captivants, contrastaient avec sa peau hâlée par le soleil des mers. Des tatouages mystiques, représentant des créatures marines, serpentaient sur ses bras musclés et descendaient le long de son dos. Elle portait des vêtements en cuir noir moulants, mettant en valeur une silhouette athlétique sculptée par des années de piraterie. À sa taille pendait une épée fine, aussi tranchante que son regard, tandis que de délicates boucles d'oreilles en forme de coquillage ornaient ses lobes.

Nous nous retrouvâmes attachés dans la cale sur des grands bancs reliés à des chaines. Il ne nous restait plus qu'à ramer jusqu'à l'épuisement. Maëvilis fut mise à contribution pour maintenir la santé des esclaves et de l'équipage. Chadia, quant à elle, fut enfermée dans une cabine avec Kamala et d'autres femmes car la capitaine Carpentras jugeait bon de ne

pas abîmer ce type de marchandises. Mansur fut confié au bon soin de sa mère adoptive, mais jusqu'à quand ?
Le voyage dura à mon sens une éternité. Une partie des prisonniers mourut sous l'effort ou bien de maladie. Il y avait peu de nourritures et on devait parfois se contenter de l'eau qui coulait par les jointures non étanche du pont lors des tempêtes. Maëvilis et ses connaissances ne pouvaient pas sauver tout le monde. Parfois, je voyais passer Chadia ou Kamala qui nous donnait de l'eau à boire à l'aide d'une petite barrique et d'une louche en bois. Kamala supportait plutôt bien sa détention. Je crus comprendre qu'elle avait dû contenter plusieurs fois la capitaine et que cette dernière l'avait prise pour amante. A moins qu'elle ait usé de ses charmes et de ses puissants filtres d'amour pour l'envouter.
Une fois, Chadia fut prise à partie par le bosco. Il lui avait mis les mains aux fesses et elle l'avait giflé avec une célérité déconcertante. Décontenancé, le pirate lui avait arraché son corsage dévoilant à tous sa belle poitrine. Ensuite, il l'avait attachée au mat principal afin de la punir par le fouet. Alors qu'il allait la frapper, la main de la capitaine s'était refermée sur son poignet.
- Je vous ai interdit de toucher aux esclaves. Sais-tu au moins qui est celle que tu t'apprêtes à frapper ?
- Une putain qui m'a giflé, Capitaine.
- La putain comme tu dis est la jeune épouse du roi Géhofft et l'une des filles du Sultan Omek III. Que penses-tu qu'ils feront s'ils apprennent que tu as défiguré son dos à l'aide d'un fouet ?
Elle trancha les liens de Chadia.
- Couvrez-vous avant que mes marins perdent la tête devant tant de beauté.
- Merci, madame.
Elle replaça négligemment sa chemise de coton sur ses épaules montrant à tous qu'elle n'avait aucune honte de dévoiler ses charmes les plus intimes. Elle avait de toute façon était façonnée pour ça. En passant devant le bosco, soudainement, elle lui décocha un coup de genou dans les parties qui l'envoya rouler au sol.
- Ne me touche plus, saleté de porcin.
- Je pense que le bosco a compris à qui il avait à faire, princesse. Allez ! Au travail, plus vite on sera arrivé et plus vite vous pourrez dépenser votre salaire dans les bordels luxueux de la cité. Je vous rappelle que ces esclaves sont la propriété des comptoirs douaniers de Torez. Si vous les

touchez, vous devrez en payer le prix à votre arrivée. Et je ne pense pas que vous ayez les moyens de vous payer un esclave, moussaillons.

L'un des prisonniers avec qui j'avais sympathisé m'expliqua que nous étions emmenés sur l'ile de Torez, la capitale de l'archipel de Bienvino, là où la reine mère Damballa régnait en maitresse sur les mers.

L'ile de Torez était une ile tropicale aux côtes escarpées. Ses immenses falaises de granit et ses flots tumultueux interdisaient à quiconque son accès. La seule voix praticable restait celle des airs ou bien un canal creusé à même la roche qui conduisait au cœur de l'ile. De lourdes chaines étaient suspendues de part et d'autres des falaises pour interdire le passage la nuit venue. Par ailleurs, deux forts aux murailles crénelées, juchés sur les hauteurs, abritaient chacun une batterie de redoutables canons prête à faire feu sur tout envahisseur suffisamment inconscient pour venir s'y frotter. L'ile de Torez était définitivement un bastion imprenable.

A la sortie du canal, notre embarcation déboucha sur un immense plan d'eau. Le spectacle dénotait considérablement avec la vision austère des côtes inhospitalière de l'ile. Nous étions littéralement au centre d'un paradis. Nichée le long des berges du vaste lac, cette cité magnifique s'érigeait comme un tableau enchanteur mêlant architecture grandiose et harmonie avec la nature. Les pécheurs vaquaient à leurs occupations sur de petites barques qui glissaient doucement sur les eaux du lac. Leurs voiles multicolores agitaient des échos de joyeux chants marins, apportant une vie animée à cette cité lacustre. La surface tranquille du lac réfléchissait les reflets éblouissants des palais et des demeures bourgeoises qui constellaient le rivage de sable fin.

Au cœur de la cité, le grondement d'une triple cascade qui dévalait le pan de la montagne ajoutait un murmure apaisant à l'atmosphère. La végétation luxuriante et de nombreux arbres aux fleurs éclatantes entouraient les rues de la cité et offraient une oasis de fraîcheur au milieu de l'urbanité.

Accrochés à la montagne, des jardins suspendus, débordant de couleurs et de parfums enivrants, ornaient les terrasses de demeures en pierre de taille. Ces résidences imposantes, construites avec une maîtrise architecturale impressionnante, semblaient être des fragments d'un monde onirique. Des temples colossaux, leurs dômes s'élevant vers le ciel, évoquaient un sentiment de transcendance. Ornés de sculptures délicates et de fresques riches en détails, ils semblaient être des portails vers un royaume mystique.

Mais ce qui marqua le plus mon esprit furent les statues cyclopéennes qui ne pouvaient pas avoir été construites par les mains de l'homme. Seuls des dieux auraient pu concevoir ce type de spectacle bouleversant.

Une grande partie de la ville avait été bâtie directement sur l'eau en formant de multiples canaux. Elle avait ainsi pris le nom de «capitale flottante».

Dans le ciel, des dirigeables et des ballons allaient et venaient au grès du vent. Des créatures volaient à leur côté. Des chevaux ailés et de féroces lions aux ailes membraneuses étaient habilement conduits par des cavaliers sans peur.

Chaque rue, chaque canal, racontaient une histoire d'émerveillement, de mystère et d'harmonie avec la nature. Cette cité, magnifique et paradisiaque, était une invitation à se perdre dans ses ruelles enchantées et à découvrir les trésors cachés derrière chaque coin de rue.

Chadia se tenait non loin de moi. Elle me regarda et je pus constater qu'elle était sous le coup d'une émotion forte.

- L'ile de Torez, la cité des anciens dieux. Il est dit qu'il n'existe rien de plus beau dans les Quatre Royaumes, bredouilla l'un de mes infortunés voisins.

Nous avons été débarqués manu militari puis parqués comme des bêtes dans un hangar. Pourtant, je ne ressentais ni colère, ni peur. Je restais encore émerveillé par tant de beauté.

Le lendemain, les trafiquants d'esclaves formèrent de petits groupes et nous conduisirent vers les apprêteurs. Ces derniers avaient un rôle crucial dans la vente. Ils devaient préparer la marchandise pour la rendre désirable. Car une marchandise désirable se vendait plus chère. Les esclaves les plus prometteurs avaient le droit aux plus grandes attentions.

On me présenta à un petit homme d'un certain âge qui portait une cicatrice sous l'œil gauche. Bien que vêtu comme un bourgeois, je pus rapidement deviner qu'il avait connu les joies de la guerre.

- Je m'appelle Escontès, mon gaillard. Je sais que tu es un Égaré et naturellement ta seule nature fait de toi un bien inestimable. C'est pour moi un honneur de t'apprêter pour la vente. Je vais faire de ta rencontre avec les clients un moment qu'ils n'oublieront jamais.

La préparation du spectacle fut longue et laborieuse. Escontès était cependant un bon formateur et il m'enseigna l'art de la théâtralisation et de la mise en scène. J'aurais pu ne pas être coopératif mais il m'avait expliqué avec douceur qu'une brillante prestation pouvait me valoir une place de choix auprès d'un puissant au lieu d'une misérable vie de servitude. De toute façon, je n'avais qu'un but en tête : retrouver au plus vite mes amis pour continuer ma quête. Hélas, ma garde était particulièrement bien assurée.

Un soir, j'eus une étrange visite. Alors que je sommeillais sur ma couche de paille, le garde m'envoya rouler au sol à l'aide d'un coup de pied douloureux. J'avais un gros anneau autour du cou et ce dernier était fixé au mur par une chaine rouillée. Je ne devais pas représenter une lourde menace. Pourtant, il prit toutes les précautions du monde pour s'assurer de la solidité de mes entraves.

La porte de la geôle s'ouvrit et telle une déité enchanteresse, une femme émergea de la pénombre accompagnée d'un jeune homme d'une vingtaine d'années.

Ses cheveux roux flamboyants s'entrelaçaient comme des flammes dansantes et ondulaient sur son corps comme l'aurait fait la coiffure de Méduse. Un inquiétant serpent albinos, posé sur ses épaules renforçait sa présence déjà imposante.

Le masque mortuaire squelettique qui ornait son visage lui conférait une aura éthérée, mélange fascinant entre la vie et la mort. Les motifs du masque, dessinés avec une précision rituelle, évoquaient une symbiose avec le royaume des esprits et des ancêtres. Ses yeux, à la fois pénétrants et empreints d'une sagesse ancienne, reflétaient la connexion spirituelle profonde qui l'animait. Les traits fins et délicats de son visage, malgré le masque, dégageaient une beauté qui transcendait l'espace et le temps.

Comme une seconde peau, une robe blanche enserrait son corps bronzé. Son décolleté était ouvert jusqu'à son nombril laissant paraitre une bonne partie de son opulente poitrine. Autour de son cou, des amulettes et des perles s'entrechoquaient en émettant une symphonie spirituelle envoutante. L'un de ses plus imposants colliers pendait entre ses seins et supportait le crane d'un rapace. Des créoles, aussi grosses que les bracelets en argent qui décoraient ses poignets et ses chevilles, étaient suspendues à ses oreilles.

Des objets rituels et des flacons renfermant des herbes aromatiques, empreints de l'énergie des ancêtres, étaient accrochés à sa ceinture. Chacun de ses gestes, chacun de ses mouvements, semblaient être une danse sacrée, un dialogue intime avec les forces mystiques qui nous entouraient.

Au-delà de sa magnificence physique, mon hôtesse semblait incarner une puissance intérieure qui transcendait les apparences. Sa présence, à la fois spirituelle que physique, laissait une empreinte indélébile dans les mémoires de ceux qui avait le privilège de la rencontrer. Naturellement sous le charme, j'allais vite me rendre compte que croiser son chemin était plutôt une malchance.

- C'est lui mère ? interrogea le jeune homme.
- Oui, c'est bien un Égaré, répondit la femme avec une voix suave mais néanmoins autoritaire. C'est un beau spécimen. Un ange déchu venu du ciel.

Il semblait fasciné. Le guerrier portait un plastron en cuivre finement ouvragé et une cape dorée brodée de fils d'argent. Sa tunique écru lui descendait jusqu'aux cuisses. Ses sandales luxueuses étaient solidement fixées à ses mollets par des cordelettes. Un glaive finement ciselé et un pistolet à feu flambant neuf étaient accrochés à sa ceinture.

- Dis-moi l'Égaré, quel est ton nom ?
- Je te dirai mon nom si tu me dis le tiens, jeune homme.

Le garde me gifla.

- Comme oses-tu parler ainsi à sa majesté ? beugla-t-il.
- Laisse, son effronterie me plait, répondit-il.
- Je m'appelle Abomey. Le sang d'Hevioso dieu de l'orage et de la foudre coule dans mes veines. Je suis le prince héritier de l'archipel de Bienvino. Ma chair et mon sang sont au service de ma mère la toute puissante prêtresse Vaudou, la Reine Damballa.
- On me prénomme Hakon, je suis effectivement un Égaré. Mais à vrai dire, je ne sais pas grand-chose d'autre sur moi.
- Tu es un dieu déchu mais tu n'es pas un dieu Vaudou. Ils sont bien trop puissants pour se faire chasser des cieux, répondit le prince. Mère, promets-moi de ne pas le tuer pour communier avec les dieux. Peut-être que si nous l'épargnons et qu'il réussit sa quête, il deviendra un puissant allier.

Il ne devait pas y avoir beaucoup d'années qui les séparaient tous les deux. Mais j'avais déjà vu la magie des dieux à l'œuvre et je me doutais bien que la prêtresse Vaudou ne faisait pas son âge réel.

- Il faudrait déjà que je puisse échapper au roi Géhofft et au sultan qui veulent ma tête, ais-je répondu.
- Nous n'avons de compte à ne rendre à personne. Si mon fils souhaite t'épargner, il en sera ainsi et je ne t'achèterai pas personnellement aux

comptoirs des douaniers. Ta vigueur aurait peut-être réveillé en moi certaines ardeurs depuis bien trop longtemps endormies.

Elle passa sa langue sur ses lèvres comme l'aurait fait une bête carnivore après un monstrueux festin.

- Moi, je t'achèterai Hakon. On dit de toi que tu es un excellent bretteur et que tu as triomphé au grand tournoi sur le continent en terrassant la reine des amazones en personne. Mon amiral vente encore tes mérites et montre à tous sa cicatrice. J'espère que tu pourras m'apprendre ta fameuse botte secrète.

- Je l'espère, majesté.

Ils quittèrent la cellule aussi vite qu'ils étaient arrivés.

- Tu l'as échappé belle, esclave. Je te voyais déjà dans le lit de notre reine. Sache que quiconque couche avec elle, est dévoré le lendemain. C'est une mante religieuse qui tue et se nourrit de ses amants.

Je me recouchais en méditant sur ses précieux conseils. Quoi qu'il en soit mes pensées furent troublées une bonne partie de la nuit par cette effrayante femme qui pourtant m'attirait plus que tout. Seule la vision de la ravissante Chadia me permit un moment de chasser de mon esprit la beauté subjuguante de cette créature infernale.

Après plusieurs jours de préparation, Escontès me convia à diner dans sa luxueuse propriété.

- Tu es fin prêt pour la représentation, Hakon. Ce ne fut pas aisé mais tu as joué le jeu jusqu'au bout. Je t'en remercie. Je suis certain qu'ils vont tous s'entretuer pour faire de toi leur esclave.

- Escontès, tu sais bien que je trouverai un moyen ou un autre pour fuir. J'ai une tâche à accomplir.

- Je le sais mon ami. Tu es un homme bon. Si j'avais suffisamment de fortune, je t'achèterais et te libérerais de ta servitude. Trinquons et profitons de cette soirée.

Il frappa dans ses mains et un groupe de danseurs et danseuses, tous pratiquement dévêtus, pénétra dans la pièce. Vautrés sur de confortables couches, nous avons bu du vin épicé et mangé des brochettes de poissons fumés, en admirant, avec un certain plaisir, l'attrayant spectacle, tinté d'une forte dose d'érotisme, qui nous fut proposé.

La commune marchandise, comme ils l'appelaient, avait été entassée dans des chariots tirés par des gros lézards. Par contre les « apprêtés », comme moi, défilèrent dans la rue avec leurs magnifiques atours. La population locale nous admirait avec une certaine attention. Je fus surpris de constater que la misère n'existait pas ici. Tout le monde portait de riches étoffes colorées et bigarrées. Les tenues étaient plutôt légères. Il n'était pas rare de croiser une femme partiellement nue sous un châle en soie cousue d'or ou un homme vêtu d'un pagne en coton attaché par une broche en argent massif. Nous étions loin du monde de pirates et de barbares que je m'étais attendu à découvrir ici.

Nous avons croisé un enclos de griffons et de pégases. L'ile de Torez disposait d'une puissante cavalerie aérienne et de nombreux bateaux. On disait cependant que le roi Géhofft avait secrètement mis au point de redoutables forteresses volantes fonctionnant grâce à la magie de la vapeur et qu'il montait lui-même un imposant dragon noir. J'avais du mal à imaginer le renard d'argent chevaucher une telle monture. Mais le roi s'était montré un homme plein de dextérité, subtil et intelligent.

Nous avons atteint un imposant bâtiment en pierres blanches : Le Théâtre Antique. Sa cavea appuyée sur des voûtes radiales, ses trois étages de gradins, ses galeries intérieures de circulation, son mur de scène flanqué de deux grandes salles et sa façade d'arcades en grand appareil décorées de colonnes engagées constituaient les principaux éléments de son architecture.

Nous avons emprunté différents passages et des escaliers intérieurs pour accéder à l'intérieur du théâtre.

L'hémicycle des gradins se soudait à la scène. Les murs de cette dernière, très imposants, était la partie la spectaculaire du bâtiment, objet d'une décoration composée de plusieurs rangées superposées de colonnes et de niches, et doté d'une riche statuaire.

- C'est là que tout va se jouer, dit l'un de nos compagnons. Vous devez vous montrer sur votre meilleur jour et faire bonne figure car vous pourriez intéresser l'un des puissants. Dans une moindre mesure, vous finirez chez un bourgeois à vider les pots de chambres. Mais dans le pire des cas, si personne ne porte son dévolu sur vous, vous servirez de pâture aux poisons du lac. Pourquoi croyez-vous que la pêche est si fructueuse ici et que le poisson est succulent ?

Il éclata de rire en voyant nos visages déconfis.

Les gradins étaient recouverts de monde. Seuls les plus fortunés pouvaient accéder au spectacle. Un certain nombre d'esclaves étaient vendus sur la grande place de marbre vert à l'entrée du théâtre. Tous ceux qui ne méritaient pas d'être présentés au public au cours du spectacle. On nous plaça dans des geôles au premier étage, juste au-dessus des loges où nous devions être préparés. Nous avions l'un des meilleurs points de vue sur le spectacle à partir de petite meurtrières habillement dissimulées dans le décor du mur de scène.

Un homme masqué vêtue d'une toge rouge et d'une cape noire assurait la présentation. Sa voix puissante et forte fit taire l'assemblée.

- Je vous présente la mystérieuse Kamala qui nous vient de l'archipel des serpents marins. Elle est la fille du chef d'une puissante tribu cannibale.

La scène fut plongée dans le noir et le décor surgit du sol. Kamala se retrouvait nue au milieu d'une végétation tropicale et volcanique. Je crus même percevoir l'odeur de soufre du volcan. Une musique inquiétante accompagna les premiers pas de l'indigène. Elle tenait une sagaie dans sa main et semblait sur le qui-vive. Soudain, une gazelle surgit de derrière un arbre. Kamala visa juste et la pauvre bête apeurée s'écroula au sol transpercée par l'arme de jet. Les spectateurs réagirent avec émotion et certains applaudirent.

- Kamala n'est pas qu'une bonne chasseuse, elle connait les secrets des plantes et sera en faire profiter son futur maitre ou sa future maitresse.

Un homme déguisé en chasseur indigène pénétra alors sur scène. Il était réellement blessé et criait de douleur. Sans doute était-ce un esclave à la valeur marchande faible que l'on avait sacrifié pour donner le change.

Kamala récupéra plusieurs herbes dissimulées dans la végétation et confectionna rapidement un cataplasme qu'elle apposa sur la blessure. Le guerrier cessa de gémir.

Elle mâchouilla une noix et embrassa le blessé pour lui faire partager sa pitance. La femme le coucha et se mit à le chevaucher. L'homme plein de vigueur sembla en oublier sa blessure. Elle le fit grimper rapidement au septième ciel sous les yeux ébahis et envieux des spectateurs. Kamala savait y faire en se déhanchant et en gémissant comme une tigresse.

- Les enchères sont ouvertes. Qui sera capable de s'acheter cette chamane indigène, prêtresse de l'amour et adepte du vaudou.

Plusieurs voix s'élevèrent dans l'assemblée et les enchères grimpèrent rapidement. Je ne fus pas surpris de constater que ce fut la capitaine Carpentras qui déposa un coffret plein de pièces d'argent pour s'offrir les services de Kamala. A moins que ce ne soit elle qui l'ait charmée pour le faire. Au moins, elle serait en sécurité pour un temps.

La scène suivante présenta Maëvilis. J'étais certain que la sorcière s'en tirerait à bon compte. Elle apparut seule sur scène dans son vieux mentaux gris et mité. Aucun effort n'avait été fait sur son costume et son apparence. Certain dans le public la huèrent. D'autres se mirent à rire. La seiðkona se redressa et ses yeux luirent dans le noir. Une aura de puissance se mit à flotter autour d'elle. L'air se chargea d'électricité. Des étincelles crépitèrent. Lorsque le premier éclair foudroya une personne qui lui avait manqué de respect dans les tribunes, la foule se mit à hurler. Je constatais avec un certain plaisir que la tribune royale, occupée par la reine mère en personne et son fils, avait réagi avec surprise à l'évènement divin.

- Ne prenez pas à la légère la puissance de Maëvilis. Cette sorcière du nord maitrise parfaitement les invocations interdites. On raconte même qu'elle aurait diné à la table de l'ogresse Babayaga en personne. Aujourd'hui, Maëvilis aspire à finir ses jours de façon paisible. Elle pourra mettre son savoir au service de son maitre et lui enseigner ses talents.

Les enchérisseurs hurlèrent un peu partout dans l'hémicycle. Tout le monde voulait s'approprier cette vielle femme. Jamais, ils n'avait vu d'esclave douée d'un tel pouvoir. Certes leur reine disposait bien de la faveur des dieux Vaudou mais là ils pouvaient se payer un pouvoir de divinité. Aucun n'avait cependant réfléchit au fait que Maëvilis pouvait à tout moment retourner ses pouvoirs contre son futur acquéreur.

Finalement se fut le propriétaire de la plus luxueuse herboristerie de la ville qui remporta la mise. Maëvilis allait sans doute passer un peu de temps à concevoir des breuvages et des potions.

Il était entendu entre nous que nous devions faire tout notre possible pour ne pas éveiller les soupçons jusqu'à ce que la vigilance qui nous était consacrée s'amenuise avec le temps. Alors nous pourrions prendre la poudre d'escampette sans trop de risques.

La prestation de Chadia fut mémorable. De mémoire d'insulaires, jamais autant de spectateurs n'avaient atteint un tel moment d'extase en même temps. Beaucoup avait payé un prix d'or pour assister à cette représentation. La reine n'avait pas démenti sa sulfureuse réputation. Elle n'eut besoin d'aucun artifice pour réveiller la libido de tous les spectateurs. Une simple chanson triste et mélancolique suivi de quelques pas de danse initièrent son envoutement. Puis, telle une marguerite exposée à une brise un peu violente, elle se dénuda de tous ses atours, un à un. Nue et belle, exposée à tous, elle fit onduler son corps, communiant avec ses spectateurs. Elle les scrutait un à un jusqu'à ce qu'ils soient convaincus de partager avec elle cet intense moment de plaisir. Nul ne pouvait résister à son charme. La foule s'enflamma. Les cris d'extase surgirent de partout. A son paroxysme, Chadia couverte de sueur, haletante émis une dernière fois un cri de plaisir avant de s'effondrer sur la scène. Toute l'assistance l'accompagna dans sa montée vertigineuse pour atteindre l'orgasme du septième ciel.

Certain s'était évanoui. D'autres étaient hagards ou hébétés. Beaucoup haletait encore. De nombreux couples illégitimes s'étaient formés. Emportés par l'extase, ils avaient copulés entre voisins. La population s'était mélangée pour ne former qu'un amas de chair et de cris. Seule la reine-mère ne semblait pas avoir été affectée par le spectacle. Son visage n'exprimait aucune émotion.

Il fallut une bonne dizaine de minutes pour que l'auditoire retrouve un semblant de normalité. Chadia fut achetée à prix d'or par la reine-mère. Personne n'osa surenchérir sur elle.

Mon tour arriva. Escontès avait fait les choses en grand. Le commentateur prit la parole. Sa voix avait un ton grave et solennel.

- Nous arrivons au clou de notre spectacle. Vous l'attendez tous avec impatience. Divin déchu venu des cieux pour expier ses erreurs, permettez-moi de vous présenter Hakon, l'Égaré.

Sa voix prit plus de puissance et son doigt se tendit vers le ciel.

- Voici, l'Égaré.

Je surgis du ciel sur le dos d'un griffon. La sensation était exceptionnelle. Il avait été dressé par son maître pour exécuter quelques rase-mottes effrayants avant d'atterrir sur la scène. Je sautais du dos de ma monture et lui jetais quelques morceaux de viande pour le récompenser de ses efforts.

L'instant d'après un guerrier se jetait sur moi avec un glaive en main. Je repoussais son attaque sans difficulté. De toute façon, tout était préparé et scénarisé. Je parvins à immobiliser mon adversaire, à le désarmer et à le soulever du sol en l'étranglant entre mes deux poignes d'acier.

Une créature haute d'au moins quatre mètres, mi-oiseau mi-reptile, surgit du sol par une trappe. Elle émit quelques cris stridents, me repéra et se mit à courir avec une grâce meurtrière dans ma direction.

Sa silhouette était soutenue par des pattes arrières musclées armées d'une grande griffe en forme de faucille. Son plumage évoquait un mélange de noir et de nuances de vert sombre. C'était un parfait camouflage pour dissimuler son corps agile dans les recoins ombragés de son environnement.

- Un Deinonychus ! hurla la foule.

La tête du monstre était ornée d'une crête osseuse distincte, témoignage de son héritage reptilien. Ses yeux, perçants et vifs, révélaient une intelligence redoutable. Ses mâchoires, prêtes à me saisir et à me déchiqueter, étaient munies de crocs acérés. À chaque mouvement, ses narines frémissaient pour capter les odeurs de sa zone de chasse.

Les membres antérieurs de la créature portaient des griffes impressionnantes, capables de saisir et d'éventrer sa proie avec une précision chirurgicale. Ses plumes se dressaient comme une crinière autour du cou, ajoutant une touche d'élégance à sa férocité brutale.

En mouvement, le Deinonychus semblait flotter au-dessus du sol. Ses serres touchaient à peine le sol. Sa queue puissante, balancée avec agilité, maintenait son équilibre alors qu'il se déplaçait avec une fluidité déconcertante.

Il était considéré comme l'un des prédateurs les plus redoutables et les plus exceptionnels des Quatre Royaumes et régnaient en maîtres sur son territoire.

 Même si sa vigueur avait été amenuisée par l'ingestion d'une drogue, il restait un adversaire à ne pas sous-estimer. Je connaissais tous ses points faibles. Sa morsure était cependant réputée comme fatale. Aussi, de nombreux spectateurs retinrent leur souffle dans l'assemblée. Même si mon apprêteur m'avait garantie que ses glandes venimeuses avaient été annihilées, je ne devais commettre aucune erreur. Le Deinonychus stoppa sa course puis se redressa de toute sa hauteur pour me toiser. Il cracha son venin que j'esquivais habillement. De toute évidence quelqu'un n'avait pas fait son travail jusqu'au bout. A moins qu'on essayait délibérément de mettre fin à mes jours. J'aurais dû me débarrasser de la créature à mains nues mais la situation devenait légèrement plus risquée. Aussi, préférais-je ramasser le glaive pour affronter le monstre.

Je constatais avec surprise que le prince Abomey se tenait juste au bord de la scène. Il avait quitté la sécurité de la loge royale pour sans doute mieux observer sa future acquisition. Je ne fus pas le seul à remarquer cette proie facile. Le prédateur reporta son attention vers un met de choix plus facile à attraper. Il se propulsa en direction du jeune homme prenant de vitesse son garde du corps qu'il décapita sans difficulté. Il bondit sur le jeune prince et ce dernier fut sonné par le choc brutal. Sa gueule se trouvait à quelques centimètres des yeux d'Abomey. Il siffla et inspecta rapidement sa proie à l'aide de sa langue.

Le jeune homme tenta de se débattre mais il était immobilisé. Le reptile géant ouvrit sa gueule pour frapper mortellement. Je lançais alors mon épée avec force. C'était la seule chance de sauver l'inconscient. L'arme pénétra dans l'une de ses orbite et lui transperça le crane de part en part. Son corps fut parcouru de spasmes et retomba sans vie sur le sol. La foule exulta. La reine en personne s'était levée de son siège et se mit à applaudir doucement. Peu d'homme aurait pu réussir un coup pareil.
- Merci, l'Égaré, je te dois la vie.
- Il faudra vous montrer plus prudent à l'avenir, votre majesté.
- Ceci devrait me servir de leçon.
- Il faut effectivement savoir apprendre de ses erreurs.
Le prince remonta dans les tribunes et le présentateur reprit la parole.
- Les enchères sont ouvertes. Vous aurez compris que cette marchandise est exceptionnelle. Que vous souhaitiez l'utiliser pour communier avec les dieux dans la tour de Babel ou bien comme garde du corps ou assassin, vous n'aurez pas une autre occasion avant longtemps.
Les offres fusèrent mais bien vite tous comprirent que le prince souhaitait s'offrir cet esclave exceptionnel. Son sourire en disait long quand le dernier enchérisseur abandonna.
- 55000 ducats. C'est une véritable fortune. Plus personne ne souhaite enchérir. Une fois, deux fois… .
Une voix grave et profonde retentit au dernier rang de l'hémicycle pour interrompre le présentateur.
- J'en offre 100 000.
Tout le monde se tourna vers l'auteur de cette offre. Une femme se leva et fit tomber la capuche qui dissimulait son visage. C'était une divine.
Les spectateurs s'écartèrent. Un grand nombre d'entre eux se prosterna. Je vis le prince serrer ses poings et s'apprêter à faire une nouvelle offrande mais sa mère l'en dissuada discrètement en posant sa main sur la sienne.
Il était interdit de surenchérir sur un divin et il était encore plus dangereux de mettre en colère un divin. Celle-ci ne sembla montrer aucune émotion de joie quand la vente fut prononcée.

Le lendemain, on me conduisit sous bonne escorte à un temple. Je passais devant un autel dédié surement aux sacrifices et franchis le péristyle délimitée par une colonnade bleutée. Les lourdes portes de pierre se refermèrent derrière moi me laissant seul au sein du sékos. J'étais solidement ligoté et ne pouvais pas bouger le moindre pouce. Les flammes des torches avaient du mal à éclairer la grande statue d'un dieu à l'apparence de requin humanoïde qui trônait au cœur du naos. La divine surgit alors tranquillement de l'adyton. Elle mordit dans une pomme.

- Ça n'a pas été facile de te mettre la main dessus. Il a fallu que j'use de toute mon autorité pour avoir cet entretien avec toi. Ils tiennent trop à leur poule aux œufs d'or. C'est un vrai succès. Tu bas tous les records. Qui aurait cru que celui qui occupait la place de Jésus, notre leader déchu, s'en tirerait si bien. Oui, je vois à ta réaction que tu connais déjà le titre qui est le tien au sein de l'Ultima Cena. Je devrais dire plutôt qui était le tien. Tu as été banni. Tu as étranglé celle qui occupait la place de l'apôtre Jean sans doute sous l'emprise d'une démence passagère. Katie était très proche de toi pourtant et aimée de tous. Tu as eu beau clamer ton innocence, toutes les preuves étaient réunies contre toi. Ceux qui occupent la place des douze apôtres ont pleuré sa mort, un temps. Après ta condamnation officielle, ta chaire s'est retrouvée vide. Les résultats du vote n'ont pas été trop surprenants, c'est tout naturellement qu'ils m'ont confié les rênes du pouvoir.

Elle s'approcha d'un brasero remplit de charbons incandescents dans lequel reposait une barre de métal. Elle retira la tige à l'aide d'un gant. Cette dernière était rouge incandescente. La divine s'approcha de moi et m'immobilisa le crane avec sa main libre. Elle appliqua le fer rouge sur mon front, brulant ma chair jusqu'à l'os. J'hurlais de douleur et m'effondrais au sol, tétanisé par le choc.

- Amenez-les, ordonna-t-elle.

Le Seigneur Falkomed entra en tirant Chadia derrière lui. Elle était nue et couverte d'ecchymoses. Elle portait Mansur dans ses bras.

- A chaque fois que je la vois, je la trouve magnifique. Une vraie réussite. Il faut dire que j'en suis l'instigatrice principale. Elle est ma création. Tu l'aimes n'est-ce pas ? Elle est faite à mon image. Peut-être un peu trop parfaite.

- Que lui avez-vous fait ? Je vous tuerai tous les deux.

La divine s'approcha de Falkomed et récupéra le poignard courbé fixé à sa ceinture. Elle l'empoigna et frappa la jeune reine. La lame lui transperça la poitrine. Chadia me jeta un regard plein de surprise et de tristesse. Il se changea rapidement en rictus de douleur. J'hurlais de rage cherchant à briser mes chaines. Ma bien aimée tomba à genoux sur le sol et bientôt une mare de sang se forma autour d'elle. Falkomed leva lentement son cimeterre. Elle lui jeta un regard fier et méprisant.

- Nous nous reverrons dans un autre monde, seigneur Falkomed.
La lame s'abattit sur elle et lui trancha la tête.
J'hurlais à nouveau puis m'écroulais, tétanisé par l'horreur de la scène.
La divine attrapa l'enfant couvert de sang et en pleurs.
- Celui-là, je vais le garder pour ma collection personnelle. Quant à toi, l'Égaré, tu survivras mais tu garderas à jamais la trace indélébile physique et psychique de notre rencontre. Je doute que tu parviennes à accomplir ta tâche sans ta catin et avec cette marque maudite. Nous nous reverrons peut-être là-haut.
Je sombrais définitivement dans l'inconscience.

A mon réveil, j'avais réintégré ma geôle. Ma tête me faisait encore mal mais on avait pansé ma blessure. Je retirais délicatement le linge encore imbibé et appelais le garde.
- Que vois-tu ? ai-je demandé.
- On t'a tatoué le « E » des Égarés.
Il éclata de rire avant de retourner à ses occupations. Chadia venait de se faire massacrer sous mes yeux. J'avais définitivement perdu la raison. Ce «E» sera-t-il maintenant celui de l'Etrangleur ?

## CHAPITRE 6 : L'ÉTRANGLEUR

La plus part d'entre eux tremblaient. Certains s'étaient même urinés dessus. Ils me regardèrent sachant que leur vie était sans doute entre mes mains. Il y avait des femmes, des enfants et même des vieillards. Je me levais et ajustais mes gants de métal. Ils tremblèrent de nouveau.
- Vous serez très peu à survivre. Dès votre sortie, ils vous attendront. Si ce ne sont pas des hommes armés, ce seront des bêtes fauves ou des choses bien pires encore.
Une femme se prosterna à mes pieds.
- Aide moi à survivre l'étrangleur et je ferai de tes nuits des moments de bonheur.
- Relève-toi et affronte ton destin. Le bonheur m'est interdit par les dieux. Je n'ai qu'une seule amante et elle se prénomme la mort.
La lourde porte s'ouvrit et les gardiens nous poussèrent à l'extérieur à l'aide de longs pics. Ceux qui ne voulaient définitivement pas sortir furent empalés.
La lumière éclatante des soleils m'aveugla un moment. Mes yeux étaient habitués à la pénombre des cachots. Les cris d'agonie étaient couverts par le tumulte de la foule. Je ne vivais maintenant plus que pour entendre ce son galvanisant. C'était devenu une véritable drogue pour moi. Je devais tuer pour le plaisir des spectateurs. Et j'étais devenu particulièrement doué pour ça.
Une samnite tenta de m'embrocher avec son épée courte. Elle portait un bouclier rectangulaire, un casque surmonté d'un panache et une jambière

sur le mollet gauche qui lui montait jusqu'au genou. Elle ne tarda pas à me reconnaitre et tenta de prendre la fuite. Les gladiateurs s'étaient attendus à rencontrer un troupeau d'esclaves à abattre. Personne ne leur avait dit qu'un loup se cachait parmi les agneaux. Un loup de la pire espèce. Un tueur assoiffé de sang qui n'utilisait que ses mains pour étrangler ses ennemis. L'étrangleur était son nom. L'étrangleur était le nom qu'ils m'avaient donné. C'était le nom qu'ils scandaient quand je tuais pour leur plaisir. C'était mon nom.

Je retombais lourdement sur la gladiatrice et brisais sa colonne vertébrale. Un mirmillon tenta de se faufiler derrière moi. Sans autre protection qu'un casque et un bouclier long et étroit, il était armé d'une longue épée avec laquelle il tenta de me pourfendre. Il était vif et maitrisait bien l'art de la guerre. Je l'avais déjà aperçu lors de représentations passées. Nous avions alors combattu avec succès dans le même camp. Mais aujourd'hui sa chance avait tourné. L'étrangleur était invaincu. Jamais un gladiateur n'avait survécu à autant de représentations. J'étais leur doyen à tous. Chaque semaine depuis des mois, je triomphais de tous les obstacles qu'on me présentait pour le plus grand bonheur de mes fans.

Un rétiaire équipé de sa panoplie rappelant celle d'un pêcheur profita d'un de mes rares moments de réflexion pour projeter son filet dans ma direction. Le maniement du filet exigeait une grande dextérité. L'issu du combat dépendait alors de son adresse et de sa rapidité. Généralement, il se retournait pour contenir la poursuite et lançait sa contre-attaque en tenant le trident des deux mains : la droite au bas de la hampe et la gauche serrant aussi le poignard, près de la fourche.

Il avait préféré attaquer immédiatement. C'était une grave erreur. Je fis un pas sur le côté pour regarder le filet passer devant moi. L'instant d'après j'attrapais le bras portant l'épée du mirmillon qui en avait profité pour m'attaquer. Je le tirais en direction des cordages entremêlés pour qu'il se prenne les pieds dedans et trébuche.

L'autre combattant arma son trident et le lança dans ma direction. Il n'attendit pas qu'il m'atteigne pour se jeter dans la mêlée, poignard à la main. Son armement défensif était hélas pour lui réduit au minimum : pas de casque, mais des chevillères et un brassard qui protégeait son bras gauche, le plus exposé par le maniement du filet ou du trident. D'un violent coup de pied, j'explosais son galerus, une large épaulière qui couvrait la base de son cou. Il roula au sol et n'eut pas le loisir de se relever. J'étais déjà sur lui. Mes poings d'acier se refermèrent sur sa carotide.

Les spectateurs se turent. J'ai soulevé le corps du gladiateur de mes deux mains et je me suis tourné vers la tribune royale. Le prince Abomey se leva et examina avec attention la foule cherchant le choix majoritaire de la plèbe. Le public était roi aux jeux. Il leva son pouce puis le retourna vers le bas.

Le rétiaire mourut en quelques secondes la gorge broyée. La foule exulta une nouvelle fois.

- L'étrangleur est de nouveau victorieux. Mais parviendra-t-il à se sortir de la plus terrible rencontre qui soit. Mes amis, pour votre plus grand plaisir, voici un adversaire digne de l'étrangleur, annonça le présentateur.

La porte opposée de l'arène s'ouvrit. Un terrible sifflement s'en échappa. Le sable de l'arène se mit à tressauter et la terre trembla. Un Dynamosaurus imperiosus fit son apparition. Le saurien gigantesque semblait furieux et affamé. Jamais je n'avais eu à affronter un aussi redoutable adversaire. Avaient-ils souhaité finalement ma mort là-haut. Je regardais à nouveau en direction des tribunes. Abomey s'était retourné vers sa mère et semblait plongé dans une conversation houleuse avec elle. Finalement, il se rassit au fond de son siège. Ses yeux étaient embués de larmes.

De fortes sommes d'argent étaient en jeu. Les propriétaires et entraineurs des gladiateurs achetaient, louaient et vendaient très chers les hommes qui s'étaient illustrés dans l'arène. Les meilleurs des gladiateurs pouvaient amasser une véritable fortune.

Malgré mes étonnantes performances, j'avais très peu de chance face à ce terrible prédateur. Son cuir était si dense qu'aucune arme ne pouvait le transpercer. L'animal huma l'air et détecta rapidement l'unique proie qui lui était accessible. Il chargea la gueule grande ouverte.

Je récupérai le trident qui trainait au sol. Je n'avais le droit qu'à une seule et unique chance. J'avais longuement échangé avec Maëvilis sur cette créature. Elle me rendait visite chaque jour à la prison et m'apportait conseil et soutien. Je pense que sans elle je n'aurais pas tenu le coup. Je ne fus que moyennement surpris d'apprendre que le maître de la sorcière avait succombé à un étrange mal. Avant de rendre l'âme, il avait octroyé la liberté à la seiðkona et lui avait cédé officiellement tous ses biens. Elle s'était donc retrouvée l'une des plus puissantes et riches bourgeoises de l'île. Ses potions fabuleuses accroissaient encore plus rapidement sa renommée et sa gloire. Elle n'avait pas pu me donner de nouvelles du fils adoptif de ma tendre Chadia. Il avait disparu en même temps que sa nouvelle mère.

Le prince me rendait aussi souvent visite. Si nos premiers échanges ne portèrent que sur l'art du combat, nous sommes rapidement arrivés à parler de tout autre chose. J'en arrivais même à apprécier sa présence. Il était jeune et souvent fougueux mais avait l'intelligence d'écouter mes conseils et mes remarques. Il me parlait de la vie politique et de ses nombreuses oppositions avec sa mère. Elle l'avait eu à l'âge de quatorze ans. Mais malgré le peu d'années qui les séparaient, il redoutait ses pouvoirs et encore plus les créatures qui gardaient son temple. On racontait que des hommes et des femmes étaient ramenés à la vie pour servir d'esclaves à la reine-mère: les zombies. Ces mort-vivants étaient forts, invulnérables et dévoués corps et âmes à celle qui les avait fait renaitre.

Le cerveau de la créature n'était pas plus gros qu'une pomme mais je savais exactement où il se situait. Le seul moyen de l'atteindre consistait à pénétrer dans sa gueule pour frapper le haut du fond de son palais. Pour cela je devais me faire manger ou plutôt gober. Car s'il avait le malheur de refermer trop vite sa mâchoire sur moi, c'en était fini de l'étrangleur.

L'atmosphère était électrique. La foule était en extase. Le monstre fonça sur moi et je ne bougeais pas d'un pouce. Le prince s'était relevé et regardait avec crainte l'affrontement. Personne ne pouvait penser que j'allais m'en sortir. Je ne pouvais plus compter sur l'intervention divine de Judith. Mais ma force et mes réflexes n'avaient jamais été aussi développés que maintenant. Je bandais mes muscles et m'accroupis légèrement. Il fallait que je fasse le vide dans ma tête pour ne me concentrer que sur l'action présente. La course de l'animal me sembla plus lente. Tout s'écoulait plus longuement. Pourtant mes gestes me paraissaient normaux. Le monstre ouvrit plus largement sa gueule. Il n'allait faire de moi qu'une seule bouchée. Je bondis vivement dans sa direction et plongeait tête la première dans cette antre fétide. Ses crocs se refermèrent sur moi. Les mains crispées sur le trident, je disparus aux yeux des spectateurs. Sa langue chercha à me repousser mais j'avais pris trop de vitesse. Mon arme pénétra profondément à la base de son crâne et transperça sa cervelle. Par chance, ses muscles ne se contractèrent pas et je pus éviter de sombrer dans sa gorge. Le mastodonte s'écroula au sol en titubant.

J'eus un certain mal à écarter son immense mâchoire pour m'en extraire. J'étais couvert de sang et de bave. Mais j'étais encore vivant. Je levais mon trident en l'air en signe de victoire et le présentais à tous les spectateurs.

Le prince exultait. Il descendit dans l'arène et se mit à courir vers moi pour me féliciter.

- L'étrangleur, je n'ai jamais vu un combat aussi mémorable. Je fais de toi mon garde du corps attitré. Tu n'auras plus à vivre en prison et risquer ta vie dans l'arène. Quoi qu'en dise ma mère, c'est moi ton maître et c'est ma décision.

- Vous êtes bien bon votre altesse. Je défendrai donc votre majesté au péril de ma vie.

Je déposais un genou à terre et levais mon trident à deux mains au-dessus de ma tête. Il le prit et le planta dans le sol puis le prince me tendit sa main. Je l'attrapais et il me tira pour me relever.

- Que les dieux vaudous m'en soient témoins ce jour. Je fais de l'étrangleur, héros de l'arène, mon Mâne. Il arrachera l'âme des ennemis qui oseraient s'attaquer à moi.

Abomey n'avait pas voulu me dire où nous allions. D'habitude, j'avais le temps de préparer notre parcours et de repérer les lieux pour éviter toute mauvaise surprise. Cette fois-ci, il m'avait demandé la plus grande discrétion. Il prit un malin plaisir à nous grimer en pirate en dénichant dans ses malles tout un tas de vêtements bigarrés, de breloques et de colifichets. Nous étions tous les deux méconnaissables. La nuit tombée, nous sommes sortis sans escorte et en toute discrétion pour éviter de nous faire repérer. Il m'emmena à travers les ruelles de la cité jusqu'à un quartier éloigné situé sur le bord de mer.

- Où va-t-on, seigneur ?

- Nous allons commencer par nous faire un peu d'argent et ensuite je vais te révéler un secret que je n'ai jamais dit à personne. Allez viens, nous y voilà.

La ville portuaire ne dormait jamais. Les échoppes, les boutiques et les marchés étaient pour la plupart ouvert sans interruption. Seule la population changeait. Les domestiques et les servants faisaient place aux aventuriers, aux touristes et aux marins.

Abomey me poussa dans une taverne bondée. Sans hésiter, il se dirigea vers le fond jusqu'à une porte qui était gardée par un mastodonte à l'allure menaçante. C'était un Nougantaya. L'homme-serpent tenait dans ses mains une lourde hache plutôt impressionnante. Je ne doutais pas qu'il sache la manier mais l'espace réduit ne faisait pas de cet instrument l'arme idéale. Les deux poignards cachés dans mes manches l'auraient déjà terrassé avant qu'il ne puisse espérer lever sa lourde francisque. Le prince s'adressa à lui et sortit une bourse pleine de pièces qu'il fit sauter à plusieurs reprises dans la paume de sa main.

Finalement, le gardien ouvrit la porte et nous pûmes accéder à un tripot privé. Plusieurs personnes étaient déjà installées autour de tables rondes plutôt luxueuses. De toute évidence, il fallait posséder une certaine fortune pour accéder à cet endroit de luxure. Les nobles et les bourgeois étaient assez faciles à identifier. Il était par contre plus difficile de faire la part entre les malandrins, les pirates et les simples marins venus dépenser la solde d'une année en une soirée.

Beaucoup d'argent changeait de mains, au son des dés lancés sur la table ou remués dans un gobelet en cuir. Mais ce qui me marqua le plus furent le son de crécelle des roues qui tournaient sur les tables et le bruit des petits verres qui s'entrechoquaient.

Une jeune fille qui ressemblait plus à une femme de petite vertue qu'à une croupière nous invita à sa table. Alors que je m'approchais, un homme s'écroula au sol après avoir ingurgité un verre de trop. Immédiatement, des garçons de salle le tirèrent par les pieds pour l'entrainer dans une autre pièce cachée par un rideau.

- Ce jeu s'appelle la roue du condamné. La règle est assez simple, Hakon. Le croupier fait tourner la roue pour connaitre l'enjeu. Quatre verres sont remplis d'alcool relativement inoffensif, le cinquième contient ce que le hasard de la roue aura décidé. Tu disposes de cinq dés. Tu les lances et tu consultes secrètement la combinaison obtenue. Paire, double paire, brelan, suite, comme au poker. Tu as le droit de garder autant de dés que tu veux de côté. Tu peux faire un nouveau lancé avec les dés restant si et seulement si tu bois l'un des verres. On mise avant et après les lancés mais tu ne dévoiles ton dernier jet que si tes adversaires suivent. Si tu quittes la table en cours de jeu pour n'importe quelle raison, tu perds tout. Rassure toi, je ne te demanderai pas de jouer. Il faut un peu d'expérience pour espérer s'en sortir vivant.

J'examinais avec attention la roue. Des mots comme « poison », « cécité », « paralysie » et autres réjouissances du même gout y étaient inscris.

Il prit la place d'un homme qui était parti en suffoquant et salua les deux autres joueurs. Le marin à la peau brulée par les embruns salés et les rayons des soleils nous regarda en maugréant. La courtisane nous décrocha un sourire malicieux. Elle avait un joli regard gris et vert. La moitié de son visage était totalement caché par un voile opaque. Comme Liliane, avait-elle une défiguration à cacher. Il me semblait l'avoir déjà vue quelque part mais je ne parvenais pas à m'en souvenir.

Une fois, la bourse d'or posée sur la table, la croupière fit tourner la roue crantée. Elle évita de justesse de s'arrêter sur le mot « *sérum de vérité* » et termina sa folle course sur le cadran où était écrit le mot « *peur* ».

- Intéressant, remarqua le prince.

Abomey m'impressionna. Même s'il avait de la chance, il parvenait à lire dans l'esprit de ses adversaires comme dans un livre ouvert. Toute tentative de bluff était démasquée et il savait se coucher au bon moment pour éviter de perdre trop gros.

Il avait consommé un verre d'alcool et semblait en parfaite santé. Deux verres pleins restaient encore sur la table. Le flibustier tenta sa chance afin de pouvoir relancer ses dés. Il avait un brelan de six mais le prince disposait déjà d'une grande suite. Avec ses deux grosses mains, le pirate attrapa le gobelet et but d'un trait la liqueur. Son visage devint livide et il se mit à hurler. Il se tétanisa et tomba à la renverse. Sa camarade se pencha sur lui et tenta de le ranimer. Il avait fait un arrêt cardiaque.

- Il n'a pas acheté d'antidote, tant pis pour lui, fit remarquer la courtisane en se redressant.

C'est alors qu'un flash me parvint. Cette femme, c'était celle qui nous avait attaqués à bord de son sloop volant. C'était la femme pirate. Mes poignards surgirent instantanément dans mes mains. En un éclair, j'étais dans son dos et la plaquait contre moi en collant l'une de mes lames sur sa gorge.

- Pirate sans scrupule, tu as attaqué notre navire et provoqué la mort de tout son équipage. Tu vas en payer le prix.

Elle ne montra pas de résistance à mon étreinte et se mit à parler d'une voix calme et posée.

- J'ai pillé un certain nombre de bicoques, sur mer comme sur terre. Je te reconnais maintenant. Tu as massacré la moitié de mes hommes et fais exploser mon bâtiment. J'ai été la seule survivante de cette catastrophe. Maintenant, si tu veux te venger... .

Habillement, elle repoussa mes deux lames avec ses mains et m'envoya un coup de tête pour se dégager. Une frappe bien placer de son talon dans mes parties intimes lui permit de se mettre en sécurité pour quelques instants. Au moment même où elle allait se retourner pour me planter avec un surin caché dans son décolleté, un étrange personnage braqua sur nous un pistolet à poudre tenu dans chacune de ses mains. Nous nous immobilisèrent et il n'appuya pas sur la détente.

Il était vêtu comme un bouffon de carnaval avec sa marotte, son costume traditionnel bicolore rouge et vert garni de grelots, son bonnet surmonté d'oreilles d'âne, sa grande collerette dentelée et ses chaussures pointues.

- Ici, il n'y a point de rixes mais que des duels. Si vous voulez vous affronter, ça sera au fleuret ou au pistolet. Honneur aux dames.

- Le fleuret aurait ma prédilection en temps normal mais je n'aurais aucune chance face à l'étrangleur au corps à corps. Le pistolet nous mettra à égalité.

Ainsi, elle savait qui j'étais.

- Très bon choix, répondit le nabot.

Il se dirigea vers une armoire, l'ouvrit avec une clef attachée autour de son cou et en sortit un coffret en bois rutilant. Le maitre des lieux revint vers nous et nous présenta l'intérieur de sa boite. Elle contenait deux splendides pistolets en métal brillant.

- Tu connais mon nom. Qui vais-je avoir l'honneur de tuer ?

- Tu peux m'appeler la vicomtesse des alizés répondit-elle en empoignant l'une des armes et en l'inspectant minutieusement.

- Très bien, mettez-vous dos à dos puis faites cinq pas, retournez-vous puis tirez. Si l'un de vous avez l'envie de se retourner avant les cinq pas, je l'abattrais moi-même comme un chien.

Nous sommes positionnés, prêts au combat.

Abomey me regarda l'air un peu inquiet. Il savait que je n'étais pas un expert en arme à feu mais j'avais pour moi une célérité et une dextérité hors du commun.

Le bouffon donne l'ordre de combattre et nous nous sommes avancés chacun de notre côté vers la mort. Je n'avais plus envie de la tuer. Elle me rappelait trop la baronne Harmman.

Au moment, où je me retournais, j'entendis le coup de feu mais j'avais anticipé le tir en me laissant tomber en arrière. Au pire, j'aurai une jambe touchée. Cela me permit d'ajuster mon tir et de viser son arme. La balle adverse passa au-dessus de moi en sifflant. La mienne toucha son but et fit exploser l'arme sans provoquer de dommages corporels.

- Pas de sang versé ? rouspéta le petit homme. C'est bien dommage et en plus vous avez détruit l'une de mes armes. Ca va vous couter très cher.

- Je vous dédommagerai Narrestok, s'empressa de dire le prince.

- Votre altesse, votre déguisement vous va à merveille. Si nous en finissions une bonne fois pour toute avec cette querelle de cour de récréation. Etes-vous quitte maintenant ?

Je regardais la vicomtesse et acquiesçais de la tête.

- Je n'ai plus de griefs envers celle qui a accepté de m'affronter loyalement et est parvenue à survivre.
- Et vous, madame ?
- Je considère notre différent comme terminé.

Elle me jeta un dernier regard empreint d'un certain respect sachant que je ne l'avais délibérément pas tuée lors de notre affrontement, tourna les talons et s'éclipsa par la porte d'entrée.

Je ne savais pas si j'allais un jour ou l'autre la revoir mais cette femme était définitivement arrivée à me charmer.

- Charmante créature que cette Vicomtesse des alizés. Jolie et terriblement dangereuse. Mais revenons à nos moutons. Mon très cher prince, j'ai ici une personne qui voudrait vous affronter en tête à tête. Seriez-vous prêt à relever le défi ? demanda Narrestok.
- Ma foi si c'est une personne de bonne compagnie pourquoi pas.
- Elle va vous plaire, je puis vous l'assurer. Suivez-moi, mes seigneurs.

Nous avons quitté le tripot pour monter au second étage. Ce lieu était réservé à une clientèle beaucoup plus exigeante. Tout le luxe avait été déployé pour plaire aux convives triés sur le volet. Une dizaine d'alcôves créaient autant de petits salons privés. Chacun d'eux comprenait une magnifique table de jeu en acajou et des chaises confortables. Un lustre d'argent équipé de bougies permettait d'éclairer de façon intime ce lieu de plaisirs et d'échanges.

Il tira le rideau d'une des alcôves et mon sang ne fit qu'un tour. Hélène et sa sœur Ctimène se tenaient toute les deux dans la salle. Les deux dagues dissimulées étaient à nouveau dans mes mains prêtent à frapper.

- Ça ne sera pas utile Hakon, annonça amusée Hélène. Nous ne sommes pas là pour vous faire la guerre. Enfin pas encore pour le moment. Prenez place et discutons entre personnes de bonne compagnie. Inutile de vous présenter Ctimène, vous connaissez jusqu'à sa plus secrète intimité.

La prêtresse rougit. Toujours en forme, elle avait cependant réussi en très peu de temps à apprivoiser son corps et à le sculpter. Elle en était devenue encore plus attirante.

- Je vous propose une partie, prince. Vous contre moi. Qu'en dites-vous ?
- Et que jouons-nous ? répondit Abomey, intrigué.

- L'avenir de nos nations. Le roi Géhofft a été destitué par le conseil des barons. J'ai pris sa place et le titre d'Impératrice Hélène Première.
Je faillis m'étrangler. Comment en était-on arrivé là ? Géhofft était un fin calculateur. Il n'aurait pas pu se laisser berner par ses deux sœurs et les vieux barons.
- Avez-vous une preuve de ce que vous avancez ? demanda Abomey.
Aucun de nos espions ne nous a rapporté cette infamie.
Hélène tira sur son collier et fit sortir de son décolleté proéminent un bijou ou plutôt une bague.
- C'est l'anneau sigillaire du roi. Ceux qui le connaissent savent qu'il ne s'en sépare jamais.
- Qu'est devenu Géhofft ? ais-je demandé d'un ton neutre.
- Cela ne vous regarde en rien. Mais je ne suis pas ici pour parler de mon frère. Prince Abomey, je vous propose un petit jeu.
Elle sortit une petite bourse de sa poche et y déversa son contenu sur la table. De nombreuses pierres précieuses miroitèrent à la lumière des bougies.
- Si j'en crois mes renseignements, vous êtes un bon joueur et vous avez de l'attrait pour les jolies femmes et l'argent. Si je gagne, vous me donnez l'Égaré, si je perds alors je vous laisserais ma sœur et cette bourse.
- Mais il n'a jamais été question d'un tel pari, répondit affolée Ctimène.
- Tais-toi et obéis aux ordres de ton impératrice. A moins que tu ne préfères croupir dans un cachot le restant de tes jours comme notre frère.
- Sans vouloir vous manquer de respect, vous me proposez d'échanger mon Mâne, un Égaré venu du ciel contre une prestesse certes plutôt bien fichue mais qui appartient à une famille de dégénérés. Et que ferais-je de ces pierreries ? J'en ai un coffre entier au palais.
Hélène ne sembla pas s'offusquer. Elle s'était sans aucun doute attendue à ça.
- Ctimène est devenue grande prestesse de l'ordre des Tanennites. Elle dispose donc de la grâce des dieux. Votre mère à la faculté de faire revenir les morts à la vie mais ils sont transformés en zombies. Ma sœur, quant à elle, redonnera vie à celui ou celle qui vous est le plus cher. Elle ne pourra le faire qu'une fois dans sa vie mais vous le retrouverez tel que vous l'avez laissé avant sa mort. De plus, ne vous voilez pas la face, le trésor royal est à votre mère et il est jalousement gardé. Vous ne seriez pas ici en train de jouer pour gagner de l'argent de poche, petit prince, si vous aviez une fortune à votre disposition.

Abomey serra les dents. Elle avait marqué un point. Malgré moi, je montrais un vif intérêt à son discours. Il existait sur cette terre un moyen de ramener à la vie les personnes mortes. Aurais-je un jour la chance de pouvoir retrouver Chadia et Liliane ?

- J'ai entendu parler de ce pouvoir unique. Il me semble maintenant que l'enjeu est de taille, répondit Abomey. Si en plus, Ctimène daigne me tenir compagnie dans ma couche, je suis prêt à y ajouter une bourse pleine d'or.

- Je ne suis pas une catin, messire. Même si l'Égaré peut témoigner que je suis d'agréable compagnie.

Elle me jeta un regard en coin plutôt malicieux. Nous avons donc pris place autour de la table. Narrestok fit tourner la roue avec délectation. Les deux femmes semblaient hypnotisées par son mouvement circulaire. Le prince lui ne prêtait même pas attention au résultat. Soit il se concentrait, soit il pensait à quelque chose d'autre. Quoi qu'il en soit, ma vie était entre ses mains.

- «*Orgasme*», ça ne pouvait pas mieux tomber n'est-ce pas, ironisa le bouffon.

Il se retourna vers un petit meuble et en ouvrit les portes. Il récupéra une cruche scellée et hotta le bouchon de cire avec ses dents. Puis, le patron versa l'alcool ambré dans cinq verres en cristal tout en humant avec délectation les vapeurs.

- Vous m'en direz des nouvelles, c'est du vieux rhum produit sur une petite île que je suis le seul à connaitre et vieillit dans ma propre cave, l'un des meilleurs crus de l'ile.

Il plaça les cinq verres sur la table et retira de sa poche une minuscule fiole.

- Une goutte suffira, dit-il en débouchant le flacon.

De façon très habile, il se mit ensuite à mélanger les verres entre eux. Sa dextérité était déconcertante. De plus, je le soupçonnais d'avoir usé de prestidigitation pour semer le doute dans l'esprit des deux joueurs.

Hélène et Abomey semblaient sûrs d'eux. La première sans doute parce qu'elle s'était arrangée avec le propriétaire pour connaitre la position du verre piégé, le second parce qu'il était devenu un véritable expert. Mais toute l'expertise du monde ne peut pas lutter contre la chance.

- Il n'y aura bien entendu pas d'antidote pour cette partie.

Le nabot s'éclipsa après avoir empoché sa récompense en monnaie sonnante et trébuchante.

Les deux joueurs posèrent la même somme d'argent sur la table. Il était convenu que celui qui donnait sa dernière pièce ou qui buvait le verre empoisonné perdait la partie.

A ma grande surprise, Hélène se montra d'entrée une formidable adversaire. Elle était passée maitresse dans l'art de la manipulation et j'aurais dû me douter qu'elle n'aurait pas compté que sur la chance ou la triche pour l'emporter.

Ctimène et moi étions assis l'un à côté de l'autre. Les notes florales de son parfum mêlées à la sueur générée par son stress distillaient dans la pièce une enivrante odeur.

Abomey avait déjà consommé deux verres. A chaque fois, il reniflait la liqueur cherchant à percevoir l'odeur de l'élixir. Pourtant, il ne montrait aucune inquiétude à chacune de ses rasades. Hélène n'avait encore vidé aucun verre. Puis la partie prit un tournant inattendu. Hélène prit définitivement l'ascendant sur Abomey. Ce dernier commettait des fautes et ne réussissait pas à se concentrer. Il laissa échapper idiotement une manche et se résolut à boire son troisième verre pour tenter de se refaire.

Ctimène portait sa tenue de prêtresse avec ses longues bottes. Je posais ma main sur sa cuisse afin d'évaluer son degré d'attirance pour moi. Je m'étais attendu à la voir me hurler dessus ou à me gifler. Pourtant, elle ne se montra pas hostile bien au contraire. La coquine écarta les cuisses pour que je puisse pousser mon exploration plus loin. Au moment même où Abomey déposa sa dernière pièce dans le pot, alors que j'étais arrivé aux portes de son intimité la plus secrète, elle resserra fortement ses jambes. J'attendis un moment qu'elle se décrispe pour obtenir ma récompense. Mes doigts s'amusèrent un moment à la caresser en effleurant le plus discrètement possible son entre-jambe. Elle ne put que crisper ses mains sur la table quand elle sentit que je pénétrais son intimité. Elle me vampirisait à nouveau. Je ne parvenais pas à rejeter son emprise sur moi. Hélène et le prince étaient si concentrés à décrypter leurs émotions qu'ils n'avaient pas vu notre petit manège. C'est ce que je pensais tout du moins. En toute discrétion, le sourire aux lèvres, je commençais à la masser très lentement afin de sentir son désir s'affirmer.

La situation prit une tournure des plus inattendues. Alors qu'Abomey s'apprêtait à perdre, il sortit un carré de un sans dévoiler son dernier dé. Il avait remué son gobelet d'une façon presque mécanique avant de le reposer vivement sur la table. C'était une bonne combinaison qui aurait dû lui permettre de remporter facilement cette manche. Pourtant, contre toute attente, Hélène souleva à son tour son gobelet. Elle avait tiré un poker de cinq. Impossible de dire si elle avait triché mais sa chance était insolente.

- Je crois que les jeux sont faits, cher prince. L'Égaré est à moi, s'exclama-t-elle, victorieuse.

- Pas tout à fait, Hélène, Première du nom.

Il souleva son gobelet et nous montra son cinquième dé qui portait le numéro un.

- Vous connaissez la règle, majesté, un poker de un m'octroie le droit de vous faire choisir un verre à boire. Il en reste deux. Ferez-vous le bon choix ?

Hélène le regarda toujours en souriant. Sans hésiter une seconde, elle prit un verre et avala son contenu.

- Vous êtes un excellent joueur mais vous êtes encore jeune et avez à apprendre de vos ainés.

Soudain son sourire se métamorphosa en rictus. Sa tête retomba en arrière et elle se mit à haleter fortement. Ses plaintes se transformèrent en râles. Elle nous regarda sans pouvoir se contrôler. Ctimène n'en revenait pas. Tétanisée, elle se mordit les lèvres pour ne pas gémir à son tour. Hélène jouit fortement sous nos yeux. Au moment, où sa sœur retombait sur la table exténuée et en sueur, Ctimène s'épanchait silencieusement entre mes doigts. Surpris et retrouvant mes esprits, je la relâchais en prenant soin de nettoyer ma main souillée sur ses cuisses.

- Je crois que vous avez été prise à votre propre jeu, Hélène. Ctimène se présentera au palais demain à l'aurore. Qu'elle ne soit pas en retard ou absente sinon tout le monde dans les Quatre Royaumes entendra dire que l'Impératrice Hélène Première n'a pas de parole.

Hélène jeta un regard furieux au jeune prince qui empochait pour la seconde fois de la soirée une petite fortune. Elle retrouva néanmoins rapidement toute sa superbe.

- J'espère que vous avez pris plaisir au spectacle. Ce qui risque d'arriver par la suite sera surement moins réjouissant. En attendant, je n'ai qu'une parole et ma sœur vous servira comme bon vous l'entendez.

Ctimène ne montra aucune détresse. Peut-être attendait-elle ce jour depuis longtemps, après tout ? Elle me jeta un nouveau regard qui voulait en dire long. De toute évidence, je n'en avais pas fini avec elle. Il me fallait de toute façon me rapprocher d'elle. Si quelqu'un sur cette terre pouvait me ramener Chadia du monde des morts, c'était bien Ctimène.

Nous sommes sortis du tripot au pas de course.

- J'ai pris du retard sur mon emploi du temps, Hakon. Maintenant que j'ai tout un tas de pièces à dépenser, nous devons passer récupérer quelque chose chez maitre Fernandez. Ensuite nous pourrons prendre notre envol.

Alors que nous marchions en direction du marché couvert de l'ile de Torez, je demandais au prince comment il avait vécu cette rencontre.
- Hélène était redoutable. Elle a perturbé mes sens grâce des phéromones de manipulation.
- L'odeur que dégage Ctimène. On dirait un parfum envoutant, ai-je répondu.
- Oui, je pense que c'est ça. J'ai cru lire dans un des grimoires jalousement gardés dans la bibliothèque de ma mère que les prêtresses de l'ordre religieux des Tanennites ont la faculté de produire des phéromones de plaisir lorsqu'elles tombent elle-même sous le charme d'un amant ou d'une amante. Hélène savait où se trouvait le gobelet contenant l'aphrodisiaque. Elle n'a pas pu soudoyer Narrestok car il m'est fidèle. C'est lui qui m'a appris à jouer à ce jeu pervers depuis l'âge de mes dix ans. Bien entendu, il m'a dévoilé secrètement la position du verre avant de partir. Hélène doit être entraînée à identifier à distance les poisons. Elle est passée maitresse dans cet art. J'ai cependant interverti les verres en perdant délibérément l'avant dernière manche.
- Et comment avez-vous fait pour sortir que des uns et Hélène que des cinq ?
- Les excellents joueurs sont capables en remuant de façon précise le gobelet d'influencer les mouvements des dés. Il faut pour cela une bonne position de départ qui permet d'atteindre la combinaison souhaitée. N'as-tu pas constaté que j'ai joué toute la partie pour que mes dés soient correctement positionnés à la dernière manche. C'était risqué mais c'était la seule façon de gagner contre elle. Hélène use de télékinésie. Elle peut manipuler les dés à distance avec la force de son esprit. C'est un pouvoir très rare et particulièrement fatiguant. Je n'avais normalement aucune chance de la vaincre.
- Que vas-tu faire de Ctimène ? ais-je demandé.
- Ce n'est pas une mauvaise bougresse. Je suis certaine qu'elle se plaira chez nous. J'espère juste que mère ne la prendra pas en grippe. N'oublions pas qu'elle fait partie de la famille des Géhofft et que c'est une grande prêtresse. Elle reste une intrigante. Il faudra s'en méfier même quand tu l'auras dans ton lit car elle a semble-t-il jeté son dévolu sur toi. Allons ne

fait pas cette tête Hakon, j'ai bien vu comment tu l'as astiquée sous la table.

Il me donna une grande tape dans le dos et me passa le bras autour du cou comme l'aurait fait un véritable ami.

Nous sommes arrivés au marché couvert. A cette heure tardive, il y avait toujours autant de monde. L'immense marché était réputé comme la plaque tournante commerciale du royaume. Il comportait ses propres quartiers et de nombreuses boutiques ainsi que de multiples entrepôts. Plusieurs dizaines d'années avaient été nécessaires pour creuser dans la montagne ce gigantesque labyrinthe de places et de magasins reliés par de vastes couloirs.

Abomey souhaitait se rendre dans le quartier des joailliers. Nous avons traversé le quartier de la viande puis celui du poisson. De nombreux tonneaux de sels utilisés pour conserver la marchandise étaient alignés contre les murs. Acheteurs et vendeurs négociaient fermes à la criée.

Les places étaient le domaine réservé des vendeurs ambulants. Ils dressaient à la va vite des stands afin d'écouler rapidement leurs breloques. C'est souvent à cet endroit que les meilleures affaires étaient faites. On pouvait également y trouver des denrées ou des babioles rares. La boutique de Maitre Fernandez donnait justement sur l'une de ces places marchandes pittoresques. Abomey entra et me demanda d'attendre à l'extérieur pour ne pas susciter l'inquiétude du commerçant.

Alors que je regardais un fleuriste en train de composer un joli bouquet de fleurs, j'aperçus une jeune fille qui retint toute mon attention. Elle était un peu plus loin de moi parmi la foule d'usagers. Pourtant, je ne pouvais pas me tromper. C'était le portrait craché de Chadia. Est-ce que mes yeux me jouaient des tours. Est-ce que l'odeur corporelle enivrante de Ctimène embrouillait encore mon esprit ? Je me rapprochais à grands pas me frayant un passage parmi les acheteurs. En contournant des caisses empilées, je l'ai perdue de vue un instant. La seconde d'après, elle avait disparu. Je tournais sur moi-même afin de repérer sa présence. Rien. Je désespérais intérieurement de la retrouver. Puis soudain, elle réapparut dans mon champ de vision. Chadia rentra dans une ruelle et disparut dans l'ombre. Je poussais les passants sans ménagement et renversais une étale de fruits et légumes déclenchant des râles sur mon passage. Je m'engouffrais dans la ruelle sans prendre la peine de vérifier où j'allais. Elle était devant moi à quelques pas. La jeune reine tenait un sac de provisions et marchait calmement.

- Chadia ? Attends ! C'est moi Hakon, criais-je.
La fille ne se retourna pas.
Je m'approchais d'elle et posais ma main sur son épaule. Elle n'exprima aucune surprise et se retourna dans ma direction.
- Que voulez-vous, monsieur ?
C'était bien Chadia. Je n'avais plus aucun doute maintenant. C'étaient sa voix, son visage, ses gestes. Pourtant, elle avait quelque chose de changée. Son visage était très pale, presque blanc. Il n'exprimait aucune émotion. Le timbre de sa voix était monotone. Son regard, je me rappellerai toujours son regard. Son regard était vide.
Je la pris dans mes bras. A cet instant, elle me repoussa brutalement et me projeta contre un mur. Sa force était considérable. Je ne dus ma survie qu'à ma condition physique supérieure. Elle avait repris son chemin comme si de rien n'était en s'éloignant dans la ruelle. J'allais me relever pour courir à nouveau dans sa direction quand le prince, à bout de souffle me coupa la route.
- Majesté, c'est Chadia. Laissez-moi la rattraper. Je vous en conjure.
- C'était Chadia, Hakon. Ce n'est plus la Chadia que tu as connue.
- Que voulez-vous dire ?
- Je n'ai que trop vu ce genre de créatures dans les couloirs du temple de ma mère. Je puis t'assurer que je n'étais pas au courant de ses manigances mais j'ai bien peur qu'elle ait ramené à la vie Chadia pour en faire l'un de ses plus fidèles serviteurs : un zombie.
- Un zombie ?
- Oui, la grande prêtresse Vaudou a le pouvoir de transformer les morts en créatures dénuées de conscience et d'esprit. Ils ne sont plus que l'image d'eux-mêmes. Ils obéissent aveuglément aux ordres de leur maitresse et dispose pour ça d'une force colossale et d'une résistance à toute épreuve. Mère doit bien avoir une armée d'une vingtaine de zombies. Elle peut en créer un tous les ans grâce à ses pouvoirs. Je ne sais pas pourquoi elle a porté son dévolu sur la jeune reine Géhofft. Il est vrai qu'elle fait un met de choix pour sa cohorte personnelle.
- Y a-t-il un moyen de la rendre humaine ? demandais-je encore sous le choc.
- Je ne sais pas. Je ne suis pas suffisamment versé dans les arts occultes. J'ai trop passé de temps à perfectionner mes techniques de jeu.
Il se mit à rire pour détendre l'atmosphère.
- S'il existe une solution, nous la trouverons, Hakon. J'ai ma petite idée sur le sujet. Retrouve ton calme. Tiens c'est pour toi.

Il me tendit un anneau sigillaire représentant les armoiries de sa maison.
- Cette bague est un signe d'appartenance à la famille royale. Tous les habitants te montreront du respect. Mais en plus, il est magique. Si un jour tu souhaites te rendre invisible alors presse fortement le dessus de la bague. Mais utilise son pouvoir à bon escient car ensuite elle sera vidée de son énergie. Maintenant courrons aux écuries. Je ne souhaite pas manquer mon rendez-vous.

Abomey fit virer à bâbord son griffon et perdit un peu d'altitude. Nous volions à vive allure depuis une bonne heure et nos montures avaient besoin d'un peu de repos. De mémoire de guerrier, il faut dire que ma mémoire était assez courte, je n'avais jamais éprouvé autant de sensation que sur le dos d'un animal volant. Le griffon était une créature fière et il fallait passer beaucoup de temps pour l'apprivoiser. Généralement, il n'obéissait qu'à un seul maître et ce dernier devait l'éduquer dès sa sortie de l'œuf. Pour ma part, peut-être était-ce dû à ma condition d'Égaré, j'étais parvenu à dompter un vieux Griffon qui avait perdu son maitre gladiateur. Il était mort dans les arènes tué par mes bons soins. Abomey m'avait offert l'animal et avait été surpris de me voir le chevaucher que quelques jours après. Jabra n'avait pas la vitesse, l'endurance et la fougue des jeunes griffons mais il avait plus d'expérience. Dans les combats, il avait appris à s'économiser et maitrisait parfaitement les différentes manœuvres d'attaques et d'évitements. Même si je n'avais jamais participé à des guerres ou à des affrontements d'envergure, j'avais remporté plusieurs combats en plein air avec lui. L'Etrangleur et Jabra la vieille carne étaient devenus de redoutables adversaires. Le griffon semblait m'apprécier et trouvait une nouvelle jeunesse en m'accompagnant dans mes joutes aériennes.

Nous avons fait un peu de rase-motte à la surface de l'océan. Jabra repéra un banc de saumons sauvages. En prenant un peu d'altitude, il pourrait plus facilement fondre dessus pour se repaitre. L'expérience était particulière à vivre mais je lui devais bien ça. Un griffon n'était pas une créature taillée pour le long court contrairement aux aigles géants ou aux chevaux ailés. Il s'épuisait vite et il devait faire le plein d'énergie assez fréquemment. Par contre, il était facile de le nourrir. La créature ailée plongea en direction de la mer et perça sa surface. J'étais solidement harnaché et je me cramponnais de toutes mes forces à lui. Quelques secondes avant l'impact, je pris ma respiration. Le choc fut violent. Il se retrouva au milieu des saumons à plusieurs mètres de profondeur.

L'instant d'après, la créature hybride refaisait surface tenant dans son bec une proie de choix. J'étais trempé et frigorifié mais ma monture allait retrouver des forces rapidement.

Nous avons atteint une petite ile au milieu de l'océan. Abomey attacha solidement sa monture et lui jeta quelques morceaux de poissons séchés. Il fouilla ensuite un buisson et en sortit une petite embarcation de fortune ainsi que deux rames.

- A l'eau moussaillon, je vais avoir besoin de tes bras pour me conduire un peu au large.

Nous nous sommes éloignés d'une centaine de mètres de la page de sable blanc. La mer était calme et la pleine lune se reflétait parfaitement à sa surface. A part le cri d'un goéland, tout était bien calme. Puis une musique sortit de l'océan. C'était une mélodie, plutôt un chant mais il n'avait rien d'humain. Envoutant, extraordinaire, seule une créature divine pouvait être à l'origine de cette mélopée venue des profondeurs.

La tête d'une ravissante femme aux cheveux blonds comme les blés surgit des eaux. Deux autres têtes apparurent. Elles se mirent à nager habilement autour de nous. Certaines passèrent sous la barque et d'autres plus téméraire la frôlèrent. Elles chantaient et dansaient dans les eaux pour notre plus grand bonheur. Abomey était aux anges. Même si je restais prudent, il était difficile de ne pas être émerveillé devant tant de beauté et de grâce. La sirène blonde s'agrippa au bastingage. Elle était ravissante. Ses longs cheveux ondulés retombaient sur sa poitrine nue et opulente. Le reste de son corps ressemblait à la queue d'un poisson aux écailles noires. Elle me sourit et jeta un regard mutin en direction du prince.

-Tu n'es pas venu seul, mon amour ? demanda-t-elle d'une voix charmante.

- Etayis, je te présente Hakon, l'Égaré. C'est mon garde du corps et mon ami.

- Abomey n'a jamais amené personne lors de nos rencontres passées. Il doit t'avoir en grande estime, l'Égaré, pour te révéler son secret.

Elle se hissa souplement à bord du bateau et se jeta dans les bras de son amant. Ils s'embrassèrent langoureusement. Les deux autres sirènes me regardaient avec amusement. Elles étaient toutes aussi belles et attirantes qu'Etayis.

- Ce sont mes jeunes sœurs, annonça Etayis. La brunette c'est Kira et la blondinette qui me ressemble comme deux gouttes d'eau, c'est Kitalis.

Tu m'as manqué Abomey. Quand pourrons-nous enfin vivre notre amour au grand jour ?
- J'y travaille chaque jour, mon amour. Il y a quelques heures, j'apprenais de la bouche de sa sœur que le Roi Géhofft avait été destitué. Hélène aurait usurpé sa place en se proclamant Impératrice, rien que ça.
- Il se passe des choses étranges, Abomey. Les Neptuniens ont rencontré une délégation du Sultanat et des Baronnies. Tu sais comment mon père déteste la reine-mère. Je pressens qu'un profond malheur va s'abattre sur nous. Je n'ai pas pu assister aux pourparlers secrets mais je suis convaincue qu'il a pactisé avec l'ennemi. La guerre se prépare et les Neptuniens ont choisi leur camp.
- Quitte les tiens et viens avec moi à la capitale. Ainsi, nous pourrons nous voir tous les jours et tu seras en sécurité auprès de moi.
- Abomey, je suis la fille du roi des Neptuniens, le peuple des hommes poissons. Je ne peux abandonner les miens dans une si terrible épreuve. Je vais tenter d'en savoir plus et j'enverrai un émissaire t'apporter des informations sur ce qui se trame. Maintenant vient nager avec moi, j'ai une terrible envie de toi.

Elle le poussa à l'eau et se laissa glisser à son tour du bateau. Ils disparurent tous les deux sous les flots.

Les deux sœurs se rassemblèrent non loin de moi. La brunette ne cessait de me jetait des regards discrets. De toute évidence, j'avais réveillé sa curiosité. La blonde, sans doute plus téméraire que l'autre, s'approcha. Ses yeux bleus étincelaient à la lueur de la lune. Son corps parfait était plus fin et moins charnelle que celui de ses sœurs. Elle était également plus svelte. Ses seins dressés pointaient vers le ciel invitant le plus pieu des hommes à commettre l'irréparable.
- Nous nous demandons qui de nous deux tu préfères ? demanda-t-elle.
- Vous êtes toutes les deux ravissantes et vous chantez merveilleusement bien. Tu sembles plus effrontée que tes sœurs mais la timidité de Kira m'interpelle également.
- En temps normal, tu serais déjà sous l'eau avec nous et nous nous délecterions de ta chaire et de ton sang. Nous aimons rarement discuter avec les humains. D'ailleurs qui prendrait la peine de parler avec sa proie.
- J'ai donc de la chance de pouvoir converser avec de si attirantes créatures. J'ai cru pourtant comprendre que votre grande sœur avait porté son dévolu sur le prince.
- C'est extrêmement rare mais il arrive qu'une sirène tombe amoureuse de sa proie. Au lieu de la dévorer, elle devient sienne à jamais. De plus,

Abomey est le prince du royaume même si c'est une gageure que nous soyons gouvernés par une humaine, nous, peuple originel de la mer.
- Croyez-moi, Damballa la reine-mère n'a rien d'humain. Son fils est effectivement très différent d'elle.
- Hakon, c'est bien ton nom. Tu es un Égaré ?
- Oui, j'ai parcouru bien des régions depuis mon arrivée ici. Je n'ai pas vraiment eu une bonne expérience avec les peuples marins. Les Nougantaya m'ont réduit en esclavage et je ne dois ma survie qu'au prince.
- Les hommes serpents ont su faire prospérer leur cité sous-marine en pactisant avec les humains. Ils ont renié leur ancêtre et leur communion avec l'océan. Je les déteste.
- Tu sembles détester beaucoup de monde, jolie sirène blonde ?
- Celle que je déteste le plus au monde, c'est la « mort blanche ». Elle respire le mal. Nous vivons des jours funestes depuis sa récente apparition.
- La « mort blanche », qui est-elle ?
- Un esprit mauvais qui vogue sur le pire vaisseau fantôme que notre océan est connu. Si d'aventure tu croises le chemin d'un bateau à la couleur laiteuse fuit avant qu'elle ne s'empare de ton esprit.

Elle me sourit, plongea sous l'eau et ressurgit à l'arrière du bateau. D'un mouvement agile de sa queue, elle me fit passer par-dessus bord. Je me retrouvais à l'eau, cerné par les deux divines créatures. Elles s'amusèrent un moment à me frôler avec leur corps mi-femme et mi-poisson. Kira n'était pas très entreprenante. Par contre sa sœur n'hésitait pas à s'adonner à des attouchements prononcés. Puis, la blonde surgit juste devant moi. L'eau coulait sur son visage et ses cheveux.
-Tu es bel homme Hakon, l'Égaré.
Elle passa ses bras autour de mon cou et m'entraina sous l'eau. Je tentais de me débattre mais à ma grande surprise, les sirènes avaient une force bien supérieure à la mienne. A quelques mètres sous l'eau, elle plaça son visage en face du mien et m'embrassa. La sensation fut assez déconcertante. Je respirais par sa bouche. Elle insufflait en moi l'air nécessaire à ma survie. Mais elle me donnait plus. Son corps était collé au mien mais j'avais l'impression d'être en elle et la sentir en moi. Ses grandes nageoires battaient doucement pour nous maintenir non loin de la surface. Je pris rapidement gout à cette étreinte surprenante. Ses seins se frottaient à mes pectoraux. Je la sentais en moi comme si nous ne faisions plus qu'un seul et même être. La sensation était divine et insupportable à

la fois. Finalement, elle relâcha son étreinte. Je regardais son visage sous l'eau au clair de la lune. Il prit soudainement une atroce apparence. Ses traits se durcirent. Tel un squale, une membrane nictitante translucide se referma sur ses yeux. Une mâchoire démesurée armée d'une double rangée de dents acérées sortit de sa bouche.

Je remontais rapidement à la surface manquant de me noyer. Kitalis m'y rejoint sans délai. Elle avait retrouvé son apparence normale. Les deux sirènes riaient comme des petites folles en voyant mon expression légèrement déconfite.

- C'était juste pour te rappeler que nous restons de redoutables prédateurs. Aussi, s'il te passait l'envie de manigancer quelque chose contre nous, te voilà prévenu.

Devant le regard amusé de sa comparse, Kitalis nagea un moment autour de moi comme l'aurait fait un requin.

- Jouons à un petit jeu avec lui, proposa la blondinette. Voyons voir combien de temps il tiendra avant de succomber à nos charmes.

Kira devint rouge de confusion. Elles se regardèrent avec un air complice et plongèrent sous l'eau. A l'unisson, elles surgirent juste devant moi et se collèrent tout contre moi. Kira se mit à mordiller mon oreille, pendant que Kitalis caressa le bas de mon ventre.

- La première de nous deux qui te fais jouir remportera la donne.

Elles ne demandèrent même pas mon avis.

Kitalis prit la main de sa sœur et la referma sur mon membre pour le caresser énergiquement.

Kira semblait assez jeune. Elle avait les yeux verts et une très longue chevelure noire, brillante et soyeuse. Malgré son âge, sa poitrine était plus volumineuse que celle de sa sœur. Ses lèvres étaient également plus charnelles.

La jeune sirène reprit un peu d'assurance. Elle poussa sa sœur et me jeta un terrible regard mutin. Elle se laissa doucement couler. Je sentis ses lèvres puis sa bouche remplacer sa main pour me donner du plaisir. Kitalis se colla à mon dos afin de caresser mes pectoraux et mes abdominaux.

- Tu aimes ce que Kira te fait, me susurra-t-elle à l'oreille. C'est moi qui lui ai tout appris. Elle est jeune et novice mais elle apprend vite.

Je commençais à haleter devant l'appétit vorace de la jeune sirène.

Kitalis plongea à son tour. Je ne fus pas surpris de sentir deux langues mutines se partager avec délectation ce trophée qui leur était offert. Je n'en pouvais plus. Par instinct, elles sentirent que je ne pourrais plus me retenir bien longtemps.

La tête de Kira réapparut à la surface. Je compris qu'elle cédait la récompense à sa sœur plus âgée et plus entreprenante. Elle fit une grimace et semblait frustrée de pas avoir pu finir son festin. Sans retenu, je m'épanchais en criant dans la bouche de la blonde créature. Kitalis me relâcha rapidement et s'approcha de sa sœur la bouche close. Elle l'enserra et l'embrassa profondément partageant le fruit de son travail récolté au cœur de mon être. Les deux femmes se séparèrent à regret, les lèvres encore souillées.

- Tu as bon gout, Hakon, remarqua Kitalis.
- Moi, je le trouve trop sucré, ajouta Kira en pestant.

Elle se mit à fredonner une douce mélodie sans me lâcher des yeux.

A peine avait-elle prononcé les premiers mots qu'elle fut emportée dans le ciel. Le choc fut brutal et violent. Un aigle géant avait plongé sur elle en silence pour l'attraper dans ses serres. Il avait déjà repris son envol avec sa proie assommée prête à être dévorée.

Kitalis ne s'était pas encore remise de la scène. Je suivais un moment la créature volante. Ils étaient deux, chevauchés par des chevaliers teutoniques. Ils se posèrent sur une plage rocheuse de l'ile que nous avions prise pour port d'attache.

- Conduis-moi là-bas, ordonnais-je à Kitalis.

La sirène se reprit très rapidement. Je passais mes mains autour de sa taille et elle nous entraina à grande vitesse en direction de l'ile. A une cinquantaine de mètres du rivage, elle plongea et j'eus à peine le temps de prendre ma respiration. Nous avons refait surface juste au bord du lagon à quelques mètres seulement des deux soldats et de leurs montures.

- On dirait que Melcor a fait une pêche miraculeuse, cette fois-ci. J'ai pas tout de suite compris pourquoi il a fait son piqué mais je vois maintenant. Un met de choix, mon grand.

Il retira un morceau de viande de sa sacoche accrochée au flanc de l'oiseau géant et lui déposa dans le bec tout en caressant sa tête.

- Tu ne vas pas le laisser bouffer une sirène quand même. Elle est déjà bien amochée. Elle pisse le sang. Je te rappelle que les Neptuniens sont nos alliés maintenant.

Je n'avais pas ou peu de chance de les terrasser à moi tout seul. Ils portaient tous les deux leur armure lourde de chevalier teutonique et c'était sans compter sur les deux aigles géants apprivoisés.

Kira était couchée sur le sol. Les griffes de l'animal avaient profondément lacéré son corps et du sang bleu s'écoulait de ses blessures.
- J'espère qu'elle ne va pas crever, elle est rudement bien foutue cette gamine. Ça ne te dirait pas de tirer un coup avec une sirène. Regarde-moi cette paire de nibards. Je la tringlerais bien, moi, celle-là.
Il se mit à palper les seins de Kira et à presser ses tétons.
- Il est sûr qu'elle joue dans une autre catégorie que ta femme, s'exclama son compatriote. Moi, je ne donne pas dans la créature hybride. On ne sait pas ce que ça pourrait te refiler comme maladie.
- Qu'est-ce que tu me racontes avec ma femme. Et d'ailleurs, comment tu peux le savoir ?
Je profitais de cet instant de franche camaraderie pour me hisser sur un rocher au bord du rivage.
L'homme revint vers Kira. Il retira son heaume et s'allongea sur elle sans ménagement.
-Voyons voir quel gout ce poisson a.
Il se mit à lécher et sucer sa poitrine de façon abjecte. Alors que sa langue remontait vers les lèvres de la sirène, il fut surpris de voir ses yeux s'ouvrirent soudain. Son apparence changea immédiatement. D'une seule morsure, Kira lui arracha la moitié du visage. Couverte d'hémoglobine, elle se dégagea du cadavre encore agité de convulsions. L'autre chevalier avait déjà armé son arbalète et s'apprêtait à décocher son carreau. Ma dague se planta sous son bras droit, par le seul interstice vulnérable de son armure lourde. Les aigles voyant leurs maitres abattus rentrèrent dans la bataille. Ils étaient formés à la guerre et particulièrement intelligents.
Je me précipitais sur Kira et la tirait dans l'eau esquivant par la même occasion un terrible coup de bec. Kitalis nous agrippa et nous entraina sous les flots. Les aigles tournèrent un moment au-dessus de nous tentant des plongées approximatives pour nous débusquer. Nous étions cachés dans un banc de coraux. Kitalis m'offrait sa bouche à intervalles réguliers pour que je puisse respirer convenablement.
Les chasseurs aériens abandonnèrent rapidement leur recherche et disparurent. Un chevalier que j'avais rencontré lors du grand tournoi m'avait raconté que les montures étaient dressées pour revenir à leur camp de base si leur cavalier était incapable de le faire lui-même. Il n'était pas rare de voir revenir des aigles seuls. Si leur camp de base était éloigné, nous n'avions plus de raison de nous inquiéter. Par contre, s'ils faisaient partis d'une escouade ou d'un porte-aigles, des éclaireurs pouvaient revenir à tout moment.

Nous avons nagé jusqu'à la plage. Kitalis allongea sa sœur sur le sable au milieu des vagues.

-Veille sur elle, je reviens de suite.

Elle plongea à nouveau dans l'océan.

Je compressais la plus grosse plaie mais le sel empêchait sa cicatrisation.

- Merci d'être venu à mon secours. Tu as défendu mon honneur et ma dignité.

- Je pense que tu étais bien armée pour affronter ton agresseur.

Elle sourit et toussa. Du sang bleu s'écoula de sa bouche.

La jeune sirène me fixa intensément de son regard d'émeraude.

- J'aurai tant aimé te donner du plaisir chaque jour que ce monde fait. Je crois bien que je suis tombée sous ton charme l'Égaré. Et moi qui croyais que c'était des légendes pour faire dormir les plus jeunes. Je ne t'ai côtoyé que quelques minutes et me voilà éprise de toi. Comment cela est-il possible ?

Je me demandais effectivement comment les plus belles créatures des Quatre Royaumes pouvaient-elles toutes s'amouracher de moi dès le premier regard. Je n'avais rien un Apollon au contraire.

Elle me serra fortement la main, toussa à nouveau et s'écroula dans l'eau sans vie.

Kitalis réapparut les bras chargés d'algues et de coquillages mais il était déjà trop tard. Elle se mit à pleurer doucement puis d'une voix magnifique initia un chant mélancolique bouleversant.

Abomey et Etayis nous rejoignirent rapidement. La princesse était effondrée. La virée nocturne avait tourné court. Les Quatre Royaumes de Lakoele étaient un monde dangereux même dans la peau d'une terrible sirène.

- Nous allons ramener son corps à Neptunia. Peut-être que sa mort servira à quelque chose si mon père revoit sa position vis-à-vis des baronnies. Quand il apprendra que l'une de ses filles est morte à cause de ses salauds, il rompra peut-être le pacte passé avec eux.

Abomey et Etayis se serrèrent l'un contre l'autre, une dernière fois.

Kitalis me tendit une minuscule conque marine.

- Si d'aventure tu te perds en pleine mer, souffle dans ce coquillage. Je ferai honneur à ma sœur en venant te prêter main forte, Hakon, l'Égaré. Kira te voulait et s'apprêtait à te chanter son chant d'amour.

Des larmes coulaient sur ses joues. J'en séchais plusieurs avec mon doigt. Mes yeux aussi étaient humides.

Elles plongèrent et s'éloignèrent sans se retourner. Après avoir dissimulé les traces de notre passage, nous sommes montés sur le dos de nos griffons pour retourner en direction de la capitale. L'aurore approchait. Le spectacle offert par levé du soleil sur la mer me redonna du baume au cœur. Combien d'êtres chers devais-je encore perdre pour contenter les dieux ? Etais-ce mon destin de ne pas vivre en paix ? Tout serait de toute façon fini dans quelques mois. L'année arriverait à son terme sans que je puisse clore mes pérégrinations. Jamais je n'atteindrais le temple dans les temps et encore moins le royaume des dieux.

Les nuages étaient bas et nous volions parfois à vue à travers les éléments cotonneux. Malgré une visibilité limitée, j'aperçus en contre-bas plusieurs aigles géants. L'escadrille pourchassait un autre chevalier qui rivalisait d'ingéniosité pour leur échapper. Il montait un grand aigle noir couvert d'un caparaçon en cuir clouté. Le combat faisait rage.

- L'ennemi de mon ennemi est mon ami, hurla Abomey. Allons venger Kira et tuer quelques chevaliers teutoniques.

- Je ne donne pas cher de notre peau mais nous aurons l'avantage de la surprise. Le vent est face à nous et le soleil est dans notre dos. Ils ne pourront ni nous voir arriver, ni sentir l'odeur de nos griffons.

Nous avons grimpé aussi haut que nos montures pouvaient nous amener puis nous les avons fait piquer vers nos proies. L'attaque en piqué d'un griffon est impitoyable. Jabra avait replié ses ailes contre lui et se laissait descendre vers sa cible telle une flèche. Lors d'une fappe en piquée, il ne devait pas y avoir d'impact sinon l'attaquant aurait subi autant voir plus de dommages que la victime.

Il frôla suffisamment le cavalier pour le désarçonner et lui faire perdre l'équilibre. Ma lance projetée quelques secondes avant l'assaut final transperça de part en part l'aigle géant. Abomey avait également réussi sa manœuvre. Il nous restait donc deux chevaliers teutoniques à affronter. Jabra tournoya dans tous les sens pour semer son poursuivant. L'aigle était rapide et habile. Je sentais que mon vieux briscard fatiguerait rapidement à ce rythme-là. Un carreau d'arbalète passa en sifflant à quelques centimètres de mon crane. C'était un bon tireur et un excellent cavalier, sans doute un des barons en personne. Il avait déjoué jusqu'ici toutes mes manœuvres. Ce noble surpassait ceux que j'avais déjà affrontés. Je me demandais comment l'autre chevalier avait pu leur échapper aussi longtemps.

Je retirais mes pieds des étriers et j'ôtais le mousqueton de sécurité qui me reliait à la selle du griffon. J'allais tenter une manœuvre très audacieuse que seul l'Égaré pouvait se permettre. Ma main empoigna solidement mon glaive. Je me penchais sur Jabra et lui murmurait l'ordre 35. Ma vie reposait maintenant entre ses serres. Le griffon déploya très largement ses ailes ce qui le freina considérablement. L'aigle géant lui fonça dessus. Je sautais alors en arrière dans le vide. Le timing devait être parfait. Trop tôt et il m'esquivait sans problème. Trop tard et je me faisais transpercer par son bec. Je réussis à frôler sa tête et à maintenir mon arme fermement pour qu'elle frappe sans pitié le cavalier. Malgré sa lourde armure, la force du coup le décapita net. Je me retrouvais à planer dans les airs en écartant les bras pour ralentir ma chute. La surface de la mer se rapprochait dangereusement. Il ne me restait que quelques secondes à vivre. Puis mon corps fut brutalement happé vers le haut. Jabra m'avait agrippé juste à temps. Je parvins non sans mal à me hisser sur lui et à rétablir mon assise pour retourner au combat.

Il ne restait qu'un ennemi et les aigles sans cavalier qui restaient malgré tout de redoutables adversaires. Le chevalier à l'aigle noir fit décrire un fabuleux looping à sa monture. Il se retrouva dans le dos de son poursuivant et le transperça avec sa lourde lance. Sans humain pour les guider, les aigles rompirent la formation pour retourner à leur bercail.

L'aigle noir prit la direction d'une petite ile et se posa royalement sur sa plage. Nous l'avons rejoint sans tarder tout en gardant une bonne distance entre nos montures et celle du rescapé.

Le chevalier mis pied à terre. Il était revêtu d'une armure complète sombre vieillie et usée par les combats. Elle comportait des rivets solides, du cuir de qualité et des boucles moulées en laiton. Le guerrier souleva la visière de son casque bassinet. Je ne fus pas réellement surpris d'apercevoir le visage du roi Géhofft tout souriant.

- On dirait bien que la situation s'est inversée depuis la dernière fois que nous nous sommes croisés. Vous étiez en train de prendre la fuite et maintenant c'est moi qui prends la poudre d'escampette, déclara le roi.

- Roi Géhofft, nous avons rencontré votre sœur ce jour même. Décidément, nous attirons les Géhofft comme un pot de miel attirerait les guêpes, remarqua Abomey.

Le chevalier noir ne se montra aucunement offusqué.

- J'allais justement quérir l'asile dans votre beau pays. Il se trouve que je ne suis plus le bienvenu dans le mien. La reine-mère me doit quelques menus services et je suis certain qu'elle appréciera ma compagnie.

- Nous allons vous escorter jusqu'à la capitale. Ma mère décidera de votre sort en temps utile.

- L'Égaré, j'ai appris pour Chadia. Une terrible tragédie. Falkomed n'a pas agi sous mes ordres.

- Cet assassin semble occuper une place plus importante auprès des dieux que les seigneurs des Quatre Royaumes eux-mêmes. Il paiera son crime odieux, j'en fais le serment.

## CHAPITRE 7 : BATAILLE NAVALE

Au petit matin, j'escortais discrètement le roi Géhofft et Abomey à la salle du trône. Il avait passé une longue cape à capuche pour dissimuler ses traits afin de ne pas être reconnu.

Damballa était déjà assise sur son trône en os et elle conversait avec son chambellan. Plusieurs courtisans prenaient leur petit-déjeuner debout en croquant dans des brioches ou des fruits exotiques mis à leur disposition par une ribambelle de serviteurs. Avant l'avènement de la reine-mère ce monde curial se composait principalement des principaux capitaines et armateurs du pays mais également d'officiers royaux et ministériaux chargés de l'administration royale, ainsi que de conseillers. Au fur et à mesure, elle se mua en une réunion de courtisans qui cherchaient la faveur royale et les pensions.

Abomey s'apprêtait à dévoiler l'identité de son invité quand l'arrivée de Ctimène fut annoncée par le héraut.

- La princesse Ctimène Géhofft, grand prêtresse de l'ordre religieux des Tanennites.

Pour l'occasion, elle avait réellement décidé d'impressionner la cour. Sa longue chevelure rousse avait soigneusement été peignée en arrière. Une émeraude semblait incrustée au sommet de son front afin de se marier avec ses jolis yeux verts. La prêtresse portait un collier en or également décoré d'une grosse pierre précieuse du même acabit. Mais c'est sa robe qui mettait en valeur les courbes de son corps. Faite dans de la soie grise, elle était longue et retombait en traine jusqu'au sol. La couture des bords avait été brodée au fil d'or. Son décolleté, si on pouvait parler de décolleté, était terriblement échancré. Le vêtement ne recouvrait que ses hanches et remontait en pointe jusqu'à ses tétons. Le reste était ouvert à partir du haut de son pubis, dévoilant son ventre, son buste et une bonne partie de sa poitrine toujours aussi affolante. Trois minces filaments d'or évitaient aux deux pans de se séparer pour dévoiler toute sa nudité.

Elle passa fièrement devant l'assemblée et s'arrêta au pied du trône. Elle s'inclina de la plus belle façon qui soit et mit un genou à terre avant de s'adresser à la reine-mère.

- Majesté, je vous présente mes hommages les plus sincères. Sur ordre de ma sœur, l'Impératrice Hélène Première du nom, je me livre corps et âme à vous et implore votre mansuétude.

- Relevez-vous, princesse avant que vous fassiez de mes fidèles serviteurs des fornicateurs dans l'âme. Hélène chercherait-elle à s'allier avec moi en m'offrant sa sœur ?

- En fait, j'ai été gagné au jeu par votre fils. Je ne fais que remplir mon devoir envers mon ainée et ma suzeraine.

- Je t'avais pourtant prévenu des manigances de notre sœur, Ctimène.

Le roi Géhofft fit tomber sa capuche et dévoila son visage à la cour. Même s'il était souvent casqué, bon nombre reconnurent le terrible roi. Sa beauté et son charisme soulevèrent d'intense discussion dans l'auditoire. La reine-mère dut hausser le ton pour que le calme revienne.

- Nous allons de surprise en surprise. La sœur puis maintenant vous Roi Géhofft. Seriez-vous en train de prendre d'assaut mon palais avec votre famille de dégénérés ?

Ctimène avait perdu de sa superbe. Elle me jetait des regards affolés.

- Le roi Géhofft s'en est allé. Telle a été la volonté du Conseil des Barons manipulé par ma propre sœur. Je ne suis plus que le modeste Roi déchu Géhofft qui demande l'asile politique.

- Je pourrais vous faire tuer sur le champ ou vous livrer à Hélène.

- Et vous n'en ferez rien, Damballa. Pour la simple et bonne raison que nous avons communiés ensemble dans la tour de Babel lors de la grande sélection. N'oubliez pas le secret qui nous lie et grâce à qui vous occupez votre place sur le trône de l'archipel de Bienvino. Sans moi, vous ne seriez jamais ressortie vivante de cet édifice dantesque.

- Je n'oublierai pas le pacte de sang qui nous lie, seigneur Géhofft. J'étais jeune et inexpérimentée à l'époque. J'avais soif de conquête et de pouvoir. Je n'aurais jamais du poser mon pied sur la première marche de cet escalier interminable.

Ses traits montraient de l'inquiétude et de la peur. Je n'avais jamais vu la reine-mère exprimer ce type de sentiments surtout à la vue de tous. Les évènements qui s'étaient passés dans la tour devaient être des plus funestes. Elle se reprit rapidement et me regarda droit dans les yeux comme si elle avait deviné ma surprise.

- Je suis devenue beaucoup plus réfléchie et impitoyable maintenant. Echanson apporte nous une coupe de vin royal. Nous allons célébrer l'intégration à notre maisonnée de deux nouveaux éminents membres.

Damballa descendit de son trône et récupéra le calice qui lui était tendu par le grand échanson en personne.

Elle s'approcha du roi et porta la coupe à ses lèvres.

- Bois ce vin royal qui fera de toi un frère de la côte.

Géhofft but une gorgée sans montrer aucune réserve.

La reine se tourna alors vers Ctimène et fit de même.

- Bois ce vin royal qui fera de toi une sœur de la côte.

Ctimène hésita un moment puis se résigna à boire plus que de raison sous la pression de la reine-mère. Le liquide sirupeux et rougeâtre déborda de ses lèvres et coula sur son menton pour former de fines rigoles qui coururent le long de ses seins pour se perdre sous son nombril nu.

- Soyez les bienvenus dans la cour des frères et sœurs de la côte. Par cet acte, vous avez signé votre serment d'allégeance envers l'archipel et moi votre reine-mère. Toute défection sera punie de la pire mort qui soit. Que les dieux vaudous m'en soient témoins.

L'un des courtisans sortit du rang. Il était élégamment vêtu avec son chapeau à large bord et sa rapière pendante à un ceinturon en argent.

- Majesté, je pense que vous agissez à la va vite avec ces deux ennemis d'état. Nous ne pouvons pas leur faire confiance. Il pourrait représenter les vers qui risquent de pourrir la pomme.

- Je vous remercie pour votre intervention Capitaine Lawrence. Nous prenons note de votre défiance et nous ferons le nécessaire pour vous expliquer nos actes ultérieurement. En attendant, je suis d'humeur à faire la fête.

Le Renard d'argent me tendit sa main. Je l'attrapais avant que mon pied ne glisse et que je m'écrase, plusieurs dizaines de mètres en bas, sur le parvis du temple. Le Renard d'argent était d'excellente compagnie. En plus de disposer d'une culture impressionnante, il était prédisposé à de nombreux arts. Jamais je n'aurais pensé que le ténébreux roi des baronnies teutoniques puisse être ainsi. J'en arrivais même à l'apprécier comme un véritable compagnon. Etait-il toujours aussi attiré par moi ? Il ne pouvait pas le nier même s'il me savait hétérosexuel.

Le roi Géhofft était décidément un incroyable acrobate. Cependant sans mon aide, il n'aurait jamais réussi à s'infiltrer dans la tanière de Damballa. Je m'étais montré réservé lorsqu'il m'avait présenté son plan. Il me savait téméraire mais je lui avais suggéré de ne pas tenter le diable. Son objectif était assez simple : pénétrer en toute discrétion dans le temple de Damballa pour lui voler quelques babioles afin les distribuer aux plus pauvres. Je n'avais pas pu refuser de l'aider. C'était cependant plutôt risqué. Non seulement, on pouvait se retrouver face à des terribles zombies mais on pouvait aussi perdre définitivement sa protection.

Nous sommes entrés par le sommet d'un pigeonnier dont je me demandais bien l'utilité dans un temple. L'intérieur était obscur et aucune lanterne ou torche n'éclairaient les lieux.

- Je pressens la mort et la souffrance ici. Ne trainons-pas, suggéra le renard d'argent. Voyons voir où demeure ta promise.

Nous avons emprunté un escalier en marbre puis un couloir qui devait mener au cœur du temple. Des pas raisonnèrent et la lumière apparut au bout du passage.

- Vite, cachons-nous.

Géhofft ouvrit une porte sans prendre le temps de regarder à l'intérieur et me poussa à l'intérieur. Nous étions dans une grande bibliothèque aux rayonnages chargés de livres poussiéreux. Ainsi dissimulés, nous avons laissé passer une étrange possession de zombies. Chadia totalement nue était parmi eux. Son corps huilé brillait à la lumières des lanternes portées par ses comparses. Son regard semblait vitreux et elle-même apparaissait absente.

A l'instant où nous nous apprêtions à sortir de notre cachette, la porte claqua et se verrouilla devant nous.

- Vous voilà enfermés avec moi pour l'éternité dans la bibliothèque maudite, prononça une voix geignarde et fluette.

Une petite créature à la peau grise et au long nez crochu surgit de derrière une pile de bouquin. Elle portait de grosses lunettes aux verres épais qui gonflaient ses yeux de façon presque comique.

- Qui es-tu ? demanda Géhofft.
- Je suis maitre Forsith, Leprechaun et bibliothécaire pour vous servir.
- Je ne savais pas qu'un Leprechaun vivait dans un temple loin de sa contrée natale. Vous êtes des créatures du nord. Que fais-tu ici, si loin des tiens ?

- Je sers les seigneurs de Torez depuis des lustres. Avant, j'avais une belle bibliothèque avec une jolie vue sur la mer mais depuis l'avènement de Damballa, je suis cloitré ici. A l'abri des voleurs, dit-elle. Vous ne seriez pas des voleurs au moins ? Dites-moi, quel livre vous souhaitez consulter ?
- Quel livre ? Mais on ne veut pas consulter de livres ! ais-je rétorqué.

J'actionnais la poignée de la porte sans succès.
- Comment on sort d'ici ? Nabot !
- Vous ne sortirez que si vous répondez à trois de mes énigmes. En cas d'erreurs alors vous resterez ici pour m'aider à ranger jusqu'à ce qu'une éternité s'écoule.

Il disparut derrière un livre.
- Où te caches-tu misérable insecte. Attends que je mette la main sur toi.
- Inutile de chercher un Leprechaun. S'il est caché, tu ne le trouveras pas, expliqua Géhofft. On pourrait défoncer la porte ou mettre le feu mais j'ai peur que cela attire l'attention de gardiens plus dangereux que lui.

Il tourna sa tête en direction des étagères.
- Voici ce que je te propose bibliothécaire. Si on répond à tes questions, tu nous diras comment résister aux charmes de ta maitresse.
- Vous voulez défier Damballa. Pauvre fou que vous êtes. Mais j'ai effectivement ce qu'il vous faut. Vous trouverez la réponse à votre question dans le guide des cultes infâmes de lord Vormish. C'est un ouvrage interdit dans les Quatre Royaumes. Peu de personnes peuvent se vanter de l'avoir lu. D'ailleurs, bon nombre en deviennent fous.
- J'espère que ta sorcière aura suffisamment de santé mentale pour survoler l'ouvrage, me répondit Géhofft.

Le lutin réapparut au sommet d'une pile de livres.
- Voyons, voyons. Nous allons commencer par quelque chose de facile :

*J'ai croisé une armée qui rassemblait des vivres et battait la campagne mais ces troupes ne pillaient aucun village et ne foulait pas un brin d'herbe sur son sillage.*
- Des fourmis. Passe à la suivante et ne sous-estime pas notre intelligence, répondit le renard d'argent.
- Très bien, très bien. Celle-là va vous donner du fils à retordre :

*On la trouve dans le bois.*
*Rendu chez nous on la cherche.*
*Quand on la trouve, on la lance au loin*

Elle était effectivement plus difficile. J'avais beau chercher, aucune idée ne me venait à l'esprit. Je regardais mon acolyte. Il fit mine de réfléchir un moment.
- Le bois, dis-tu ?

- Oui.
- On la cherche, donc elle est petite.
- Oui, oui.
- Et si on la jette, c'est qu'elle fait mal.
- C'est ça, répondit le nain.
- Une écharde, annonça triomphalement le roi.
- Vous êtes très fort à ce jeu. Mais il vous reste une dernière énigme. La plus difficile de toute.

*Je suis :*
*à la fin du matin,*
*au début de la nuit,*
*au milieu de la journée,*
*absent du midi,*
*deux fois dans l'année.*
*Qui suis-je ?*

Géhofft ne répondit pas immédiatement. Je ne pouvais pas deviner s'il avait la réponse ou pas. J'en profitais pour feuilleter négligemment un ouvrage qui reposait sur l'une des étagères. Je ne comprenais pas grand-chose mais une phrase attira mon regard : *l'essence vitale est recommandée pour attirer les zombies. Ils suivront la piste tracée par cette substance aussi surement que le sang frais d'une jeune vierge. Jeune...eune...n.*

- C'est la lettre « n » annonçais-je alors triomphalement.
- Vous êtes trop fort pour moi. J'aurais du m'en douter. Un pauvre farfadet ne fait pas le poids face à un seigneur des Quatre Royaumes et à un Égaré. Voilà le livre, dit-il, en nous tendant un vieux grimoire poussiéreux.
- Filons d'ici avant qu'il ne lui prenne l'envie de jouer à nouveau avec nous, suggéra le renard d'argent.

Alors que nous refermions la porte derrière nous, un des mort-vivants nous tomba dessus par traitrise. Dissimulé dans l'ombre, nous ne l'avions pas vue. La femme zombie était svelte et rapide. Géhofft parvint à lui tenir tête et à lui infliger plusieurs terribles blessures. Pourtant la monstruosité ne semblait pas le moins du monde affectée. Pire encore, ses blessures à peine ouvertes se refermaient déjà. Je tentais une attaque dans son dos qui n'eut pas le résultat escompté. Elle me coupa en plein élan et m'envoya voler contre une colonne. Le choc fut particulièrement brutal. Je me relevais difficilement quand la furie me fonça dessus. Nous avons traversé une porte et nous avons basculé d'un balconnet dans le vide. Un peu plus bas, je m'écrasais sur mon adversaire, le souffle coupé. Alors que je tentais de retrouver mes esprits, le zombie me frappa à la tête pour définitivement me mettre hors-jeu.

Je repris connaissance au milieu du temple. J'étais suspendu par les mains à l'aide de solides chaines accrochées au plafond. Mes pieds avaient du mal à toucher le sol.

Damballa se tenait devant moi, entourée par quelques zombies à la peau laiteuse. Un peu plus loin, un grand sarcophage de pierre contenait une momie qui se débattait et hurlait. Chadia, entièrement nue, mettait la touche finale à son embaumement. La trépassée lécha sensuellement la dernière bandelette et recouvrit la bouche du prisonnier pour le faire taire à jamais. J'espérais que ce n'était pas Géhofft mais je le savais trop malin et puissant pour se faire capturer de la sorte.

- C'est comme ça que finissent mes ennemis, embaumés vivants. Pauvre capitaine Lawrence, il savait pourtant qu'en mettant en doute mon autorité il s'attirerait mes foudres.

- J'ai un cadeau pour toi, Mâne, annonça la reine-mère. Elle est jolie ? Elle t'a manqué n'est-ce pas ? Je l'ai faite revenir des morts pour me servir. Après tout, c'était mon bien avant que la divine décide de la faire exécuter.

Je ne savais pas quoi dire. J'étais profondément choqué par cette apparition.

- Est-ce réellement Chadia ? Que lui as-tu fait ?

- J'aime m'entourer de serviteurs fidèles et dociles. Les zombies sont parfaits pour ça. Ils m'obéissent au doigt et à l'œil.

Je me mis à tirer sur les chaines qui m'emprisonnaient sans parvenir à les briser. Elle claqua des doigts et un nouveau zombie apparut dans la pièce. Il tenait dans sa main une fiole transparente.

- Chadia, récolte moi sa semence veux-tu ?

La jeune femme s'anima soudain au son de la voix de la reine.

- Oui, votre majesté.

Elle descendit du sarcophage avec grâce.

- Une reine morte qui sert une autre reine. Que le monde est étrange de nos jours.

Elle s'approcha de moi comme l'aurait fait un félin en chasse et s'agenouilla à mes pieds. Elle se mit alors à me masturber doucement puis de plus en plus vigoureusement. Son regard se leva vers moi. Même s'il était voilé, il restait puissamment charmeur. Je ne pus résister à autant d'attention venant de celle que j'aimais et que j'avais vu massacrer devant mes yeux. Mes yeux s'emplirent de larmes.

Elle s'agenouilla devant moi sans me lâcher du regard. Ses seins enserrèrent mon membre durci et elle se mit se frotter contre moi en haletant doucement.

- Viens ! Donne-moi tout ce que tu as, dit-elle d'une voix sans timbre.

Elle ouvrit la bouche et tira sa langue. Il n'était plus question de résister. Tout ce qui me restait de volonté se brisa. Je m'épanchais sans retenue lui souillant le visage, les lèvres et la poitrine. Elle relâcha son trophée et se releva pour se diriger vers la prêtresse.

- Joli travail, ma petite chérie.

Elle lui tendit la fiole et Chadia cracha sa pitance visqueuse à l'intérieur. Damballa referma le flacon délicatement et le tendit à un autre zombie.

- Apporte ça immédiatement au conservateur afin qu'il mette la fiole au frais. Dis-lui que c'est de la semence d'Égaré. Fais bien attention, ça n'a pas de prix.

Elle attrapa le menton de Chadia et de son autre main lui effleura le visage afin de la débarrasser d'une disgracieuse strie blanchâtre qui avait échappé à son appétit vorace. A son tour, elle suça son doigt avec délectation.

- Hum, un millésime exceptionnel, dit-elle en me regardant, amusée.
- Vous regretterez votre geste majesté. Je vous ferai payer vos actes.
- Ne tentez plus de pénétrer ici, Mâne, sinon je n'hésiterais pas à vous supprimer que vous soyez ou pas le protégé de mon fils. Est-ce bien clair ?

Elle fit un geste de la tête en ma direction et un zombie s'approcha. Son coup puissant me plongea à nouveau dans des limbes obscurs.

- Pour faire revenir à la vie Chadia, je vais avoir besoin des graines de vie d'un homme et d'une femme, déclara Ctimène.
- Des graines de vie ?
- En des termes plus crus, Ctimène veut dire du foutre et de la cyprine, précisa la sorcière. Mais pas n'importe lesquels.
- C'est Damballa qui l'a ramenée du monde des morts, ça devra donc être son essence que nous devrons récupérer. Quant à l'essence d'homme, il faudra retrouver son agresseur et …
- Retrouver Falkomed, c'est une chose, lui soutirer ce que vous demandez en est une autre, remarquais-je, avec un certain dépit.
- Alors Chadia ne retrouva pas la vie, annonça gravement Maëvilis.
- Je vais m'occuper de Damballa, ais-je répliqué.
- Damballa ne doit pas être prise à la légère. A l'âge de seize ans, elle était déjà une redoutable sorcière vaudou. Elle a été choisie pour pénétrer

192

dans la tour de Babel et communier avec les dieux. A sa sortie, elle était dotée de pouvoirs divins. Le vieux roi est alors tombé mystérieusement amoureux d'elle. La jeune reine a abusé de son corps toutes les nuits jusqu'à ce qu'elle porte un enfant de lui. Le jour de la naissance d'Abomey, le roi est mort d'une mystérieuse crise cardiaque. Damballa est alors devenue la reine-mère. Elle a imposé sa religion dans tout le royaume faisant du vaudou un puissant culte sur toutes les iles de l'archipel. Cette grande prêtresse n'a fait que côtoyer le royaume de l'au-delà toute sa vie. Il est dit que ce n'est qu'aux portes de la mort qu'elle trouvera son extase. On dit d'elle qu'elle n'a jamais connu la jouissance. Telle une mante religieuse, elle se repait de ses amants.

- Très bien, j'ai ma petite idée pour lui apporter du plaisir. Ma haine envers elle sera suffisante. Il me faudra cependant quelque chose pour me protéger de ses envoutements. As-tu trouvé un enchantement utile dans le grimoire que t'a ramené Géhofft du temple, Maëvilis ?

- Je fabriquerai un puissant Elixir qui devrait te protéger de ses sortilèges. Par contre, comment allez-vous faire pour éviter les zombies qui gardent son temple ?

- Le Renard d'argent et moi-même avons déjà réussi à pénétrer dans le temple. J'ai consulté un ouvrage maudit sur le sujet dans la bibliothèque interdite. Ils sont fortement attirés par l'essence vitale. Cette substance aurait l'effet d'un aimant sur eux.

- L'essence vitale est un bien précieux et rare. Il faut torturer à petit feu un innocent pour en recueillir ne serait-ce que quelques gouttes, précisa la seiðkona.

- Le roi Géhofft m'a dit avoir pris contact avec son réseau d'espions locaux. Sous l'identité du renard d'argent, il a également rencontré la pègre locale. S'il y a un flacon d'essence vitale dans la région, nous le trouverons rapidement.

- Parfait, je vais également lancer une recherche auprès de mes fournisseurs, on ne sait jamais, ajouta la sorcière.

Le renard d'argent, maître de l'ombre et de la subtilité, me fit pénétrer dans le sous-sol d'un entrepôt des quais.

- Je te préviens, ce n'est pas beau à voir, m'annonça-t-il.

Je pensais être suffisamment entrainé par mon expérience de gladiateur mais la vision qui s'offrit à moi me glaça le sang. Le corps totalement dépecé d'une femme était suspendu par les mains à une poutre. Il me

fallut toute mon expérience de guerrier pour réprimer une violente envie de vomir. Soudain, le corps se mit à bouger.
- Elle n'est pas morte ?
- Plutôt résistante la donzelle.
Le renard d'argent expliqua alors sobrement comment il allait faire pour se procurer de l'essence vitale.
- J'ai porté mon dévolu sur une mauvaise âme qui nous espionnait depuis déjà un certain temps, Hakon. Sans doute quelqu'un à la solde de ma sœur. Au détour d'une ruelle sombre, d'une main ferme, j'ai apposé un morceau d'une plante rare sur sa peau, une substance conçue pour induire un état de torpeur temporaire. La femme s'est affaissée sans bruit, inconsciente mais toujours vivante. Avec habileté, je l'ai conduite dans ce sous-sol isolé où personne ne l'entendrait hurler. J'ai utilisé une dague spéciale, une lame que j'ai conçue moi-même pour dépecer mes ennemis. Elle retire la vie doucement en infligeant un maximum de souffrance sans pour autant causer une fatale crise cardiaque. Il m'a fallu des heures pour l'écorcher et lui retirer sa peau tout en la maintenant en vie.
- Tu es un véritable boucher, Roi Géhofft. Ta réputation n'est finalement pas un subterfuge. Mets fin à ses souffrances qu'on en finisse.
- Je l'ai fait pour toi, Hakon. Pour que tu retrouves mon épouse et que tu puisses accomplir ta quête auprès d'elle. L'essence vitale de cette fille au caractère bien trempé va bientôt couler dans le sang de ta dulcinée et lui redonner toute sa normalité.
Il retira de sous son armure de cuir une fiole imprégnée de magie.
- Voici le réceptacle mystique qui va recueillir son essence vitale et la préserver dans un état de stase.
Il s'approcha de la femme atrocement mutilée, lui releva la tête et planta doucement sa lame dans son cœur.
-Tu as suffisamment souffert comme ça, lui dit-il doucement à l'oreille avec dans la voix une réelle intonation de compassion.
Avec horreur, je constatais qu'elle avait un œil en moins. J'avisais ses vêtements qui trainaient couvert de sang non loin. Oui, c'était bien ceux de la vicomtesse. Je me précipitais vers Géhofft mais il était déjà trop tard. Elle me regarda de son unique œil encore valide et je crus voir des larmes s'écouler sur les muscles à vif de sa joue. Une lueur blanche s'échappa de sa bouche et fut aspirer par la fiole au moment même où elle trépassa.
Je me maudissais d'avoir attiré cette femme vers sa propre mort même si ce n'était pas un enfant de cœur. Le roi déchu me promit qu'elle aurait une sépulture digne des souffrances endurées. Je pouvais juste me consoler en

pensant qu'une partie de son âme allait bientôt habiter celle que j'aimais. Une nouvelle victime indirecte de ma folle cavalcade orchestrée par les dieux. Il ne nous restait plus qu'à attirer la reine mère hors de son propre palais.

Les jardins suspendus du château étaient un lieu de pure magie, avec des plantes exotiques aux couleurs chatoyantes, des cascades miniatures et des lumières scintillantes reflétées par des cristaux suspendus. Sous la douce lumière de la lune, l'endroit avait un aspect presque irréel, le cadre parfait pour une embuscade.

Drapé dans une cape sombre, j'attendais patiemment près d'un bassin partiellement recouvert de nénuphars où des flamants roses cherchaient à gober des petites crevettes argentés.

La reine mère Damballa fit son apparition. La beauté ensorcelante de la sorcière vaudou était incontestable. Elle portait une longue robe émeraude qui soulignait sa silhouette svelte, et des bijoux qui étincelaient à la lumière des torches. Ses longs cheveux roux ondulaient librement et faisaient ressortir le teint pâle de sa peau. Derrière elle, ses gardes zombies avançaient d'un pas lourd, leurs yeux vides fixés sur le dos de leur maîtresse. Le roi Géhofft se tenait non loin d'elle mais à une distance suffisamment importante pour ne pas déclencher la furie des morts-vivants. Les flamants roses s'envolèrent à l'arrivée de la cohorte.

- Je vois son Mâne mais où est mon fils ? demanda la reine-mère
- Il n'est pas là majesté, répondis-je d'une voie calme et sereine.

Le roi Géhofft quitta le cortège et se précipita vers une contre-allée tout en débouchant discrètement la fiole qui laissa s'échapper un parfum nauséabond. Les zombies, sensibles à cette odeur, se détournèrent immédiatement de Damballa pour pourchasser le renard d'argent.

La sorcière se rendit compte du piège et se retourna, mais je lui bloquais le passage, les yeux brûlants de détermination. Bien qu'apparemment sans défense, elle me fixa avec un regard perçant. L'issue de la confrontation était incertaine.

Après avoir bu son contenu, je laissais tomber le flacon d'une potion au sol qui se brisa en mille morceaux.

- Vos vampirismes et vos sortilèges n'ont maintenant plus d'effets sur moi.

Je me jetais sur Damballa et la plaquait au sol dans l'herbe grasse. Elle se mit à hurler mais je savais qu'aucun garde ne viendrait ici.

- Inutile de crier, vous êtes à moi, maintenant. Vous allez payer vos crimes, prêtresse.

Je remontais ses jambes sur mes épaules et la pliais presque en deux pour pouvoir observer son visage à quelques centimètres du miens. Oui, elle avait raison d'avoir peur. On ne m'avait sans doute pas appelé l'étrangleur pour rien. J'arrachais une partie de ses colliers et libérer ses seins de leur entrave. Mes mains se refermèrent autour de son délicat cou. Au même instant, je la sodomisais profondément.

Elle tenta à nouveau de hurler mais aucun son ne sortit de sa bouche. Ma pression devint plus forte. Je pensais éprouver du plaisir à me venger d'elle sauvagement mais c'était tout le contraire. Mes assauts furent alors plus brutaux. Je voulais en finir rapidement. Sa poitrine virevoltait violement de haut en bas. Parfois, je relâchais un peu la pression afin qu'elle puisse aspirer un filet d'air. J'allais d'un instant à l'autre lui écraser la carotide. Déjà des traces violacées apparaissaient autour de l'étau formé par mes puissantes poignes. Elle couinait et tentait de gémir sans réellement y parvenir. Ses yeux se révulsèrent et son corps se tétanisa. Puis soudain, une fontaine de liquide séminale m'aspergea le torse. Je ne sais pas si c'était l'approche de la mort qui déclencha en elle cette surprenante jouissance. La légende qui entourait cette ignoble femme était donc vraie.

Pourtant, au plus profond de moi, je savais que je n'avais rien d'un assassin. Malgré ses nombreux crimes, je ne pouvais me résoudre à la supprimer comme ça tout en la violant. Je retirais vivement mes mains de son cou meurtri et je souillais, à mon tour, tout en râlant, son ventre et ses seins avec mon foutre abondant. Discrètement, j'en profitais pour récupérer un morceau d'étoffe imbibé de sa cyprine.

- J'aurais pu vous tuer mais je ne peux m'y résoudre. Je ne suis pas un assassin comme certains dieux le pensent. Je suis convaincu de mon innocence.

J'entendis des pas pressés approcher. Sans réfléchir, je jetais à l'eau la prêtresse afin de dissimuler aux yeux des arrivants sa nudité. Elle cria quand l'eau froide la submergea mais elle refit surface rapidement. Ses yeux me jetèrent des flammes. Je remis mon ceinturon de gladiateur en place.

L'amiral Beltime fit son apparition. Peut-être est-il l'amant de Damballa? Impossible, elle l'aurait déjà dévoré.

Il examina rapidement les lieux et ne montra aucune surprise quand il vit la prêtresse en train de se délasser dans le bassin.

- Parlez, Beltime, articula difficilement la reine. Vous pouvez vous exprimer librement devant Hakon.

Je m'étais attendu à ce qu'elle lui ordonne de me tuer mais il n'en était rien. Elle semblait entrer dans mon jeu pour sauver sa dignité.

- Ma reine, plusieurs de nos navires espions m'ont fait part d'une inquiétante nouvelle. Une puissante armada vient de quitter le port de Permuth. Ils seront sur nous dans quelques heures.
- Convoquez l'état-major puis faites allumer le phare de Ketoun.
- Le phare Ketoun ! En sommes-nous arrivés là ?
- Oui.
- Bien, ma reine.

Il quitta les jardins privés prestement.

Damballa se mit debout avec difficulté. Je lui tendis ma cape pour qu'elle puisse dissimuler sa nudité. Sa gorge semblait lui faire mal. Elle dut s'assoir pour ne pas tomber.

- Je pourrais vous faire tuer mais vous m'avez laissée la vie sauve. Qui plus est, vous êtes le premier homme à parvenir à m'emporter dans les bras d'Erzulie Freda, la déesse de l'amour. Vous ne pouvez être qu'un puissant dieu pour avoir réussi un tel miracle. On dirait bien qu'une guerre va éclater très prochainement. Une guerre à cause de vous l'Égaré.

Elle attrapa une potion bleuâtre dissimulée dans les plis de sa tenue déchirée et l'avala d'un trait. L'instant d'après sa peau tuméfiée sembla reprendre une apparence normale. Toute trace de mon agression et de sa faiblesse passagère avait disparu. La grande prêtresse vaudou Damballa avait retrouvait toute sa superbe.

- Rejoignez Beltime ! Nous allons avoir besoin de vous rapidement.

L'ile souffrait déjà d'un blocus maritime et aérien. L'armada gigantesque était composée de dizaines de galions redoutables armés de puissants canons. Dans les airs, des escadrons d'aigles géants patrouillaient à la recherche d'éventuels griffons et chevaux ailés trop imprudents. Sur la route me menant au palais, plusieurs soldats rapportaient à l'amiral l'évolution de la situation.

- Est-ce une attaque des Baronnies Teutoniques ?
- De mémoire de marins, je n'ai jamais vu une flotte aussi imposante. Ils ont sorti l'artillerie lourde. Cependant, il ne faut pas oublier qui nous sommes. Ils sont sur notre territoire et dans notre espace maritime. Ils vont vite s'apercevoir ce qu'il en coute de nous défier de la sorte. Les chevaliers

sont excellents sur terre et nous dominent dans les airs mais ce sont de piètres marins.

Damballa nous rejoint dans la salle du trône une heure après. Elle avait une apparence cauchemardesque mais particulièrement envoutante. Elle portait un bustier en peau de serpent parfaitement ajusté à son corps. Une bonne partie de sa poitrine était visible à travers un fin voile en dentelles noires. Mais c'était sa coiffe qui impressionnait le plus. Le crane d'une créature humanoïde portant des cornes de bouc reposait sur sa tête. De nombreuses plumes formaient une chevelure dans laquelle des petits serpents colorés ondulaient en sifflant. Des chainettes d'argent partaient d'un bijou posait sur son front pour soutenir un lourd collier en os qui reposait sur ses seins. J'eus la fâcheuse surprise de voir qu'elle était accompagnée par Chadia en personne. La reine prit place sur son trône en os. Son fils était debout à sa droite. Il portait son armure de guerre en or massif. Il avait un air grave mais il me sourit. Le roi Géhofft avait pris place à sa gauche. Il était impossible de deviner ses traits sous son armure noir terrifiante. Ctimène en retrait et toujours aussi désirable, rongeait son frein.

- Votre sœur Hélène nous a envoyé deux émissaires pour les pourparlers, annonça la reine. La condition sine qua non était qu'ils puissent s'assurer de votre bonne santé. Hakon, je vous demande de garder votre calme. J'ai assuré à ces soldats qu'ils repartiraient vivants et en bonne santé d'ici. Faites les entrer.

Un groupe de gardes entourant deux personnes pénétra dans le palais. Lorsque j'aperçus le seigneur Falkomed, ma main se posa sur la garde de mon épée. J'allais lui bondir dessus mais Abomey me retint le bras. Lowë le chef de la légion Wolfen l'accompagnait.

- Hélène n'a-t-elle pas suffisamment de courage pour se présenter à moi en personne qu'elle doive faire appel à ses valets ? Que nous vaut cette visite impromptue ? demanda la reine.

Les deux émissaires s'inclinèrent devant les souverains.

- Votre altesse, l'impératrice connait que trop bien l'hospitalité de votre magnifique royaume. Elle serait honorée de discuter à la table des négociations en territoire neutre. Mais venant en à nos affaires, répondit le géant noir.

Sa voix était calme et puissante. Lowë apparaissait comme quelqu'un de redoutable.

- Je vous écoute, parlez vite et bien ou je prendrai un malin plaisir à vous voir roder dans mes jardins transformés en zombie.
- Le grand sultan Omek III d'Abakour et le l'impératrice Hélène Première du nom réclament leur dû, répondit le Yényitchéri. Livrez nous le roi déchu, l'Égaré et la fille du sultan. Notre flotte repartira alors en paix sans verser la moindre goutte sang.

Je ne donnais pas chère de notre peau. La reine-mère ne pouvait risquer un conflit sanglant juste pour nous venir en aide et surtout après ce que je lui avais fait subir. Ce fut Abomey qui prit la parole.
- Le roi Géhofft n'est plus. Je ne connais que le renard d'argent maintenant. Quant à Hakon, il a été légalement acheté par notre maisonnée. D'esclave, il est redevenu homme libre. Chadia est morte et la zombifiée qui se trouve devant vous n'est plus que l'ombre d'elle-même. Ils ont tous porté allégeance à la reine-mère et sont donc sous la protection de l'Archipel de Bienvino.

Je regardais le prince avec compassion. Sa grandeur d'âme me dépassait mais il avait sans doute signé par cet acte l'arrêt de mort de sa nation.

Falkomed et Lowë reportèrent leur regard vers la reine-mère. Elle ne laissa échapper aucun signe de surprise et je me demandais finalement si la réplique de son fils n'avait pas été préparée par la sorcière en personne.
- Mon fils a parlé. Le roi sans trône, son épouse mort-vivante et le divin déchu sont sous la protection de l'archipel. Vous avez deux heures pour faire partir vos troupes. Passé ce délai, nous entrerons en guerre ouverte avec les Baronnies et le Sultanat. Allez-vous en maintenant et saluez Hélène l'usurpatrice pour moi.

Les deux guerriers rebroussèrent chemin sous bonne escorte.

Lorsque Falkomed passa à mes côtés, il s'arrêta un instant et s'adressa à moi.
- Comment va la guerrière blonde ?
- Elle et l'enfant qu'elle portait ont péri.

Il serra les poings mais retrouva rapidement son calme.
- Nous nous reverrons l'étrangleur. Nous nous reverrons très bientôt.

Il dévisagea Chadia qui lui adressa un regard vide dénué d'humanité.
- J'espère au moins qu'elle a gardé ses talents. Quel gâchis d'avoir ramené cet enfant à la vie si elle n'est même pas capable de te contenter chaque nuit.

Falkomed éclata de rire. Il reprit sa marche et quitta sous bonne escorte le palais sans se retourner.

Je commençais à connaitre les principaux raccourcis de la ville. Aussi, en sautant de toits en toits et en empruntant plusieurs ruelles pour éviter les artères chargées, je pensais pouvoir rattraper l'escorte. Cependant, arrivé au ponton, à bout de souffle, je constatais avec amertume que la barque était déjà en train de s'éloigner en direction d'un galion ancré au milieu du lac.

- Ils vont lever les voiles ? ais-je demandé.
- Tous les canons sont braqués sur eux et ils le savent. Ils ne pourront lever l'ancre que demain matin quand la marée sera suffisamment haute pour permettre à leur mastodonte d'emprunter le chenal, répondit le capitaine.

Je m'installais confortablement à la terrasse d'une auberge afin de ne pas quitter de vue le navire. L'armée était en plein préparatif et je voyais les marins se mettre à courir dans tous les sens.

- Je peux me joindre à vous Hakon ?
- Ctimène, que faites-vous ici ?
- Je suis venue pour vous aider et vous éviter de commettre la pire erreur de votre vie.
- Vous voulez m'empêcher de tuer Falkomed ?
- Réfléchissez Hakon ? Si vous le tuez, vous ne retrouverez jamais votre amante en vie. Laissez-moi m'en occuper, vous aurez ce dont vous avez besoin pour la ramener dans le monde des vivants.
- Et pourquoi, je vous ferai confiance.
- Ne croyez pas que cela m'enchante, je suis morte de peur d'affronter l'ḥašašyīn en chef du Sultan. Je le fais pour vous parce que votre quête est juste et que je vous compte parmi mes rares amis. Et puis vous avez été le seul amant que j'ai connu.
- Que voulez-vous en échange ?
- Passons la fin d'après-midi ensemble. Je ne vous demande pas de coucher avec moi. Je pense que j'aurais besoin de toutes mes facultés ce soir. On dit que les canaux de la ville sont magnifiques à la nuit tombante. Malgré l'état d'alerte, nous pourrions trouver un batelier pour nous promener sur une gondole et déguster quelques antipasti marines l'un contre l'autre.

Je lui souris.

- Vous êtes une romantique Ctimène, vous méritez un charmant mari qui s'occupera bien de vous.

- Je ne cherche pas un mari mais un amant comme vous. Alors ! Vous me faites sortir ou je dois vous supplier ?

Nous avons passé une soirée des plus agréables à nous promener dans une partie irréelle de la ville qui semblait se tenir debout sur l'eau. Cette merveille ne relevait pourtant pas du miracle, mais d'une prouesse technique : pour bâtir une ville flottante sur cette lagune, il fallut en construire le sous-sol. Elle reposait tout entière sur des millions de pieux, des forêts entières abattues, immergées, enfoncées dans un sol de boue argileuse et de sable. A ce prix purent s'élever des palais et des maisons étroites à plusieurs étages aux volets multicolores, au bord de voies d'eau naturelles qui devinrent ses canaux.

Ces canaux sont de multiples façons indispensables à la capitale. Il faut d'abord y penser comme à des vaisseaux sanguins irriguant un corps vivant: en ouvrant la ville aux eaux du lac, les canaux permettaient à la vie maritime tant commerciale que culturelle de se propageait au-delà des quais.

Lors de notre excursion romantique, nous avons pu admirer la robustesse des marbres de parement présents le long des canaux prestigieux et la traditionnelle pierre noire volcanique du pays. Dans les canaux plus modestes, la brique se révélait comme le matériau de prédilection de la cité tandis qu'une autre ville, secrète et populaire, inattendue, pleine de surprises et de beautés simples, se dévoila à nous.

Ce fut avec un réel regret et une profonde inquiétude que je laissais Ctimène embarquer pour rejoindre le galion. Nul ne savait ce que les émissaires des baronnies teutoniques pouvaient lui faire. Elle restait cependant une princesse Géhofft et la sœur de l'impératrice en personne.

La nuit venue, alors que je l'aperçus grimper à bord du navire à bonne distance, mon sang ne fit qu'un tour. Je ne pouvais pas la laisser se sacrifier ainsi. Je retirais mes principaux vêtements, ne gardais qu'une dague effilée et plongeais à l'eau.

Je nageais en me dissimulant à proximité des barques afin de ne pas éveiller les soupçons. Finalement à découvert, je dus prendre ma respiration pour nager sous l'eau en toute discrétion. Mes talents surhumains me permirent de refaire surface contre la coque en bois du géant des mers. Je me dirigeais vers la poupe. Le vaisseau disposait d'un château arrière richement décoré. La dunette en constituait la plateforme supérieure et donnait surement accès au logement des officiers.

J'entrepris de grimper le gaillard arrière à l'aide d'une des nombreuses amarres qui entravait le navire. Alors que j'étais concentré sur mon ascension, l'une des fenêtres s'ouvrit à la volée. La tête de Ctimène apparut par l'ouverture. L'une de ses lèvres était explosée et du sang coulait de sa bouche. On l'avait frappée. Elle me vit en baissant la tête et eut à peine le temps de me faire un signe négatif de la tête. Une puissante main attrapa ses cheveux et tira sa tignasse en arrière. Elle se cabra, les mains accrochées au parapet. Son agresseur était en train de la violer par derrière de la pire façon. Elle recevait ses coups de butoirs en hoquetant, les larmes aux yeux. Ses seins gonflés et rougis par les mauvais traitements bringuebalaient dans le vide. Son corps était manipulé comme une fragile marionnette répondant par des soubresauts aux coups qu'elle recevait.

La scène ne dura que quelques instants mais elle resterait gravée dans mon esprit pendant une éternité. Le regard profond de la courageuse Ctimène, malgré la douleur et la honte, mit un terme définitif à ma tentative de sauvetage. Je me laissais tomber à l'eau le cœur lourd et l'âme en peine. J'aurais voulu crier mais aucun son ne sortit de ma bouche. Je pris place dans une barque et veillais en me morfondant jusqu'au petit matin.

Lorsque l'aurore pointa son nez, le galion leva ses amarres. Ils jetèrent par-dessus bord leur détritus. L'un d'eux était un grand sac en toile de jute. Je rejoignis rapidement les lieux en ramant et plongeais dans les profondeurs du lac. A l'aide de mon couteau, je coupais les liens pour remonter à la surface le corps de la princesse. Elle était en mauvaise état mais je sentais encore faiblement son pouls. Je procédais rapidement à un massage cardiaque et à du bouche à bouche. A mon grand soulagement, elle se mit à tousser et à cracher de l'eau et du sang.

- Ne bougez pas, ma sorcière va vous remettre sur pied en moins de temps qu'il ne faut pour le dire.

L'un de ses yeux était tuméfié. Elle était couverte de griffures et de bleus. De plus son bras gauche semblait cassé. Sa gorge violacée portait encore la trace d'une tentative d'étranglement avortée. Falkomed avait-il des penchants d'étrangleur ?

- Je ne sens plus mon corps, Hakon. Il m'a déflorée. Falkomed m'a fait souffrir de la pire façon qui soit. Récupérez sa semence. Elle est encore en moi. Et jetez ensuite mon corps en pâture aux poissons.

Elle sombra dans l'inconscience.

Je portais son corps inanimé jusque chez Maëvilis. La sorcière la coucha dans une de ses nombreuses chambres et me congédia sans autre explication.

Le lendemain, je fus étrangement surpris de constater que Ctimène se portait comme un charme. J'appris de la bouche de la sorcière qu'elle avait dû effacer les douloureux souvenirs de sa mémoire. Allongée sur le lit, la prêtresse se jeta à mon cou en me voyant arriver, se serrant plus que de raison contre moi.

- Quelle agréable soirée nous avons passé ensemble, hier. Je ne me rappelle plus vraiment de tout. J'espère que vous ne m'avez pas fait boire pour abuser de mon corps ensuite.

- L'idée m'est venue un moment mais ce n'est pas dans mon habitude de tromper les jeunes demoiselles écervelées. Je suis heureux de voir que vous vous portez bien. La soirée fut agréable jusqu'à ce que vous rouliez sous la table.

Elle se mit à rougir honteusement.

- J'aurais aimé montrer une image plus attrayante de moi. Je n'ai pas pour habitude de boire. J'espère que vous me pardonnerez ce comportement indigne d'une personne de mon rang. J'avais prévu de coucher avec Falkomed pour vous apporter sa semence. Tout est fichu maintenant.

- Nous avons fait appel au service d'une courtisane chevronnée. Cela nous a couté une bourse pleine d'or mais nous avons obtenu ce que nous cherchions.

Elle se redressa sur le lit dévoilant par inadvertance l'un de ses gros seins.

J'éclatais de rire et lui déposais un baiser sur le front.

- Couvrez ce sein que je ne saurais voir. Vous avez une mort-vivante à ramener parmi nous avant ce soir. Vous m'en avez fait la promesse.

- Et je la tiendrai, dit-elle d'un air coquin en remontant la couverture sur sa poitrine.

Chadia s'était lancée à ma poursuite. Aspergé d'essence vitale, il n'avait pas été difficile d'attirer son attention au marché aux fleurs. Au moment, où j'entrais dans la grotte à bout de souffle, la jeune femme se jeta sur moi. Il était cependant trop tard. Un gros filet d'acier se referma sur elle et l'entraina dans les airs. Le piège avait fonctionné à merveille.

Nous avions cependant sous-estimé la force du zombie. Elle ne mit qu'une poignée de secondes pour sectionner les câbles d'acier. Ctimène qui se tenait devant un feu de bois incandescent n'avait pas terminé son incantation. Chadia s'avança vers elle et je dus m'interposer. Elle me regarda et sentit à nouveau l'odeur de l'essence vitale. La mort-vivante me plaqua au sol et immobilisa mes bras. Lentement, elle s'amusa à me lécher le corps afin de récolter la moindre parcelle de mixture. Mais je savais qu'elle n'en resterait pas là. Finalement, elle montra ses dents et me mordit violemment le bras. Ses crocs s'enfoncèrent dans ma chair. Chadia commençait à me dévorer et je n'avais aucune chance de pouvoir la repousser. Une nouvelle morsure m'arracha un cri de douleur.

Quelqu'un passa derrière elle et la tira en arrière. Le zombie ne put résister à cette force étrange. Ctimène imposa ses mains sur elle afin de l'immobiliser. Elle se colla à elle et l'embrassa. Chadia sembla vouloir se débattre mais elle perdit subitement toute force. Elle accepta de bonne grâce ce baiser et lui rendit fougueusement. Ctimène allongea la princesse hypnotisée et se coucha sur elle toute en continuant ses caresses. Ses mains passèrent sur sa poitrine et son ventre pour finalement explorer ses parties les plus intimes. Docile, la jeune Chadia ne se montrait plus du tout belliqueuse. Elle commença même à haleter sous l'effet des caresses de sa surprenante maitresse. Ses yeux se révulsèrent.

Je n'en croyais pas mes yeux. Ctimène et Chadia étaient en train de s'aimer devant moi. Leur étreinte devint plus torride. Lorsque je vis la tête de la prêtresse disparaitre entre les cuisses de ma bien-aimée, je compris qu'elle voulait l'amener jusqu'à l'orgasme.

Le corps de Chadia se couvrit de sueur et se tétanisa plusieurs fois sous les coups de langue de la prêtresse. Elle gémit encore un moment, son ventre se releva violemment et elle se laissa retomber au sol. Ctimène réapparut le visage couvert de cyprine.

- Fais lui boire l'élixir maintenant, susurra-t-elle à bout de souffle.

Je m'approchais du couple et posais le goulot de la fiole sur les lèvres de Chadia. Ses yeux étaient fermés et sa poitrine se soulevait au rythme de sa respiration accélérée. Elle accepta l'écœurant breuvage avec délectation. L'effet fut immédiat. Elle tenta de recracher mais le liquide était déjà entré en elle. Alors elle hurla. Son cri était inhumain et terrifiant. Elle se redressa et leva les bras vers le sommet de la caverne.

Des mains spectrales surgirent du sol. Plusieurs créatures ectoplasmiques difformes s'extirpèrent de la roche.

Ctimène me prit le bras et me tira en arrière.

- Nous ne pouvons plus rien pour elle. Chadia va devoir contenter les esprits pour revenir parmi les vivants. Tel est le prix à payer.

- Que veux-tu dire par là.

- Viens Hakon, laisse les dieux s'occuper de cette affaire.

Je la repoussais et frappais avec mon glaive l'un des esprits cauchemardesques. Mon arme fendit l'air et passa à travers son corps fait de fumée. Je renouvelais mes attaques sans obtenir plus de succès. Deux de ses congénères parvinrent à approcher la jeune Chadia. Ils se serrèrent contre elle. La fumée envahit la caverne et bientôt de nombreux spectres rejoignirent l'objet de tous leurs désirs. Ils la couvrirent de multiples caresses vaporeuses l'emmenant rapidement à l'extase. Finalement l'un d'eux fourra sa main dans les entrailles de la princesse pour en extirper une image fantomatique de la fille. Le spectre de Chadia hurla et tenta de se débattre pour rester à l'abri dans ce corps fait de chair et de sang. Les spectres lui firent lâcher prise et l'entraînèrent un peu plus loin. L'esprit démoniaque fut immobilisé et ses congénères s'accouplèrent avec elle lui arrachant des cris de souffrance et d'extase.

Je détournais le regard et m'approchais du corps inanimé de Chadia. Je la pris dans mes bras et la sortis de cette caverne impie avec l'aide de Ctimène.

Chadia retrouva ses esprits sur la plage. Lorsqu'elle ouvrit les yeux, elle m'aperçut et se mit à me sourire sans dire un mot. Elle regarda Ctimène.

- Je ne pensais pas jouir sous les caresses d'une Géhofft espiègle.

Elle tendit sa main et cette dernière lui prit tendrement.

- J'ai vécu un cauchemar dans ce corps qui n'était plus le mien. Merci de m'avoir ramenée à la vie.

Elle m'attrapa par le cou et m'embrassa tendrement. Mon cœur se mit à battre la chamade. Chadia me regarda droit dans les yeux.

- Quant à toi, tu n'as pas pu résister à mes caresses, sale petit pervers.

Elle se mit à pleurer en me serrant plus que de raison dans ses petits bras.

Un peu plus tard, quand nous avons abordé l'enlèvement de Mansur par la Divine, elle serra les dents et ne montra aucun chagrin. La seule façon de le retrouver était que nous achevions ensemble ma quête.

Le vent et les embruns me fouettaient le visage. Abomey s'était accroché au bastingage de la proue et scrutait l'horizon avec sa longue-vue. La flotte de Torez était conséquente. De nombreux navires pirates et marchands avaient respecté le pacte qui les liait au seigneur de leur royaume. Ils voguaient toute voile dehors en direction de la redoutable armada. Au loin, on pouvait apercevoir la multitude de navires ennemis. De mémoire d'homme, jamais autant de vaisseaux de guerre ne s'étaient

205

retrouvés à l'orée d'une si gigantesque bataille navale. Les caravelles et les galions des Baronnies Teutoniques associées aux felouques et aux trières du sultanat dominaient largement en nombre la flotte hétéroclite de Torez. Cependant, c'était sans compter sur le Léviathan. Le navire amiral était le fleuron de la marine militaire. Plus grand qu'un colisée, il était fait de métal. Les forgerons et les mineurs avaient passé plusieurs dizaines d'années à fabriquer ce mastodonte. Nombreux étaient ceux qui avaient trouvé la mort dans les mines du volcan, engloutis par des remontées de lave en fusion ou asphyxiés par les gaz toxiques. Réputé indestructible, le Léviathan comportait des centaines de canons et un équipage de marins expérimentés. Il pouvait même faire décoller des griffons de son pont pour harceler l'ennemi des airs. Mais son point le plus fort résidait dans son mode de propulsion. De nombreux cachalots avaient été élevés et envoutés pour tracter à l'aide de cordage ce terrifiant mastodonte.

- Un front nuageux s'est formé à l'ouest, il sera sur nous avant que la bataille ne commence, annonça l'amiral. Nous risquons de les perdre de vue avant d'être sur eux.
- Nous devons frapper vite et fort, il faut accélérer l'allure. J'ai repéré une colonne de navires qui s'est détaché du gros de l'armada. Commençons par pulvériser ceux-là, répliqua Abomey. Nous serons assurément sur eux avant le début de la tempête.
- Notre chasse aérienne n'a pas encore rencontré leurs machines volantes. Ils ne sont pas suffisamment idiots pour foncer tête baissée sur les meilleurs marins au monde.
Damballa regarda son fils puis l'amiral. Elle chercha ensuite l'aide du Roi Géhofft.
- Vous qui connaissez que trop bien leur tactique militaire, que nous suggérez-vous de faire ?
- Ma sœur et le sultan sont des prétentieux. Tous les deux alliés, ils se pensent invincibles. Je suis de l'avis d'Abomey. Faites un exemple pour montrer votre puissance de frappe. Les autres battront en retraite dans la débandade qui suivra.
- Très bien. Beltime en avant toute. Avez-vous des nouvelles des Neptuniens ?
- Ils attendent vos ordres votre majesté.
J'hésitais un instant à intervenir de peur de trahir le secret d'Abomey.
- Nous devrions nous méfier des Néptuniens. Ils ne sont pas dignes de confiance. J'ai eu à faire avec eux.

Abomey me jeta un regard réprobateur qui voulait en dire long.

- N'oubliez pas qu'ils étaient responsables de ma condition d'esclave. Beaucoup d'entre eux ne vous aiment pas Reine Damballa.

- Beltime, qu'ils rejoignent immédiatement notre escadre. Nous attaquerons avec leur support.

Le Léviathan montra effectivement toute sa puissance lors de la première confrontation. Il fondit sur le convoi qui s'était malheureusement un peu trop éloigné du gros de l'armada. Les canons crachèrent leurs boulets explosifs afin de provoquer des incendies ravageurs. Les pauvres adversaires tentèrent de répliquer mais leurs projectiles rebondissaient sur la coque de métal du vaisseau. Les griffons harcelaient les marins ennemis et lâchaient des bombes de feu grégeois sur les ponts afin de causer de terribles incendies. L'affrontement ne dura pas longtemps et les quelques survivants tentèrent de se replier.

- Nous allons les poursuivre et les couler, ordonna Abomey en hurlant sa joie.

De nouveau l'amiral s'interposa.

- La brume est sur nous, majesté. Si nous les poursuivons derrière l'ile des tortues, nous risquons de les perdre.

- Beltime, c'est un ordre. Une fois fait, nous nous replierons vers l'ile de Torez pour préparer une nouvelle attaque. Montrons à ces hommes de la terre ce qu'il en coute d'attaquer des marins sur leur propre territoire.

Le Léviathan s'enfonça dans la brume à la poursuite des navires ennemis.

- J'ai rarement vu un temps pareil, annonça Beltime. La météorologie est des plus étranges. De la brume, des nuages noirs, des éclairs mais pas une gouttes de pluie et pas un souffle de vent. Tout ceci ne me dit rien qui vaille. Restez en alerte et gardez toujours la côte à portée de vue.

Chadia se blottit contre moi.

- Il fait soudain très froid. J'ai peur Hakon.

Je l'ai prise dans mes bras essayant de la rassurer mais je ressentais également une indicible peur naitre au plus profond de moi.

A l'instant où notre escadre passa le cap de la souris blanche, les évènements s'enchaînèrent très rapidement.

Une partie de l'armada nous attendait ici. Les galions et les felouques formaient une barrière pratiquement infranchissable. Dans les airs, des centaines de ballons et de dirigeables avaient profité de la brume pour prendre de l'altitude à partir de la terre ferme. Nous étions littéralement tombés dans un guet-apens. Soudain notre navire perdit de la vitesse. A notre plus grand désarroi, les amarres qui reliaient le bâtiment aux monstres marins avaient tous été rompus.

- Maudits Neptuniens, jura Damballa. Vous aviez raison Hakon, ils nous ont trahis.

La brume s'intensifia autour de nous. C'était plutôt une bonne chose pour tenter de dissimuler notre position exacte aux adversaires qui fonçaient sur nous. Le silence total fut réclamé par l'amiral. Il n'avait plus le temps de faire déployer les lourdes voiles. Il vira à bâbord et profita de la vitesse encore disponibles pour éloigner le Léviathan de la dernière position connue par l'ennemi.

Nous avons entendu plusieurs engins volants passer au-dessus de nos têtes et larguer non loin de nous des munitions explosives. Sans la brume et le sang froid de l'amiral nous aurions subi de lourds dégâts.

Puis les cris ont commencé à raisonner autour de nous. Nous entendions dans la brume des marins hurler sur les navires qui nous entouraient maintenant. Amis comme ennemis semblaient touchés. Mais le pire dans tout ça, c'était que ces cris étaient plus des cris de terreur que des cris de souffrance. Des tirs retentirent et nous avons pu voir plusieurs explosions se produire autour de nous. De toute évidence, plusieurs navires luttaient pour leur survie.

- Navire à tribord, mon amiral, susurra la vigie.

Une longue pinasse surgit de la brume et passa devant nous. Son équipage avait disparu. Seul le sang maculant les voiles et le pont témoignait qu'un terrible carnage s'était déroulé à bord du navire.

- Branle-bas de combat, hurla le timonier.

Un galion impressionnant aussi haut que le Léviathan nous éperonna. Plusieurs marins furent déstabilisés et tombèrent à la mer. Des cordes reliées à des grappins décrivirent un impressionnant arc de cercle avant de s'écraser sur notre pont. Notre lourde embarcation, dépourvue de moyen de locomotion, fut rapidement immobilisée.

Les belligérants se lancèrent à l'assaut de notre vaisseau. Malgré sa valeur, l'équipage du Léviathan n'était pas préparé à affronter une cohorte de guerriers teutoniques en armures lourdes épaulée par un régiment d'archers d'élite. Mais ces derniers étaient-ils eux même préparés à affronter la garde rapprochée de Damballa. Les dociles et invulnérables zombies rejoignirent le gros des troupes pour repousser l'attaque.

Mon sang ne fit qu'un tour quand j'aperçus Falkomed bondirent à son tour sur le pont. Son comparse lycanthrope avait pris sa forme féline pour mieux le seconder.

Je m'avançais à sa rencontre en marchand, le regard plein de haine. Tout adversaire qui se présentait à moi était impitoyablement abattu. L'adrénaline qui coulait dans mes veines me rendait passablement invulnérable. Les deux sbires n'en restaient pas moins de redoutables adversaires d'une efficacité effrayante. Le lion ne semblait subir aucune blessure. Ces dernières se refermaient aussi vite qu'elles apparaissaient. L'assassin venant du désert frappait méthodiquement comme à son accoutumé. Ses gestes étaient rapides et puissants. Les flèches et les balles de mousquets semblaient miraculeusement s'écraser sur lui sans le blesser.

J'entamais ma première passe d'arme sans échanger un seul mot. Je voulais en finir vite et bien. Falkomed ne s'était pas attendu à ce que mon niveau d'escrime n'atteigne un tel paroxysme. Le combat dans les arènes m'avait formé à l'art du combat rapproché dans sa plus pure tradition : celle du corps à corps meurtrier.

Je pris rapidement le dessus sur lui et parvins même à le désarmer. J'enchainais immédiatement par une attaque d'estoc espérant entailler méchamment son flanc. A ma grande surprise, le coup ricocha sur une sorte de barrière de protection invisible. Mon assaut aurait dû le terrasser. Il profita de ma surprise, pour me frapper violemment à la figure avec son pied. Je roulais à terre. Un zombie prit ma place et affronta le géant mais soudain il tomba à terre inanimé. Tous les zombies s'écroulèrent alors à l'unisson.

Je portais mon regard en direction de la poupe à la recherche de Damballa. Je n'y trouvais que son fils pourchassé par le terrible Lowë. Abomey esquiva un coup de patte griffue et glissa au sol. Il se retrouva au pied du roi Géhofft. Ce dernier l'aida prestement à se relever et sortit sa dague à dépecer de sous son armure maculée de sang, sans doute pour affronter le félin qui fonçait sur eux. Mais le roi déchu n'en fit rien.

Il me regarda un instant puis plongea la dague dans le ventre du jeune homme éberlué. J'hurlais en voyant le corps d'Abomey s'effondrer sur le sol et s'étouffer dans son propre sang. Le roi Géhofft sortit de sa besace une tête qu'il envoya rouler sur le sol. C'était la tête tranchée de Damballa. Ses yeux écarquillés exprimaient encore toute sa surprise. Mes forces me quittèrent immédiatement. Tout ceci n'était donc qu'une horrible machination pour faire tomber plus facilement l'archipel de Bienvino.

Je cherchais l'endroit où s'étaient réfugiées Chadia et la sorcière. Ctimène était restée sur terre. Une formidable masse surgit du ciel et se posa avec fracas sur le pont. Le dragon était impressionnant et plus massif que tout ce que j'avais pu imaginer sur eux. Il aurait sans doute pu nous carboniser d'un seul de ses souffles mais le roi Géhofft sembla jugé plus utile de se retirer du combat chaotique. Il enfourchât sa monstrueuse monture qui disparut dans la brume aussi rapidement qu'elle était apparue.

Un profond malaise m'envahit soudain. Nous avons tous vu apparaitre le vaisseau blanchâtre. La peur primale initiée lors de l'apparition de la brume commanda à mon cerveau de prendre la fuite. Les combats cessèrent immédiatement. Le navire fendit la brume sans aucun bruit. Ses voiles étaient en lambeaux mais il voguait pourtant à vive allure. Bien que d'apparence majestueuse, sa vision dégageait quelque chose de cauchemardesque. N'importe quel homme simple d'esprit aurait déjà succombé à la folie en le voyant.

Une femme à la peau très blanche et à la longue chevelure dorée était juchée sur le mât de beaupré du vaisseau fantôme. Elle portait une longue et vaporeuse robe blanche dévoilant tous ses atours par transparence. J'étais comme subjugué avant que son visage dissimulait derrière un masque en or incrusté de pierres précieuses ne se tourne vers moi. Ses yeux bleus se mirent à briller d'un rouge malsain. Elle tenait dans ses bras un nouveau-né à la peau fripée qui était encore relié à son entrejambe par un cordon ombilical.

Je ne pus m'empêcher de pousser un hurlement. Il ne me semblait pas que la terre puisse contenir un pareil cauchemar. C'était un blasphème gigantesque et sans nom. Notre compagne Liliane était revenue des morts sous les traits d'une créature démoniaque. J'avais survécu à la vision de Chadia transformée en marionnette sans conscience mais là, la transformation était des plus insupportables.

Des cris et des grondements terrifiants provinrent des cales. Je ne connaissais que trop bien ces sons gutturaux. Nous les avions rencontré au plus profonds des souterrains du château des Boncieux. Les vampires affamés surgirent de leur repaire et fondirent en direction de nos troupes effrayés.

La femme sauta souplement sur le pont. Elle attrapa un marin d'une seule main et lui déchira la carotide avant de se repaitre de son sang et d'en offrir quelques gorgée à son fétus mort-vivant. Le cadavre fut ensuite jeté en direction de sa meute qui ne tarda pas à le réduire en charpie sanguinolente.

- L'as-tu reconnue ? me demanda Chadia, la voix tremblante.

- Oui, c'est Liliane.

- Détrompe-toi, Hakon, c'est Mordredaedüs en personne. Il a sans doute préféré prendre possession du corps de la guerrière enceinte que garder celui d'une gamine, expliqua Maëvilis. C'est un adversaire redoutable et même moi je ne dispose pas de la puissance nécessaire pour en venir à bout. Ce fléau a été créé par les dieux pour tourmenter le peuple des Quatre Royaumes. Mais les dieux ont perdu le contrôle de leur créature. Il faut fuir au plus vite.

- Sautez à l'eau, nous aviserons par la suite, ordonnais-je à mes compagnes. Mordredaedüs s'approcha des rares guerriers qui n'avaient pas reculés et s'amusa à tournoyer autour d'eux. Même le puissant Lowë dut battre en retraite acculé par des dizaines de vampires assoiffés de sang.

J'ai attrapé la lanterne suspendue à l'entrée du château arrière. Avec une force démesurée, je l'ai propulsée en direction de l'amas de voiles que l'amiral s'apprêtait à faire hisser. L'huile les enflamma immédiatement créant un début d'incendie impressionnant. Les vampires ne craignaient qu'une seule chose : le feu. Ils allaient en avoir pour leur argent surtout quand la soute à munitions serait touchée.

Alors que marins du Léviathan et guerriers de la coalition luttaient côte à côte pour leur survie, je m'empressais de répandre de la poudre sur le sol à l'aide d'un petit tonneau. Méticuleusement, je traçais un chemin du pont jusqu'à la soute à munitions. Une fois mon travail terminé, je fis irruption à l'extérieur pour prendre la fuite. A l'instant, même où je franchis l'écoutille quelqu'un me projeta au sol. Je roulais sur moi-même mais la forme fantomatique s'était déjà jetée sur moi pour m'immobiliser. Liliane me plaqua sur le sol et me chevaucha.

Elle irradiait une beauté fatale. Le terme de déesse impie était ce qui pouvait la qualifier de mieux. Mais derrière ce charme se cachait une cruauté sans nom.

- L'Égaré. Je ne pensais pas tomber sur toi à nouveau. Je t'ai laissé la vie sauve lors de notre dernière rencontre mais je ne serais pas si indulgente cette fois. Tu feras un formidable chef pour guider mes cohortes démoniaques dans la conquête des royaumes de Lakoele.

Elle ouvrit la bouche dévoilant ses canines pointues.

- Liliane, je sais que tu m'entends. Résiste, je t'en conjure. Rappelle-toi le premier baisé que tu m'as fait dans la chambre de ton château. Le baisé de l'innocence.

-Ton amie est morte, ricana le vampire. Quel plaisir de souiller son corps dans les accouplements les plus bestiaux. Oui, je sens que tu aurais aimé lui faire l'amour. Peut-être que si tu te montres un serviteur besogneux alors j'accéderai à ton désir et tu pourras la posséder le temps d'une nuit.

Sa bouche s'ouvrit de façon démesurée et se transforma en gueule armée de crocs acérés. Elle allait me morde le cou mais s'arrêta à l'instant même où nos regards se croisèrent. Ses traits reprirent forme humaine et toutes traces de méchanceté disparues de son visage.

- Hakon, mon chéri. Vous me manquez tous.
- Liliane. Tu es en vie ?
- Je suis condamné à vivre avec Mordredaedüs. Tel est mon destin et nul ne pourra y faire autrement. Tout être maléfique dispose d'une part de bien en lui, aussi infime soit elle. Même si je vis un cauchemar, je parviendrai peut-être un jour à le rendre meilleur. Tu dois fuir, je sens qu'il reprend le contrôle.

Soudain, Liliane se mit à vomir du sang. Une lame courbe venait de l'embrocher de part et d'autre. Falkomed souleva le corps de la femme avec son arme et l'envoya voler dans les flammes.

- Saleté de vampire, jura-t-il.

Il m'attrapa par le cou et me souleva d'une main. Je fus surpris par sa force surhumaine. Ce n'était pas le guerrier que je connaissais et que j'avais récemment affronté. Il semblait plongé dans une rage berserk qui décuplait sa puissance.

- Finissons-en une bonne fois pour toute, l'Égaré.

Il leva son cimeterre. Une torche humaine surgit alors des flammes et se précipita sur lui. Profitant de cet instant de répit, je sautais par-dessus le bastingage plongeant tête la première dans les eaux sombres. Je nageais un moment sous l'eau évitant les corps sans vie de ceux qui avaient eu moins de chance que moi et qui s'enfonçaient pour tout jamais dans les profondeurs. Lorsque je refis surface, j'étais à quelques distances des navires. L'incendie s'était propagé sur tout le pont.

Puis, soudain, une terrible explosion éventra le gigantesque vaisseau. Des morceaux de métal fondu furent projetés dans les airs. L'eau se mit à bouillonner et à se transformer en vapeur au contact du brasier ardent. Le Léviathan ne mit que quelques minutes à couler emportant avec lui le galion teutonique. La brume me dissimula le reste de cet affreux spectacle où de nombreux marins agonisant criaient encore de douleur. Je ne vis pas trace du vaisseau fantôme, ni des créatures démoniaques qu'il abritait.

Je sentais cependant autour de moi que la faune marine s'agitait près à prendre part à cet inopiné festin. Les attaques ne tardèrent pas et plusieurs marins furent sauvagement happés et dévorés par les requins. Le bain de sang qui s'en suivit contribua à exacerber leur appétit. Machiavéliques, ils attaquaient en groupe tirant vers le fond les pauvres bougres qui n'avaient pas réussi à trouver une embarcation de fortune. Un aileron fit son apparition à quelques mètres de moi et se mit à foncer dans ma direction. C'était un grand blanc, l'un des plus terribles prédateurs des océans. Même si j'étais plutôt un bon nageur, je ne donnais pas cher de ma peau. Malgré une tentative désespérée pour prendre la fuite en louvoyant au milieu des détritus et des cadavres flottant, la compétition était inégale. A l'instant même où le poisson carnassier ouvrait grand sa gueule pour me dévorer, une barque surgit de la brume et je fus hissé à bord par Chadia et Maëvilis.

Je me couchais au fond de l'embarcation en cherchant à retrouver mon souffle.

- Mordredaedüs a pris possession de Liliane. Je lui ai parlée. Elle vit un enfer mais pense pouvoir parvenir à le maitriser. La mort doit être plus appréciable que ce qu'elle vit à cause de nous, aujourd'hui.

- Liliane a choisi de participer à nos côtés à ta quête, Hakon. Nous avons tous fait le choix de te suivre, ajouta Chadia. Que les dieux lui viennent en aide. Je suis sûr qu'ils interféreront en sa faveur lorsque tu les rencontreras.

- Je l'espère, ma chérie. Je l'espère.

- Tu l'aimais, n'est-ce pas ?

- Mon cœur t'appartient Chadia mais plusieurs personnes sont parvenues à y trouver refuge malgré tout. Te dire le contraire serait te mentir. J'ai des sentiments forts pour elle. La perte d'Abomey m'a plongé dans un profond désarroi. Je jure devant les dieux que le roi Géhofft paiera sa fourberie.

Notre embarcation dériva pendant une bonne journée sans rencontrer âme qui vive. Une fois la brume dissipée, il fallait bien se rendre à l'évidence: nous étions perdus en plein cœur de l'océan. Il n'y avait pas trace de terre ou de navires à l'horizon. Sans victuaille et sans eau potable nous ne pouvions espérer tenir bien longtemps.

Il me restait cependant un ultime espoir : La conque de Kitalis. Je soufflais dans le coquillage qui n'émit aucun son à mon grand désespoir. Après plusieurs tentatives infructueuses, j'abandonné l'idée de trouver un quelconque secours auprès des Neptuniens. De gros nuages noirs apparurent à l'horizon. Le soleil et le sel nous avaient brulé la peau. Nous n'étions que l'ombre de nous-même. Quelques gorgées d'eau salée nous empêchaient de nous déshydrater trop rapidement mais elles n'étanchaient pas notre inextinguible soif. Seule Maëvilis semblait ne pas trop souffrir de ce calvaire. La sorcière avait sans doute passé de nombreuses années dans les geôles et appris à survivre dans les pires conditions qui soient.

Alors que la tempête s'approchait dangereusement de nous, une tête blonde surgit de l'eau. Kitalis se hissa sur le bord de la barque, prenant soin de ne pas la faire chavirer. Elle était toujours aussi désirable.

- On dirait que j'arrive à point nommé, dit-elle avec un grand sourire. Tu es en charmante compagnie, Hakon. On dirait que tu as le don d'attirer à toi les plus jolies créature qui soit.

Elle jeta un regard amusé sur Chadia.

- Ne t'en fais pas ma jolie, un baume aux algues te rendra rapidement ta vigueur et ta beauté. Pour ma part, j'utilise un élixir de jouvence que seul les males humains sont capable de me fournir.

Elle me jeta un regard coquin. J'espérais qu'elle n'irait pas trop loin dans ses explications. Chadia était ouverte d'esprit mais si elle apprenait que la jolie sirène et sa défunte sœur m'avaient gratifiées d'une mémorable fellation, je ne donnais pas chère de ma peau.

- Je vais vous conduire en lieu sûr avant que votre coquille de noix sombre dans l'océan tumultueux.

Elle se positionna à l'arrière du bateau et le poussa sans difficulté à l'aide de ses puissantes nageoires. Nous avons rapidement rejoint un petit sloop qui voguait tranquillement.

- Ce sont des marchands de l'ile de Torez. Ils seront dans l'obligation de vous prendre à leur bord. Telle est la loi de la mer dans l'archipel de Bienvino.

- Peux-tu nous dire comment s'est déroulée la bataille et qu'elle en a été l'issue ? demandais-je.

- Il semblerait que les vaisseaux amiraux et leurs dirigeants respectifs aient fait naufrage. Etant donnée ta tête, je suppose que tu sais ce qui leur est arrivé. La flotte de l'archipel a battu en retraite. Sans commandement, ces forbans et ces pirates vont rapidement se dissocier pour retrouver

leurs activités habituelles. Je suis convaincu que l'ile de Torez et tout le royaume va passer sous la gouvernance des deux autres royaumes et de l'impératrice Hélène.
- Et ton peuple ?
- Mon père a souhaité honorer son pacte avec Damballa mais son conseil l'a destitué au profit d'Hélène. Nous sommes passés à deux doigts de la guerre civile mais papa a préféré rendre les armes et capituler que plonger son peuple dans un bain de sang.
- Veux-tu venir avec nous ? demanda Chadia.
- Je ne peux pas laisser les miens ainsi. Et une fois sur terre, je ne vous serais d'aucune utilité. La mer est ma maison. Je veillerai sur vous jusqu'à ce que vous soyez arrivés à bon port.
Elle se tourna vers moi.
- La conque ne te sera plus d'aucune utilité. Elle a perdu ses pouvoirs. Cependant, si d'aventure tu te retrouves à nouveau à l'eau, avale le contenu de cette fiole. Il te permettra de respirer sous l'eau tel un poisson.
Elle me jeta une minuscule fiole en argent.
- Que les dieux vous gardent, mes amis.
Kitalis s'enfonça dans l'eau et disparut dans ses profondeurs.
- Charmant poisson, remarqua Chadia. J'ai bien vu comment tu l'as dévorée des yeux.

Le petit vaisseau marchand fut rapidement sur nous. Quelle ne fut pas notre surprise d'apercevoir la charmante Kamala se tenir en équilibre sur la figure de proue. De sa tenue primitive, il ne restait rien. Elle l'avait troquée pour une robe de courtisane faite de brocards d'or, de satin, de damas, de velours et surchargée de dentelles, de passementeries et de pretintailles. Un corset soulignait sa taille et mettait en valeur sa proéminente poitrine.
Un grand sourire apparut sur le visage de Chadia. Même notre seiðkona sembla apprécier ces surprenantes retrouvailles. Mes noirs pensées furent vite chassées par l'idée saugrenue de peut-être pouvoir partager la couche de ma dulcinée et de sa maitresse.

## CHAPITRE 8 : LA COTE GELÉE

La princesse indigène avait réellement pris barre sur la capitaine. La patronne à bord c'était de toute évidence elle. Il nous fallut plusieurs jours pour retrouver toutes nos forces. Carpentras et Kamala prirent soin de nous. Le couple avait rapidement monté une lucrative petite entreprise d'import-export. Kamala commerçait avec son peuple. En échange de métaux précieux et d'épices prisées par les habitants de l'ile de Torez, elle leur apportait les bienfaits de la civilisation : alcool, tabac et armes à feu.

J'avais pris pour habitude de grimper sur le grand mat afin de m'isoler quelques heures dans la vigie. Non pas que la présence de mes compagnons m'était désagréable, au contraire, mais je ressentais le besoin de clarifier mon esprit et d'enfouir dans un coin de ma mémoire les récents évènements auxquels nous avions été confrontés. Un soir Chadia me surprit en train de rêvasser.

- Alors mon homme, tu te caches de Kamala de peur qu'elle te mette le grappin dessus ? Rassure-toi, elle n'est pas enceinte de toi. Elle aime les femmes plus que les hommes.

- Tu n'es pas la mieux placée pour me dire ça. La dernière fois, je l'ai surprise en train de te donner un sacré plaisir.

Elle se mit à rougir. Je ne pensais pas être capable de la déstabiliser ainsi.

- J'ai fauté mais je suis toujours vierge. Tu seras le seul autorisé à prendre ma virginité comme le prévoit la prophétie. N'empêche que tu t'es bien rincé l'œil en nous matant. Je suis certaine que tu aurais pris grand plaisir à nous honorer de ta présence. La petite Kamala par derrière et la jeune Chadia par devant. Ou le contraire. Et je ne reviens pas sur l'ignominie que tu as commise en souillant le joli minois d'une pauvre gamine effarouchée avec ton foutre. Fort appétissant par ailleurs ta semence.

Elle se lécha les lèvres et se mit à rire. Puis la jeune femme attrapa vivement un cordage pour échapper à mon courroux. Je la vis disparaitre derrière une voile en se balançant dans le vide tout en s'esclaffant.

Le sloop naviguait à très faible vitesse pour éviter de percuter les petits icebergs qui flottaient çà et là. Une brise glaciale balaya le pont et malgré le manteau de peaux qui me recouvrait, je me mis à frissonner. De la neige commença à recouvrir le pont. Plusieurs drakkars de la Côte Gelée nous avaient croisés mais étrangement aucun d'eux ne s'était intéressé à nous. Le peuple du nord était pourtant réputé pour être belliqueux. Il organisait occasionnellement des raids sur les autres royaumes pour piller les richesses, violer les femmes et réduire les vaincus en esclaves. Cependant, ils savaient aussi commercer pour faire prospérer leur territoire.

Kamala et Carpentras accostèrent leur sloop dans un village côtier. C'est ici que nos chemins devaient se séparer. Kamala avait pu convaincre son amante en lui faisant miroiter une belle plus-value sur l'échange de métaux précieux contre des peaux de bêtes. Travaillées par un tailleur de renom, elles feraient de bons manteaux que les nobles de l'ile de Torez s'arracheraient à prix d'or.

- Et pourquoi donc ? avait demandé Carpentras.
- La coalition va vite placer ses larbins à la tête du royaume, à moins que ce ne soit les dieux qui s'en mêlent. Quoi qu'il en soit, Les Baronnies Teutoniques et l'impératrice Hélène, ou encore Géhofft en personne, vont prendre le pouvoir. Tout se passera à Hernstein et les courtisans de l'archipel devront aller là-bas pour être vus. L'hiver arrive et il fait froid dans les Baronnies. Nos manteaux vont s'arracher à prix d'or.

Kamala me prit une dernière fois dans ses bras. Son parfum m'enivra et je lui glissais un tendre baiser dans le cou. Elle me susurra ces phrases à l'oreille.

- J'espère que tu ne m'en veux pas d'avoir abusé de ton corps sans ton consentement. C'était la tradition. J'ai toujours eu une attirance plus forte pour les femmes que pour les hommes. Même si je les supporte, je trouve les hommes sans saveur.

Elle me fit un clin d'œil sournois et se tourna vers Chadia. Elle prit sa tête entre ses mains et colla son front au sien. Elles se regardèrent un

moment sans rien dire et finalement Kamala posa ses lèvres de façon espiègle sur celles de la jeune reine. Cette dernière lui rendit son baiser avec passion. Carpentras regarda la scène avec un certain intérêt. Finalement, Kamala s'adressa à Maëvilis.
- Te voilà de retour chez toi. Tu m'as beaucoup appris lors de votre séjour forcé dans ma tribu. J'utilise encore quelques-unes de tes recettes de potions. Veille bien sur l'Égaré.
- Pour sûr, ici sur ma terre, il n'a plus rien à craindre, dit la sorcière en dévoilant sa bouche édentée de façon étrangement carnassière.
Elle nous tendit une petite bourse contenant des pièces de monnaie.
- Prenez soin de vous mes amis. Et qui sait, peut-être que nous nous reverrons sur cette terre ou sur une autre, dit-elle en prenant sa femme par la taille.
La princesse indigène que nous avions rencontrée il y a quelques mois avait décidément bien changé.

Le petit port était plutôt désert. Maëvilis nous guida jusqu'à l'hôtel de ville afin de rencontrer le bourgmestre des lieux. Selon elle, il pourrait nous mettre à disposition des vivres et des chevaux. Les rares autochtones que nous apercevions évitaient de croiser notre chemin ou prenaient rapidement leur distance. Leurs manteaux de fourrure et leur casque en forme de tête d'ours leur donnaient une apparence bestiale inquiétante. Je ne m'attendais pas à un accueil chaleureux du peuple nordique mais je ne les croyais pas si peu sociables.

Maëvilis nous ordonna d'attendre à l'extérieur pendant qu'elle s'occupait d'annoncer notre arrivée au chef du village. La neige commençait à tomber fortement et les rues furent rapidement recouvertes d'un manteau blanc épais. Réfugiés autour de grands braséros installés à l'entrée de la bâtisse nous pouvions passablement réchauffer nos membres engourdis. Je n'aurais cependant pas dit non à une taverne, à sa réconfortante cheminée et à son hydromel réputé.

Une clameur et des chants s'échappaient justement d'une maison en bois décoré par des boucliers ronds. Un écriteau gravé dans une langue runique qui m'était inconnue se balançait au-dessus de la porte.
- Allons nous réchauffer là-dedans. Je gèle sur place, annonça la gamine.
- Penses-tu que cela soit raisonnable ? Maëvilis nous a dit d'attendre ici, ais-je répondu.
- C'est une taverne. Restons discret et tout se passera bien, ajouta Chadia.

Je m'assurais de la présence de mon glaive dans son fourreau et de mes deux dagues dissimulées sur moi.

A peine avions nous poussé la porte que la chaleur réconfortante dissipa nos angoisses. De nombreux villageois, femmes et hommes chantaient et ripaillaient dans une grande pièce. Un feu brulait à même le sol au milieu de la taverne. Les clients puisaient des pintes de bières dans de grands tonneaux à l'aide de gobelets en forme de cornes. Certains étaient attablés et prenaient manifestement plaisir à dévorer du gibier rôti et des morceaux de poissons grillés embrochés sur des pics en acier. A l'écart, j'aperçus un petit groupe de voyageurs plutôt richement vêtus. Ils ne semblaient pas être de la Côte Gelée et se partageaient avec euphorie le contenu d'une amphore de vin. Dans un coin, une vielle femme était assise à même le sol. Elle se balançait doucement de gauche à droite et semblait plongée dans un état second.

Notre arrivée ne sembla pas perturber l'assemblée et nous avons pris place à côté des marchands en nous assaillant sur des billots taillés dans le tronc d'un chêne fraichement abattu. Un gamin s'approcha de notre table et y posa deux brochettes caramélisés et un gros pichet de bière. Je posais quelques piécettes sur la table qu'il s'empressa d'empocher.

Je regardais Chadia un sourire aux lèvres et je me mis à gouter avec entrain à cette victuaille et cette boisson qui nous étaient offertes. Après plusieurs jours en mer, un bon repas et une bonne bière me firent le plus grand bien. Ma compagne prit la parole :

- J'ai fait un rêve très agréable cette nuit. Une flibustière éborgnée m'a dit qu'elle veillerait sur moi. Je ne l'avais jamais vu avant.

Je faillis m'étouffer.

- Eborgnée ?

- Oui, elle portait une tenue de corsaire et avait une certaine témérité dans le regard. Je ne devrais pas te le dire mais nous avons fait l'amour toute les deux. C'était fort agréable et j'en suis encore toute mouillée, répondit-elle en retirant ses mains de sous sa combinaison pour me le mettre sous le nez.

Elle se mit à pouffer de rire en me voyant recracher le contenu de ma chopine.

Soudain un homme entra dans la taverne. La neige et le froid brisèrent un moment notre agréable quiétude. Son visage était recouvert d'étranges peintures tribales lui donnant un aspect inquiétant. Grand et puissamment musclé, le géant était aussi impressionnant que la lourde francisque accrochée dans son dos.

Le guerrier recouvert d'une fourrure d'ours noir s'avança alors dans la direction de la vieille femme. Il retira sa capuche à la forme de la tête de l'animal et épousseta son manteau pour le débarrasser de la neige qui le recouvrait. La sorcière ouvrit soudain ses yeux et se mit à grommeler quelque chose avant de sortir de sous ses guenilles des runes en os. Elle les lança au sol et prit quelques instants pour en déchiffrer la signification. Le nouveau venu écouta avec attention son sermon et grimaça. Il ressortit et nous entendîmes des cris provenant de l'extérieur. Deux hommes du clan entrèrent en trainant derrière eux sans ménagement deux adolescents par les pieds. Le géant les suivit.

Je posais à nouveau ma main sur la garde de mon épée. Chadia prit mon poignet pour m'éviter de dégainer mon arme.

- Ils me paraissent belliqueux, Chadia.

- Ne provoquons pas d'esclandres que nous pourrions amèrement regretter.

Le garçon en guenilles semblait téméraire et son regard noir lançait des éclairs. La fille quant à elle portait une tenue plus luxueuse. Ses grandes nattes blondes retombaient sur un corsage à demi arraché laissant deviner une poitrine naissante. Elle avait le même regard de témérité que son jeune comparse.

Le géant se mit à parler à l'assemblée dans sa langue natale gutturale que nous ne comprenions hélas pas. Constatant notre embarras, l'un des marchands à la peau basanée de la table voisine s'adressa à nous.

- Oleiv est le bourgmestre du village. Les deux jeunes ont été surpris à se bécoter dans une grange. Un esclave et une fille de la noblesse, c'est interdit. La sorcière a parlé et ils vont devoir subir l'épreuve de la vérité.

Les deux gardes renversèrent une table ronde et la redressèrent sur son côté. La gamine, telle une crucifiée fut solidement ligotée à la table. Ils fixèrent ensuite solidement ses deux nattes de part et d'autre de sa tête. La scène pouvait paraitre comique mais je devinais déjà l'atrocité de la chose avant même d'avoir compris la règle de cette épreuve. L'adolescent fut libéré et on lui plaça une hachette dans les mains. Il fut placé à plusieurs pas de la table, face à son amante. Les invités commencèrent à taper des pieds et du poing en rythme pour l'encourager.

- Il ne va pas quand même lancer ces haches sur sa copine, protesta Chadia. Il n'a rien d'un guerrier et s'il se rate ça va être une boucherie. Tout ça pour une coucherie. Ce ne sont que des enfants.

- Il doit couper les deux nattes de la fille. S'il la tue, il sera brulé vif. S'il la loupe, c'est la mort par noyade pour les deux.

Le garçon, malgré sa témérité, ne parvenait pas à maitriser ses tremblements. Il arma son bras, visa et lança la hachette en direction la table. Cette dernière se figea à une dizaine de centimètres du visage de sa copine qui ne put se retenir d'hurler.

Le public se mit à rire mais certain dans la salle n'avait pas le sourire aux lèvres. Ils devaient sans doute connaitre l'une des deux victimes.

La porte s'ouvrit à nouveau révélant la silhouette courbée et tordue de Maëvilis.

- Je vous avais dit de rester dehors, s'emporta la seiðkona. Qu'avez-vous encore manigancé en mon absence ?

Cette colère ne lui ressemblait pas.

- Nous assistons à un jeu cruel de ton peuple, annonça Chadia.

- Je vois, l'épreuve de vérité ! Ce n'est pas plus cruel que vos affrontements de gladiateurs dans l'arène. Si les accusés ont la faveur des dieux alors rien ne leur arrivera.

Une femme et un homme richement vêtus firent leur apparition. La noble semblait bouleversée et son mari apparaissait particulièrement préoccupé. Ils se mirent à parlementer avec Oleiv.

- C'est un crime de chair, en cas d'échec c'est la mort assurée pour les deux, ajouta Maëvilis.

Elle se mit à ricaner en dévoilant ses dents ébréchées.

Les deux nobles se tournèrent vers plusieurs membres de l'assemblée. Je les entendis se lamenter et presque supplier.

- Si quelqu'un qui n'est pas de la famille des accusés prend la défense du gamin, il endosse alors son fardeau. Personne ne prendra le risque de perdre la vie pour sauver un va-nu-pieds. En tout cas, pas dans ce village de pleutres, cracha la sorcière.

Personne dans l'assemblée ne répondit à l'appel désespéré des parents de la jeune fille. La mère se cacha les yeux et se blottit contre son mari. Oleiv paraissait tourmenté. Il était clair que ce type d'évènements ne semblait pas être de ceux qu'il appréciait. Je le sentis hésiter un moment. Sa position lui demandait sans doute de resté neutre.

Le gamin allait s'apprêter à lancer sa seconde hachette quand Chadia bondit de sa chaise. Au moment, où il allait propulser son arme, elle le stoppa net en agrippant fermement son avant-bras. Les spectateurs furent stupéfaits.

- Laissez-moi faire, jeune homme.

Elle empoigna une hachette dans chacune de ses mains. Je la savais plutôt adroite et elle avait sans doute accru ses compétences en compagnie des ménestrels de la compagnie Guerez. Sa prise de risque était cependant importante. Même à cette distance, j'aurais pu moi-même rater mon coup. Simultanément, elle propulsa les deux armes vers la cible vivante. Les lames tournoyèrent et se figèrent de part et d'autre de la tête de la fille sectionnant ses nattes. Les spectateurs hurlèrent leur joie. Le gamin la regarda bouche bée. Les parents étaient déjà en train de récupérer leur fille pour la sermonner.

Alors qu'elle allait regagner notre table, Oleiv lui barra le passage. Il s'adressa à elle dans son jargon incompréhensible. Maëvilis traduisit.

- Oleiv va se marier demain. Pour la remercier, il veut faire de nous ses invités d'honneur. Je suppose que votre nouvel ami nous logera à ses frais quelque part et pourra nous procurer des chevaux et des vivres pour le voyage qui nous reste à parcourir.

- Dis-lui que j'accepte, répondit Chadia. Passer quelques jours ici nous permettra de retrouver un peu de force pour la fin de notre périple.

L'homme du nord aux cheveux bonds la regarda droit dans les yeux et finalement la prit dans ses bras. J'aurais sans doute eu du mal à trouver ma respiration tant son accolade apparaissait puissante. Chadia ne montra cependant aucun signe de désagréments. Elle lui sourit de façon charmeuse comme à son accoutumée. Il cracha dans sa main et lui tendit sa poigne. La princesse fit de même afin de sceller virilement ce pacte d'amitié.

- Je ne te savais pas aussi habile au lancé de haches.

- Moi non plus, à dire vrai, mais quelque chose en moi a pris le dessus et j'étais presque certaine de réussir mon coup comme si une force divine me guidait.

- C'était peut-être ta borgne, répondis-je, certain que l'âme de la Vicomtesse y était pour quelque chose.

Le lendemain soir, nous avons été conviés à l'auberge pour célébrer le mariage. La salle avait été décorée pour l'occasion avec des peaux et des tentures dorées. Tout le village avait dû être convié pour l'évènement car la taverne était bondée. On buvait, on riait et on mangeait dans un vacarme absolu. Oleiv se leva pour nous accueillir avec entrain. Pour l'occasion, il avait revêtu une cotte de maille brillante et une cape en hermine. Il nous présenta à l'assemblée et nous reçûmes l'accolade de tous ses proches, du grand père en passant par la mère et jusqu'à sa petite sœur. On nous fit assoir à ses côtés en nous offrant des cornes remplies d'hydromel fortement alcoolisé.

Il n'y avait pas trace de la future mariée, ni de sa famille. Lorsque la nuit tomba, la grande porte du fond, aussi imposante que celle d'une étable, fut ouverte. Une colonne de convives attendait à l'extérieur. Ils portaient tous des torches à bout de bras. Alignés en file indienne et se tenant les uns en face des autres, ils formaient un chemin lumineux menant jusqu'au lac gelé. La condensation créée par leur respiration dans le froid donnait une allure mystique à la scène. A l'image de leur confrère, ils étaient tous revêtus de peau de bête et d'un casque représentant la gueule d'un loup.

Oleiv nous entraina à l'extérieur. Nous avons marché solennellement entre les deux rangs formés par les torches. J'aperçus dans le port de nombreux drakkars. Il ne fallait pas être devin pour comprendre qu'il s'agissait de ceux du clan de la future mariée.

Nous sommes arrivés au bord du lac. Un homme plus âgé que nous, mais à l'allure toute aussi impressionnante que notre hôte, tenait dans sa main une lourde hache. Sa longue barbe et ses cheveux roux lui donnaient une allure de patriarche. Il fit un signe de tête à Oleiv tout en tenant son arme fermement dans ses mains. Il se retourna et l'abattit lourdement sur la surface gelée afin de la briser. Quelques puissants coups suffirent pour former un trou dans l'épaisse couche de glace. L'eau fit son apparition par l'ouverture béante. Oleiv retira calmement ses vêtements et se mit nu devant nous. Malgré son expérience et la quantité d'alcool ingurgité, il frissonnait de froid.

Puis un cheval surgit de derrière l'auberge. Une cavalière totalement nue le chevauchait. Elle s'avança au galop et s'arrêta devant nous. Les mèches de ses longs et fins cheveux blonds lui caressaient les fesses de façon plutôt émoustillante. Ses yeux bleus claires presque gris ne laissaient pourtant transparaitre aucune émotion. Athlétique, son corps était celui d'une guerrière et non d'une paysanne. La très jeune femme ne semblait nullement gênée de se présenter à nous sans aucun vêtement. Une servante lui apporta un pot rempli d'huile odorante. La future épouse se frictionna et se massa minutieusement le corps avec la mixture. Ses gestes étaient précis et voluptueux comme si elle exerçait une danse hypnotique. Elle n'avait pas la maitrise, ni le style de Chadia mais le spectacle érotique qu'elle nous offrait était plutôt réussi. Ses mains passèrent sur sa petite poitrine et entre ses jambes insistant bien sur ses parties intimes et dans le creux de ses reins.

Elle passa ensuite devant nous sans nous jeter le moindre regard. A ma grande surprise, elle sauta dans le trou et disparut dans l'eau gelée. Sa tête refit surface. Le choc avait dû être rude mais je me doutais bien que ces barbares étaient entrainés depuis leur plus tendre enfance à lutter contre le froid. Oleiv se jeta à son tour dans l'eau pour rejoindre sa dulcinée. Ils se regardèrent un moment et elle l'embrassa tendrement. La foule se mit alors à entonner un chant qui me parut plus guerrier que nuptial.

Je vis soudain une gigantesque forme passer sous la glace. L'instant d'après, la femme fut entrainée par cette chose sous l'eau. Oleiv prit sa respiration et se laissa couler afin de tenter de lui porter secours.

A en croire les cris et l'agitation parmi les spectateurs cela ne devait pas faire partie de la cérémonie. La glace fut percée à plusieurs endroits et de nombreux guerriers accoururent pour prêter mains fortes. Dans cette eau gelée, je ne donnais pas chère de leurs peaux. Je vis de nouveau la forme noire passer près de moi sous la glace. Elle entrainait avec elle la future mariée.

Instinctivement, je la pris en chasse. A tout moment, elle pouvait plonger dans la noirceur des profondeurs du lac pour ne jamais réapparaitre. Il fallait agir et vite. Manquant de glisser à chaque enjambée, j'atteins finalement l'un des trous percé par les barbares. J'ingurgitais en hâte le contenu de la fiole de la sirène et me jetais dans l'eau, arme à la main. Le choc thermique me coupa le souffle. Seule ma condition d'Égaré me permit de ne pas succomber à une crise cardiaque. Le gigantesque monstre avait l'apparence d'un orque. J'avais entendu parler des tristement sinistres baleines tueuses. Elles chassaient uniquement pour le plaisir. Je nageais en direction de celle qui tenait dans sa gueule le corps de la future mariée toujours en vie et qui se débattait comme une tigresse. Vous vous demandez sans doute comment j'ai fait pour me repérer dans ce noir absolu ? La potion m'avait donné les facultés d'un dauphin. Je respirais sous l'eau et je pouvais m'orienter grâce aux vibrations sonores.

La baleine nagea dans ma direction. J'esquivais agilement son attaque et agrippais fermement la grande nageoire pectorale du cétacé. Avant qu'elle ne m'entraine vers les profondeurs, j'enfonçais ma lame dans son flanc. La blessure n'était pas mortelle mais elle lui fit lâcher sa proie. Je serrais le corps maintenant inanimé de la blonde contre moi et me mis à nager vers la surface à la recherche d'une sortie salvatrice. Il fallait faire vite. Je sentais déjà que les effets de la potion s'estompaient. Ma main libre ne rencontra que de la glace. Je tentais vainement de la briser à mains nues. Mon arme était malencontreusement restée figée dans l'animal. Au moment même où le souffle me manquait, je vis la banquise au-dessus de moi exploser. De puissantes mains nous sortirent des abymes glaciaux. Oleiv, mouillé et frigorifié, nous reposa sur la neige. Le chef aux cheveux

roux se porta auprès de la jeune guerrière. Plus aucune buée ne s'échappait de ses voix respiratoires.
- Poussez-vous, dicta Maëvilis en s'approchant.
Elle se pencha sur la fille, psalmodia quelques paroles incompréhensibles et lui fit respirer un élixir de sa fabrication. Les mois passés sur l'ile de Toled avaient considérablement exacerbé ses compétences d'alchimiste. Elle gardait toujours avec elle un ensemble hétéroclite de fioles et d'onguents qui nous avait plus d'une fois sauvé la vie.
La fille se redressa brusquement, se mit à tousser et à cracher de l'eau. On s'empressa de l'emmitoufler dans des vêtements en laine pour la réchauffer. Elle fut conduite rapidement dans l'auberge près du grand feu sous les acclamations des convives.
Olev s'approcha de moi et me prit dans ses bras. Il me souleva du sol et me fit tourner dans les airs comme si j'étais un simple enfant. Le géant blond s'adressa ensuite à moi dans son jargon incompréhensible puis finalement me reposa à terre avant de repartir en direction de la fête qui avait repris.

De nombreuses personnes saluèrent mon exploit et je mis un certain temps à atteindre la réconfortante chaleur de la taverne bondée. Chadia m'y attendait.
- Tu ne manques pas une occasion pour te faire remarquer.
- Tu es bien placée pour me dire ça. Je ne pouvais pas laisser une jeune et jolie jeune femme périr noyée le jour de son mariage.
- Parlons-en de la jeune et jolie jeune femme. Depuis qu'elle est arrivée, elle passe de bras en bras. Tout le monde la touche et la caresse. Un véritable objet de convoitise.
La fille toujours nue semblait s'être rapidement remise de sa désagréable plongée sous-marine. Elle virevoltait parmi les invités, tantôt se frottant sans pudeur à un des colosses nordiques, tantôt cherchant les caresses d'une femme un peu trop aimante.
- Bientôt, elle va se faire dévierger devant nous si ça continue, remarqua Chadia avec un ton espiègle.
- C'est effectivement ce qu'il va se passer, princesse, ajouta Maëvilis. Elle va célébrer sa nuit de noce devant tous les convives. C'est la tradition. Mais le plus amusant dans tout ça, c'est que notre idiot d'Égaré devra lui passer dessus également.

- Quoi ? répliquais-je en manquant de m'étrangler à nouveau avec ma bière.
- C'est la tradition, elle doit garder un bon souvenir de sa première relation avec son mari. Aussi l'acte de voler l'innocence d'une future mariée est confié à un mulâtre. Rassure-toi, vois ça comme une intervention chirurgicale. Connaissant tes exploits, il ne te faudra que quelques passes pour lui déchirer l'hymen. Tu aurais pu tomber sur une vilaine. Et avec un peu de chance tu pourras même la faire jouir.

Elle explosa de rire.
- Ça ne me fait pas rigoler, Maëvilis. J'ai déjà vu Hakon se faire violer. Je ne supporterais pas de le voir coucher avec une autre femme même pour des questions de traditions.

La sorcière se mit à ricaner de plus belle.
- Vous êtes vraiment crédules. Nous sommes peut-être un peuple rustre et violent mais nous ne sommes pas des bêtes sauvages. Par contre, vous aurez la chance de la voir se donner à son époux devant tout le monde. Sacré spectacle en perspective.

Elle se mit à rire de plus belle.

La future mariée qui passait de bras en bras arriva finalement à notre tablée. Elle s'assit sur mes genoux sans aucune pudeur. Collée à moi, elle se penchant pour me susurrer quelques mots à l'oreille.
- Inès te dois la vie sauve, l'Égaré. Ne sois pas surpris, je t'attendais. Ta vie est en grand danger dans les Côtes Gelées. Tes ennemis sont plus proches de toi que tu ne le penses.

Elle se pencha outrageusement en arrière en s'agrippant à mon cou. Puis, en se redressant, elle me fixa droit dans les yeux un moment avant de poser ses lèvres sur ma bouche pour m'embrasser fougueusement. Elle me relâcha et se releva pour se jeter dans les bras de son futur mari. Chadia me lança un regard noir qui voulait en dire long. Je gardais pour moi son mystérieux avertissement.

La cérémonie de l'accouplement débuta au moment même où la jeune femme s'était assise sur son futur époux. Elle l'embrassa tendrement puis leur étreinte devint plus puissante. Les deux amants étant tous les deux dévêtus, Inès trouva rapidement l'objet de ses désirs. Gorgé de sang, il n'attendait plus qu'un écrin digne de ce nom. Elle lui offrit donc sa virginité. Tendrement et amoureusement, elle se hissa sur lui et se laissa pénétrer en se mordant légèrement la lèvre inférieure afin de contenir l'effet des premières douleurs. Le bourgmestre se montra délicat et tendre. Je ne m'étais pas attendu à assister à une relation amoureuse mais plutôt à un spectacle barbare où la femme n'aurait été qu'un objet de faire valoir de la toute-puissance de l'homme du nord. Il n'en était rien. Inès maitrisait parfaitement la cérémonie et souhaitait donner du plaisir à son homme et à ses invités. Elle montait et descendait lentement sur ce pieu de chair tout en haletant délicieusement. Son mari l'accompagnait dans ses déhanchements en la tenant par la taille. Lorsqu'elle se courbait en arrière, il profitait de son effronterie pour happer dans sa bouche l'un de ses petits seins qui telle une poire tombée de son arbre attendait d'être dégusté avec gourmandise.

Ma place à leur côté m'offrait une vision de premier ordre sur leurs ébats. Les invités accompagnaient chaque supplique de la mariée par des coups de poing sur la table et des chants tonitruants. Chadia observait la scène avec amusement et sans aucun doute un peu d'excitation. Lorsqu'elle s'aperçut que je la regardais, elle reprit son attitude hautaine et impassible de personne de la noblesse que rien n'offusquait.

Le rythme s'accéléra et les gémissements s'intensifièrent. Inès ouvrit les yeux et plongea son regard gris dans le mien. Elle voulait partager sa jouissance avec moi. Me la faire ressentir. J'entendis Oleiv grogner. Le corps en sueur de sa femme se mit à trembler et sans jamais me lâcher des yeux, elle ne put retenir un long et puissant cri. Elle s'écroula déclenchant de multiples applaudissements dans l'assemblée. Immédiatement, des servantes apparurent pour couvrir les deux amants. L'acte passé faisant d'eux des époux, ils n'avaient plus à se montrer nus devant leurs clans.

Les tables se chargèrent de victuailles et de tonneaux de vin. Tout en ripaillant, les invités chantaient et dansaient. Je tournoyais entre différents partenaires tout en gardant un œil sur Chadia qui en faisait de même. Si la princesse se mettait à danser, il était certain qu'elle provoquerait un esclandre.

Je repris un peu de souffle en m'isolant dans un coin de la taverne. Le père d'Inès m'y rejoint.

- Ce mariage va sceller une union sacrée entre le clan des ours et le clan des loups, annonça-t-il.

- Vous avez de nombreux clans dans les Côtes Gelées ? demandais-je poliment.

- Il existe quatre clans majoritaires composés chacun de nombreux villages comme celui-ci. Les puissants ours, les impitoyables loups dont je fais partie, les rusés serpents et les charognards corbeaux. Tout ce petit monde est dirigé par la reine des glaces, la sorcière Babayaga.

- Savez-vous comment va réagir votre souveraine à la prise de pouvoir de l'impératrice Hélène et à la chute de l'archipel de Bienvino ?
- La nouvelle est encore trop fraiche pour être prise au sérieux.
- Je puis vous assurer que c'est la pure vérité. J'étais homme d'arme là-bas. J'ai pu voir de mes propres yeux ces tragiques évènements.
- Babayaga est une souveraine mystérieuse. Elle ne s'est pas montrée depuis presque une année. Nous ne sommes pas inquiets car ses filles font d'excellentes intendantes. Il n'est pas rare que la sorcière disparaisse pour accomplir l'un de ses funestes présages. De toute façon, mieux vaut ne pas croiser son chemin. C'est jamais bon signe. Saviez-vous qu'elle était la plus ancienne et la plus expérimentée des seigneurs des Quatre Royaumes. Plusieurs générations ont vécu sous son règne.
- L'avez-vous déjà rencontrée ?
- Je te l'ai dit mon garçon, il ne vaut mieux pas avoir à faire à elle. Une nuit, alors que je n'étais qu'un enfant, j'ai entendu du bruit dans la chambre de mes parents. Ma mère venait d'accoucher de ma petite sœur. J'ai ouvert discrètement sa porte et la vision que j'ai eue à cet instant restera gravée à jamais dans ma mémoire. Une splendide femme tenait dans ses bras le bébé. J'étais subjugué par sa beauté et totalement horrifié par la noirceur qui s'en dégageait. Mon père et ma mère avaient été changés en statue de sel, figés pour l'éternité dans une attitude de terreur absolue. La sorcière me jeta un coup d'œil et m'adressa d'une voix envoutante ces quelques mots :

*Ta petite sœur est maintenant mienne mais tu seras bientôt le chef de ton clan. Tu remporteras de nombreux succès et écrasera tes ennemis sur les champs de bataille. Ta progéniture fera de toi un homme fier mais sache qu'un jour je viendrai la chercher comme je le fais ce soir avec ta sœur.*

- Vous pensez qu'Inès est en danger ?
- Je ne sais pas, j'ai d'autres enfants mais aucun d'eux ne m'a apporté plus de bonheur et de fierté qu'Inès. Elle a tout d'une cheftaine de clan. Babayaga a des émissaires qui sillonnent le monde. Les premiers d'entre eux, ce sont les bêtes des bois, les seconds, les oiseaux du ciel, les troisièmes, les poissons et les bêtes aquatiques. Toutes les créatures du monde lui sont soumises. Certains disent d'elle qu'elle est une ogresse et une dévoreuse d'enfants. Ce ne sont que des contes pour effrayer les plus jeunes. Allons boire de ce vin liquoreux avant que ces soiffards d'ours ne vident toutes les barriques que j'ai fait venir à prix d'or de l'étranger.

La fête battait son plein quand un des serveurs m'informa que la mariée souhaitait s'entretenir avec moi dans l'étable à l'abri des regards indiscrets. Etait-ce une nouvelle coutume des Côtes Gelées ou souhaitait-elle réellement me rencontrer pour me révéler ses secrets ? Je pris mon manteau et quittais l'auberge en toute discrétion. La neige tombait à l'extérieur et je regrettais bien vite la chaleur et les effluves d'alcool de la fête. Il aurait été plus simple d'échanger dans un coin de la maisonnée qu'à l'extérieur sauf si elle souhaitait assouvir à nouveau son appétit sexuel avec moi.

Je poussais la porte en bois et entrais dans l'étable. Le sol était couvert de foin écrasé par le passage de multiples bestiaux. A part le grognement des cochons dérangés dans leur sommeil, je ne percevais la présence de personne.

- Inès, tu souhaitais me rencontrer.

Aucune réponse ne me parvint. La flamme de ma lanterne s'éteignit sous l'effet d'une puissante bourrasque. J'avançais un peu plus dans l'obscurité et mon pied cogna contre quelque chose couché sur le sol.

Il me fallut quelques secondes pour retrouver mon briquet d'amadou afin de rallumer cette maudite lanterne. Je fis un pas en arrière. Les ombres créées par la flamme dansaient sur le corps inerte d'Inès. Du sang avait formé deux tâches rouges sur le ventre dénudé de la jeune femme. Le manche d'un couteau dépassait d'une des blessures. Je portais la main à mon dos. La dague dissimulée qui s'y trouvait normalement n'y était plus. Et pour cause, elle était plantée sous le cœur de la guerrière. Ces dagues finement ouvragées par les forgerons de l'île de Torès n'avaient rien à voir avec les larges couteaux des hommes des Côtes Gelées. Avant que je puisse agir, j'entendis des voix à l'extérieur. A travers l'une des fenêtres, je pus apercevoir le père de la mariée ainsi que plusieurs hommes arriver. Un piège savamment orchestré se refermait sur moi. Il me fallait agir vite et bien. Je lançais la lanterne dans un ballot de paille et je sautais en l'air pour m'agripper à une poutre. Agilement, je pus me hisser à l'étage supérieur sans qu'ils puissent repérer ma présence. L'incendie s'initia très rapidement.

Les hommes hurlèrent toute leur rage en découvrant le cadavre. Il ne leur faudrait pas longtemps pour faire le lien entre l'arme du crime et l'étranger que je représentais. Je profitais donc de leur désarroi et de la fumée pour m'éclipser discrètement par le toit. Arrivé devant la taverne, j'entrais comme une furie et hurlais au feu. Sans attendre, je pris le bras de

229

Chadia et j'agrippais celui de Maëvilis pour les entrainer derrière la bâtisse.
- Que se passe-t-il Hakon ? demanda Chadia.
- Nous ne sommes plus en sécurité ici. J'ai trouvé Inès morte avec l'une de mes dagues plantée dans son corps. Elle voulait me révéler quelque chose mais elle a du se faire démasquer avant.
Chadia se couvrit la bouche pour éviter de hurler et des larmes apparurent dans ses yeux.
- Ne restons pas ici, ils vont vite se mettre à notre recherche. Prenons de l'avance avant qu'ils ne bloquent les sorties du village, proposa la sorcière.

Nous avons volé des chevaux appartenant au clan d'Inès et quelques victuailles avant de prendre la fuite en pleine nuit et sous la neige. Il fallait mettre le plus de distance entre nous et ce village. Avant le lever du soleil, nous avions déjà franchi la crête. En bas, nous pouvions apercevoir les nombreux points lumineux créés par les torches et les lanternes. Plusieurs Drakkars prenaient la mer et des petits groupes de cavaliers partaient à notre recherche dans toutes les directions.

- Je connais un endroit où nous pourrons nous cacher avant d'entamer notre dernier voyage vers le temple, annonça Maëvilis.

Nous l'avons suivie dans le vallon puis elle nous a conduits sous l'orée d'une sombre forêt de sapins.

- A partir de maintenant, suivez bien mes pas et ne commettez pas l'erreur de sortir du chemin ainsi tracé. Rappelez-vous le bois maudit des baronnies. Il y a ici des créatures qui ne demandent qu'à être réveillées pour se repaitre de vos corps de mortels.

- Où nous conduis-tu ? ais-je demandé, plutôt inquiet.

Chadia ne semblait pas très rassurée non plus. L'idée de revivre les atrocités du bois ne nous enchantait guère.

- Les seiðkona se réunissent dans ces bois lors des sabbats. Leur accès est interdit aux non-initiés. Nuls hommes du nord n'oseraient s'aventurer ici.

- Penses-tu que celui qui a tué Inès respectera cette tradition ?

- S'il ne le fait pas, les créatures de la forêt sauront lui rappeler. Crois-moi sur parole !

Nous avons marché pendant une demi-journée dans la forêt. Maëvilis semblait savoir parfaitement où elle se rendait. À la lisière d'une clairière, nous avons aperçu une petite isba montée sur deux grosse pattes de poule. Elle sautillait sur place. Quel était donc cette étrange sorcellerie.

- Petite isba, petite isba ! Tourne le dos à la forêt, le devant de mon côté, entonna Maëvilis.

L'étrange demeure se retourna et s'assit sur le sol. La porte s'ouvrit en craquant. Sur nos gardes, nous sommes entrés à la suite de la sorcière. L'intérieur de la demeure était totalement vide. Une simple trappe se trouvait dans le plancher.

- Ouvre la trappe et allume cette torche, gronda Maëvilis en refermant la porte derrière nous.

Nous sommes descendus par une grande échelle en bois dans une galerie creusée à même la roche.

- Cet endroit ne me dit rien qui vaille.

J'entendis quelque chose bouger au bout de la galerie. Plusieurs choses s'approchaient de nous. Avant que je ne puisse dégainer mon arme, Maëvilis posa sa main sur mon épaule.

- C'est notre escorte, nous n'avons plus rien à craindre. Vous êtes les bienvenus chez moi.

- Chez toi. Tu vis comme un lapin dans son terrier, remarqua Chadia. Maëvilis ricana.

- J'aurais plutôt dis, comme un serpent dans son nid.

Plusieurs créatures apparurent devant nous. Elles avaient une apparence humanoïde avec un faciès repoussant de taupe. Elles baragouinèrent quelque chose entre elles et semblèrent se prosterner devant la surprenante sorcière.

A mesure que nous avancions dans les profondeurs de la terre, la chaleur se faisait plus agréable. Nous avons dû quitter nos épaisses fourrures pour ne pas commencer à ruisseler de sueur. Les hommes-taupes arrivèrent à un embranchement et nous ordonnèrent d'attendre un instant. Ils humèrent l'air et se mirent à gratter le sol à la recherche de vibrations. L'un d'eux s'adressa finalement à Maëvilis. Elle fronça les sourcils.

- Nous n'avons pas le temps de les éviter. Cachez-vous dans ce recoin et ne faites aucun bruit, ni aucun mouvement. Les lepreuchaun n'aiment pas trop les humains.

Des lumières apparurent au bout de la galerie et une troupe fit son apparition. Elle était composée de petites créatures humanoïdes à la peau ridée et à la longue barbe blanche. Leurs redingotes impeccables et leurs chapeaux plat à large bord leur donnaient une apparence plutôt bourgeoise dans ce lieu insolite. Cependant, leurs yeux jaunes cruels inspiraient immédiatement une certaine terreur. Parmi eux se trouvaient des hommes, des femmes et des enfants justes vêtus d'une simple tunique usée et salie par la terre. Des chaines les liaient les uns aux autres. Certains portaient des pioches ou des masses et d'autres des paniers accrochés dans leur dos. Ils n'étaient plus que l'ombre d'eux-mêmes. Chadia et moi-même avions connu l'asservissement. Plutôt mourir que perdre notre liberté.

L'un des lutins retira son chapeau et salua la sorcière avec forces révérences.

- Maitresse, voilà bien des lustres que nous ne vous avons vue. Seriez-vous de retour au palais ?

- Maitre Lichenlei, toujours en train de creuser à la recherche de pierres précieuses. Avez-vous fait grossir la salle du trésor de la reine des glaces ?

- Les bons esclaves se font rares, maitresse. Mais j'ai entendu dire que la guerre avait éclaté au sud. La main d'œuvre sera abondante très prochainement.

- As-tu trouvé des diamants ?

La créature sembla hésiter un moment puis elle fouilla dans sa poche pour en extirper une bourse de cuir. Elle l'ouvrit et en déversa le contenu délicatement dans sa main. De nombreuses pierres précieuses à l'état brut brillèrent sous l'éclat des torches.

- Donne-moi trois diamants, veux-tu ?

Il hésita à nouveau, se mit à rouspéter puis céda finalement. Maëvilis prit les pierres mal dégrossies dans sa paume et ferma sa main fortement. Quand elle la rouvrit, trois magnifiques diamants parfaitement taillées s'y trouvaient. Le lutin exprima un rictus de convoitise qui dévoila ses dents pointus.

- Elles feront de parfait présents pour les filles de la Reine des Glaces. Il me faut également un enfant. Le garçon là fera l'affaire.

Les hommes-taupes récupérèrent un des enfants esclaves malgré les suppliques et les pleurs d'une des femmes. La troupe reprit son chemin sans nous prêter plus attention.

- Allons dépêchons-nous sinon nous arriverons en retard pour le diner. Nous n'allons pas tarder à arriver au château.

Le passage se mit à grimper. Nous avons croisé plusieurs esclaves surveillés par des hommes-taupes qui peinaient à remonter des pierres dans des wagonnets. Les rails nous conduisirent à la sortie. A l'extérieur, je m'étais attendu à retrouver le froid mordant du blizzard mais il n'en était rien. Le spectacle qui s'offrait à nos yeux émerveillés contrastait étrangement avec les tréfonds lugubres et obscurs des mines.

Tout ici apparaissait éclatant. Au cœur d'une vallée entourée de hautes montagnes enneigées, un château de glace aux tours effilées avait été construit sur un immense lac gelé. Le spectacle était tout simplement hallucinant.
- Voici le palais de Babayaga, la reine des glaces.
- C'est magnifique, s'exclama Chadia.
Un grand traineau tirait par des cerfs aux bois majestueux nous attendait paisiblement.
- Prenez place, dit Maëvilis en poussant l'enfant.
L'attelage se mit en branle et nous entraina sur le lac gelé. Trois personnes surgirent du château et fondirent sur nous à grande vitesse. J'aperçus rapidement les fines silhouettes élancées de patineuses particulièrement aguerries. Elles nous dépassèrent pour effectuer un demi-tour en faisant crisser la glace sous leurs patins et profitèrent de leur élan pour nous rattraper sans effort. Les trois jeunes femmes étaient gracieuses et attirantes. Chacune d'elle se démarquait par sa tenue et son apparence.

Celle de devant, avait une longue chevelure blonde qui flottait au vent. Elle portait un juste au corps en métal brillant et une courte jupe en lamelle du même acabit. Une épée était accrochée dans son dos. Les deux autres portaient la même robe de magicienne dont l'échancrure était suffisamment prononcée pour dévoiler leurs jambes fines et musclées. La plus jeune, bien que déjà femme, avait la taille d'un enfant. Elle avait les cheveux bruns et bouclés. Une paire de lunettes rondes reposaient sur son nez aquilin. L'autre portait de longues nattes subtilement attachées. Son sourire espiègle était rehaussé par un rouge à lèvre carmin des plus provoquants.

Nous arrivâmes devant la grande porte du château. Maëvilis descendit de l'attelage et nous demanda de la suivre en direction de notre escorte.
- Voici les trois filles de Babayaga, annonça-t-elle.
- Maëvilis, vous revoilà après presque un an. Nous nous sommes languies de vous, dit la plus jeune aux cheveux bouclés.
- Et que nous amenez-vous ? ajouta la plus âgée aux cheveux blonds.
- Votre mère ne vous a-t-elle pas appris la politesse, répliqua la sorcière. Est-ce ainsi que l'on accueille des invitées ? Je vous les présenterai au diner. Emmenez l'enfant aux cuisines. Je vais conduire mes compagnons dans leurs appartements.

Maëvilis monta les marches de l'escalier et la porte s'ouvrit sans un bruit devant elle. Nous sommes entrés à sa suite sous le regard inquisiteur des magnifiques filles de Babayaga.

L'intérieur du palais était aussi déconcertant que son extérieur. Tout le mobilier avait été taillé dans la glace. Pourtant aucune froideur ne s'en dégageait. Il y faisait aussi bon que dans une maisonnette chauffée par du bois crépitant dans l'âtre d'une cheminée.

Nous avons traversé de nombreuses galeries et des salles gigantesques avant de nous arrêter devant une porte sans ne jamais rencontrer personne.

- Voici votre chambre. Vous y trouverez de quoi vous laver et vous changer. Ne sortez pas avant d'avoir y été invité. Le château est immense, vous pourriez vous y perdre pour l'éternité.

La porte s'ouvrit sur de vastes appartements. Le lit était recouvert de neige fraiche. Chadia prit le risque de s'y étendre et constata avec surprise qu'il était aussi moelleux et accueillant qu'un édredon de plumes.

Dans la salle de bain, un jacuzzi bouillonnant, creusé dans le sol, nous invitait à venir profiter de ses bienfaits. Quelqu'un frappa à la porte et entra sans attendre de se faire inviter. La magicienne au visage peinturlurée s'avança vers nous sans abandonner son sourire charmant.

- Nous avons que très peu d'invités et je mourrais d'envie de faire connaissance avec deux étrangers du sud. Je n'ai jamais vu de personnes comme vous, si ce n'est, dessinées sur les pages usés d'un grimoire dans la bibliothèque du château.

Elle se retourna vers Chadia et la contempla de la tête au pied comme l'aurait fait une lionne avant de se jeter sur une gazelle.

- Je m'appelle Nastasia. Ça te dirait de faire un peu de patins avec moi ?

Chadia tourna la tête dans ma direction et j'opinais du chef. La fille de Babayaga attrapa la main de la princesse et la tira derrière elle pour l'entrainer dans le couloir en pouffant de rire.

Quelques minutes après, alors que je m'étais débarrassé de mes vêtements pour prendre un bon bain, j'entendis des rires raisonner à l'extérieur. En m'approchant de la fenêtre, je pus voir Chadia et sa nouvelle amie virevolter sur la glace. Je fus surpris de constater que mon amante maitriser parfaitement l'art de la glisse. Chadia était une athlète accomplie et une formidable danseuse. Elle avait sans doute été initiée à ce moyen de déplacement lors de sa formation complète et néanmoins impitoyable dans les harems. Elles tournoyaient l'une autour de l'autre dans un balai époustouflant. Leur étreinte devint plus sensuelle. Les deux femmes rivalisaient d'effronteries pour mieux se charmer. La danse qu'elles effectuaient sur la glace était tout bonnement incroyable de sensualité et d'émotion. Je savais ma princesse douée dans l'art de l'hypnose sexuel mais sa camarade semblait dégager également des phéromones particulièrement excitantes. A demi-nues sur la glace et collées l'une à l'autre dans une étreinte que beaucoup aurait qualifié d'érotique, elles s'unissaient sans retenu.

- Le spectacle semble à ton gout, dit une voix dans mon dos.

Je me retournais immédiatement en position défensive.

La guerrière blonde nageait nue dans le jacuzzi. Ses vêtements reposaient au sol. Comment avais-je fait pour ne pas l'entendre entrer ?

- Inutile de cacher ton émotion, dit-elle en souriant tout en admirant mon entrejambe. Viens te prélasser auprès de moi, l'Égaré.

Devant ma surprise, elle éclata de rire.

- Tout le monde ici te connaît. Nous suivons tes pérégrinations depuis leurs commencements. Je m'appelle Béatrice.

Même si j'avais voulu résister à sa proposition, je ne m'en sentis pas capable. Sa voix envoutante fit sauter toutes mes barrières mentales. J'entrais dans le bain et m'approchais d'elle mais elle me repoussa avec ses pieds.

- Reste où tu es, veux-tu !

Je m'asseyais en face d'elle admirant les courbures gracieuses de ses seins sublimées par l'huile embaumante qui les recouvrait. Je sentis l'un de ses pieds effleurer mon membre déjà durci et le caresser.

Elle mit l'un de ses doigts dans sa bouche qu'elle suça avec délectation.

- Tu aimes mes caresses ?

- Oui, elles sont subtilement excitantes.

- Ma sœur est en train de donner du plaisir à Chadia. Il aurait été dommage que personne ne s'occupe de toi.

J'étais réellement surpris par son habileté à me caresser de cette manière. Ses gestes étaient précis et très sensuels. Elle savait parfaitement y faire.

- L'accueil chez la reine des glaces est divin. Etant donnée la réputation exécrable de votre maman, je n'aurais jamais pensé que ses filles se donneraient ainsi aux premiers invités venus.

- C'est une journée que tu n'oublieras pas et qui restera gravée à jamais dans ta mémoire. Tu dois juste nous faire confiance, Natalia, Nastasia et moi-même.

- Tes sœurs ?

- Oui, Nastasia est une bonne magicienne mais mère lui cherche encore un mari. Etant lesbienne, elle n'est pas trop attirée par les garçons, vois-tu. Natalia, c'est la petite dernière. Très studieuse, très douée aussi et particulièrement coincée du cul. On n'a jamais réussi à la faire déflorer. Pourtant malgré sa petite taille, elle a un corps parfait. Je suis certaine qu'elle pourrait prendre beaucoup de plaisir avec un étalon musclé comme toi.

- Et votre mère, où est-elle ?

- Nul ne sait où se trouve Babayaga si cette dernière ne veut pas qu'on le sache.

- Parle-moi de toi, Béatrice. J'en sais plus sur tes sœurs que sur celle qui me fait doucement grimper au septième ciel.

Son massage avec les pieds était divin.

- Je suis l'ainée des dernières filles de Babayaga. Je me suis tournée vers l'art de la chasse au détriment de celui de la magie. Mais ne te détrompe pas, j'ai bien plus d'un tour dans mon sac comme tu peux le constater en ce moment même.

Elle accentua la vitesse de ses gestes. De toute évidence, elle voulait en finir. Je me crispais, un peu dépité de ne pas profiter autrement de son corps divin offert à mes yeux. Quelques secondes avant que je n'atteigne l'extase, elle mit fin précipitamment à ses gestes me plongeant dans une frustration qui avait tout l'air d'une torture.

Sans dire, un mot, elle quitta rapidement le bassin sans prendre la peine de se sécher.

La porte s'ouvrit et Chadia entra dans la chambre. Son regard croisa la naïade qui ne lui prêta pas plus d'attention.

- Lavez-vous et habillez-vous. Des vêtements ont été préparés pour vous sur le lit. Nous viendrons vous chercher pour le repas.

Chadia et moi n'échangèrent pas un mot. Nous savions chacun que nous avions fauté un peu malgré nous. Je rompais le silence tout en ajustant ma redingote.

- Je vous ai vu par la fenêtre. Le spectacle était plutôt chaud.

Chadia plongea son regard dans le mien. Elle semblait troublée.

- Elle m'a charmée, moi la reine des charmeuses. Je n'en reviens toujours pas. Cette garce m'a séduit. C'était divin et je ne regrette rien. Tout entre nous n'était que plaisir et échange charnel. Tu sembles, toi aussi, avoir passé du bon temps, ajouta-t-elle.

Il n'y avait pas de moquerie dans sa voix.

- Béatrice m'a effectivement massé avec ses pieds. C'était plutôt surprenant mais assez frustrant. Je pense qu'elle voulait plus me torturer que me donner du plaisir.

Chadia attrapa mon membre qui commençait à ramollir et se mit à le masturber rapidement. Lorsqu'elle sentit que j'allais venir, elle me relâcha à son tour.

- Décidément, vous êtes toutes des garces aujourd'hui ! Qu'ai-je fait pour mériter ça ?

- Ça t'apprendra à vouloir coucher avec toutes les filles des Quatre Royaumes.

Elle pouffa tout en déballant la robe de prestige qu'on lui avait réservée.

- Il va me falloir des heures pour enfiler tout ça.

A peine avait-elle prononcé ces mots que plusieurs domestiques entrèrent dans la chambre. Tels des automates et sans échanger aucune parole, ils nous vêtirent, nous coiffèrent, nous maquillèrent pour faire finalement de nous deux parfaits aristocrates de la cour.

Au moment même où une impressionnante rivière de diamants était fixée autour du cou de Chadia, la porte s'ouvrit pour laisser entrer Béatrice.

Elle était vêtue d'une armure de plates complète en métal poli.

- Participer à un diner dans le château nécessite-t-il de se vêtir comme à la guerre ? demandais-je, amusé.

- Un banquet dans le château de la reine des glaces est sans aucun doute l'un des lieux les plus dangereux des Quatre Royaumes. Les courtisans sont tous versés dans l'art de la magie, de la manipulation et de l'assassinat. Mais je porte cet accoutrement pour des raisons que vous comprendrez très prochainement. Vous êtes superbes. Chadia, quelle beauté ! Je jalouse ma sœur d'avoir pu abuser de tes charmes. Suivez-moi.

Béatrice nous conduisit en direction de la salle du banquet. Je fus surpris de constater que le château avait pris vie au coucher du soleil. Il resplendissait toujours sous la luminosité artificielle qui émanait des murs, du plafond et même du sol. De nombreux courtisans se promenaient dans les couloirs. Tous étaient richement vêtus et ne prêtèrent que très peu attention à nous.

La salle du banquet comportait une immense table faite de glace et des sièges sculptés représentant des animaux fantastiques. Des couverts et de la vaisselle en argent avaient été disposés avec soin. De nombreux convives se tenaient autour de la table et discutaient entre eux. Aucun n'avait pris place. L'assemblée se tut à notre arrivée.

Parmi les convives, je fus surpris de constater la présence de courtisans de nombreuses ethnies des royaumes. Il y avait bien entendu des hommes du nord en fourrure mais des princes bédouins discutaient également à bâtons rompus avec des chevaliers teutoniques. Cette cour était-elle la cour des Quatre Royaumes, la cour d'une impératrice et non d'une reine.

Maëvilis surgit de derrière un siège.

- Plutôt impressionnant, n'est-ce pas ? Prenez place, vous devez mourir de faim.

A peine étions nous assis que l'assemblée nous rejoint à table. Des serviteurs, nous apportèrent une assiette contenant de la viande grillée à l'odeur alléchante.

A notre grande surprise, aucun des convives ne reçut de pitance. Ils se contentèrent de continuer à discuter ou à nous dévisager comme l'aurait fait un botaniste en découvrant une nouvelle plante.

La viande était juteuse et délicieuse.

- Ce repas est des plus étranges Maëvilis. Ils ne mangent pas.
- Les invités mangent toujours les premiers. Ils attendent la reine.
- La reine ?
- Oui, la reine des glaces est ici.
- Ici ? répondit Chadia en cherchant quelqu'un dans la salle.
- Juste devant vous, répliqua Maëvilis.

Alors qu'elle avait prononcé ses mots, ses traits changèrent. La vielle femme ridée qu'elle était se mit à se métamorphoser sous nos yeux. Sa peau flétrie et ridée se tendit. Ses pommettes saillantes disparurent. Ses cheveux gris se rabougrirent pour finalement disparaitre ne laissant qu'un crane nue. Il ne fallut que quelque instant pour que notre laide sorcière se transforme en jolie femme au corps de déesse. Fièrement, elle se tenait nue devant nous. L'un des convives posa sur sa tête chauve un diadème couvert de diamants. Un autre la recouvrit d'une cape d'hermine blanche.

- Qui es-tu ? Où est Maëvilis ? demandais-je.
- J'ai toujours été avec vous depuis le début. Maëvilis et Babayaga ne font qu'un. Pensez-vous vraiment que vous vous en seriez sortis vivants sans moi ?
- Pourquoi toute cette mascarade ? demanda Chadia d'une voix choquée.
- Les dieux m'ont demandé de vous aider mais maintenant s'arrête votre quête.

- Je ne comprends pas, dis-je encore sous le choc. Mainte fois tu nous es venue en aide. Alors pourquoi te révéler maintenant. Est-ce toi qui as tué la jeune mariée dans la grange ?

- Oui, Judith a découvert mon identité et mes véritables desseins. Elle en a informé Inès dans un rêve pour qu'elle puisse vous prévenir du danger que vous couriez. La baleine tueuse que je lui ai envoyée l'a manquée et j'ai dû finir le travail moi-même. Avez-vous aimé votre repas ?

Elle se mit à rire et son rire me glaça le sang.

Des serviteurs apportèrent un imposant plateau recouvert d'une grande cloche et le posèrent sur la table. Ils en dévoilèrent le contenu. L'enfant esclave que nous avions rapporté des mines avait été cuit et découpé en morceaux.

Je ne pus retenir un haut le cœur. Chadia se mit à vomir.

- Vous avez dévoré de la viande humaine d'innocent. Vous voilà donc à jamais les hôtes de ma demeure. Vous verrez, on s'y fait très bien. La nuit en tout cas, car le jour plus jamais vous ne pourrez le contempler. Telle est la malédiction de la reine des glaces.

- Meures, mère ingrate.

Les trois filles de Babayaga frappèrent leur mère à l'unisson avec chacune une dague effilée. L'attaque surprise dérouta la souveraine. Elle tenta de repousser leurs assauts en les foudroyant avec des éclairs ou en les frappant et les griffant avec une force inhumaine. Lorsque le corps de Béatrice retomba lourdement sur la table, je compris pourquoi elle avait endossé son armure. Ses deux autres sœurs avaient dressé une aura de protection magique autour d'elles pour contrer ses ultimes représailles. Puis Babayaga vacilla avant de se recroqueviller sur elle-même au milieu d'une mare de sang. Tous les convives observaient la scène avec incrédulité. Tout s'était passé si vite.

- Des dagues maudites et empoisonnées. Mes propres filles, la chair de ma chair. Comment avez-vous osé ? Ce n'était pas prévu au programme tout ça. Encore un ajustement de dernière minute du scénariste.

Du sang noir coula de sa bouche et elle se mit à tousser. Puis à la surprise générale, elle se mit à ricaner.

- Je suis une divine. Je suis immortelle. Au mieux, vous avez gagné quelques heures avant que je revienne sous une autre forme, une autre apparence. Vous allez tous le payer de votre vie. Nous nous reverrons très prochainement.

Elle s'effondra au sol.

Béatrice m'attrapa par le bras et Nastasia tira Chadia pour la faire sortir de sa torpeur.
- Un attelage nous attend à l'extérieur. Si ce que mère a dit est vrai alors nous n'avons pas un instant à perdre, ajouta la jeune Natalia. Nous allons vous aider à finir votre quête. Fuyons avant que les fantômes et les mort-vivants ne nous prennent en chasse.

A l'extérieur des rennes de taille imposante nous attendaient. Deux d'entre eux avaient été harnachés pour nous permettre de les monter avec plus d'aisance. Nos équipements avaient été soigneusement emballés dans des sacoches positionnées de part et d'autre de nos montures. Les filles de Babayaga, quant à elles, nous montrèrent rapidement leur aisance à chevaucher sans équipement ces puissantes créatures.

Ainsi escortés, nous primes la fuite, encore sous le choc de ce terrible évènement. Notre seiðkona s'était révélée une traitresse et avait été terrassée sous nos yeux. J'avais encore du mal à le croire et je ne parvenais pas à comprendre ses motivations. Il aurait tellement été si facile pour elle de nous faire échouer dans notre quête. Pire encore, sans elle, nous n'aurions jamais réussi à franchir tous ces obstacles. Plusieurs images d'elle me revinrent en mémoire et je ne pus retenir quelques larmes. Ma haine ne pouvait pas annihiler tout ce que nous avions partagé ensemble. Elle restait et restera pour moi, Maëvilis, notre seiðkona tant aimée.

Je fus rappelé à la raison par le vent froid qui fouettait mon visage. Mes larmes se changeaient en petites gouttelettes de glace. Nous avions redouté une course poursuite avec des créatures de la nuit mais notre fuite fut si soudaine qu'aucun ennemi ne parvint à nous rattraper avant le lever des soleils. Nos montures avaient galopé toute la nuit sans jamais s'arrêter à aucun moment.

Béatrice ralentit notre course et stoppa finalement le groupe.
- Sommes-nous en sécurité ? demanda Chadia.
- Les soleils sont levés et les spectres ne peuvent pas quitter la vallée. Ce qui m'inquiète c'est les dernières paroles de Babayaga. Nous avons prévu cet assassinat depuis de nombreuses années afin de recouvrer notre liberté. Aucun grimoire, aucune légende, aucun parchemin et aucunes runes ancestrales ne stipulait que la reine des glaces était une divine de sang pur. Nous allons nous reposer un peu ici. Les rennes, même s'ils sont de nature robuste, doivent reprendre des forces.

Les filles allumèrent un feu magique qui ne dégageait ni lumière, ni fumée mais dont la chaleur nous apporta immédiatement un réconfort certain.

- Vous nous emmenez jusqu'au temple ? demandais-je.
- Oui, répliqua Nastasia.
- Une divine est venue nous parler toutes les trois et nous a ordonné de vous aider. En échange, elle nous a remis les trois dagues sacrificielles qui ont permis d'abattre la sorcière.
- Ne portait-elle pas le nom de Judith ?
- Oui, elle s'est présentée sous ce nom, confirma Natalia, surprise.
- Pourquoi avez-vous tué votre mère ?
- Babayaga est une dévoreuse d'enfants. Elle arrache à sa guise les marmots de leur famille. Les rares en qui elles voient des capacités supérieures deviennent par la force ses propres enfants. Les autres sont purement et simplement transformés en esclaves ou en simples repas. Nous étions ses trois dernières filles encore en âge de pouvoir se marier avec une créature de la nuit ou un seigneur maléfique. Ces unions contre nature auraient servi ses desseins les plus obscures.

Nous avons mangé un peu de poisson séché et des baies acidulés. Chadia se serrait contre moi. Elle ne se remettait toujours pas du choc.

- Nous allons nous rendre au volcan. Mais pour cela nous allons devoir traverser le territoire du « Rageux » expliqua Béatrice.
- Tu es folle ou quoi ? demanda Natalia. Pour rien au monde, je ne remettrais les pieds là-bas. On a bien failli y rester la dernière fois. Cet être est abominable, frissonna Natalia
- Nous n'avons pas le choix. Si nous contournons son territoire, nous n'arriverons pas à temps avant la fin de l'épreuve. C'est notre seule solution.
- A l'instant où nous entrerons dans la forêt, il détectera notre présence et celle de l'Égaré. Aucune magie ne l'arrêtera.
- C'est pour cela qu'il faudra faire diversion. Nous formerons deux groupes. Nastasia et toi vous foncerez par le chemin principal. A l'aide d'un sortilège de réplication, nous façonnerons des illusions à nos images. Cela devrait attirer largement son attention. Une fois qu'il aura mordu à l'hameçon et se lancera sur vos traces, l'Égaré, Chadia et moi, nous prendrons le chemin le plus direct par les bois. Vos sorts de protection vous permettront d'atteindre la sortie de son royaume sans encombre. Enfin, je l'espère.
- Qui est ce « Rageux » ? demandais-je.

- Il a été placé là par les dieux, il y a d'innombrables années, pour s'occuper des Égarés qui auraient eu la chance d'atteindre le but ultime. Son territoire fait tout le tour de la montagne volcanique. Aussi, il est impossible à quiconque de se rendre au temple sans emprunter un chemin qui passe par son terrain de chasse. Le « Rageux » est inhumain. C'est sans doute un démon de la pire espèce mais c'est également le plus impitoyable chasseur du royaume.

Elle serra ses sœurs contre elle et nous ordonna de reprendre place sur nos montures.

Natalia et Nastasia nous quittèrent à l'orée de la sombre forêt de conifères. Je ne fus pas plus surpris que ça de voir des répliques vaguement brumeuses de nous-mêmes chevaucher à leur côté.

Il s'écoula une bonne heure avant qu'une boule d'énergie explosa haut dans le ciel.

- C'est le signal. Les magiciennes sont prises en chasse. A nous de jouer. Foncez au galop, suivez-moi et ne vous préoccupez de rien d'autres que de votre trajectoire.

Le territoire du Rageux était délimité par des bornes en pierre sur lesquels avaient été érigés des bannières rouges. Un personnage filiforme était dessiné dessus à l'aide de simples traits. Rien de bien effrayant. Je m'étais attendu à une figuration plus monstrueuse.

Nos rennes galopaient à vive allures sous les branches basses des arbres. Je restais vigilant pour ne pas être désarçonné par une branche basse dans la cavalcade. Nous nous sommes retrouvés dans une petite gorge juste à côté du lit d'une rivière tumultueuse. Au loin, nous pouvions apercevoir les contours du volcan qui se profilaient.

Soudain, une flèche vint se figer dans un arbre à quelques mètres de nous. Je pus apercevoir un peu plus haut, les auteurs de ce tir plutôt maladroit. Trois imposantes créatures à l'apparence de centaures pointaient leurs arcs dans notre direction. Leurs corps étaient celui d'un gigantesque sanglier mais leurs troncs prenaient la forme d'un homme massif et musclé. Leurs têtes, quant à elles, dégageaient quelque chose de malfaisant. Semblable à celles d'une espèce de rapace nocturne comme le hibou, elles bougeaient dans tous les sens, à l'affut du moindre de nos gestes.

Béatrice intima l'ordre à son renne de repartir au galop. Nous lui avons emboité le pas, pourchassés immédiatement par le groupe de créatures. Le vent glacial me fouettait le visage.

Nos montures étaient plus rapides que nos poursuivants mais je compris un peu trop tardivement le but de leur manœuvre. Ils n'avaient aucune intention de nous tuer ou de nous rattraper. Ils jouaient parfaitement leur rôle de rabatteurs.

La gorge se mit à rétrécir pour finalement n'avoir plus que la largeur du torrent. De part et d'autre, les pans des collines étaient trop abrupts pour nous permettre de prendre la fuite. Nous étions faits comme l'aurait été un crabe dans une nasse.

Quelque chose plongea des hauteurs d'un grand arbre pour s'écraser dans l'eau juste devant nous. Au même instant la troupe qui était à notre poursuite fit son apparition. Elle ne chargea pas. J'observais avec attention ce qui était entré dans l'eau. Ma main s'était refermée sur mon glaive et j'utilisais mon sac en guise de bouclier.

La chose se redressa dans le torrent. Les flots ne semblaient aucunement la perturber. Elle n'avait rien d'humain. Haute d'au moins trois mètres, cette représentation de l'homme dans sa plus simple expression me glaça le sang : des bras, des jambes et un corps en fils de fer de couleur cuivrée étaient surmontés par un cercle rond représentant sans le moindre doute la tête. Elle s'avança vers nous sans prononcer un mot.

- C'est le Rageux. Ne tentez rien contre lui. Vous n'êtes pas de taille à l'affronter, annonça Béatrice.

Son renne se cabra et elle se lança au galop en direction des rabatteurs bestiaux. Son épée longue étincela au moment où elle la sortit de son fourreau. Béatrice chargea et frappa la première créature. Son attaque fut particulièrement puissante. Le corps de sanglier s'effondra au sol privé de sa tête de rapace. Nous pensions avoir dégagé un passage mais les assaillants se montrèrent plus nombreux que prévus. D'autres créatures surgirent des bois et les flèches fusèrent. Ils n'avaient rien de maladroits. Leur vision améliorée leur conférait une précision diabolique même à longue distance. La volée de flèches perça nos défenses et l'une d'elle transperça ma jambe gauche. Ils n'avaient pas voulu nous tuer mais nos destriers s'écroulèrent à terre.

Le Rageux sortit de l'eau. Les bouts de métal composant son corps se mirent à devenir incandescent. L'eau qui dégoulinait se vaporisa immédiatement renforçant son allure démoniaque.

Il s'avança vers Chadia, bloquée sous sa monture criblée de flèches.

J'arrachais la flèche enfoncée dans ma cuisse et la plantait avec force dans l'œil d'un des pisteurs qui s'était un peu trop rapproché. Ignorant la douleur, je fonçais en direction du Rageux glaive à la main. Il utilisa ses membres démesurés pour parer mes attaques. J'avais beau frapper de toutes mes forces, je ne parvenais pas à sectionner ces tiges de métal qui composaient son corps. Mes assauts avaient cependant permis à ma bien-aimée de s'extirper de sous le renne. Après avoir jaugé ma force, la créature tenta méticuleusement plusieurs attaques sournoises. Ses bras étaient comme de fines rapières aux longueurs démesurées. Passablement invulnérable, il se révéla également un excellent bretteur. Malgré le froid, je transpirais à grosse gouttes, déployant tout mon savoir-faire et mes capacités améliorées pour éviter de me faire embrocher par ses lames brulantes.

Béatrice entamait sévèrement les rangs adverses. Quiconque s'approchait un peu trop près d'elle y laissait la vie. Elle esquivait ou parait les flèches tout en bondissant vers ses ennemis.

- Qu'est-ce que tu nous veux ? hurlais-je, à la face de mon adversaire.

Une voix stridente et malfaisante raisonna dans ma tête.

- Je vais tous vous torturer lentement et bientôt tu préféras mourir que rester vivant.

L'un de ses bras brisa ma défense et s'enfonça douloureusement dans mon épaule. L'autre en profita pour balayer mes jambes afin de me faire lourdement chuter à terre. Ainsi immobilisé, je pus voir mon ennemi se pencher sur moi et me percer le ventre avec une lenteur déconcertante. La douleur me fit sombrer dans l'inconscience.

En rouvrant les yeux, je m'aperçus que j'étais emprisonné dans une grande pièce au mur de métal poli. De grosses menottes accrochées au plafond me suspendaient en l'air. Mes pieds ne touchaient pas le sol. Une atroce odeur de chair brulée faillit me faire vomir. Mes blessures avaient été cautérisées mais l'odeur ne provenait pas de là. Un corps humain carbonisé était pendu non loin de moi. J'aperçus avec soulagement mes deux compagnes également suspendues à l'autre bout de la pièce. Les voir bouger me rassura. Sur une grande table en métal reposaient plusieurs morceaux de cadavres charcutés par un boucher ou un chirurgien qui ne pouvait être que dément.

Un homme était ligoté et recroquevillé dans un coin. Il semblait lui aussi vivant mais mal en point. J'aperçus rapidement son tatouage semblable au mien : un Égaré. Ainsi, il y en avait bien d'autres et celui-là avait presque atteint son but.

- Tu m'entends ? Qui es-tu ? ais-je demandé en susurrant dans mes dents.

L'homme bougea et se retourna vers moi. Il n'avait pas très fière allure. Son visage, couvert d'ecchymoses, était tuméfié. L'un de ses yeux était crevé et le sang séché avait formé une trace immonde sur sa joue. Son autre œil me fixa et je pus percevoir en lui une étincelle de vie.

- Il va bientôt revenir pour m'achever et ensuite ça sera ton tour, mon frère. Il nous extirpe ce maudit petit morceau de métal de notre tête pour ensuite compléter sa propre collection.

Du menton, il me désigna un solide coffre comportant une serrure complexe.

- Je suis fini mais tu peux parvenir à lui échapper. La foudre. Il est sensible à la foudre et à l'électricité.

- L'électricité ? C'est quoi ça.

- Je vois. Tu n'as pas réussi à récupérer des bribes de ton passé.

La grande porte s'ouvrit en grinçant et le Rageux fit son apparition sans bruit.

Il s'approcha des deux filles qui se mirent à se débattre sans succès. Ses deux bras filaires s'allongèrent et tels des serpents s'insinuèrent entre leurs cuisses dénudées. Chadia cria mais Béatrice serra les dents. La voix de notre tortionnaire raisonna à nouveau dans nos têtes.

- Une jolie vierge. Tu étais l'un des morceaux de puzzle de la prophétie. Dommage.

Il reporta son attention sur l'Égaré mourant.

- J'en ai fini avec toi. Passons à la table d'opération veux-tu ?

Il s'approcha du prisonnier et ses bras s'enroulèrent autour de ses chevilles. Il le tira puis le hissa sur la grande table. Il attacha solidement chacun de ses quatre membres à des anneaux en cuir fixés directement sur le support. Puis méticuleusement, il commença sa dissection sans prêter aucune attention aux cris atroces du supplicié. Je détournais un moment le regard. L'homme cessa de hurler. J'en conclus qu'il était sans doute mort. Le Rageux l'avait éventré et farfouillait dans ses entrailles. Il découpa sans difficulté sa calotte crânienne en faisant chauffer le métal de l'un de ses bras. Il parvint à en extraire le cerveau et commença à le dépecer à la recherche de quelque chose. Finalement, il récupéra un minuscule morceau de métal pas plus gros qu'un ongle. Il se mit à luire et clignoter en diffusant une aura rougeâtre.

- Voilà la puce, exulta-t-il, avant de s'approcher de son coffre.

Son doigt pénétra dans la serrure et j'entendis un mécanisme se déclencher provoquant l'ouverture automatique du couvercle. Cette technologie n'était pas de notre monde. C'était bien celle des dieux. A l'intérieur, j'aperçus des présentoirs sur lesquels étaient exposés d'autres « puces ». Il y en avait des dizaines. Il déposa avec soin celle qu'il avait extrait dans une boite transparente faite d'un matériau qui m'était inconnu.

- Qu'est-ce que c'est ? demandais-je.
- Une puce de contrôle. Un cadeau des dieux qui leur permet d'avoir la main mise sur tout ce qui vit en ce bas monde. Nous ne sommes que des marionnettes, répondit Béatrice.

Je ne pus hélas pas en savoir plus. Il s'approcha de moi, me contourna et planta l'une de ses tiges métalliques dans mon dos. Je sentis le métal se faufiler dans ma chair et se frayer un chemin jusqu'à ma colonne vertébrale. La douleur était insupportable mais j'étais tétanisé et incapable de me débattre. Mon corps ne me répondait plus. Il me détacha et telle une marionnette à son service, il me fit marcher contre ma volonté en direction des deux femmes. Avec son autre puissant bras, il libéra Béatrice et l'emporta sur la table d'opération. Il ne lui fallut que quelques instants pour la débarrasser du cadavre de l'Égaré encore sanguinolent. La fille ainée de Babayaga fut à son tour solidement attachée malgré ses vaines tentatives de rébellion. Elle était couverte du sang et des restes d'organes de la dernière victime du Rageux.

Je me vis grimper malgré moi sur la table et écarter les cuisses de la guerrière. Elle ne cria pourtant pas lorsque je la pénétrais de force. J'entendis Chadia se lamenter dans mon dos.

Béatrice acceptait tant bien que mal mes assauts violents. Son visage restait cependant impassible ce qui mit la créature en rage. Mes poignes se refermèrent alors sur sa gorge et son visage se mit à bleuir rapidement. J'étais à nouveau en train d'étrangler mon amante contre mon grès.

Elle allait perdre la vie dans quelques instants, privée d'air. Au moment où mon corps s'épanchait en elle sans retenu, la porte d'entrée explosa soudainement. Les deux sœurs magiciennes firent irruption dans la pièce. Le Rageux me libéra instantanément pour se porter à la rencontre de ces deux troubles fêtes. Je desserrais immédiatement mon étreinte. Béatrice avait perdu connaissance.

- La foudre, il est sensible à la foudre, hurla Chadia.

Des éclairs surgirent aussitôt des doigts de Natalia, en crépitant. Ils frappèrent la créature qui fut propulsée contre le mur. L'amas de métal se mit à fondre en fumant.
Nastasia se porta auprès de Béatrice afin de la ranimer. Elle se mit à respirer de nouveau en hoquetant difficilement. Je m'approchais de Chadia. Elle me tomba dans les bras en pleurs.
- Fuyons cet enfer au plus vite, ordonna Béatrice en se frottant la gorge.
Elle me jeta un regard surprenant comme si elle avait passé un moment plus qu'agréable en ma compagnie. Je ne pus me résoudre à penser qu'elle puisse avoir trouvé un quelconque plaisir dans cette horrible agression. Mais, c'était l'une des filles de Babayaga. Elle pouvait être tout aussi folle que sa génitrice.
Un instant, il me prit l'envie de récupérer les fameuses puces mais c'était prendre un trop grand risque. Nous sommes sortis à l'extérieur de l'antre du Rageux. Je m'étais attendu à un donjon lugubre ou un réseau de cavernes troglodytes mais il n'en était rien. Son repaire n'était qu'un simple abri souterrain. Je n'avais cependant jamais vu des couloirs et des pièces de ce type, dont les surfaces étaient doublées de plaques de métal faites d'un seul tenant.
Le Rageux était un solitaire et aucun autre gardien que lui-même n'habitait dans sa demeure. Trois Rennes nous attendaient à l'extérieur. Chadia monta dans mon dos et se colla à moi. Les courbes de son corps et sa chaleur m'apportèrent un réconfort certain. Nous avons pris la direction de la montagne sans demander notre reste.
La frontière du royaume du Rageux nous apparut enfin. Nous allions la franchir quand soudain l'abominable monstruosité surgit par une trappe dissimulée dans le sol. Il avait dû emprunter l'une des multiples galeries souterraines creusées dans les profondeurs de son royaume. Le dernier renne conduit par Béatrice fut faucher en pleine course et la combattante roula au sol. Le reste du groupe parvint à franchir les poteaux de démarcation. Les griffes de métal du monstre se refermèrent sur la jeune femme, il la souleva du sol et l'examina avec attention. J'allais repasser la frontière mais Natalia me barra la route et posa sa main sur mon bras pour me retenir.
- Le Rageux ne peux pas sortir de son royaume. Si tu franchis la frontière, il te tuera.
La voix du monstre se mit de nouveau à raisonner dans nos têtes.
- Si tu donnes ta vie, l'Égaré, je libère la fille. Tu lui dois bien ça.

Il tira sur l'un des bras de Béatrice afin de l'écarteler. Elle se retrouva crucifier dans les airs. Pour la première fois, je l'entendis hurler de douleur.

Au moment où mon pied se posa de l'autre côté, une flèche se figea dans la poitrine de Béatrice. Elle lui avait transpercé le cœur. Le corps de la guerrière s'affaissa. Nastasia avait mis fin aux souffrances de sa sœur. Fou de rage, le chasseur démembra le corps de sa prisonnière sans vie et se précipita dans ma direction. Il percuta une barrière invisible. A quelques pas de moi, je le vis griffer la terre, frapper la barrière et hurler sa rage.

- Il faut partir maintenant, Béatrice ne dois pas avoir donné sa vie pour rien. La prophétie doit se réaliser.

Je ne perçus aucune peine dans la voix des deux dernières sœurs.

Le paysage recouvert de neige céda bientôt la place à un univers plus rocailleux et sombre. Plus nous grimpions, plus la végétation se faisait rare. Le froid glacial de la plaine faisait place à une brise réconfortante mais néanmoins chargée d'une odeur fétide de soufre. Les premières fumeroles du volcan sont apparues et finalement nous sommes parvenus à son pied.

Ses pentes étaient couvertes de scories et de cendres. Il était bien en activité car une longue rivière de lave quittait une grotte percée à même son flanc pour serpenter en direction de la vallée et se perdre en bouillonnant dans les eaux du lac.

En sueur, notre groupe s'arrêta devant un grand pont de pierre qui enjambait le torrent de lave. De l'autre côté, une immense statue partiellement effondrée représentait un ange en armure en train de lutter avec un dragon.

- Il faut traverser le pont, l'entrée du temple divin est juste derrière la statue, nous indiqua Nastasia. Elle regarda sa sœur Natalia avec un regard peu rassuré.

- Le temple est fermé et nul ne peut ouvrir ses portes. Tentez de forcer le passage par quelque moyen que ce soit, réveille toujours le gardien.

Nous avons passé le pont avec la plus grande prudence. Chadia tenait ma main et la serrait de plus en plus fortement. Notre périple allait-il se terminer dans cet endroit peu accueillant.

Le temple se dessina finalement sur les flancs du volcan. Vraisemblablement, nous n'étions pas les premiers à nous aventurer ici. Des centaines de squelettes carbonisés recouverts d'armures partiellement fondues jonchés le sol. Divers campements de tous âges avaient été dévastés et réduits en cendres. Les corps figés pour l'éternité en statues noirâtres exprimaient encore l'horreur absolue. Certains avaient tenté de fuir, d'autres de se protéger. Peu gardait une attitude de défiance face au mal absolu. Rois, guerriers, mages, explorateur, savants, ils avaient tous cru pouvoir défier les dieux et entrer dans le temple. Ils étaient tous mort sur ce champ de bataille qui ressemblait plus à une succursale infernale qu'à l'accès au royaume des dieux.

Une simple porte en pierre sans décoration bloquait l'entrée de ce qui devait être une grotte percée à même la montagne. Aucun mécanisme, aucune poignée ne permettait d'envisager de l'ouvrir en toute sérénité.

Quelque chose gronda à l'intérieur du volcan. Quelque chose venait de se réveiller.

- Nous allons tous y rester, pesta Natalia.

La mage ne semblait pas avoir peur et commença à psalmodier une incantation. Sa sœur semblait moins rassurée mais parvint à reprendre en cœur son chant ensorcelé.

La menace arriva de façon soudaine et impitoyable. Quelque chose surgit du volcan à une vitesse défiant les lois naturelles. Des trainées de lave inondèrent les cieux, créant une pluie mortelle pour nous pauvre humain. La puissante magie des filles de Babayaga nous permis cependant de survivre à ce premier assaut. Si effectivement cela en était un. Une cloche invisible nous protégeait des retombées brulantes. Puis il apparut au-dessus de nous. Il était gigantesque et bien plus effrayant que la statue qui le représentait non loin du pont. Ses écailles d'obsidienne brillaient d'un noir malveillant. Ses ailes membraneuses déplaçaient des bourrasques de vent qui faisaient tournoyer dans l'air les cendres alentours. Le Dragon légendaire observait son gibier en faisant du surplace comme l'aurait fait un rapace. Ses naseaux laissaient échappés quelques fumeroles et ses pattes griffues se préparaient à nous dépecer vivant. Mais, la monstrueuse créature sembla plutôt préférée nous rôtir vivant que se lancer dans un périlleux combat au corps à corps. Elle savait de toute façon qu'un seul de ses souffles de feu suffisait pour semer la panique dans les rangs de ses ennemis. Les survivants du premier jet perdaient toute véhémence en voyant leurs comparses fondre et se figer pour l'éternité en statues grotesques. Le second jet était toujours fatal. Elle s'amusait ensuite avec les rares survivants jouant au chat et à la souris avant la mise à mort. Aucun n'en réchappait.

Le premier souffle de feu brulant s'écrasa sur le dôme immatériel le faisant crépiter et finalement exploser. La chaleur alentour était insupportable.

- C'est maintenant ou jamais, l'Égaré. Ouvre cette porte ou nous sommes tous morts.

Je me jetais sur la porte tentant d'y poser mes mains à la recherche d'un quelconque mécanisme dissimulé. Mais rien ne se passa. Le dragon semblait être remis de sa surprise. Il ne devait pas rencontrer souvent des magiciennes aussi puissantes. Il prit une nouvelle inspiration et s'apprêta à répandre de nouveau la mort quand il aperçut deux de ses proies se séparer du groupe. Des boules d'énergie explosèrent non loin de lui. Il se savait invulnérable même face à la plus puissante des magies humaines. Il avait été conçu comme ça. Voilà une distraction plutôt bienvenue. Il fondit sur Natalia.

La sorcière tenta de projeter quelques boules d'électricité mystique mais les écailles du monstre remplirent pleinement leur rôle protecteur. En un instant, il était sur elle et l'attrapa dans ses serres. Il l'emporta dans les airs devant le regard affolé de Nastasia. Sans effort, la créature écartela la sorcière déchirant son corps en deux et rejetant les deux parties inertes et ensanglantées au sol.

Nastasia attrapa son bâton et folle de rage se rua en direction de l'animal volant. Un trait de lave arrêta net sa course figeant son corps dans sa dernière tentative de résistance. L'animal retourna son regard haineux vers Chadia et moi.

- Ton tatouage, hurla Chadia. Montre ton tatouage.

Je découvris mon épaule et exposais mon tatouage. La porte se mit à trembler et à s'écarter. Nous nous sommes jetés à l'intérieur sans prendre garde à ce qui pouvait bien nous attendre. L'instant d'après, des flammes brulantes s'écrasèrent sur les pans de la porte mais elle se refermait déjà derrière nous.

Nous étions effectivement dans un boyau naturel creusé sans doute par une ancienne éruption du volcan. Tout au bout, des lueurs rougeâtres dissipaient les pénombres. Il faisait très chaud.

- Elles se sont sacrifiées pour nous sauver la vie et te permettre de remplir ta quête, sanglota Chadia.

Je serrais plus fort sa main et l'entrainais vers la lumière, la mort dans l'âme.

Nous avons débouché au cœur du volcan. Un lac de lave en fusion remplissait tout l'espace. Le ciel et les étoiles étaient visibles au-dessus de nos têtes. Nulle trace du prédateur. Des bulles explosaient à la surface laissant échapper un gaz nocif qui aurait dû nous tuer immédiatement. Pourtant, il n'en était rien. La chaleur était réconfortante et l'air était chargé d'une agréable odeur épicée. Au centre du lac, trônait une ile constellée de mares d'eau chaude fumante. Un autel en marbre blanc et brillant reposait sur ce gros rocher de basalte.
- C'est là-bas, je le sens, gémit Chadia.
- Il n'y a aucun moyen de se rendre là-bas.
- Tu dois avoir la foi, répondit-elle. Il faut suivre à la lettre la prophétie : *Le chemin apparaitra, si sa foi dans les dieux est sans faille.*
Elle s'approcha du bord, me lâcha la main et se jeta dans le vide. Avec horreur, je tentais de la rattraper en vain. Elle plongea dans le lac bouillonnant et disparue sous sa surface. J'allais hurler quand sa tête perça la surface. Elle se mit à nager dans la lave.
- Quelle est cette magie ?
- Plonge et rejoins-moi, ordonna-t-elle.
Je m'exécutais trop heureux de voir ma bienaimée vivante.
Le liquide visqueux n'avait que l'apparence de la lave. Sa tiédeur était réconfortante. Nous avons nagé avec quelques difficultés dans cette soupe infâme pour finalement atteindre l'ile.
Chadia se baigna dans l'une des sources chaude pour nettoyer son corps souillé. Je la rejoignis et l'imitais avec une certaine appréhension.
Nous grimpèrent ensuite en direction de l'autel.
Sa surface était aussi lisse qu'un miroir.
- Que devons-nous faire maintenant, demandais-je.
La jeune femme subjuguée lui répondit :
- *Il devra alors consumer son union avec une vierge pour passer*
*Mais, pour rejoindre les dieux, le plus grand des sacrifices lui sera imposé*
La surface du lac fut parcourue par des ondelettes puis le dragon surgit des eaux pour se dresser immense devant nous. Tout son corps ruisselait de lave.
La chaleur devint plus intense et mes yeux commencèrent à piquer sévèrement. L'eau du lac inoffensif redevenait ce qu'elle avait été auparavant, de la lave en fusion.
Il se mit à parler en grondant et sifflant.
- Je suis le serpent condamné à garder l'entrée du domaine de dieux. Votre périple est terminé mortels. L'Égaré, peu avant toi sont parvenus

jusqu'ici. Il ne te reste plus qu'une seule épreuve. Ils ont voté et je parle en leur nom. Le sang de celle qui portera ton enfant dois-être sacrifié sur l'autel. Alors seulement, les portes te seront ouvertes.
- Est-ce une énigme ? Je ne comprends pas ton épreuve, Dragon hurlais-je.
- Viens, je me suis préparée à cette ultime épreuve.
Chadia se dévêtit complétement et grimpa nue sur le grand autel. Elle s'allongea.
-Viens et fais-moi l'amour. Nous devons procréer ensemble et initier la vie.
J'hésitais un instant. Celle que j'aimais s'offrait à moi, sans retenu. Celle que j'avais tant convoitée, tant rêvée, était enfin à ma portée. Et pourtant, quelque chose de profondément enfui en moi m'interdisait de profiter de ce fruit défendu.
Elle m'attira à elle et écarta les jambes m'intimant de la prendre sans plus attendre. Tous ses sens étaient tournés vers moi. Je me sentis enivré et submergé par son ensorcelant pouvoir. Mes dernières craintes s'envolèrent et je succombais sans retenues à ses folles avances. Je dépucelais avec hardiesse et vigueur son jeune corps si attirant. Elle répondit avec force à mes assauts, tout en gémissant et m'embrassant fougueusement. Je l'aimais plus que de raison. Elle me rendait fou. Après une étreinte passionnée où nos corps ne faisaient plus qu'un, elle m'ordonna de me coucher à mon tour et me chevaucha. Son corps magnifique ruisselait de sueur. Elle se démenait comme une diablesse devant les yeux maléfiques du dragon. Je sentais grimper en moi le plaisir ultime. Je tentais de chasser sa venue espérant profiter encore un moment de cet intense moment de bonheur que nous partagions. Je l'accompagnais quelques instants de plus dans sa jouissive cavalcade. N'en pouvant plus, à bout de souffle, je m'épanchais en elle. Elle se cambra vers l'arrière offrant sa généreuse poitrine à mon regard puis hurla à son tour de plaisir. Ses mains retournèrent se poser sur mon torse. Elles agrippaient la petite dague effilée qui n'avait jamais quitté son cou.
- Je t'aime et je t'aimerai toujours mon amour. Garde bien le talisman avec toi quoiqu'il arrive, je t'en conjure.
Sans que je puisse réagir, elle planta la dague dans sa carotide. Ses yeux se révulsèrent et du sang s'échappa immédiatement de la blessure mortelle. Mon corps tétanisé ne pouvait plus bouger. Malgré le choc, je tentais de bloquer l'hémorragie mais je savais déjà qu'il était trop tard. Le

sang de ma chérie s'écoulait sur moi. Je serrais fort son corps sans vie en sanglotant.
- Pourquoi, pourquoi s'est-elle tuée ? hurlais-je en direction du dragon. Vous me l'avez déjà arrachée une fois. Je vous maudis tous, dieux, anges et prophétie.
Je m'écroulais au sol songeant à rejoindre ma dulcinée dans la mort. A l'instant où j'allais me trancher les veines, une main m'attrapa le poignet.
- Il est temps de rejoindre les tiens, mon enfant.
Sa voix était douce et réconfortante.
Je levais mes yeux sur un vieillard en toge blanche immaculée.
- Qui êtes-vous ?
- Je suis Saint-Pierre, je vais t'ouvrir les portes du paradis. Si elle a donné sa vie, c'est pour que tu puisses accomplir ton destin. Fais de son sacrifice quelque chose de bien. Suis-moi.
Malgré le chagrin, l'idée de mettre fin à mes jours s'évanouit immédiatement. Je devais vivre pour honorer Chadia.
Le Dragon s'approcha et tendis une aile vers nous. Saint-Pierre me fit grimper sur lui.
- Nous allons chevaucher le dragon jusqu'à la porte.

La créature s'envola rapidement. Malgré sa vitesse je ne ressentais aucune appréhension. Nous survolâmes le volcan puis elle prit son envol en direction de la grande chaine montagneuse. Je voyais derrière moi au loin les prémices des Quatre Royaumes de Lakoele. Rapidement, elle atteint les sommets éternellement enneigés et nous déposa sur une corniche escarpée. A même la roche, au milieu d'une falaise sans fin, je découvris l'entrée du paradis.

CHAPITRE 9 : OLYMPE

C'était un long couloir au mur parfaitement plat. Une lumière blanche et intense me guidait vers elle. Oui, à n'en pas douter, c'était la porte du paradis. Saint-Pierre disparut derrière moi et je m'avançais seul vers la lumière aveuglante. J'avais parcouru plusieurs centaines de mètres quand une clameur se mit à raisonner dans le couloir. D'abord inintelligible, j'en saisis toute l'importance au moment où je parvins à franchir le rideau de lumière.

Je me retrouvais dans une sorte de colossale arène ovale. Des milliers de personnes installées dans des tribunes hurlaient un nom : Tobias, Tobias, Tobias. Oui, Tobias c'était moi. Ca me revenait, maintenant, je m'appelais Tobias.

Au centre de l'arène se trouvait deux sièges imposant. Plusieurs sphères métalliques tournoyèrent autour de moi. Des guerriers en armure d'ange avaient créé un cordon de sécurité. Dans les tribunes, les spectateurs étaient hystériques. Ils portaient des tenues qui n'avaient rien à voir avec celles que j'avais rencontrées dans les Quatre Royaumes.

Un homme élégamment vêtu d'une combinaison blanche saillante et étincelante me fit signe de prendre place dans l'un des fauteuils.

- Mesdames et messieurs, il est enfin là, devant vous en chair et en os. Vous avez suivi ses pérégrinations pendant une année au sein des Quatre Royaumes de Lakoele. Il est le grand gagnant de l'émission « Les Égarés ». Tobias, mon ami Tobias comment allez-vous ?

- Je... je ne sais plus. Où suis-je ? Qui êtes-vous ?

La foule immense se mit à applaudir.
- Votre mémoire va vous revenir très rapidement. Laissez-nous vous aider. Mais marquons une courte pause publicitaire avant d'évoquer avec vous votre incroyable périple.

Une jolie femme aux longs cheveux blonds et aux yeux violets étincelants, s'approcha de moi. Elle était vêtue du même type de combinaison totalement moulante fait de matériaux synthétiques que je ne parvenais pas à identifier. La sienne était bleue et comme toutes les autres, brillante. Son décolleté impressionnant laissé deviner une poitrine opulente. C'était bien elle, la fille de mes rêves : Judith. Mais que faisait-elle là ? Je la connaissais à n'en pas douter. Elle libéra une petite sphère qui se mit à virevolter autour de moi me scrutant de la tête au pied à l'aide d'un faisceau lumineux rougeâtre. Elle sortit ensuite un tube métallique phosphorescent et s'approcha de moi afin de mieux scruter mon regard. La femme était toute proche. Elle se pencha et m'adressa très discrètement la parole. Je ne l'entendis à peine dans le vacarme ambiant.

- Je n'ai pas pu rétablir ta mémoire car elle est définitivement détruite. Cependant, tu auras certaines réminiscences et tu ne devrais pas être trop choqué par ce que tu vas découvrir dans ce monde nouveau pour toi. Ne fais confiance à personne et garde coute que coute sur toi le talisman de Chadia. Je saurai te retrouver le moment venu, mon chéri. Il est à vous, Macarthur, finit-elle par dire à voix haute.

- Merci Mélina. Alors Tobias, pas de blagues, votre public est là. Toute la planète a les yeux rivés sur vous. Donnez en leur pour leur argent. Mais que vous êtes beau. J'espère qu'on pourra boire un verre ensemble après l'émission. C'est à nous maintenant.

Une immense projection transparente apparut à côté d'eux dans le stade. Elle représentait Tobias posté devant une porte. La caméra prit du recul et passa par la fenêtre d'une immense tour en verre dressée au milieu d'une ville futuriste. Des centaines de petites bulles suivaient des trajectoires prédéfinies dans le ciel. L'immense mégalopole en verre s'étendait à perte de vue.

Le présentateur reprit la parole d'un ton solennel, presque religieux.

- Tobias vous étiez le PDG de Lakoele Entertainment et par définition vous occupiez la place de Jésus au sein de L'Ultima Céna. Voilà presque un an, malgré votre position ultime, vous avez succombé à la folie et avait été condamné à mort par incinération plasmatique pour l'assassinat par étranglement de votre propre épouse Katie. Cependant, vous avez choisi de commuer votre peine en vous portant candidat à la 487e édition des

«Egarés» organisée par Lakoele Entertainment. Vous avez survécu à cette édition et vous avez remporté le trophée. Vous êtes donc à présent de nouveau libre. La foule se déchaina de plus belle.
Je me pris la tête entre les mains. Les souvenirs affluaient, la mémoire commençait à me revenir. Lakoele Entertainment ? J'avais un lien fort avec cette organisation qui dirigeait la planète tout entière. Mais lequel ? Elle avait en charge d'administrer les Quatre Royaumes de Lakoele. Beaucoup de choses me revenaient maintenant.
Lakoele n'était qu'un immense parc d'attraction grandeur nature. Oui, on y tournait des jeux mais également des reportages. Nous jouions à Dieu en manipulant comme il nous plaisait les habitants et les créatures du royaume qui étaient pourtant bien vivantes. Les plus riches pouvaient même réaliser des voyages là-bas ou des safaris. Je retins un haut le cœur. Une partie du Tobias de l'époque ne reviendrait jamais à la surface. La vie d'une planète tournait uniquement autour de ces jeux du cirque d'un temps moderne.
Macarthur diffusa des extraits de mon périple tout en les commentant et en me posant moultes questions. Je tentais de cacher mon désarroi en répondant le mieux possible à ses interrogations. Revoir en image mes compagnons de voyage, amis comme ennemis me troubla au plus haut point. Je dus faire d'immenses efforts pour ne pas vomir ou sombrer dans la folie. Les soins prodigués par la femme en bleu semblaient cependant m'aider à garder la tête froide et à maitriser mes émotions.
- Alors qu'est-ce que ça vous fait d'être le héros de toute une planète ? Vous en étiez son leader et malgré vos actes vous en êtes maintenant devenu son héros. Quel incroyable destin !
- Je ne pense pas être un messie mais si mes actes ont pu remotiver les plus désespérés et donner de la joie au plus malheureux, alors je pense avoir rempli ma mission.
J'étais écœuré par mon discours. Je n'avais qu'une seule envie, fuir d'ici mais pour cela, je devais leur dire ce qu'ils avaient envie d'entendre.
On projeta une image holographique du Tobias que j'étais avant mon transfert.
- Votre nouveau corps est bien différent de celui que vous aviez avant. Il est la propriété de Lakoele Entertainment mais ils vous le laisseront surement pendant toute la période de promotion.
- J'espère bien, j'y ai pris gout.

- Chadia est morte dans vos bras, il y a quelques heures. Saviez-vous qu'elle allait se donner la mort ? C'est un drame pour de nombreux visiospectacteurs.

Mes poings se serrèrent et Macarthur constata qu'il avait été un peu trop téméraire. Je restais l'Égaré et l'étrangleur à ses yeux. Je repris le contrôle de mes émotions.

- Chadia a donné sa vie pour que j'accomplisse ma quête et que je survive à cette aventure. Je la chérirai et l'honorerai jusqu'à la fin de ma vie. Jamais je ne pourrai l'oublier.

La foule exulta à nouveau.

- Qu'allez-vous faire, maintenant ?
- Prendre un bon bain et dormir plus que de raison.

Macarthur se mit à rigoler comme une bonne partie des spectateurs.

- Non, plus sérieusement, je vais essayer de retrouver un peu de mémoire et militer pour que le peuple des Quatre Royaumes soit mieux reconnu dans notre société.

- Vous n'allez quand même par rejoindre le LEF et ces anarchistes qui prétendent constituer la résistance face à l'oppression ?

- Je ne suis pas un conspirateur. Je pense que certaines facettes des Quatre Royaumes méritent d'être mieux connues de nos concitoyens. Je me ferai la joie de devenir un ambassadeur et un guide pour le compte de Lakoele Entertainment.

- Excellent choix. Je suis certain que de nombreux visiospectateurs dépenseraient une petite fortune pour s'aventurer avec vous dans les Quatre Royaumes. Beaucoup économisent toute une vie pour se payer un voyage dans la peau d'un divin au cœur des Quatre Royaumes.

Des membres du public furent tirés au hasard pour pouvoir descendre sur scène pour m'approcher, m'embrasser et me questionner.

Une jeune fille me pressa contre elle et m'avoua qu'elle m'aimait à la folie. Un autre m'expliqua qu'il avait opté pour le «forfait divin» avec l'option «érotique plus» afin de mieux profiter sous plusieurs angles des scènes pornographiques de l'aventure.

Une gamine pleurait encore la mort récente de Chadia et me demandait s'il était possible que je la fasse revivre. Mes yeux s'embuèrent à nouveau.

Après plusieurs heures intenses, l'émission prit fin et je fus transporté par bulle volante en dehors du stadium pour rejoindre les quartiers privés qui m'avaient été réservés dans une des plus hautes tours de la capitale.

Perchée au-dessus des nuages, la cité émergea comme un joyau luminescent suspendu dans l'infini azur. Les tours s'élevaient telles des stalagmites de cristal, reflétant les nuances chatoyantes de l'aurore et du crépuscule, fusionnant la technologie et la nature dans une harmonie parfaite. Chaque bâtiment était conçu avec des matériaux translucides, qui se modifiaient selon l'humeur des habitants, créant une symphonie de couleurs douces qui ondulaient à travers la cité. Les rues étaient bordées d'arbres bioluminescents, dont les feuilles diffusaient une douce lumière, remplissant la nuit d'une aura sereine.

Il n'y avait pas de véhicules bruyants à Midgard. Les citoyens se déplaçaient grâce à des plateformes anti-gravitées silencieuses ou empruntaient des passerelles de verre qui serpentaient entre les bâtiments, offrant des vues panoramiques sur les jardins suspendus et les cascades aériennes. L'air était pur, enrichi d'oxygène et dépourvu de toute pollution. Des drones bienveillants volaient doucement, purifiant l'air et distribuant des arômes apaisants, créant une atmosphère de paix et de bien-être. Les sons de la nature - le gazouillis des oiseaux, le murmure de l'eau et le doux bruissement des feuilles - étaient amplifiés, afin que la cacophonie de la vie urbaine traditionnelle ne soit qu'un lointain souvenir.

Au cœur de la cité se trouvait l'Arbre de Vie, un arbre gigantesque dont les racines plongeaient profondément dans un lac scintillant et dont les branches s'élevaient jusqu'au firmament. C'était à la fois une source d'énergie pour la cité et un sanctuaire de méditation pour ses habitants.

Deux soleils illuminaient les multiples baies vitrées des immeubles. L'un était petit et brillait de mille feux, sans doute une naine blanche et l'autre était beaucoup plus gros et rougeâtre, son étoile parente.

Midgard était le nom de cette ville et la planète s'appelait Olympe. Quelle ironie !

Je redécouvris les joies d'une douche bien chaude et de vêtements propres. On m'avait enlevé toutes mes possessions mais j'étais parvenu à conserver discrètement la petite dague de Chadia.

Pour dormir, il suffisait de s'allonger sur le sol et un système vous faisait léviter dans l'air. Plus de gravité, plus d'oppression. Je passais donc une nuit peu agitée sans doute accentuée par les effets des traitements prodigués par la jolie blonde. Je ne parvenais pas encore à me rappeler qui elle était. Nous étions proches avant, très proches, sans doute trop proches.

Au matin, je retrouvais dans mon propre salon, avachi dans une confortable chaise anti-gravité, Macarthur qui sirotait sans gêne un alcool de couleur arc en ciel.

- Tobias, mon ami, la nuit a-t-elle été bonne ?
- C'est la première fois que je dors sans risquer de me faire assassiner.
- Venons-en au fait. Vous allez participer à une petite sauterie organisée par votre successeuse à la tête de Lakoele Entertainment. Il y aura de nombreux journalistes. Je vais être en charge de m'occuper de vous un certain temps jusqu'à ce que vous retrouviez vos marques chez nous. Faites le spectacle et tout se passera bien. Ça fait plus de dix ans qu'un Égaré n'était pas parvenu à remporter l'aventure. Vous avez vraiment une carte à jouer.

Il s'approcha de moi et me parla en catimini.

- De vous à moi, vous pourriez facilement reprendre une place à l'Ultima Céna et prendre des décisions importantes sur la gestion des Quatre Royaumes.

- J'ai dans l'ambition qu'on n'oublie pas mon nom de sitôt, Macarthur.

-Très bien alors enfilez moi cette combinaison et nous allons faire de vous un magnifique Apollon.

La bulle se posa dans un parc arboré méticuleusement entretenu. Un jeu d'éclairages savant mettait particulièrement en valeur les multiples fleurs et la grande fontaine qui trônait devant l'entrée de la villa.

Déjà de nombreux journalistes s'étaient attroupés sur le perron afin de récolter quelques photos holographiques du gagnant de la saison. La sécurité était assurée par de nombreux hommes casqués lourdement armés et revêtus d'armures composites de la même veine que celle de feu le seigneur Harmman.

Une lumière aveuglante envahit la salle. Plusieurs soldats d'élite prirent position de part et d'autre des invités. Revêtus d'une armure blanche intégrale décorée d'un aigle rouge sur le plastron, ils tenaient entre leurs mains un fusil d'assaut de gros calibre.

Un être lumineux fit alors son apparition. Je ne pouvais à peine le regarder. Il irradiait une luminosité aussi puissante que celle d'un astre solaire. Je dus détourner le regard pour ne pas perdre la vue.

- Faites place à celle qui occupe le centre de l'Ultima Céna. Faites place à celle qui occupe la place de Jésus.

- Mettez-ça, vous pourriez plus facilement échanger avec Bruna. Elle a toujours eu le sens du spectacle. Le choc va être brutal mon ami, déclara Macarthur.

Il me tendit une paire de lunettes de soleil que je m'empressais de mettre pour mieux voir celle qui approchait.

Elle portait une robe courte moulante en maille estampée à chaud qui irradiait une forte lumière. La tenue très fine laissait transparaitre son corps nu parfait. Je ne connaissais que trop bien ce corps. Ce visage souriant était ancré en moi pour l'éternité. C'était celui de celle que j'avais aimé. Chadia s'arrêta devant moi.

- Tobias, je ne pensais pas que tu parviendrais à remporter une victoire si éclatante. Mais après tout, tu étais notre PDG avant ta déchéance et ma propre ascension.

- Qui êtes-vous ? demandais-je, les larmes aux yeux.

- Ta mémoire n'est pas encore totalement rétablie, semble-t-il.

L'ombre d'un géant se découpa derrière elle. Falkomed apparut à ses côtés. Il était tel que je l'avais quitté sur le pont du vaisseau en flamme. Ma main se porta machinalement à ma ceinture à la recherche d'une lame qui ne s'y trouvait pas.

La femme s'interposa entre nous.

- Allons, allons. Le jeu est terminé. Falkomed a fait un formidable adversaire. Je regrette cependant qu'il ne soit pas parvenu à mettre fin à ton périple en temps voulu. J'avais parié une grosse somme d'argent sur ta défaite. Je suis bonne joueuse, célébrons ta victoire et parlons de l'avenir, veux-tu ? Cette fête est la tienne.

- C'est vous qui avez fait tué Chadia dans le temple. C'était vous la divine.

- Oui, quand je te disais qu'elle me ressemblait comme deux gouttes d'eau. Elle était faite à mon image.

Sa voix avait quelque chose de cruelle et de hautin.

- Vous n'auriez jamais dû aller si loin dans le jeu et tu peux comprendre que j'avais tout intérêt à te voir disparaitre mais l'audimat n'a jamais été si élevé. Le conseil d'administration m'a lié les mains.

- tout intérêt à me voir disparaitre ? Qu'entendez-vous par là ?

Elle fut prise à partie par plusieurs journalistes qui lui posèrent des questions sur l'aventure et sur Chadia en particulier.

Je m'éclipsais discrètement pour retrouver mes esprits. Mon pire ennemi avait l'image de celle que j'aimais encore.

J'aperçus soudain Judith penchée à la balustrade du premier étage. Elle avait revêtu une tenue gothique plutôt provocante. Ses longues bottes en cuir à talons hauts compensés lui montaient jusqu'au sommet des mollets. Elles étaient fixées par de multiples lacets et de nombreuses boucles en métal chromé. Des collants résilles noirs recouvraient uniquement le bas de ses cuisses. Sa robe courte en cuir parfaitement ajusté à son corps mettait en valeur ses formes aguichantes. Un collier aussi largue que sa gorge et muni d'un gros anneau semblait vouloir suggérer qu'elle était en attente d'un maitre pour lui passer la laisse. Pourtant ses boucles d'oreilles, longues et pointues appelaient la prudence. Ses yeux et ses lèvres étaient recouverts de maquillage sombre. Pour finir de longues mitaines toujours en cuir remontaient sur ses avant-bras. Elle me fit signe de la rejoindre.

Je grimpais rapidement l'escalier en prenant soin de ne pas attirer l'attention. Judith rentra dans une pièce et referma la porte derrière elle. Je tournais la poignée et rentrais à mon tour après m'être assuré que personne ne m'avait vu.

Je me retrouvais dans une chambre luxueuse.

- Ouvre la fenêtre.

Je m'approchais de la porte fenêtre et l'ouvrit. Elle donnait sur un petit balcon en pierre et sur les jardins de la propriété.

Elle s'approcha de moi.

- Nous avons peu de temps avant qu'ils ne s'aperçoivent de la supercherie. J'aurais tellement voulu te serrer dans mes bras et t'embrasser, Tobias, mon chéri. As-tu le talisman ?

- Oui, il est sur moi.

Je sortis la dague.

- Jette-le par la fenêtre !

- Quoi ?

- Fais-moi confiance. S'il te plait.

A l'instant même où la dague passait par-dessus le balcon, la porte s'ouvrit soudainement. Falkomed et deux soldats de la garde rapprochée de Bruna firent irruption dans la chambre, arme à la main. Sans sommation, ils ouvrirent le feu sur la blonde. Les balles passèrent à travers son corps et explosèrent sur le mur du fond.

Elle les regarda en souriant de façon très provocante.

- Falkomed, tu auras toujours un train de retard sur moi.

Une onde lumineuse parcourut son corps et il devint translucide. Puis il disparut tout simplement laissant place à une sphère volante. Cette dernière fonça en direction de la fenêtre sous mes yeux ébahis. Elle voltigea au ras du sol, récupéra en plein vol la dague plantée dans la pelouse grâce à une pince rétractable et disparut derrière les arbres. Les

tirs mal ajustés de ses poursuivants ne l'inquiétèrent pas le moins du monde.
- Emmenez-le pour interrogatoire, ordonna Falkomed.
L'un des gardes s'approcha de moi et m'ajusta avec son arme. Je levais les mains en l'air connaissant les ravages que pouvaient faire ce type d'équipement. Il appuya sur la détente et une rafale d'énergie me frappa de plein fouet me plongeant immédiatement dans un profond coma.

Lorsque je repris conscience, j'étais attaché sur une chaise métallique dans une petite pièce aux murs blancs lumineux dénués d'ouverture. Mon corps endolori ne répondait que partiellement à mes sollicitations. J'essayais de briser les menottes qui me retenaient prisonnier mais c'était peine perdue. L'un des murs se volatilisa pour laisser rentrer Falkomed. Il était accompagné d'un androïde. La créature robotique avait des formes féminines particulièrement pulpeuses. Son visage était parfaitement humain, avenant et subtilement maquillé. Sa poitrine et le bas de son bassin étaient également faite de chair à l'apparence humaine. Cependant, son crâne et le reste de son corps étaient conçus en métal brillant. Des câbles d'acier et des fils électriques lumineux remplaçaient ses articulations à la jonction de ses membres.
- Tobias, je te présente Mélina. Elle est passée maitresse dans l'art de torturer l'humain. Je suis certaine qu'elle va te plaire.
L'androïde s'approcha de moi et m'adressa un plaisant sourire.
- Qui était cette fille à la résidence et que lui as-tu lancée ? demanda l'homme masqué.
- Tu ne l'as pas reconnue, Falkomed ? C'était ta maitresse. Elle était tellement dépitée par tes prouesses au lit qu'elle m'a demandé de lui apporter du réconfort. Je suis certain que l'objet que je lui ai donné la contentera plus que toi.
Il ne répondit pas à mes sarcasmes.
- Appelle-moi dès que tu lui auras extirpé les vers du nez puis tue-le. Que sa mort soit lente et douloureuse, veux-tu ?
Il sortit de la salle me laissant seul avec la créature humanoïde.
- Si tu parles tout de suite, je peux transformer cette séance de torture en véritable moment de plaisir. J'ai fait le tapin pendant quelques années avant ma reprogrammation. As-tu déjà couché avec une prostituée biomécanique ? Je dispose encore de programme très excitant, me susurrât-elle à l'oreille.

Sa voix était charmante et envoutante.
Elle posa sa main sur mon sexe.
- Je pourrais lécher et caresser tes boules ou bien les presser lentement jusqu'à les écraser. C'est plutôt barbare.
Je tirais de nouveau sur mes entraves.
- Rassure-toi, nous allons commencer très subtilement.
De fines aiguilles métalliques surgirent au bout de ses doigts.
- L'acupuncture consiste à introduire de petites aiguilles dans la peau plus ou moins profondément sur des points précis situés le long de douze voies de circulation de l'énergie, appelées " méridiens ". Elle a pour objectif de rétablir la circulation du qi " l'énergie vitale ", de la tonifier lorsqu'elle est insuffisante ou de la disperser en cas de blocage. Pour ma part, j'ai appris à faire tout le contraire. Tu vas voir c'est très désagréable et particulièrement douloureux. Si tu es sage, je te réserve même une petite gâterie.

Elle planta sans sommation ses griffes dans ma poitrine. Un courant électrique se mit à parcourir mon corps contractant douloureusement mes muscles. L'intensité était inégale et j'avais vraiment l'impression qu'on me trifouillait l'intérieur sans ménagement.

- Toujours rien à me dire, passons à des choses plus sérieuses alors. Si tu veux crier ne te prive pas, il n'y a pas de honte à avoir entre nous.

Je me mis effectivement à hurler incapable de maitriser la douleur qui me parcourait tout le corps de la tête au pied. Je ne tiendrais pas longtemps à ce rythme-là.

Elle se pencha sur moi et me vola un profond baiser. Je ne pus le refuser car elle était devenu maitresse du moindre de mes muscles. Je n'étais plus qu'une marionnette entre ses mains. Sa salive avait un gout sucré. Ma tête se mit à tourner.

- Cette drogue devrait te déliait la langue. Parle maintenant.
- Judith, elle s'appelle Judith. C'était ma maitresse avant l'émission.
- C'est bien, c'est très bien. Tu as du en faire des choses dégueulasses avec Judith. Des choses bien dégueulasses, n'est-ce pas.

Elle se mit à me masturber.

- On dirait que tu prends plaisir à ça, petit pervers.

Naturellement, je ne pouvais maitriser mon érection étant totalement sous sa domination. Elle relâcha la pression et mes muscles se détendirent soudainement. Une onde de bienfaisance se mit à parcourir la moindre parcelle de mon corps molesté. Elle s'empala sur moi et se mit à me chevaucher doucement.

- Ça te plaît ? Normalement, je ne fais pas ça avec mes victimes mais je t'octroie un petit privilège. Tu as été l'ancien messie et tu as promulgué l'indépendance des androïdes à intelligence humaine.

Elle accéléra son mouvement. Ses intenses ondulations, ses halètements même simulés et ses ondes d'énergie revigorantes parvinrent à me faire plier à sa volonté.

- Que lui as-tu donné ?

- Un talisman, je ne sais pas à quoi ça sert mais le LEF semble y tenir comme à la prunelle de ses yeux, ai-je balbutié entre deux plaintes de plaisir.

- C'est bien, viens maintenant, finissons-en. Je ne te ferai pas souffrir.

Ses mains se resserrèrent sur ma gorge. L'étrangleur allait être étranglé.

Elle se cambra en arrière et m'extirpa une jouissance intense et douloureuse à la fois.

Le souffle me manquait. Doucement, subtilement, je commençais à voir apparaitre un voile noir devant mes yeux.

Mélina me regardait sans aucune émotion. Soudain, son visage explosa rependant du sang, de la chair et des morceaux de métal un peu partout sur moi. Elle s'écroula au sol.

Deux individus cagoulés se tenaient derrière elle. Ils portaient tous les deux une combinaison camouflée grise à motifs urbains et une cagoule dissimulant leurs traits. Leur combinaison était couverte d'impacts de balles et de tâches de sang. N'importe quel humain aurait déjà rendu l'âme.

L'un d'eux était une femme et l'autre un homme de stature imposante. La femme s'adressa à moi d'une voix calme.

- Le LEF nous a envoyé vous chercher, monsieur. Nous allons vous extraire d'ici. Suivez nos consignes et tout se passera bien.

Elle poussa sans ménagement sur le côté le cadavre de Mélina et, d'une facilité déconcertante, brisa mes liens à la seule force de ses mains.

- Habillez-vous, dit-elle en me tendant mes vêtements.

Le couloir était jonché de corps de l'équipe de sécurité. Après une course folle, nous avons débouché dans une salle qui ressemblait à un entrepôt délabré.

Des rafales d'arme à feu se firent entendre à l'autre bout et des balles ricochèrent autour de nous. La femme me mit à l'abri derrière une grosse caisse métallique et l'homme avança sans se soucier des balles qui

l'atteignaient de plein fouet. Il répliqua méticuleusement avec son fusil d'assaut faisant mouche à chaque tir.
- La voix est libre mais leurs renforts ne vont pas tarder à arriver. Ils vont sans doute utiliser des armes plus létales la prochaine fois.

Nous sommes sortis à l'extérieur dans une sombre ruelle qui n'avait rien à voir avec la luxueuse propriété que j'avais quitté quelque temps auparavant. Au pas de courses, nous avons foncé en slalomant entre les détritus et de grosses poubelles. Plusieurs drones vrombissaient dans notre dos. Des rafales d'énergie s'écrasèrent autour de nous.
- Je vais les retenir ici.

L'homme s'arrêta et se dissimula dans un renfoncement de mur. Ma sauveteuse se plaça derrière moi pour couvrir notre fuite sans prêter attention à son coéquipier.

Nous sommes parvenus dans une artère plus animée. Une foule bigarrée déambulait dans la rue. De nombreuses devantures aux néons multicolores dévoilaient des danseuses dévêtues aux charmes incertains. Elles se déhanchaient outrageusement pour mieux attirer l'attention des clients. Des marchands ambulants vendaient à la sauvette tout sorte de marchandises plus ou moins prohibées. Au milieu de toute cette populace, de nombreuses bulles volantes tentaient de se frayer un chemin.

L'un des magasins, nommé « Au marché noir de Lakoele », semblaient proposés des marchandises antiques en provenance des Quatre Royaumes.

Nous avons dépassé un groupe de junkies aux cheveux hirsutes et aux visages livides avant d'emprunter un escalator magnétique qui nous mena à une station de métro souterraine.
- Suivez-moi.

La fille se fraya un chemin à travers la foule qui ne sembla pas le moins du monde s'inquiéter de son arme et de ses apparentes blessures.

Elle me conduisit jusqu'aux toilettes et activa la porte étanche d'une des cabines.
- Entrez, s'il vous plait.

Je m'exécutais.
- Je dois désactiver votre système de pistage. Il n'a pas été mis hors service à la fin de l'émission. Ils peuvent voir et entendre ce que vous faites et ils nous suivent à la trace.

Je suis désolée mais ça va être très douloureux.
- Après ce que vient de me faire subir l'androïde, plus rien ne m'inquiète.

La militaire sortit une petite trousse médicale de sa ceinture multipoche. Elle en retira une seringue pleine de produit et une espèce d'autocollant. Elle dégaina son poignard accroché à sa cuisse et me plaqua contre le mur. Le couteau s'enfonça dans mon dos non loin de ma colonne vertébrale. Je faillis défaillir. Puis, elle arracha délicatement quelque chose qu'elle s'empressa de jeter dans les toilettes.

- Je vais vous injecter ce calmant antiseptique et le pansement va cautériser la plaie en quelques minutes.

La fille retira sa cagoule. Elle était brune coupée très court. Son visage était anguleux et peu féminin.

Je lui ai fait remarquer qu'elle pissait le sang.

- Vous pouvez m'appeler Stef. Je suis un androïde de combat modèle Sasmaster. Mon endosquelette de métal est recouvert de tissu charnel. Je suis fonctionnelle à 95%.

La porte s'ouvrit et un homme nous regarda sortir.

- Bande de pervers vous pourriez louer une chambre d'hôtel pour faire vos dégueulasseries.

Nous avons rejoint la foule sans broncher.

Sur le quai, il y avait beaucoup de monde. Le métro déboucha sans aucun bruit dans la station. De forme cylindrique, il lévitait paisiblement. Ses parois intérieures et extérieures avaient été transformées en mur de publicité diffusant de nombreuses réclames de tout genre. Je pus même apercevoir avec surprise quelques scènes de mon périple passé.

Une terrible explosion se produisit non loin de nous. De nombreux corps furent déchiquetés par le souffle puissant. Je ne dus ma vie sauve qu'au réflexe de mon garde du corps. Cependant une balle s'était logée dans mon épaule.

Un humanoïde imposant portant un long manteau coupe-vent vintage en cuir noir et un stetson sombre se fraya un passage parmi les mourants. Il tenait un fusil mitrailleur avec un lance grenade dans une main et un gros cigare fumant dans l'autre. Son visage squelettique mi-homme mi-machine était particulièrement effrayant. Il braqua son arme vers nous en esquissant un rictus. Ses yeux n'étaient que deux diodes lumineuses rougeoyantes.

Stef me poussa à l'intérieur du wagon et fit de nouveau barrage avec son corps pour stopper les projectiles qu'il tira dans notre direction. L'un de ses bras tomba au sol en grésillant tranché par une salve de métal fondu. Le métro reprit sa route laissant notre poursuivant sur le quai derrière nous.

Stef remonta plusieurs wagons et s'assit sur une banquette libre. Elle avait l'air mal en point.

- Ils ont envoyé un chasseur-tueur à nos trousses. Celui-là est l'un des pires de tous. Mes circuits vitaux ont été endommagés. Ma cellule d'énergie principale et secondaire sont hors services. Je ne pourrais pas accomplir ma mission jusqu'au bout. Composez le 57ZAF5486 sur n'importe quel comlink et entrez en contact avec le LEF. Le code d'extraction est «Barbiturique». Descendez à la prochaine station et soyez prudent, monsieur.

Elle s'immobilisa. Tout son corps était comme paralysé.

Deux hommes ne cessaient de me jeter des regards inquisiteurs. Finalement l'un d'eux s'approcha de moi.

- Vous ressemblez comme deux gouttes d'eau à l'Égaré. C'est un déguisement morphique ? Vous l'avez acheté où ?

J'attrapais le pistolet mitrailleur de Stef et le levais en direction de l'homme un peu trop curieux.

- Vous l'avez trouvé comment la dernière saison.
- Super mon vieux, super. On se calme, je ne te veux rien de mal.

Il retourna s'installer près de son ami.

Après avoir récupéré le couteau de l'androïde, je me levais et j'activais le système d'arrêt d'urgence. Le train ralentit rapidement et s'arrêta net quelques secondes après.

Une agréable voix emplit l'habitacle :

- Mesdames, messieurs, gardez votre calme, nos services analysent la cause de cette arrêt d'urgence. Tout contrevenant sera passible d'une amende de catégorie 2 comme le prévoit le règlement de la compagnie.

J'ai tiré plusieurs rafales sur une fenêtre pour la faire exploser puis je suis passé par cette dernière pour atterrir souplement sur la voie en contre-bas. Je ne donnais pas cher de ma peau si un autre train arrivait en face. Il me fallait trouver une issue de secours rapidement. Je remontais la voie pour finalement parvenir à une porte de service que je forçais sans grande difficulté.

Je rangeais l'arme sous ma veste et remontais une file de passagers rapidement et discrètement. Un groupe de policiers me croisa sans m'apercevoir. Ils devaient se rendre à la prochaine station pour m'y attendre de pied ferme.

Arrivé à l'extérieur, je ne savais pas trop où aller. Je perdais du sang, beaucoup voulait ma mort et je n'avais pas encore suffisamment retrouvé de mémoire pour me rappeler de mes fidèles amis. Tout du moins si j'en avais.

Une bulle volante s'arrêta non loin de moi. Le chasseur-tueur s'en extirpa arme à la main. Comment avait-il fait pour me retrouver ? Je fonçais en direction d'un bâtiment et m'engouffrais dans le premier ascenseur disponible forçant les passants à évacuer les lieux rapidement. Il me traquait et prendrait le temps qu'il lui faudrait pour me trouver et me tuer.

Je m'assis par terre. Mon épaule me lançait. Oui, il me traçait avec cette putain de balle figée en moi. Il ne me restait que quelques secondes pour agir. D'un geste lent, j'ai donc extirpé la balle de mon épaule à l'aide du couteau. La drogue que Stef m'avait injectée faisait heureusement encore effet. Même si j'ai cru tourner de l'œil un moment, je suis parvenu à me charcuter pour faire tomber le morceau de métal sur le plancher en verre. Il fallait rapidement stopper l'hémorragie sinon je ne donnais pas cher de ma peau. Je récupérais la balle traceuse et constatais effectivement qu'elle portait un micro capteur. Elle était intacte. J'ai désolidarisé l'une de mes propres cartouches pour fixer la balle du chasseur-tueur à la douille.

La porte de l'ascenseur s'ouvrit sur le quarantième étage, je bondis à l'extérieur et emprunta l'escalier jusqu'à la terrasse. J'étais de nouveau à l'air libre. Mais je ne devais pas rester ici. Un autre immeuble, un peu plus petit était construit juste à côté du mien. Je me penchais sur le bord. Un métro approchait à une centaine de mètres en contre-bas. J'épaulais mon arme, visais l'engin et tirais. La balle se figea dans l'un des wagons. Ça ne devait pas être la première fois qu'une rame se prenait une balle perdue. Le train continua sa route sans s'arrêter.

Mon poursuivant serait sur moi dans quelques minutes. Sans réfléchir, j'ai pris mon élan et j'ai sauté en direction du toit voisin. Ce n'était pas un saut facile même pour un Égaré comme moi. Aucun humain n'aurait réussi à franchir ce gouffre imposant. Je vis le bord de la terrasse se rapprocher mais je savais déjà que je ne l'atteindrais pas. Tous mes muscles se contractèrent pour résister au choc. Je m'écrasais contre la façade et rebondis dessus. Mon corps chuta de plusieurs mètres avant de s'arrêter net sur une terrasse. J'étais vivant mais à moitié inconscient.

Un gamin qui sommeillait sur une chaise longue hurla en me voyant.

- Aide-moi, je t'en supplie. Je suis pourchassé. Ils me cherchent et veulent me tuer.

Je m'écroulais sur le sol, inconscient.

Lorsque je rouvrais les yeux, j'étais allongé dans un lit anti-gravité. Mon corps flottait dans l'air. On avait pensé mes blessures. Je me sentais reposé. Sur les murs, des projections holographiques réalistes représentaient en taille réelle Chadia, la sorcière Babayaga et moi-même. Le gamin qui m'avait sauvé la vie était assis dans un fauteuil anti-gravité. Il devait avoir un peu plus de dix ans. Lorsqu'il m'aperçut, il ouvrit grand les yeux et son visage s'illumina d'un sourire émerveillé.
- Kim, il est réveillé.
Une jeune femme entra dans la chambre. Particulièrement maigre et aussi grande qu'un mannequin, elle avait les yeux légèrement bridés et une longue chevelure noire et soyeuse. Elle me sourit avec un certain charme. Ses traits indiquaient qu'elle était l'origine d'un métissage particulièrement réussi.
- Vous avez dormi pendant trois jours. On a même cru un moment que vous ne vous réveillerez pas. Timy a veillé sur vous pendant tout ce temps.
- Merci, Timy. Tu m'as sauvé la vie.
L'enfant sauta de sa chaise et s'approcha de moi en souriant. Il semblait aux anges.
- Tu es le vrai Égaré ?
- Oui, si tu parles de celui qui pendant presque un an a parcouru les Quatre Royaumes, c'est bien moi.
- Tu vois Kim, je te l'avais bien dit. Tu ne voulais pas me croire. Les copains ne vont pas en revenir.
- Et comment vous êtes arrivé sur notre balcon ? demanda la fille.
- C'est une longue histoire que vous auriez du mal à comprendre. Disons simplement que l'aventure continue et que les méchants veulent toujours ma peau.
- C'est qui les méchants qui te pourchassent ? Le roi Géhofft, le vampire, non attends, ne me dis pas que Falkomed est toujours vivant ?
- Tu as vu juste jeune homme. Je ne dois pas trop trainer ici. Je pourrais mettre vos vies en danger.
On frappa fortement à la porte d'entrée.
- Je sais que tu es là, ma jolie. C'est l'heure de payer le loyer.
Kim fit la moue.
- C'est le bailleur, restez ici et ne vous montrez pas, je vais régler ça rapidement.
Elle sortit de la chambre et je me levais pour observer discrètement la scène.

La porte coulissa sur le côté laissant apparaitre deux punks à l'allure débraillée. Il portait tous les deux des crêtes d'iroquois. Leurs visages étaient tuméfiés comme s'ils avaient passé les dernières heures à se faire molester sur un ring. On avait tatoué un cobra sanguinolent sur leur joue gauche.
- Salut, Bretling, tu viens chercher le loyer, demanda Kim.
- Et oui, ça se paye la protection des « kramoisis ».
- J'ai pas encore reçu mon salaire. Tu vois, je viens juste d'obtenir un nouveau job dans la maintenance au siège de Lakoele. Une super place.
- Tu connais la règle, pas de loyer, pas de logement. Tu as déjà un mois de retard ma grande. Si tu ne peux pas payer, on te vire et on met quelqu'un d'autre à ta place ici. Ceux qui souhaitent crécher ici en toute sécurité sont nombreux. On a une liste d'attente aussi longue que ma queue.
- Dans ce cas, tu ne dois pas avoir beaucoup de monde dessus, railla la jeune femme.
L'autre punk rigola. Il se retourna vers son camarade.
- Ça te fait marrer ?
Il sortit une petite matraque de sa poche. Elle se mit à vibrer dans ses mains. Une voix féminine raisonna dans le couloir.
- Qu'est ce qui passe ici ? demanda-t-elle d'un ton ferme.
Le punk rangea vivement son arme.
- La petite Kim n'a pas de quoi payer, Ladyface.
Une femme pénétra dans l'appartement et se plaça devant Kim. Pas très grande, elle apparaissait cependant musclée et séche.
Elle portait une longue chevelure orange et violette. Une partie de son crane au-dessus de son oreille était rasé et arborait un tatouage de chauvesouris. Ses lèvres étaient peintes en noires et un trait mauve mettait en valeur ses sourcils en les prolongeant. Plusieurs piercings décoraient son nez et sa lèvre inférieure. Le slogan « trop sexy pour ton gang» était inscrit sur son débardeur moulant. Un clou perçait la pointe de chacun de ses seins. Plusieurs tatouages obscènes ou horrifiques avaient été dessinés sur ses bras. Autour de son cou, le tatoueur avait reproduit un collier auquel était suspendue une araignée. Son pantalon en latex trop court laissait voir le haut de son string rose. Cette créature bien qu'étrange dégageait un certain charisme. Elle restait attirante malgré tous ces artifices.
- Alors Kim, plus d'argent, plus de toit. A moins que tu reposes ton petit cul sur le trottoir pour vite faire amende honorable. Tu sais bien qu'une

métisse bien foutue comme toi, ça vaut bien une péripatéticienne mécanisée. Les clients t'aimaient bien. Tu avais un vrai succès.
- Cette période est révolue Ladyface. J'ai payé ma liberté et j'ai un travail maintenant.
La punk lui attrapa le menton mais Kim la repoussa sans ménagement. Ladyface ne réagit pas immédiatement puis du revers de sa main la gifla violemment.
J'ai alors bondi hors de la chambre.
Les deux punks sortirent immédiatement leur arme. Leur cheftaine tourna lentement la tête vers moi et me scuta méticuleusement. Elle avait l'air amusé.
- La petite Kim a un nouveau copain, on dirait. Tu dois être plein aux as pour te payer un déguisement morphique de l'Égaré.
- Oui et laisse la tranquille.
- Je vais pas toucher à ta nana. T'inquiète pas. Ce qui m'intéresse, c'est l'ozeille.
- Combien elle vous doit ?
- Deux mois de loyer et puisque tu es un friqué, on va dire trois mois. Ce qui fait 300 Lakoele. J'espère que tu ne fais pas des passes dans mon dos, Kim ?
Elle s'approcha de moi et posa sa main sur mon torse. Elle le caressa tout en me fixant droit dans les yeux.
- Une vraie réussite.
- Je vous donnerai 600 Lakoele mais je n'ai pas l'argent sur moi.
- La vache. Tu dois vraiment être une vraie salope au pieu Kim pour que ton mec soit prêt à cracher autant pour toi. Dans ces conditions, je ne peux qu'accepter ton offre. Cependant, si demain à la même heure, je n'ai pas mon blé, je serai moins charitable. Les flics ont bouclé le quartier depuis quelques jours et ils fouillent chaque appartement au peigne fin.
Elle sortit un rouge à lèvre de son petit sac et s'amusa à écrire un numéro sur mon avant-bras.
- C'est mon code de compte bancaire. Si je n'ai pas l'argent dans les 24h, vous le regretterez amèrement. Ne perd pas ton temps avec Kim. C'est une putain qui a perdu la main. Si tu veux vraiment t'amuser, j'ai une place de libre dans mon pieu en ce moment.
Elle se tourna vers Kim.
- Passe le bonjour à ton frérot.
Ils sortirent et la porte se referma derrière eux.

-Vous allez bien ? ais-je demandé à Kim, en voyant qu'un filet de sang s'écoulait de sa lèvre fendue.

- J'ai vu pire. Merci d'être intervenu. Je suis désolé de vous avoir mis dans cette situation.

- Ladyface n'était pas si méchante que ça avant, annonça soudainement Timy. Elle s'est occupée de moi quand j'étais bébé. C'était ma baby-sitter. Et puis elle a mal tourné en rentrant dans le gang des « kramoisis ». Je suis certain qu'on pourra la remettre dans le droit chemin un jour.

- Avez-vous un comlink, je dois contacter des amis.

Kim me présenta son poignet et une lueur bleue apparue sur sa peau.

- Je suis désolé mais ma mémoire me fait parfois défaut. Je n'ai pas encore récupéré tous mes souvenirs de ma vie d'avant vous comprenez. Comment ça marche ?

Elle me sourit.

- Posez votre doigt sur mon poignet et pensez fortement à votre numéro d'appel. Vous établirez un contact neuronal avec votre correspondant. C'est un implant comlink. Il n'est pas tout neuf mais fonctionne bien. Dites, j'espère que ce n'est pas un appel à l'international.

- 57ZAF5486.

La lueur se mit à clignoter et une agréable voix apparut dans ma tête comme si quelqu'un me soufflait quelque chose à l'oreille.

- Bienvenu. Quel est votre mot de passe ?

- « Barbiturique »

Il se passa quelques secondes avant qu'une nouvelle voix moins sympathique s'adresse à moi.

- Agent Pierceman. Que puis-je pour vous ?

- Je cherche à joindre Judith. Je suis l'Égaré. Mon extraction ne s'est pas déroulée comme prévu.

L'agent manifesta son trouble. Il apparut immédiatement plus concentré.

- Nous vous cherchons partout depuis plusieurs jours. Parlez-vous sous la contrainte ?

- Non, je suis parvenu à prendre la fuite mais je suppose que la police et des chasseurs de primes sont encore à ma recherche.

- J'ai repéré votre appel. La zone n'est pas sûre. Le quartier est malfamé et la police a installé un blocus. Si on envoie des commandos vous extraire, l'opération risque de tourner au massacre. Avez-vous la capacité de quitter la zone par vos propres moyens ? Je peux vous faire récupérer dans le parc à l'est de votre position dans environ une heure.

- OK, je serai sur place.

- Faites attention à vous, l'Égaré.

Je coupais la communication silencieuse.

- Pensez-vous qu'il soit possible de m'accompagner discrètement au parc à l'est de chez vous ?
- La police a bloqué la zone. Ça leur arrive parfois pour faire un peu de ménage. Ne me dites pas qu'ils ont déployé toute cette force pour vous retrouver ?
- J'en ai bien peur. J'aurai votre argent dès que nous aurons rejoint mes amis au parc.

J'entendis des personnes crier dans le couloir et des coups de feu résonnèrent.

- Restez ici. Je vais voir ce qui se passe, annonça Kim.

J'attrapais son bras.

- N'aillez crainte. Je vis ici depuis vingt-cinq ans. Il n'y a pas un jour sans que quelqu'un se fasse descendre. Les bas-fonds de Midgard n'ont rien à voir avec ses quartiers luxueux au sommet.

Elle disparut dans le couloir.

- Ta sœur est courageuse, Timy.
- Depuis que papa et maman ont été tués dans un attentat, elle s'occupe de moi. Elle est la seule famille qui me reste.

Kim revint quelques minutes après. Elle semblait paniquée.

Timy va dans ta chambre et allume la TV à fond. Vous ! Suivez-moi.

Elle me tira dans la salle de bain et ouvrit les robinets au maximum pour remplir une grande baignoire carré légèrement crasseuse. Sans dire un mot de plus, Kim jeta plusieurs tablettes au fond de l'eau. Une mousse violette et volumineuse se forma rapidement.

- Plongez-vous là-dedans et quand ils entreront prenez bien votre respiration. S'ils vous voient, nous sommes tous morts.

Elle retira ses vêtements sans montrer aucune gêne et se plongea nue dans la grande baignoire. J'exécutais ses ordres en m'immergeant totalement sous la mousse, ne laissant que mon nez à la surface pour respirer. Je pouvais sentir son corps contre moi mais le stress ne m'inspira aucun désir. Pourtant, je me rappelais avoir vécu cette situation plusieurs fois. D'abord avec Chadia chez les troubadours puis ensuite en compagnie de Ctimène. Kim tremblait et je dus attraper sa main pour la calmer.

La porte d'entrée s'ouvrit et j'entendis plusieurs personnes pénétrer sans ménagement dans le studio.

- Police, contrôle au faciès.

Un policier ouvrit la porte de la salle de bain et Kim bondit hors de l'eau simulant la surprise. Je restais silencieux et immobile retenant ma respiration sous l'eau.
- Je ne vous ai pas entendit arriver, monsieur l'agent.
- Approche, gamine.
Kim s'exécuta.
- Vous êtes combien dans ce taudis.
- Deux, mon frère et moi.
- On va scanner vos rétines pour vous identifier. Habille-toi.
Quelques minutes passèrent. Je repris un peu d'air et écoutais attentivement.
- Pourquoi ce contrôle au faciès, monsieur l'agent. C'est rare de voir autant de policiers dans le quartier. D'habitude, vous ne trainez pas trop par ici.
- On recherche un dangereux fugitif. Un type ayant l'apparence de l'Égaré de la dernière saison. Si vous le voyez, appelez nous immédiatement.
- Je n'y manquerai pas et si vous me trouvez mignonne passez donc un de ces jours.
- Désolé ma jolie mais ma solde ne me permet pas de me payer les services d'une pute en chair et en os. J'ai tout juste les moyens de m'offrir les charmes d'un androïde recyclé.
- Ok, les gars, on passe à l'appartement suivant. Désolé du dérangement ma petite dame.
Ils s'apprêtaient à sortir quand quelqu'un pénétra dans l'appartement. Une voix robotique me glaça le sang.
- Vous n'avez pas bien fouillé cet appartement.
Je sortis doucement de la baignoire et je m'approchais de la fenêtre. Elle était étroite mais je parvins à l'ouvrir et à me faufiler à travers. Je me trouvais non loin de l'escalier de secours extérieur. J'ai bandé mes muscles et je me suis suspendu dans le vide. Il ne fallait pas louper mon coup car cette fois aucun balcon n'était là pour me sauver la vie en cas de chute.
La porte de la salle de bain s'ouvrit. Je sautais et attrapais souplement la barre de la balustrade un peu plus loin. Tel un gymnaste entrainé, je me suis propulsé sur le palier de l'escalier de l'étage inférieur et je suis passé par la porte pour me dissimuler dans le couloir de service.
Le cœur battant, je me collais dans un renfoncement. Puis une fusillade éclata à l'étage. Je ne savais pas trop ce qu'il se passait mais j'entendais des tirs et des personnes crier ou hurler. Je ne pouvais supporter l'idée qu'il

puisse arriver quelque chose à Kim et son frère par ma faute. Les bruits cessèrent rapidement.
Une porte s'ouvrit non loin de moi. Ladyface surgit comme une furie dans le couloir. Kim et Timy la suivait de près. Des balles explosèrent la porte qu'ils avaient refermée derrière eux.
- Par ici, hurlais-je.
Les deux femmes me regardèrent surprises. Timy courut dans ma direction sans se poser de questions.
Nous avons emprunté l'escalier de secours descendant les nombreux étages qui nous séparaient du sol. Finalement nous sommes parvenus à atteindre une petite ruelle.
Un peu plus loin, sans un mot, Ladyface nous a fait entrer dans un restaurant miteux et nous a conduit jusqu'aux cuisines. Aucun des employés ne s'interposa quand ils virent qu'elle menait notre petit groupe.
- Nous ne sommes pas en sécurité ici. Il va nous traquer et nous trouver, annonça Ladyface.
- Qu'est ce qui s'est passé ? ais-je osé demandé.
- Tu me demandes ce qui s'est passé ? C'est plutôt à moi de te demander ce que tu fais ici l'Égaré. Un chasseur-tueur et un escadron de flics sont venus semer le désordre sur mon territoire. J'ai perdu trois gars là-bas.
Timy prit la parole.
- Sans l'intervention le Ladyface, ils nous auraient tous descendus. Le cyborg a détecté ta présence sans la salle de bain mais le gang est intervenu pour faire diversion. C'était incroyable. Ils ont tué les flics mais le robot a ouvert le feu sur eux. On a juste eu le temps de fuir dans le couloir et de prendre l'escalier.
- Je suis vraiment désolé de vous causer autant de problèmes. Je dois me rendre dans le parc à l'est d'ici dans moins d'une heure. Le LEF doit me prendre en charge.
- Ta tête vaut un paquet de pognon mais ça m'a pris une bonne dizaine d'années pour prendre la tête des Kramoisis. Ils ont massacré mes frères. Ils le paieront très cher. Je vais vous faire sortir d'ici. Si la résistance t'a à la bonne, vous devriez pouvoir vous en sortir. Ils ont de puissants moyens à leur service. J'aurai sans doute de quoi finir mon existence, bien pénarde dans une petite ile de l'archipel de Bienvino. Toi, dit-elle en désignant un des cuisiniers. Va me chercher des vêtements pour ce grand type musclé. Dépêche-toi.
Nous sommes rapidement ressortis du restaurant par la porte de derrière. Ladyface, nous a fait entrer dans un nouveau magasin un peu

plus loin. Les deux punks de son gang qui nous avait rançonnés ce matin l'attendaient dans l'arrière-boutique. Des armes étaient entreposées sur la table.

- On va escorter ces trois-là chez Bambi. Attendez-vous à une sérieuse résistance. Mais putain, on est chez nous.
- J'aime pas trainer dans ce parc, c'est le territoire des Heulas. Ils sortent la nuit pour se nourrir. Et la nuit va tomber.
- Ne me dis pas qu'un Kramoisi a peur d'un putain de clodo d'Heulas.
- S'ils te choppent, ils te trainent dans les égouts, te déchiquettent avec leur crochet de boucher puis te bouffent tout cru. Ce sont des cannibales, ces trucs-là.
- Oui et toi tu auras un fusil d'assaut à cartouches explosives. Merde, tu es avec l'Égaré. Tu as vu ce que ce type est capable de faire. C'est l'étrangleur. Il a butté un T-Rex à mains nues et a sauté plus de nanas que tu n'en connaîtras dans ta misérable vie.

Elle le gifla.
- Vous êtes avec moi.
- Oui, chef.
- Alors, on y va. Allez chercher la camionnette.

Elle me tendit un fusil à pompe.
- J'espère que je ne me trompe pas sur toi, l'Égaré.

J'attrapais un couteau de survie et le fit tourner habilement entre mes mains à une vitesse déconcertante.
- Je dispose de toutes mes capacités et j'ai survécu à bien pire que ça. Il est temps maintenant que ce monde apprenne à me connaitre vraiment.

La vielle camionnette blindée voltigeait habilement entre les autres véhicules. Le barrage des forces de l'ordre se présenta devant nous. La pluie qui tambourinait sur la carrosserie nous avait aidés jusque-là à masquer notre arrivée.
- Fonce et planquez-vous.

Le moteur anti-gravité du véhicule hurla et l'engin trafiqué bondit en direction des véhicules aux gyrophares étincelant. Les policiers n'eurent pas le temps d'ouvrir le feu et tel un bélier notre transporteur défonça l'arrière d'un des patrouilleurs. Le choc fut brutal mais nous sommes parvenus à nous frayer un passage pour sortir de cette nasse.

La course poursuite s'engagea. Plusieurs véhicules, sirènes hurlantes, nous prirent en chasse.

A travers une fente aménagée à l'arrière, je pus ajuster mes cibles et ouvrir le feu sans aucune pitié. Ils n'eurent pas l'occasion de répliquer. Plusieurs véhicules s'entrechoquèrent et s'écrasèrent au sol dans une gerbe de flammes. Un dernier plus téméraire finit sa course encastré dans un gros pilonne.

Un aéroglisseur que j'avais déjà croisé slalomait habilement dans une ruelle parallèle à la nôtre. Je ne fus pas surpris de voir le chasseur-tueur descendre sa vitre et nous arroser copieusement avec son fusil mitrailleur. Impossible de répliquer dans cet angle. Heureusement, le vieux taco tient bon.

- Nous arrivons, j'espère que vos amis seront à l'heure. On ne tiendra pas longtemps. Pose le camion dans les bois, ça nous procurera une couverture acceptable. Ensuite, il faudra continuer à pied.

Nous sommes sortis rapidement du véhicule pour nous enfoncer dans l'obscurité des bosquets touffus du parc. L'instant d'après, notre véhicule explosait victime sans doute d'un tir d'arme lourde. La clarté de l'incendie projetait des ombres inquiétantes tout autour de nous.

- Foutons le camp d'ici. Si on pensait passer discrètement sans éveiller les soupçons des Heulas, c'est fichu. Restez sur vos gardes et ne vous approchez pas des bouches d'égouts, ordonna Ladyface.

Nous avons couru à travers les buissons en direction du centre du parc en faisant le moins de bruit possible. Au moment, où nous avons traversé une allée faiblement éclairée, Bretling marcha sur quelque chose qui déclencha un piège. Un filin métallique se noua autour de sa cheville tel un collet. Il tomba et fut trainé rapidement sur le sol en direction d'un regard de caniveau par le câble que quelqu'un enroulait rapidement. J'ai couru dans sa direction et j'ai pu l'attraper au moment où la moitié de son corps était déjà passée par l'ouverture béante. Quelqu'un ou quelque chose tentait de le tirer à l'intérieur. Bretling me regarda et du sang dégoulina de sa bouche. On était en train de l'éviscérer vivant. Sa tête retomba sur le sol et il disparut dans les égouts laissant derrière lui une trainée de sang et de viscères que la pluie mit quelques secondes seulement à dissiper. Je me relevais et courrais rejoindre mes compagnons.

Ladyface me jeta un regard et elle comprit à mon air que je n'avais rien pu faire pour le sauver. Elle s'enfonça dans un nouveau buisson sans dire un mot. Nous sommes finalement parvenus au centre du parc. L'eau ruisselait sur nos vêtements. Nous étions trempés. Dans d'autres circonstances, j'aurais pris un certain plaisir à observer, à travers le tee-shirt mouillé collé à son corps, la nudité partiellement dévoilée de notre guide. Ladyface surprit mon regard mais ne se montra aucunement offusquée. Au contraire, elle me sourit. Cet instant d'égarement nous couta très cher. Une balle se figea dans la tête de son compagnon d'arme. Il s'écroula immédiatement. Le chasseur-tueur surgit de derrière un tronc d'arbre. Il n'était qu'à quelques mètres de nous. Kim ouvrit le feu et poussa son frère derrière un banc. L'androïde ne broncha même pas quand il encaissa la rafale de plein fouet. Cela me laissa juste le temps de bondir dans sa direction afin de lui arracher son arme des mains. J'étais cependant maintenant à sa merci. Il m'attrapa par le cou de son autre main libre et me souleva du sol pour me plaquer contre le mur d'un kiosque rouillé couvert de végétation.

Je pouvais voir ses yeux rougeâtres m'observer avec sadisme. Il voulait me tuer mais il le ferait lentement. Puis soudain, sa tête explosa. Les débris de métal me brulèrent légèrement le visage et m'aveuglèrent un instant. Je retombais lourdement sur le sol et me trainais péniblement à l'abri. Ladyface tenait le fusil à pompe fumant dans sa main. Elle lui avait tiré à bout portant. Cependant le corps du traqueur était encore debout. Il se retourna et frappa mécaniquement la punk l'envoyant voler de l'autre côté de l'allée. Kim hurla. Timy se trouvait juste à côté de notre agresseur. Il plaça quelque chose sur la créature de chair et de métal et plongea derrière le kiosque.

Le tueur privé de tête s'avança pourtant dans sa direction. Au moment, où il allait contourner le kiosque pour lui mettre la main dessus, une terrible explosion le pulvérisa en des dizaines de morceaux de métal qui retombèrent un peu partout autour de nous.

Kim se précipita vers son frère. Elle le prit dans ses bras. Il était vivant.

Soudain, une bulle perça la canopée et amorça son atterrissage au centre du parc. A travers la pluie, je pus apercevoir des commandos armés descendre de l'engin.

Je reportais mon attention sur Ladyface qui gisait près d'un bosquet. Elle remua et se releva avec difficulté. Lorsqu'elle m'aperçut, elle me décrocha un petit sourire grimaçant. Lorsqu'elle aperçut mon expression terrorisée, ses traits se figèrent. Quelque chose venait de surgir derrière elle. C'était un grand homme aux cheveux et à la barbe hirsute. Il portait un long imperméable de pêcheur dont la capuche avait été abaissée. Sa peau crasseuse et sa bouche édentée indiquaient qu'il n'avait pas dû se laver depuis des lustres. Il tenait dans sa main un gros crochet de boucher. Prise

par surprise, la punk ne put résister à l'agression du Heulas. Il l'assomma et la tira derrière lui pour disparaitre dans les fourrés.
- Kim, hurlais-je. Ne les laisse pas partir sans nous. Je vais chercher Ladyface.
Je me lançais à la poursuite de son agresseur.
L'homme avait déjà jeté le corps de la punk dans une bouche d'égout. La plaque se referma au moment où j'arrivais sur lui. Je perdis un peu de temps à l'ouvrir et encore plus à descendre prudemment l'échelle. L'odeur était pestilentielle. Des rats me passèrent entre les jambes. Je supposais qu'ils avaient été dérangés par quelqu'un et je décidais donc de partir dans la direction d'où ils venaient.
Mon choix fut le bon car ma cible se présenta à moi rapidement. Il trainait derrière lui le corps inanimé de Ladyface. L'eau commençait à monter et la pente descendait dangereusement. Il arriva devant une chute d'eau où le collecteur vidait ses eaux dans un grand bassin en contre-bas. Il jeta la fille dans l'eau à plusieurs mètres en dessous de lui. Il allait s'apprêter à descendre quand je me jetais sur lui et l'entrainais dans ma chute. Nous avons plongé dans l'eau croupie. L'ayant eu par surprise, je m'étais préparé en retenant ma respiration. Cela me donna un avantage indéniable. Sous l'eau, je pus garder mon calme et l'égorger facilement. Je remontais rapidement à la surface à la recherche de Ladyface. Son corps flottait non loin. Quelques mouvements de crawl me permirent de la rejoindre rapidement et de la tirer sur la berge de béton. J'initiais un massage cardiaque et j'alternais avec du bouche à bouche afin de relancer sa respiration. Elle cracha de l'eau et me décrocha un direct par réflexe. Quand elle comprit qui se tenait auprès d'elle, elle cessa de se débattre.
- Tu vas bien ? lui ai-je demandé.
- J'ai connu pire. Tu es venu me chercher, pourquoi ?
- Tu nous as sauvés la vie et j'ai une dette envers toi.
Elle sembla déçue par ma réponse.
- Et puis, tu m'as promis une place dans ton lit. Je ne manquerai ça pour rien au monde.
- Tu n'es qu'un salaud, l'Égaré.
Elle m'attrapa l'arrière du cou et posa ses lèvres sur les miennes. Sa langue percée d'une tige et de deux boules de métal me pénétra profondément. La punk s'amusa à me titiller quelques instants. L'appendice distillait de minuscules décharges d'électricité excitant fortement nos zones érogènes. Je trouvais la sensation plus qu'agréable. Elle me relâcha à regret.

- Imagine ce que ça peut donner quand ma langue se posera sur ta queue.

Elle me sourit de façon espiègle.

- Ne trainons pas ici.

J'allais me relever quand j'aperçus plusieurs Heulas s'attrouper sur le parapet autour du bassin. Ils étaient en hauteur mais il leur suffisait de sauter pour nous mettre la main dessus. Je ne voyais pas d'issue immédiate.

Soudain, un grondement raisonna dans le réseau d'égout. Quelque chose de gros et d'inhumain s'approchait de notre position.

- C'était quoi ce truc ?

- Je ne sais pas mais je n'ai pas trop envie de le savoir, ai-je répondu.

Le corps du Heulas que j'avais égorgé flottait non loin de nous. J'aperçus un filin en métal et un pistolet harpon accroché à lui. Il devait s'en servir pour capturer des proies imprudentes et les tirer dans les égouts. Je nageais jusqu'au cadavre et récupérais l'arme.

- Il y a une bouche d'égout au sommet. On va grimper.

Je visais en hauteur et pressais la détente. Le harpon fut propulsé par une décharge de poudre et se figea profondément dans le plafond à une quinzaine de mètres au-dessus de nos têtes.

Les Heulas s'activèrent quand ils se rendirent compte que leurs repas pourraient bien parvenir à s'échapper. Plusieurs projectiles furent lancés dans notre direction. Heureusement, aucun d'eux ne semblaient avoir d'arme à feu ou d'arc.

- Je n'y arriverai jamais, l'Égaré. Mon bras est cassé. Fiche le camp d'ici.

- Tu sous-estimes mes capacités, jeune fille. Accroche-toi à moi.

Elle passa ses jambes autour de ma taille et je la plaçais sur mon dos.

J'amorçais immédiatement l'ascension à l'aide de mes deux mains. Peu d'humain aurait réussi une telle épreuve. Ladyface utilisa son revolver pour disperser les Heulas qui se montraient les plus agressifs.

Arrivés à mi-hauteur, je nous pensais définitivement en sécurité quand il perça la surface du bassin. Je n'avais jamais vu de créature aussi cauchemardesque. Il avait l'apparence d'un calamar géant. Sa gueule énorme était couverte de plusieurs rangées de dents. En cas de chute, elle était suffisamment grande pour nous gober tout cru. Des tentacules gluants en surgirent et commencèrent leur lente progression dans notre direction. Ladyface pesta et tira en direction d'un Heulas qui venait de lui planter un couteau de lancer dans la cuisse. Le type chuta et tomba en hurlant dans la gueule béante du monstre. Il broya son corps dans un horrible bruit de succions et de mastication.

La pointe du harpon, trop sollicitée, commença à bouger et à se désolidariser du plafond. J'accentuais mes efforts pour parcourir les derniers mètres jusqu'à la sortie. Alors que j'agrippais le premier barreau, la pointe se décrocha. Je me retrouvais suspendu dans le vide. Un tentacule était cependant parvenu jusqu'à nous. Il s'enroula autour de ma cheville. Je ne pouvais lui résister longtemps. Ladyface se laissa tomber en arrière tout en me serrant fortement avec ses jambes. J'avais le souffle coupé. Elle ajusta l'horrible appendice griffu et tira. Sa dernière balle le trancha net. Je pus reprendre notre montée à bout de souffle et soulever la plaque pour sortir de ce gouffre nauséabond.

Je repris ma course après m'être assuré que Ladyface allait bien. Elle grimaçait de douleur mais semblait s'accrocher. Plusieurs Heulas surgirent de leur cachette. Ils étaient sur nos pas au moment où je pénétrais sur la pelouse centrale.

La bulle avait disparu. Je m'écroulais sur le sol à bout de force. Sans munition et sans arme, je ne donnais pas cher de notre peau.

Le premier Heulas bondit sur nous avec son crochet. Même si j'étais exténué, je gardais en moi des réflexes chèrement acquis pendant mon aventure et au cœur de l'arène des gladiateurs. Un lion blessé est terriblement plus dangereux qu'il n'y parait.

Le vagabond l'apprit trop tard à ses dépens. Son corps sans vie, transpercé par sa propre arme, retomba mollement au sol. Ma compagne roula sur le côté pour éviter l'assaut d'un autre clochard. Elle enserra ses cuisses musclés autour de sa tête et sera fort jusqu'à entendre un écœurant craquement. Plusieurs autres arrivèrent. Certains avaient des armes de jets. Des flèches passèrent en sifflant non loin de nous.

Je jetais un dernier regard à Ladyface. Sa jambe saignait abondamment. Elle ne survivrait pas à un nouvel assaut.

- Je pense que tu n'auras pas la chance de me baisser, l'Égaré. Ne me laisse pas prendre vivante. Je n'ai aucune envie de finir comme poupée sexuelle de ces types-là.

La bulle apparut juste avant que nous soyons submergés. Les commandos du LEF ouvrirent le feu pour les disperser et nous firent grimper à bord. Kim prit en charge Ladyface qui venait de perdre connaissance.

- On a dû quitter la zone pour éviter un patrouilleur de la police. On peut dire que vous avez de la chance.

- Qui le dites-vous, répondis-je en m'affalant dans le siège.

La bulle prit de l'altitude et sortit de la mégalopole. Le paysage urbain et les nombreuses usines laissèrent place finalement à de grands champs cultivés par d'immenses installations volantes. Tout était organisé de façon concentrique autour de la capitale et des Quatre Royaumes. Il n'y avait qu'une seule et gigantesque Midgard. On trouvait ensuite des usines puis des exploitations agricoles. Des forêts parfaitement délimitées permettaient la production d'oxygène nécessaire à notre survie.

Notre transporteur survola un grand désert. Ma mémoire me jouait encore des tours mais je me rappelais que c'était l'un des no man's land de l'ancien temps. A cette période reculée de notre histoire, la planète comportait encore plusieurs pays qui avaient utilisé des armes de destruction massive afin de se faire la guerre. Les radiations empêchaient encore l'exploitation de nombreuses zones. Pourtant certains reclus ou des colons parvenaient à survivre dans ces terres désolés.

Nous avons ensuite franchi une haute montagne avant de plonger au cœur d'un océan. La bulle s'est finalement arrêtée à proximité d'un sas qui n'était autre que celui d'un imposant sous-marin. La base du LEF était donc un sous-marin indétectable et mobile. C'était plutôt intelligent. Cependant, je me disais qu'en cas d'attaque, nous n'avions aucune chance de survie.

C'est Judith en personne qui nous accueillit. Elle était telle que je l'avais vu dans la résidence : Belle, mystérieuse et attirante. Je remarquais que Ladyface semblait apprécier son look. La punk, que j'avais pris dans mes bras pour la porter, resta collée à moi et n'hésita pas à passer sa main autour de mon coup pour marquer un semblant de territoire. Cela ne sembla pas trop gêner Judith.

Nous avons été pris en charge par le service médical et conduit immédiatement à la clinique. Ladyface avait besoin de soin urgent et elle fut placer directement au bloc opératoire.

- Prenez soin d'elle. Cette fille n'a pas vraiment d'éducation mais elle a un bon fond.

- Ta gueule l'Égaré, cria-elle avant de s'écrouler sur le lit victime des psychotropes.

- On va prendre soin de ta nouvelle copine, ironisa Judith. Je dois te parler maintenant.

J'étais impatient de connaitre la suite de son histoire. Pourtant, au lieu de m'emmener dans un endroit discret, elle me guida jusqu'à la salle de contrôle et me présenta à son état-major.

- Te voilà face aux dirigeants du LEF. Nous sommes le dernier rempart face à l'oppression de Lakoele Entertainment. Il y a deux ans, je suis entrée en contact avec toi alors que tu venais d'obtenir la place ultime de Jésus et donc celle de PDG de cette infâme entreprise. Notre rencontre ne fut pas celle à laquelle je m'attendais. J'avais reçu l'ordre de t'assassiner. Il s'est avéré que tu n'étais pas celui que nous pensions que tu étais. Tes idées étaient progressistes. Tu as tout de suite adhéré à nos valeurs. Pour toi, les habitants de Lakoele devaient trouver la liberté et devaient être traités comme n'importe quel être humain. Nous n'avions pas le droit de nous prendre pour des dieux afin de les manipuler. Ils devaient connaitre la vérité. Tu étais convaincu que le business ne s'en porterait pas plus mal au contraire. Tout naturellement, nous nous sommes rapprochés l'un de l'autre, jusqu'à devenir amant. Hélas, plusieurs actionnaires et quelques membres de l'Ultima Céna n'ont pas partagé ton point de vue. Un complot a été manigancé pour te faire tomber du piédestal sur lequel tu t'étais hissé. La suite tu la connais mieux que nous. On t'a accusé du meurtre de ta femme. Des éléments infalsifiables ont prouvé ta culpabilité et le conseil t'a lâché pour mettre à ta place l'éblouissante Bruna.

- Je vois et pourquoi suis-je ici avec vous aujourd'hui ?

- Notre plan est simple. Nous avons récupéré le talisman. Cette clef a été volé par des agents, il y a maintenant de nombreuses années. Le LEF la croyait perdue mais elle est réapparue au cours de ton aventure. Une chance que nous te collions aux basques.

- A quoi sert cette clef ? ais-je demandé.

- Elle renferme le code de déchiffrement qui va nous permettre de pénétrer au cœur même de la tour de Babel.

- La tour de Babel ?

Un homme assez âgé portant des lunettes et une casquette de marin sur laquelle était brodé une tête de Popeye prit la parole.

- Amiral Guaytride, pour vous servir. La tour de Babel est le centre névralgique en charge de contrôler les Quatre Royaumes. Elle renferme le Jardin d'Eden. C'est l'ordinateur le plus puissant au monde qui grâce à des algorithmes et des commandes spécifiques régit tel un chef d'orchestre toute cette vie. Elle fait littéralement la pluie et le beau temps. Elle est directement connectée à l'arbre de vie. Savez-vous que chaque créature de la simple mouche au plus grand des dinosaures dispose d'une puce électronique ? Tout est contrôlé ou presque pour les besoins du spectacle et des visiteurs. Les éclairs sont générés par des satellites militaires. La magie n'existe pas. Tout n'est que le fruit d'illusions technologiques ou de manipulations génétiques. Des milliers de personnes et de puissantes Intelligences Artificielles travaillent chaque jour à faire vivre tout ce petit monde. Il y a bien entendu des ratés car même l'ordinateur le plus puissant n'est rien face à l'intelligence humaine.

Judith reprit la parole.

- Merci Amiral. La clef va donc nous permettre d'entrer dans la tour de Babel pour la détruire. Sans son ordinateur, les ingénieurs de Lakoele Entertainement ne pourront plus jouer aux dieux. Nous diffuserons avant un message expliquant la vérité à tous les peuples des Quatre Royaumes. L'Ultima Céna qui siège dans la tour de Babel n'aura plus le choix et devra nécessairement libérer de son oppression les Quatre Royaumes de Lakoele. La cohabitation sera sans doute difficile au début mais nous sommes certains qu'elle pourra se faire dans la Liberté, L'égalité et la Fraternité.

Tout le monde se mit à applaudir.

- Une chose m'échappe ! Pourquoi Chadia s'est-elle donnée la mort en se tranchant la gorge avec le talisman.

- Ne m'en veux pas, Tobias, mais c'est moi qui l'est programmée pour le faire. C'était le seul moyen pour activer la clef génétique. Seul le PDG, celui qui occupe la place de Jésus peut ouvrir les portes du Jardin d'Eden. Chadia étant une copie de Bruna, elle disposait d'une partie de son code génétique. Nous avons bien tenté de récupérer un échantillon de son sang mais ça n'a pas marché. A la mort d'un individu, un programme envoie un certain nombre d'informations à l'ordinateur central. L'une de ces informations est la chaine ADN de l'individu source. La clef en contact avec le sang de Chadia a désactivé le pare-feu et nous a permis d'intercepter le signal, de le décrypter et de cloner à 100% l'ADN de Bruna.

- Je crois que j'ai rien compris à votre histoire. Seriez-vous capable de ramener à la vie Chadia ?

Judith se pinça les lèvres et me regarda tristement.

- En théorie, oui. Tout est possible en génétique de nos jours. Tu le découvriras bien assez tôt. Cependant sa mémoire n'a pas été sauvegardée dans le processus. Nous avons dû utiliser toute la bande passante pour traiter l'ADN. Je suis vraiment désolée, Tobias.

Elle posa tendrement sa main sur mon bras et je la repoussais immédiatement. Elle préféra ne pas réitérer son geste. De toute évidence, je l'avais blessée.
- Qu'attendez-vous de moi, maintenant ?
- Pour le moment, rien. Vous ne nous êtes plus vraiment utile maintenant mais nous ne pouvions pas vous laisser crever comme un chien, répondit une femme.
Elle n'avait plus de jambes et son tronc reposait sur un disque de métal qui lévitait au-dessus du sol. Elle se fraya un passage jusqu'à moi. Bien que jeune, elle était rachitique et sa peau avait une couleur bleue maladive. Ses cheveux blonds très longs touchaient presque le sol. Son regard bleu transparent presque blanc me transperça aussi surement qu'une lance.
Une voix raisonna dans mon esprit.
- Je ne vous aime pas l'Égaré. Vous représentez une menace pour nous les femmes. Vous n'avez aucun respect pour nous.
- Je te présente Agnès, notre télépathe. Elle n'a jamais voulu changer de corps. Ça serait pour mieux se rappeler sa condition. On raconte qu'un T-Rex l'aurait découpée en deux lors d'un safari dans les Quatre Royaumes mais je n'y crois pas une seconde.
Agnès reprit la parole.
- Et pourtant c'est bien la vérité. Mais revenons-en à nos moutons. Comme vous l'a dit Judith, nous avons la clef et nous allons pouvoir envoyer un commando dans la tour de Babel.
- Pourquoi vous ne tirez pas un missile balistique ? J'ai vu, dans une émission, lors de ma courte escapade dans Midgard, que ce genre d'arme pouvait faire de monstrueux dégâts.
- La tour est protégée de toute attaque extérieure. Impossible d'atteindre son sommet sans passer par son entrée au sol. Vous êtes sourd, l'Égaré. C'est la zone la plus sécurisée de la planète, rouspéta Agnès. Un petit commando pourra s'introduire dans la tour grâce à la clef mais pour cela il nous manque deux choses. Nous devons récupérer les derniers mots de passe et il nous faut la présence d'un seigneur des Quatre Royaumes.
- Un seigneur des Quatre Royaumes ?
- Oui, ce sont les seuls qui peuvent prétendre à l'accès de la tour. Ne me demandez pas pourquoi, je ne suis pas dans leur tête et s'est impossible de les pirater. Ils sont très bien protégés, au même titre que les visiteurs que nous appelons communément les divins. Dieu seul sait ce que vous trouverez à l'intérieur de cette tour pour la protéger des intrus.

-Et les mots de passe ? ais-je demandé.
- Il suffit de s'introduire dans le bureau de Bruna au dernier étage du Lakoele Entertainement Plazza. Le talisman nous permettra de pirater son ordinateur et de récupérer l'ensemble des informations stockées et donc les derniers mots de passe en vigueur. Ils ne pourront pas les reprogrammer avant plusieurs jours.
- C'est là où nous avons besoin de ton aide. Tu connais parfaitement les Quatre Royaumes. Tu pourrais trouver un seigneur et guider notre commando dans la tour.
- Et pour s'introduire dans le bureau, vous comptez aussi sur moi ?
- Nous n'avons pas encore finalisé de plan pour cette partie mais...
- Moi, je pourrais vous aider, répondit Kim.
Elle se tenait dans l'ouverture du sas.
- Ce n'est pas très beau d'écouter aux portes, madame, répondit l'amiral. Je vais devoir vous mettre aux arrêts.
- Je travaille depuis peu au service maintenance du siège. Mon passe me permet d'entrer un peu partout pourvu qu'un ordre de mission pour travaux ait été généré. Je pense que ce genre de truc ne devrait pas arrêter vos informaticiens.
- Aucun problème pour moi, annonça un jeune type à la chevelure en bataille.
Il me suffit de configurer le bon code permettant de pénétrer le système cible en profitant de l'un de ses bogues, de vérifier si le système visé est sensible à l'exploit, de configurer et d'encoder un payload de sorte que les systèmes de prévention d'intrusion ne le détectent pas puis d'exécuter l'exploit.
- Si tu le dis on te croit, Pascal, tu n'es pas notre chef programmeur pour rien. C'est une mission dangereuse Kim, tu seras seule là-bas. Nous ne pourrons rien faire pour t'aider si par malheur tu te faisais démasquer, ajouta Judith.
- Madame, ça sera toujours moins dangereux que les trottoirs de mon quartier que j'ai arpenté dès l'âge de quinze ans.
- Très bien ! Tobias acceptes-tu de nous aider ?
- A ce jour, je me sens plus proche des Quatre Royaumes que de cette civilisation décadente qui se prend pour des dieux. J'ai pris la décision de rester Hakon, de garder le corps qui est le mien aujourd'hui. Il semble plaire aux femmes, ajoutais-je un sourire aux lèvres. Je ne retrouverai jamais totalement ma mémoire mais tant pis. Oui, je suis des vôtres.

- Très bien. Allez vous reposer, nous procéderons à votre préparation et à votre briefing dans les jours à venir. Nous n'avons pas de temps à perdre. Nos ennemis nous traquent et ils pourraient démasquer notre plan.

# CHAPITRE 10 : REBELION

Je fus surpris de constater que Ladyface était déjà sur pied. La médecine semblait faire des miracles en très peu de temps. La petite punk me sourit en sortant de la clinique.

Kim activa son communicateur intradermique. Elle était dans la place. Ce qu'elle voyait s'affichait sur le petit écran holographique. Nous avions dissimulé notre bulle volante à l'abri des regards indiscrets dans une décharge à quelques kilomètres du building de Lakoele Entertainment. Le hall d'accueil du bâtiment était grandiose. Plusieurs statues gigantesques représentaient des figures connues ayant marqué l'histoire des Quatre Royaumes : des rois, des reines, des Égarés comme moi mais aussi des créatures plus inquiétantes sans doute inventées pour pimenter un peu la vie des aventuriers de tout bord. De nombreuses vitrines renfermaient des trésors ramenés de là-bas. Objets d'art, armes, costumes d'appart et ouvrages anciens étaient offerts au regard des milliers d'employés qui passaient inéluctablement par ici. Naturellement de nombreux écrans géants et des projections holographiques réalisaient la promotion de l'émission de téléréalité culte « L'ÉGARÉ ». De nombreux comptoirs proposaient à des prix promotionnels mais néanmoins exorbitants des voyages ou des aventures au cœur des Quatre Royaumes. On pouvait devenir un divin le temps d'un week-end ou bien simplement réaliser un survol des différents royaumes à bord d'une bulle. Il y en avait pour tous les gouts, du voyage romantique sur l'ile de Torès en passant par un séjour torride dans les Harems du Sultanat.

Kim déclina son identité à l'aide de son bio-identificateur réputé infalsifiable et franchit sans encombre, comme nous l'attendions, le cordon de sécurité. Elle alla se changer à son vestiaire et récupéra son équipement d'agent de maintenance. Après avoir subi deux trois blagues sexistes de ses collègues un peu machistes qui ne se privèrent pas de taquiner la bleusaille, elle récupéra sa feuille de route sur son comlink. L'intervention au sommet de la tour, dans le bureau de la Présidente Directrice Générale avait bien été ajoutée par Pascal.

Kim prit l'ascenseur et arriva au dernier étage. Selon nos informations, Bruna ne devait pas mettre les pieds à son bureau aujourd'hui. Elle était mobilisée sur l'inauguration d'une nouvelle usine de production. Le dernier étage était réservé à l'élite de la société. Seule Bruna et ses proches collaborateurs pouvaient y accéder.

La porte s'ouvrit sur un sas de sécurité gardé par plusieurs soldats en armures de combat et lourdement armés. Une ravissante hôtesse s'adressa à elle derrière un bureau en verre.

- La conciergerie ne nous a pas informés de la venue de la maintenance, aujourd'hui. Vous êtes nouvelle ? Je ne vous ai jamais vu avant.

Kim tendit son comlink.

- Bonjour, je m'appelle Kim. J'ai effectivement été embauchée il y a juste quelques semaines. Ils m'ont placé cette réparation en tête de liste ce matin.

- Vous devriez postuler en tant qu'hôtesse, Kim. Vous être particulièrement bien faite. C'est un réel gâchis de voir une jolie fille comme vous à la maintenance. Si vous voulez arrondir vos fins de mois, vous pourriez faire un peu d'escort pour moi ?

- Disons que, par le passé, j'ai déjà utilisé mon physique pour gagner ma croute. J'y réfléchirai. Je peux y aller ?

- Ça m'embête quand même de ne pas avoir été averti en amont. Vous avez quoi à réparer ?

- La douche, apparemment.

- Je vois. Ecoutez, revenez demain quand j'aurai reçu l'info de la conciergerie. Je n'aime pas les interventions à l'improviste. Surtout qu'on attend Bruna d'un instant à l'autre.

- Ok, c'est vous qui voyez mais si la patronne s'ébouillante en prenant sa douche, la maintenance déclinera toute responsabilité. Vous pouvez me signer le contre-ordre, s'il vous plait ?

La fille fit mine de réfléchir.

- Bon ok, allez-y mais faites vite. Si Bruna vous trouve dans son bureau quand elle arrive, ça va être ma fête.

- J'en ai que pour quelques minutes.

Kim franchit le sas et pénétra dans un vaste espace lumineux. La porte coulissante se referma derrière elle. Le spectacle qui s'offrit à ses yeux était incroyable. Une immense serre tropicale à l'ambiance humide avait été construite au sommet du gratte-ciel. Une rotonde centrale présentait un décor de ruines. Une collection de plantes exotiques était présente, en particulier des palmiers, des cocotiers, des pandanus et des arbres du voyageur. Des tables de réunion et des bureaux avaient été savamment implantés dans toute cette végétation luxuriante. Parmi les fougères, on pouvait observer quelques crocodiles se faire dorer au soleil. Plusieurs serpents constrictors se déplaçaient lentement dans les arbres. Des dizaines d'oiseaux colorés gazouillaient ou voltigeaient dans les airs.

Kim hésita un moment avant de continuer son chemin.

- N'ayez crainte, ils sont génétiquement modifiés, annonça Judith. Ils ne représentent aucun danger. Le bureau de Bruna se trouve au centre des ruines.

Kim sauta au-dessus d'un crocodile qui ne lui prêta pas attention et parvint au grand bureau de verre. Elle sortit le talisman de sa mallette et le posa sur la table. Le système informatique central reconnu immédiatement l'objet et se connecta à lui. Un écran holographique apparut devant Kim. Elle désigna plusieurs menus et sous-menus mentalement avant de trouver celui qui convenait afin d'en télécharger les fichiers. Une barre de progression commença alors à se remplir doucement. Arrivée à 50%, la porte d'entrée coulissa laissant entrer Bruna et son garde du corps qui n'était autre que Falkomed en personne.

Kim eut juste le temps de se cacher discrètement au fond de la serre. Elle laissa le talisman travailler en le dissimulant au plus près du bureau, derrière un muret effondré.

- As-tu des nouvelles concernant l'Égaré ? demanda Bruna.

- Non, madame, il nous a échappé en ville. Il semblerait qu'un gang lui ait porté secours. Il y a fort à parier qu'il est aux mains des LEF maintenant.

- Il ne représente pas une grande menace mais j'aurais préféré le voir plutôt mort que vivant.

Kim réalisa quelques opérations de réparation bruyantes et revint sans discrétion vers le bureau.

Elle simula la surprise en voyant la PDG et son impressionnant bras droit.

- Excusez-moi, madame, je ne pensais pas que vous seriez ici aussi rapidement. J'ai fini les travaux, je vous prie de m'excuser.

Elle récupéra à la hâte le talisman en faisant semblant de refaire son lacet. Alors qu'elle dépassa Bruna en hochant la tête, cette dernière l'interpela.

- Vous avez réparez quoi au juste ?
- La douche, madame. On m'avait signalé un problème de température.
- Tout est entré dans l'ordre, maintenant ?
- Oui, tout fonctionne correctement.

Elle continua sa route sans se retourner.

- C'est étrange, j'ai fait supprimer la douche avant-hier. On m'a posé une cascade à la place. Falkomed arrête-moi cette intruse.

Le géant se positionna devant Kim et lui barra le passage.

Elle tenta de l'esquiver mais il lui attrapa un bras et l'envoya voltiger dans les arbres. Etourdie, elle ne parvint pas à se relever avant qu'il soit à nouveau sur elle.

- Amène-la-moi ici, veux-tu ?

Falkomed attrapa les cheveux de Kim et la traina derrière lui sans ménagement, malgré les cris de douleurs de la jeune femme.

- J'y vais, annonçais-je.
- Tu vas où ? demanda Judith.
- Il va chercher notre copine et je viens avec lui, ajouta Ladyface.
- S'ils trouvent l'artefact, ça sera fini de vos espoirs de liberté. Conduis la bulle jusqu'au sommet de la tour, je m'occupe du reste, ordonnais-je.

Judith activa le moteur et fit grimper l'engin rapidement dans le ciel.

- Et tu penses qu'une bulle, même si c'est un modèle militaire armé et renforcé, passera à travers les défenses du building. On va se faire pulvériser à moins de cent mètres de notre objectif.

J'activais la bague qu'Abomey m'avait offerte, réglant son périmètre d'action afin qu'il englobe la bulle.

- Avec ça, nous serons invisibles.
- Qu'est-ce que c'est ? demanda Ladyface.
- Une bague d'invisibilité qui m'a été offerte par Abomey.
- C'est un disrupteur d'ondes, annonça Pascal. Modèle militaire réservé aux troupes de choc en intervention dans les Quatre Royaumes. Nous n'en avons pas dans nos propres stocks. Ils ne vous verront pas arriver mais

faites vite. Une fois utilisés, ces petits gadgets s'échauffent et se mettent à fondre. Je l'enlèverais de ton doigt si j'étais toi, Hakon.

- Vous êtes sûr que ce truc va marcher.

- De toute façon, il est trop tard pour faire marche arrière, répondis-je, en passant un harnais de sécurité.

Kim se releva péniblement. Elle semblait avoir du mal à se tenir debout. Bruna s'approcha d'elle.

- Qui êtes-vous, pour qui travaillez-vous et que faisiez-vous ici ?

- Je m'appelle Kim, je bosse pour vous et je faisais que réparer une douche.

Falkomed la gifla et l'envoya à nouveau rouler au sol. Sa tête cogna contre un bloc de pierre. Il l'agrippa, l'attrapa par le cou et la souleva en l'air.

- Tu sais Falkomed aime bien les jolies filles comme toi. Un mot de ma part et il va te violer et te torturer de la pire façon. Tu regretteras de ne pas avoir parlé.

Kim regarda Bruna avec un air de défi. Elle cracha du sang.

- Allez-vous faire foutre. Tu n'es qu'une belle salope et ton sbire masqué un impuissant. Je vous emmerde.

Bruna fit un signe de tête à Falkomed et déclencha mentalement le système d'alarme. Les bêtes sauvages d'apparence inoffensive, se précipitèrent sur Kim.

Un alligator la plaqua au sol et ouvrit sa gueule garnie de crocs pour lui happer son bras. L'eurasienne se mit à hurler de douleur. Son grand corps frêle était terriblement malmené. Je savais qu'elle ne sortirait pas vivante de cette horrible étreinte. Tous ses membres semblaient la faire souffrir.

Je détournais la tête de l'écran lorsque j'entendis les os de son bras craquer.

La bulle fonça en direction de l'immeuble. Elle ne sembla pas activer les nombreuses défenses périmétriques. Une fois qu'elle fut immobilisée au-dessus de la verrière, j'ai accroché le câble du treuil à mon harnais. Une arme à feu à la main, je me suis jeté dans le vide telle une araignée suspendue à sa toile.

Arrivé à portée de la serre, j'ai ouvert le feu sur l'un des panneaux. Ce dernier a explosé en mille morceaux projetant d'innombrables éclats au sol. J'espérais que mon arrivée surprise perturberait mes ennemis. Noyé au milieu des morceaux de verrière, j'ai atteint directement l'endroit où Kim se faisait molester. Un tir bien placé projeta le reptile en arrière. Je pris dans mes bras la jeune femme et activais immédiatement le système de remontée. Bruna s'était réfugiée sous le bureau. Elle nous observa nous éloigner d'elle. Je ne sais pas si elle semblait heureuse de me voir mais de toute évidence, elle ne montra ni peur, ni rage, au contraire. Falkomed, quant à lui, n'eut pas le temps de répliquer.

Au moment où nous avons disparu au-dessus de la serre, l'équipe de sécurité fit irruption dans les bureaux. Ils tirèrent plusieurs rafales et une balle toucha le système d'hélitreuillage. La bulle tanga et nous avons été projetés sur les parois de verre et d'acier du building. Le choc fut brutal et le corps inanimé de Kim m'échappa.

Libérés l'un de l'autre, nous avons glissé le long d'un des panneaux pour chuter dans le vide. Je parvins au prix d'un effort surhumain à agripper sa main avant qu'elle ne m'échappe définitivement pour disparaitre dans l'abîme vertigineux qui se trouvait sous nous. Le câble se tendit malmenant ma colonne vertébrale et me coupant le souffle. La jeune femme était heureusement dans mes bras. Nous avons volé quelques minutes avant que l'on puisse nous faire remonter à bord.

- Kim est très mal en point. Si on ne l'hospitalise pas rapidement, je ne réponds de rien, annonça Judith.

Ladyface avait pris les commandes et slalomait entre les nombreuses tours du centre-ville. Immédiatement, plusieurs bulles des services de sécurité et de la police nous prirent en chasse.

- Je ne sais pas si on va pouvoir les semer. Ils sont nombreux et rapides.

Je me penchais à l'extérieur et tentais de viser l'un de nos poursuivants. Mes tirs ajustés firent mouches et l'un des engins volants fit un brusque écart sur le côté avant de s'écraser dans un panneau publicitaire lumineux.

Ladyface emprunta une artère chargée et doubla avec aisance les véhicules autopilotés. Elle semblait parfaitement maitriser la conduite.

- Tu assures plutôt bien pour une paumée, annonça Judith. Où as-tu appris à piloter ?

- Tu ne connais pas grand-chose de moi, ma grande. Avant de devenir chef de gang, j'ai roulé ma bosse dans les rodéos motorisés. J'ai gagné plusieurs courses. *La colombe d'acier*, c'était mon surnom. Ces pilotes de l'administration n'ont aucune chance contre moi.

Elle exhiba fièrement un tatouage peint sur son bras représentant un oiseau blanc recouvert d'une armure et tenant dans son bec une rose rouge.

Volontairement, elle emboutit le côté d'un autre véhicule afin de provoquer un accident. Ainsi déviée de sa trajectoire d'origine, la bulle en

percuta une autre qui venait en face. Le choc fut terrible provoquant une véritable explosion. Nos poursuivants furent happés dans la boule de feu.
- On va trop vite là, remarqua Judith.
- Fais-moi confiance, ça passe ou ça casse. Accrochez-vous !
Je m'agrippais au siège de devant.
Ladyface négocia un virage très serré à pleine vitesse. Le véhicule trembla et frôla la cloison d'un vieux bâtiment. Des étincelles illuminèrent notre trajectoire. Elle parvint cependant à redresser l'engin avant qu'il ne s'écrase lourdement. Une vilaine odeur de brulé vint chatouiller mes narines.
Ladyface jeta un coup d'œil à son écran. Elle freina brusquement manquant de nous envoyer percuter le cockpit. A l'aide d'une nouvelle embardée, elle fit pénétrer la bulle fumante en marche arrière dans une contre-allée et l'immobilisa. Le reste de la patrouille passa devant nous, toute sirène hurlante, sans nous remarquer.
- Bien jouée, pilote. Tu as bien mérité ton surnom, déclara Judith.
Il nous fallut un peu de temps pour éviter les autres poursuivants. Nous sommes finalement parvenus à sortir de la ville sans encombre mais en perdant un temps précieux. L'état de Kim était critique. Elle semblait souffrir de plusieurs hémorragies internes.
Alors que nous survolions les champs de production, un tir nous toucha de plein fouet. Le blindage de notre véhicule nous sauva sans doute la vie mais pour combien de temps encore.
- Des vautours, c'est une patrouille militaire. Aucune chance de leur échapper dans ce truc-là.
La chef de gang amorça une série de zigzags déconcertants. A l'arrière, je pus observer deux engins effilés qui ne ressemblaient pas à des bulles mais à de véritables chasseurs de combat.
- Amène-nous jusqu'au désert, demanda Judith.
- Ok, je vais essayer de tenir jusque-là. Désolée pour le rase-motte mais c'est la seule façon de ne pas se faire accrocher par leur système de tir automatique.
La bulle frôla le sol et entra dans un champ de maïs. Les épis volèrent dans toutes les directions. Elle évita de justesse une immense moissonneuses batteuses et plusieurs rafales de tirs automatiques.
- Ils vont en avoir marre de jouer et vont nous larguer un andromissile, rouspéta Ladyface.
Un carré rouge se mit à clignoter sur l'habitacle.
- C'est quoi ça, demandais-je.

- Un andromissile, répondit Judith. Ce truc ne va pas nous lâcher avant qu'il nous fasse exploser. Sans contre-mesures, impossible de lui échapper.
- Vous m'avez moi, les filles. Vous vous rappelez mon combat contre les aigles géants ?
- Désolée mais j'ai dû louper cette épisode, annonça Ladyface.
- Prends de l'altitude, je m'occupe du reste.
- J'espère que tu sais ce que tu fais car une fois en haut, on sera à la merci des deux vautours.

J'ai enclenché un nouveau chargeur de balles hautement explosives dans mon arme d'assaut à visée semi-automatique. Judtih m'avait expliqué son fonctionnement. Une arme redoutable que même un enfant pouvait manier. A bonne hauteur, j'ai enfilé un parachute et j'ai sauté dans le vide.
- Putain, tu es un vrai malade, l'Égaré, hurla la pilote dans mon oreillette de communication.

Je piquais en direction de mes poursuivants. Le vent me fouettait le visage et m'aveuglait. Je me demandais si c'était finalement une si bonne idée que ça.

Le missile fut très rapidement à portée de tir. Un tir bien ajusté en plein vol me permit de le faire exploser sans difficulté. Mon corps traversa la boule de feu telle une fusée. Les deux vautours tentèrent de virer de bord lorsqu'ils m'aperçurent visuellement. Mais il était trop tard. Je mitraillais le cockpit du premier et dépassais le second à vive allure. Avant qu'il ne puisse effectuer une manœuvre de désengagement, j'activais mon parachute. Je fus freiné considérablement dans ma chute ce qui me permis de me retourner rapidement pour faire feu. Je vidais mon chargeur à l'endroit que je pensais occupé l'instant d'avant par le chasseur. Hélas, ce dernier avait effectué un looping pour plus facilement me réajuster. J'avais pensé à tort qu'il ne me prêterait pas attention, préférant en finir avec la bulle à sa portée. Je m'étais gravement trompé. Le militaire avait vu son coéquipier se faire abattre sous ses yeux. Il devait avoir une certaine envie de se venger. Naturellement, face à lui, je n'avais aucune chance.

Je détachais mon parachute et me laissais filer vers le sol. Plusieurs rafales passèrent non loin de moi. Soit je prenais la décision de m'écraser, soit j'activais mon parachute de secours pour me faire descendre l'instant d'après. Je fermais les yeux attendant de mourir. A la place, une terrible explosion se fit entendre. Un peu plus en haut, je vis les débris du vautour arriver sur moi et me dépasser. Je déclenchais mon parachute quelques secondes avant de percuter une grande dune de sable.

La bulle pilotée par Ladyface descendit rapidement dans ma direction.

- Grimpe l'inconscient, dit Judith en me tendant la main. Heureusement, que notre sous-marin avait verrouillé le chasseur sinon c'en était fini de toi. De mémoire de combattante, je n'avais jamais rien vu de pareil.

L'Amiral Guaytride déposa sur la table du stand de tir trois grosses bagues, des armes et des paquetages.

- Vous avez 48 h pour trouver un seigneur et ouvrir la porte de la Tour de Babel. Passé ce délai, les codes que nous avons récupérés auront été désactivés. Pour ce faire, le LEF vous propose ce qu'il y a de mieux en la matière d'équipement d'infiltration. Vous disposerez d'un commando de dix androïdes de combat qui vous rejoindra au pied de la tour. Voici vos modules.

Il nous tendit les bagues.

- Ces systèmes permettent de générer autour de vous un camouflage holographique et acoustique pendant environ deux heures. Ils disposent également d'un système de défense périmétrique qui génère instantanément un champ de force de proximité en cas d'agression physique. Bien plus efficace que n'importe quelle armure ou gilet de combat. Son seul défaut, c'est que vous ne pourrez pas le recharger alors utilisez le avec parcimonie.

J'attrapais un fusil d'assaut posé sur la table.

- MK360° dernier modèle équipant les forces spéciales de Midgard. Léger et à longue portée avec son viseur multi paramètres à verrouillage de cibles.

L'amiral prit le fusil de mes mains, l'arma, visa plusieurs cibles et pointa l'arme dans ma direction. Il ouvrit le feu. Les projectiles semblèrent m'éviter pour pulvériser méticuleusement chaque cible désignée. Il me rendit l'arme en s'amusant de la mine déconfite que je lui offrais.

- Il dispose également d'un faisceau paralysant de courte portée.

Agnès prit la parole.

- Nous avons trouvé quelque chose de très intéressant dans les données récupérées par Kim. Montre leur la vidéo, Pascal. Je vous préviens l'Egaré, ça va vous faire un choc.

L'informaticien activa sa console et une projection tridimensionnelle apparue au centre de la salle. La scène montrait une femme aux longs cheveux bruns en train de s'afférer à préparer un repas dans une cuisine ultramoderne et luxueuse. Elle entendit quelque chose dans son dos et se retourna. Une forme imposante surgit et se précipita sur elle. C'était

Falkomed. Il la plaqua sur le sol et déchira sans vergogne ses vêtements. La femme aux yeux gris hurla et tenta de se défendre mais le géant était beaucoup plus fort qu'elle. Il la frappa plusieurs fois violement au visage pour la neutraliser et se mit à la violer sans aucune retenue. Ses mains s'étaient refermées sur sa gorge. Le corps de Katie, ma propre femme, convulsa une dernière fois avant de se raidir. Elle était morte à l'instant même où ce salaud avait rependu sa semence infâme en elle. Il se releva et braqua intentionnellement son visage vers la caméra de sécurité. L'image se figea sur son masque terrifiant dissimulant ses traits.
- C'est la vidéo originale. Elle a ensuite était minutieusement refaite à partir de scans de votre morphologie. Nous avons également retrouvé des séquences Adn trafiquées. Un travail d'expert qu'il faudrait...
Agnès le coupa.
- Nous allons diffuser toutes ces preuves aux médias. Bruna va devoir répondre des actes de son garde du corps qu'elle a elle-même commandités. Ça va mobiliser ses avocats et son service de sécurité. Nous, ça nous donnera plus de chances de réaliser notre mission finale.

La ruelle était sombre et étroite. Un vrai coupe-gorge. C'était pourtant l'endroit idéal pour prendre contact avec mon informateur. Un gueux alcoolisé ronflait bruyamment dans un renfoncement de mur. L'homme que je suivais s'était rendu compte de ma présence. Il ne chercha pas à prendre la fuite. En voyant sa main se poser sur la garde de son arme, je compris qu'il s'apprêtait même à la confrontation De toute façon, je n'avais plus l'intention d'être discret. Il se retourna et se planta au milieu du passage.
- Je ne sais pas ce que vous me voulez mais je n'aime pas trop qu'on me suive comme ça, dit-il avec un fort accent. Je n'ai que cette lame à vous offrir et elle a justement soif de sang.
L'homme sortit de sous son gambison noir un shuriken qu'il projeta habilement et sans sommation dans ma direction. L'étoile acérée et mortelle fut déviée par le champ de protection énergétique invisible qui me protégeait.
- C'est comme ça que tu accueilles tes amis, Luitaï ?
- Hakon ? Que fais-tu ici ? J'aurais pu te tuer, répondis le guerrier aux yeux bridés.
Je m'approchais de lui et il s'inclina devant moi
- Je ne sais pas quelle magie te protège l'Égaré mais je donnerais cher pour en bénéficier.

297

- Ma route a été longue depuis notre dernière rencontre. Bon nombre de mes amis sont morts ou m'ont trahi. Je ne connais que peu de monde à Hernstein et j'ai pensé immédiatement à toi. Tu es un homme d'honneur.
- Tes paroles me touchent, Hakon. Que puis-je faire pour toi ?

Je regardais dans toutes les directions afin que personne ne puisse surprendre notre conversation. A part le mendiant endormi, tout sembait calme.

- Sais-tu où se trouve le roi Géhofft ?
- Depuis son éclatante victoire face à l'archipel de Bienvino, il se fait plutôt discret. Il a repris sa place de roi et a placé sa sœur Hélène à la tête de l'archipel. S'il y a une personne qui sait où il se trouve c'est bien elle.
- Et tu sais où on peut la trouver ? Ne me dit pas qu'elle est dans le temple de Damballa.
- Je pense que la chance te sourit. Sa délégation est arrivée hier dans les baronnies teutoniques. Mon seigneur l'a conviée à une réception champêtre dans le parc de son domaine ce soir même. Tu n'as pas l'intention de l'assassiner quand même.
- Non ! Hélène et moi, c'est une longue histoire. J'ai juste besoin de lui soutirer l'information qu'il me manque. Peux-tu me faire entrer dans la propriété ?
- Je risque ma place mais j'ai confiance en toi. Retrouve-moi au coucher du soleil dans le square qui longe la propriété. Je t'y attendrais à proximité de la petite grille.

Plusieurs badauds débouchèrent dans la ruelle.

- Merci mon ami, la cause que je sers est juste.

A la tombée de la nuit, j'ai rejoint Luitaï au lieu de rendez-vous. Il m'attendait à proximité d'un arbre, silencieux et immobile comme à son accoutumée. La pénombre ne me permit pas de voir immédiatement que quelque chose clochait.

- Nous pouvons y aller, mon ami, lui dis-je, en m'approchant du guerrier.

Il ne me répondit pas.

Au moment, où je m'aperçus que son corps était accroché au tronc d'arbre et que sa gorge avait été tranchée, plusieurs soldats surgirent des buissons, armés d'arbalètes. Quelqu'un me porta un violent coup dans la nuque. Je n'avais pas jugé nécessaire d'activer la protection de mon champ de force. Quand je retrouvais mes esprits, couché sur le gazon, je constatais avec fureur que mes membres étaient solidement ligotés.

- L'Égaré, quelle étonnante surprise ! Nous t'avons cru mort.
Hélène me regarda avec amusement.
- Comment as-tu su ? demandais-je.
- J'ai des espions un peu partout en ville. Il se trouve qu'un bon nombre de misérables la cour des miracles sont à ma solde et me fournissent des informations utiles contre quelques piécettes. Luitaï n'a pas eu de chance dans cette ruelle. L'un de mes espions s'y trouvait.
- Maudis sois-tu, Hélène. Luitaï était mon ami et c'était un homme d'honneur.
- Que fais-tu ici, Hakon ?
- Va te faire foutre.
L'un des gardes me mit debout et son comparse m'assainit un puissant coup de poing dans l'estomac. J'eus le souffle coupé.
- Alors Hakon, je ne le répéterai pas, que fais-tu là ?
- Je cherche ton frère.
- Mon frère ? Et moi qui pensais que tu étais revenu pour ma sœur. Elle ne jure que par toi. Depuis ta disparition, elle n'est plus la même. Je crois bien que tu lui as volé une partie d'elle-même. Que veux-tu à mon frère ? Le tuer ?
- Même si cette idée ne serait pas pour me déplaire, j'ai besoin de lui pour tout autre chose.
- Et ta petite putain orientale. Où est-elle ?
Mes poings se serrèrent à la douce pensée de Chadia.
- Elle n'est plus de ce monde.
- Je vois. Je te savais proche d'elle. Ctimène sera sans doute heureuse de savoir que tu es vivant et qu'elle n'a plus de rivale. Encore faudrait-il que je te laisse la vie sauve. Tu comprendras que je ne peux pas m'offrir ce luxe. Ctimène m'est maintenant totalement dévouée comme avant.
- Oui, tu es devenue ma maquerelle. Tu m'utilises comme bon te semble, n'hésitant pas à me jeter en pâture aux premiers venus pour quelques sombres desseins.
Ctimène accourut vers moi et me prit dans ses bras. Sa voix bredouillait comme si elle avait vu un fantôme. Je vis des larmes couler sur ses joues mais ce n'étaient pas des larmes de tristesse, au contraire. Elle paraissait fatiguée. Ses traits s'étaient durcis. Pourtant, la prêtresse m'apparut toujours aussi désirable.
- Notre frère n'est pas dans les baronnies. Il est parti avec une délégation dans le Sultanat d'Abakour pour renforcer son alliance après sa victoire. Je

299

pense qu'il doit être en train de profiter des plaisirs du grand harem, ajouta Ctimène.
- Tais-toi imbécile, répliqua Hélène.
- C'est fini, Hélène. Hakon est revenu et je ne te laisserai pas lui faire du mal.
- Et tu crois que tu vas m'y empêcher.
-Maintenant, criais-je.
Plusieurs rayons d'énergie fusèrent des bosquets et paralysèrent les soldats qui tombèrent à terre à côté d'une Hélène médusée.
- Quelle est cette sorcellerie ? s'exclama la sœur du roi en bredouillant.
- Ça n'a rien de magique et tu serais surpris d'apprendre que vos dieux ne sont que chimères.
- Vas-tu me tuer ?
- A quoi bon ? Je ne voudrais pas faire de toi une martyre. J'ai besoin de des services de ton frère pour accéder à l'intérieur de la tour de Babel.
- Tu es fou et blasphémateur, l'Égaré. Personne ne peut entrer à l'intérieur. Seuls les élus sont autorisés à y mettre les pieds.
- Les élus et les seigneurs des Quatre Royaumes, ais-je corrigé. Ton frère a ce pouvoir en tant que seigneur.
- Peut-être. Il ne m'a que très peu parlé de son intronisation dans la tour. Ce que je peux te dire, c'est que son visage est devenu tendu et soucieux le peu de fois où nous avons abordé ce sujet tabou.
Ctimène prit la parole.
- As-tu accompli ta quête, Hakon ?
- J'ai effectivement rencontré les faux dieux et je suis ici pour les démasquer aux yeux de tous.
- Ne parjure pas, l'Égaré. Il pourrait te foudroyer dans l'instant, répliqua Hélène.
Mes deux compagnes surgirent des bois dans leur justaucorps noirs armées chacune d'un fusil d'assaut.
Judith trancha mes liens avec sa dague.
- Laisse-moi buter cette salope, demanda Ladyface. Les Quatre Royaumes se porteront mieux sans elle.
- Non, Hélène est une garce mais les Géhofft ont la main mise sur leur peuple. Si elle disparait au même titre que son frère, nous aurions à faire face à une guerre civile. Je ne veux pas faire d'elle une martyre. Elle nous sera plus utile vivante que morte.
- Etes-vous des dieux ? s'interrogea Hélène.

- On n'a rien de dieux, répondit Judith en attrapant son menton afin de bien la fixer dans les yeux.
Ctimène se jeta à nos pieds et se mit à me supplier.
- Emmène-moi avec toi, Hakon. Tu pourras faire ce que tu veux de moi. Je ne pourrais souffrir plus longtemps dans le corps de cette putain qui n'est pas moi. Je préfère mourir que continuer cette vie de débauche au service de ma maléfique sœur.
J'aperçus un miroitement dans les pupilles de la jolie rousse. Mes réflexes surhumains me permirent d'esquiver au dernier moment la lame empoisonnée qui plongeait en direction de mon dos. Hélas, Hélène ne put retenir son geste et poignarda sa sœur par inadvertance.
Je repoussais la souveraine et retirais vivement la dague plantée dans la poitrine de la prêtresse. Hélène hurla et se porta à son tour auprès de sa sœur.
Ctimène me regarda de façon incrédule. Elle tenta de parler mais du sang et de l'écume blanchâtre s'écoula de sa bouche. Je rattrapais son corps et le serais contre moi. Elle s'éteignit rapidement dans mes bras en gémissant. Hélène pleurait un peu plus loin se rendant compte qu'elle avait tué la seule personne qui tenait peut-être un peu à elle.
- Repose en paix, Ctimène. Je ne t'oublierai jamais. Quant à toi, Hélène, j'espère ne plus jamais avoir à faire à tes sombres machinations.
Elle ne répondit pas et nous regarda disparaitre dans la pénombre.

Il n'était pas facile de se frayer un passage parmi tout ce monde venu commercer au cœur du plus grand souk du Sultanat d'Abakour. Organisé par quartiers, il offrait, au même titre que les halles couvertes de l'archipel de Bienvino, d'innombrables marchandises. Les échoppes multicolores proposaient des tapis d'orient, des épices et des fruits secs. On importait en quantité des plantes aromatiques : le rosier, le lis, la violette. Le commerce des tissus était florissant et les bédouins proposaient des damas à fleurs, des moires à reflets changeants et des camelots, étoffes très chaudes en poils de chameau ou de chèvre.
L'utilisation intensive du système d'invisibilité représentait un risque majeur d'attirer l'attention des systèmes de surveillance satellitaire de Lakoele Entertainment. Si nous étions repérés, c'en était fini de notre rébellion. Nous avions subtilisé des vêtements locaux à une caravane de bédouins stationnée dans un oasis aux portes du grand désert. J'étais emmitouflé dans une longue tunique en coton noire et mon visage était dissimulé par un turban savamment noué. Les filles s'étaient accaparées

des pantalons brodés et des robes de tissus superposés aux couleurs chatoyantes. Seuls leurs yeux étaient visibles par la mince fente de leur niqab. Les femmes libres du Sultanat devaient masquer leur visage. Par contre, les esclaves n'avaient pas le droit de le couvrir.

Nous sommes entrés dans une échoppe d'orfèvrerie gardée par deux colosses à la peau noire et au torse nu musclé. Le marchand s'avança immédiatement vers moi.

- Je cherche deux tenues d'esclave.
- Pour male ou pour femelle, demanda le marchand.
- Pour femme. Je veux quelque chose de rare et de beau afin de pouvoir les mettre en valeur.

J'entendis Judith se racler la gorge.

- J'ai exactement ce qu'il te faut, mon ami.

Il revint de son arrière-boutique les bras chargés d'accessoires. L'orfèvre me présenta plusieurs colliers en argent et même en or ainsi qu'une collection de longues chainettes qui devaient faire office de laisse. Après avoir fait mon choix, je reportais mon attention sur les vêtements proposés. Ils étaient limités au stricte minimum. Une culotte et un soutien-gorge en laiton et en fines mailles d'acier comme ceux qu'avait porté Chadia lors de notre périple.

La négociation avait été rude pour faire accepter aux deux femmes d'endosser le rôle d'esclaves. C'était cependant le plus sûr moyen de s'introduire dans le palais du Sultan et son fameux harem.

- Tu ne veux quand même pas qu'on mette ces trucs et que tu nous tires derrière toi comme de vulgaires chiennes, s'emporta Ladyface. Même quand je faisais le tapin, je portais un minimum de vêtements.

- Dis-toi que tu vas prendre un bon bain de soleil et joue la comédie, répondis Judith. Avec un peu de chance, un riche émir pourrait s'amouracher de toi.

Ladyface cracha au sol.

- Le premier qui me touche, je l'égorge proprement et correctement.

Malgré le fait d'être tenue en laisse et à moitié nue, elles marchaient avec fierté derrière moi. Bon nombre de passants se retournèrent sur ces beautés exotiques venant sans doute du nord des Quatre Royaumes.

Nous sommes arrivés aux portes de la cité intérieure qui abritait le palais et le harem. Le quartier était riche et les patrouilles de gardes plus importantes.

Un attroupement de badauds s'était formé devant la grande porte. Plusieurs soldats de la garde d'élite sultane interrogeaient les visiteurs et

ces derniers semblaient parlementer ou manifester leur mécontentement. L'un des vigiles, armé de son impressionnant cimeterre, s'approcha de nous.
- Qu'est-ce qui t'amène ici ? demanda-t-il.
- Je viens vendre mes deux esclaves. De véritables beautés. Etes-vous preneur ?
- As-tu un laissez-passer ?
- Un laissez-passer ? Je n'ai jamais eu besoin de laissez-passer pour entrer !
- La venue du roi Géhofft a changé la donne, marchand. La sécurité est renforcée. Pas de document officiel, pas d'accès à la cité intérieure.
- On ne peut pas trouver un arrangement. Je viens de loin et j'ai besoin de renflouer mes caisses. Ce sont de rares beautés.
Le garde reluqua méticuleusement les deux filles. Il prit un malin plaisir à caresser les fesses de Judith. Elle se mordit les lèvres mais ne manifesta pas d'autres réactions. Il reporta ensuite son attention sur la petite Ladyface.
- C'est une barbare du nord, celle-là, remarqua-t-il. C'est rare de capturer une fille comme ça. D'habitude elles trouvent toujours un moyen de s'ôter la vie quand tout est perdu. Tu vas sans aucun doute en tirer un bon prix si tu as réussi à la domestiquer. Il agrippa la punk et l'embrassa. Cette dernière lui mordit violement la lèvre avant de le repousser.
- Une vraie tigresse. Je donnerais cher pour passer un moment avec elle et lui apprendre les bonnes manières.
- Et si je te laisse en profiter un quart d'heure, est-ce que tu nous permettras l'accès à la cité ? Promets-moi juste de ne pas l'abimer.
Ladyface me jeta un regard noir.
Le soldat regarda du côté de son chef qui était en grand conversation avec une caravane de marchands.
- Venez par ici.
Il nous conduisit dans la caserne et nous mena jusqu'aux étables.
- Voyons voir ce que tu vaux, petite barbare. Et pas de blague, sinon je te tranche les mains.
Il entraina Ladyface dans un box vide. J'allais attraper ma dague mais la jeune femme m'intima silencieusement de ne rien faire avant de disparaitre avec le soldat. Judith me regarda avec un air désemparé. J'entendis des bruits de lutte.
- Tu vas la laisser se faire violer ? susurra Judith.

- La connaissant, ça m'étonnerai qu'elle se laisse faire, ais-je répondu sans émotion.
Finalement les cris cessèrent. Ladyface réapparut seule dissimulant difficilement un petit sourire au coin des lèvres.
- Il est charmant. J'ai même obtenu de lui la clef du minaret. Suivez-moi, c'est par là.
Nous avons rejoint l'entrée de la tour collée à la caserne et à la mosquée sans croiser personne.
- Une fois qu'on sera là-haut, il faudra descendre en rappel. Si nous sommes repérés, ils n'hésiteront pas à nous couper la tête. C'est un sacrilège pour des femmes esclaves de pénétrer dans un lieu sacré.
Nous avons monté les marches pour atteindre le sommet.
Hélas, derrière la porte se trouvait déjà le muezzin qui s'apprêtait à lancer l'appel à la prière. Je maitrisais vivement l'homme en l'agrippant et en le faisant suffoquer jusqu'à ce qu'il perde connaissance.
- Comment va-t-il ?
- Il vivra.
- Tu joues un jeu dangereux Ladyface, ajouta Judith. On aurait pu tous y rester.
- Ce n'est pas moi qui lui ai proposé de tirer un coup. C'était bien l'objectif de la mission : rentrer dans le palais. Désolé de ne pas avoir accepté de me faire sauter. Si tu es jalouse ma grande, la prochaine fois, on te trouvera un étalon pour te ramoner la cheminée. Une grande cheminée comme toi, ça doit bien tirer. Je me lèche les babines rien qu'à l'idée de voir tes grosses miches brinquebaler sous les assauts furieux d'un géant à la peau d'ébène comme notre bon Hakon.
Judith s'approcha de Ladyface les poings serrés.
- On se calme les filles. Vous réglerez vos comptes une fois que la mission sera terminée.
- Hakon à raison, on a suffisamment perdu de temps, ajouta Judith. Je reprends le commandement à partir de maintenant.
- Oui, chef ! répondit Ladyface en beuglant plus que de raison.

Il fallait maintenant faire vite pour trouver Géhofft dans le palais. La cité intérieure abritait le magnifique palais ainsi que de nombreux jardin.
Judith scanna les environs à la recherche de conversations intéressantes avec ses implants visuels et auditifs améliorés. Elle tomba sur une délégation de notables qui selon leurs dires devait s'entretenir avec le sultan et le roi.

- Nous avons deux heures pour atteindre notre cible. Passé ce délai, nous serons détectés et ils nous enverrons tout ce qu'ils pourront pour nous arrêter. En avant ! Nous avons activé à l'unisson notre système d'invisibilité. Le compte à rebours était lancé. La descente en rappel se déroula sans encombre et nous sommes parvenus à suivre la délégation à l'intérieur du bâtiment en toute discrétion.

La pièce dans laquelle nous sommes entrés était entièrement tapissée de soie et son plafond était en coupole. La voûte présentait un décor assorti mêlant le cristal et l'or ainsi que des incrustations de pierreries diverses.

Des dizaines de serviteurs déambulaient dans les jardins, aussi élégamment vêtus que de jeunes mariés et portant, sur leurs costumes, aux couleurs chatoyantes, des sabres retenus par des baudriers d'or. A chaque angle, des jeunes femmes partiellement dénudées tenaient à la main un cierge piqué de grains de camphre. Le sultan et le roi avançaient majestueusement. Une vingtaine de servantes les suivaient, resplendissantes comme des soleils, revêtues de robes les plus magnifiques qui soient avec des pierres précieuses qui étincelaient à leurs colliers comme à leurs diadèmes. Plusieurs d'entre elles jouaient à la perfection d'un instrument de musique.

Les deux souverains se dirigèrent vers une massive porte en or gardée par deux gardes impressionnants. Ces géants ne pouvaient pas être humains. Ils mesuraient au moins trois mètres. Chacun d'eux portait un cimeterre dans chaque main. Le sultan posa la paume de sa main sur l'un des battants. Un cliquetis se fit entendre et le mécanisme de la porte s'enclencha afin de permettre sa lente ouverture.

De toute évidence, ils allaient dans la salle du trésor du palais.

- Il va falloir passer à travers tout cet attroupement et les suivre là-dedans. On n'aura pas une meilleure chance, ais-je déclaré.

- C'est une souricière, remarque Ladyface en se faufilant entre les danseuses.

Nous sommes entrés derrière les deux seigneurs et la porte s'est refermée derrière nous. La salle au trésor du sultan renfermait d'innombrables coffres richement ouvragés. Certains étaient ouverts pour laisser paraitre les richesses qu'ils contenaient. Des joyaux multicolores, des pièces d'or, des antiquités rutilantes étaient à portée de nos mains. Tout était méticuleusement rangé et j'étais un peu déçu de ne pas voir des monticules d'or et d'argent.

Le sultan se présenta devant la statue d'un sylphe en or massif au buste dévêtu et aux larges ailes déployées. Il prit à pleine main ses seins et le sol se déroba devant lui dévoilant un large escalier éclairé.

- Ça vous ressemble bien toute ces mascarades, Omek, remarqua le roi.
- J'ai toujours eu un certain gout pour la mise en scène. Dépêchez-vous, je ne souhaite pas être en retard à notre réunion.

Les deux souverains s'engagèrent dans l'escalier qui s'éclaira automatiquement. Nous sommes descendus pendant une bonne dizaine de minutes pour atteindre un couloir qui n'avait rien de médiéval. Au bout, deux soldats casqués en armures composites, armés de fusils d'assaut, montaient la garde devant une nouvelle porte blindée. Ils scannèrent avec attention les rétines des deux seigneurs avant de les laisser entrer.

Nous étions collés à eux pour éviter que la porte ne se referme devant nous. Je pouvais presque toucher le roi Géhofft. Un moment, je crus qu'il me regardait réellement puis il se détourna de moi pour reporter son attention sur le sultan.

Nous avons pénétré dans un vaste sous-sol qui ressemblait fort à un centre d'expérimentation. Dans les couloirs, nous avons croisé des techniciens et plusieurs chercheurs en blouse blanche.

- C'est le plus grand centre de recherche des Quatre Royaumes, annonça fièrement le sultan.
- Je vous crois sur parole, j'ai été confronté à votre vampire et à sa petite armée. Une vraie réussite ceux-là. Chadia vient également d'ici. Vous l'avez récupérée après son autodestruction.
- Naturellement, elle a couté plus d'un milliard au groupe. On lui trouvera bien un rôle à jouer dans les futures saisons.
- Je peux la voir ?
- Pourquoi ?
- Elle a été ma femme un court moment et elle est l'image de notre présidente. Faites-moi cette faveur.

Mon cœur se mit à battre. Je vis Judith poser son bras sur moi. Nous pouvions parfaitement nous voir entre nous.

- Reste calme et suivons le plan, dit-elle gentiment par l'intermédiaire de son communicateur neural.
- Je n'ai aucune envie de faire foirer cette mission mais si je peux voir celle que j'ai aimée une dernière fois alors je ne manquerais pas l'occasion de le faire.

Le sultan conduisit le roi devant plusieurs salles munies de baies vitrées. A l'intérieur, des scientifiques en combinaison réalisaient des dissections. Assistés par des bras robotisés, ils démantelaient minutieusement des corps qui n'avaient plus rien d'humain sans doute à des fins de manipulation anatomique.

Nous avons traversé un laboratoire dans lequel des chercheurs administraient à des cobayes de différentes espèces enchainés aux murs un produit chimique à l'aide d'une seringue. Les prisonniers hurlaient puis s'affaissaient avant de retrouver soudainement une attitude combative ou au contraire effrayée.

- C'est notre nouveau sérum de purification. Il détruit les améliorations génétiques et liquéfie la puce de contrôle. C'est très efficace pour rendre leur liberté à certaines espèces. Le lobby des défenseurs des droits et des libertés nous a forcés à mettre au point ce programme. Nous avons dû mettre en place une vaste réserve de l'autre côté de la planète pour rendre à l'état sauvage de nombreuses espèces.

En passant à côté d'une table chargée de seringues, j'en attrapais discrètement une pour la dissimuler sous ma combinaison.

Omek posa sa main sur une porte blindée et un système scanna à nouveau son profil génétique complet. La porte coulissa dévoilant un grand laboratoire. Plusieurs cuves transparentes contenaient des corps de femmes lévitant dans un liquide orangé. Elles avaient toutes l'apparence de Chadia mais comportaient manifestement des aberrations morphologiques.

- Vous gardez encore vos modèles tests, s'étonna Géhofft.
- Le programme est encore actif. On transformera tout ça en gélules nutritives lorsqu'on aura reçu l'ordre de le faire.
- Où est-elle ?
- Venez, elle est ici, dit-il en entrant dans une nouvelle salle sécurisée.

Chadia était couchée sur un lit anti-gravité. Son corps entièrement nu flottait au-dessus du sol. Il ne portait plus aucune trace de son suicide.

Géhofft s'approcha d'elle et caressa son corps, son visage et ses cheveux.
- L'avez-vous déjà réveillée ?
- Non, ce n'est pas une excellente idée. Elle va sécréter tout un tas de molécules qui vont nuire à son organisme en vous voyant. Il nous faudra du temps pour la remettre sur pied et la reprogrammer génétiquement.

Le sultan fit apparaitre devant lui un écran holographique et pianota divers instructions tout en donnant des ordres vocaux à l'intelligence artificielle en charge de la gestion du laboratoire. Des câbles en métal surgirent du sol et du plafond et emprisonnèrent les poignets et les chevilles de Chadia. Elle fut redressée et se retrouva écartelée devant nous. Ses bras et ses jambes formèrent une croix.

- Pourquoi tant de précaution ? demanda Géhofft. Je croyais qu'elle avait perdu totalement la mémoire en se tuant, s'étonna le roi.

- On ne s'est pas expliqué son geste. Un virus était caché dans sa programmation. Je suppose que c'est une manœuvre du LEF. Nous avons sous-traité une partie de la programmation à une société d'experts qui s'est mystérieusement volatilisée ensuite. Le ver informatique a annihilé sa mémoire locale mais ils ne pouvaient pas savoir que nous réalisons toujours une sauvegarde de secours des personnages principaux dans la tour de Babel.

Mes mains tremblèrent. Chadia était vivante.

Son corps fut parcouru par des éclairs électriques qui illuminèrent la salle. Elle fut prise de convulsion et ses yeux s'ouvrirent.

- Chadia, quelle bonne surprise de vous retrouver saine et sauve. Vous revenez d'entre les morts, s'amusa le roi des baronnies teutoniques.

- Où suis-je ? Où est Hakon ? Je...je j'étais morte.

- Oui et te voilà revenue d'entre les morts par la grâce des dieux, ma fille, déclara le sultan.

Je ne pus retenir mes émotions et je me mis à pleurer de bonheur.

Une forme holographique se matérialisa alors dans la salle. C'était Bruna.

- Vous êtes en avance, présidente.

- Je ne suis pas d'humeur à plaisanter. Mon bureau vient de faire l'objet d'une attaque orchestrée par le LEF et menée par l'Égaré en personne. Nous ne savons pas ce qu'ils ont pu nous dérober mais de toute évidence il cherchait quelque chose de précis. Nos analystes sont sur le coup mais ça va prendre un peu de temps. En attendant, je vous demande de déployer vos forces pour contrer toute attaque pouvant se produire dans les Quatre Royaumes. Je vous envoie des anges pour assurer votre sécurité personnelle.

Elle se tourna vers Chadia.

- Elle pourrait nous servir. Je la transfère ici par vol direct. Vous ferez mumuse avec votre poupée quand j'en aurais fini avec elle.

Sur ces mots, le plafond s'ouvrit et Chadia disparut en criant, entrainée par les câbles.

L'apparition se volatilisa. Sidéré, j'assommais le Sultan d'un grand coup de crosse dans la nuque. Il s'effondra sur le sol. L'instant d'après, j'étais sur Géhofft et je lui injectais une partie du contenu de la seringue en pleine gorge.

Il s'effondra sur le sol en gigotant et mis quelques secondes à se remettre.

- Hakon, je me doutais bien que tu allais me tomber dessus d'un moment à l'autre. J'ai senti ton odeur musquée au poste de garde. Que m'as-tu fais ? demanda-t-il, inquiet.

- Te voilà redevenu un simple être humain. Plus d'améliorations, plus de pouvoirs, une merde humaine, voilà tout ! Où a été emmené Chadia ? demandais-je.

Ladyface et Judith apparurent à mes côtés.

- Une vraie petite expédition suicidaire rien que pour moi. J'en suis honoré. Saches que je ne sais pas où Chadia a été emmenée. Le centre dispose d'un quai d'expédition automatisé. Nos créations sont envoyées aux quatre coins du royaume par des bulles autonomes. Elle est déjà dans les airs au moment où nous parlons.

- La poisse, hurlais-je.

- Il faut foutre le camp d'ici. La sécurité ne va pas mettre longtemps à nous repérer, ajouta Judith.

- Ecoute-moi bien, Géhofft. Je ne suis pas là pour te tuer même si tu mérites amplement une mort douloureuse après ton infâme trahison. Tu vas nous ouvrir Babel.

Le roi, qui n'avait pas l'habitude de perdre son calme, ouvrit de grands yeux.

-Vous voulez rentrer là-dedans ? Bande de fous ! Seuls les élus peuvent tenter de passer le gardien. Il me massacrera sans faire de distinction. A l'instant même où la porte s'ouvrira, Lakoele Entertainment me considérera comme un traitre. Ils n'auront plus qu'à appuyer sur un bouton pour me supprimer immédiatement.

Ladyface s'approcha de lui et pointa le canon de son arme sur sa tempe.

- On peut gagner du temps et te tuer maintenant, si tu préfères.

- Attends, ordonna Judith. Géhofft est un homme intelligent. Ce qu'il veut c'est un compromis.

Elle se tourna vers le roi avec un sourire aux lèvres.

- Tu ne portes pas Bruna dans ton cœur, ni l'Ultima Céna. Ils t'ont récemment refusé une place au conseil. Tu n'es au final que leur marionnette. Réfléchis. Si nous mettons fin à toute cette mascarade qui en sortira vainqueur. Les dieux disparus, les Quatre Royaumes n'auront plus que leurs seigneurs pour les diriger. Ton pouvoir sera renforcé et tu

309

occuperas nécessairement une place de choix dans les négociations. Quant à leur moyen de pression, nous en faisons notre affaire. Le sérum a semble-t-il annihilé tes améliorations et supprimé les programmes qui pourraient représenter une menace pour toi. Lakoele Entertainment ne peut plus rien intenté contre toi.

Géhofft réfléchit un instant.

- Je n'ai pas une envie folle de mourir, aujourd'hui. De toute façon, vous ne sortirez jamais vivant de cette tour infernale. Je vais vous aider. Ne croyez pas que je sois enchanté à l'idée de remettre les pieds là-bas mais ais-je le choix ?

- Vous avez pris la bonne décision, ajouta Judith.

- Comment peut-on sortir d'ici ? demandais-je.

- Il y a un hangar à bulles volantes au bout du couloir.

- Ok, on y va et pas de blagues. N'oublie pas que tu n'as plus aucune capacité défensive.

Après avoir caché le corps inanimé d'Omek dans un caisson, nous avons réactivé notre invisibilité pour escorter discrètement Géhofft jusqu'au hangar.

Sans rencontrer plus de résistance, nous avons emprunté un engin que Ladyface dirigea habilement le long d'un tunnel souterrain. Ce dernier descendait lentement et, brusquement, il fut obstrué par de l'eau.

-Accrochez-vous ! hurla Ladyface.

La bulle pénétra dans les profondeurs d'une grotte sous-marine. Ses puissants projecteurs éclairaient les parois en faisant fuir des bancs de poissons qui s'étaient aventurés là. Au bout d'un moment, notre équipage franchit l'entrée de la caverne et se retrouva dans les abysses de l'océan. Rapidement, la bulle remonta à la surface et creva la surface de la mer pour grimper vers le ciel. Au loin, nous pouvions voir les lumières de la capitale du sultanat.

Nous avons atteint une région étrange et désolée. La grande plaine rocailleuse n'abritait ni plantes, ni animaux. Rien ne semblait survivre dans un rayon de plusieurs kilomètres autour de la tour, objet de notre quête. Elle était colossale et inquiétante. Son sommet se perdait dans les nuages. Un peu partout, on voyait aussi des os, des squelettes entiers de chevaux et d'humains qui avaient tentés la traversée de la zone interdite et payés de leur vie cette folie. Des fumeroles jaunâtres s'élevaient du sol. Le ciel flambait d'éclairs qui incendiaient des amoncellements de nuages noirs.

Deux bulles se positionnèrent à côté de nous. Le commando du LEF était prêt à entrer en action. Judith diffusa le code que nous avions dérobé afin de tromper les systèmes de défense. Le vent soufflait en rafales tandis qu'un orage de grêle d'une extrême violence, s'abattit sur notre cockpit, accompagné d'éclairs et de coups de tonnerre.

- Personne ne peut s'approcher de la tour sans autorisation. Les éclairs carbonisent les intrus et les gaz toxiques anéantissent les rares survivants, annonça Judith.

La tour était faite d'un matériau noir et parfaitement lisse qui reflétait les éclairs du ciel. Elle s'illuminait en rythme avec le tonnerre donnant l'étrange impression d'être vivante. Parfaitement cylindrique et grimpant sans doute de plusieurs kilomètres vers le ciel, elle inspirait nécessairement le respect des croyants des Quatre Royaumes de Lakoele.

Arrivé à sa base, le spectacle était tout aussi impressionnant. Il aurait sans doute fallu plusieurs heures pour faire le tour de sa base. Deux gigantesques portes gravés de symboles en or étaient parfaitement incrustées dans le mur d'enceinte. Aussi loin que pouvait porter notre vue, il n'y avait pas trace d'une quelconque autre ouverture ou fenêtre.

L'équipage débarqua avec discipline. Les androïdes de combat Sasmaster prirent position de façon stratégique de part et d'autre de l'entrée. Braquant leurs lourds fusils d'assaut dans toutes les directions.

- Nous sommes en position. La zone est sécurisée, vous pouvez débarquer, crachota le communicateur de bord, perturbé par les ondes magnétiques de l'orage.

Judith me tendit un bracelet noir en métal.

- Ce petit joujou, contient un câble de vingt mètres et un grappin à soudure thermique. Quand on va faire le guignol dans un édifice de cette hauteur, ça peut toujours être utile.

- Merci, Judith.

Contrairement à Géhofft, je ne montrais pas d'inquiétude. Chadia était vivante et se trouvait sans doute là-dedans. Je n'avais qu'une hâte, c'était de la retrouver et la serrer dans mes bras. Je savais que le Renard d'argent n'était pas un pleutre. Pourtant, il tremblait.

- Je ne vous ai jamais vu avoir peur de quoi que ce soit, seigneur Géhofft. Pourtant vos mains tremblent. Qu'est-ce qui se cache dans cette tour qui vous met dans ce si terrible état ?

- Il y a de nombreuses années, le jour de l'ascension, j'ai pénétré dans cet édifice de cauchemar. Je n'étais alors qu'un jeune baron téméraire qui avait eu la chance de mettre la main sur un Égaré et son artefact. Nous étions nombreux à participer à cette cérémonie. Une bonne centaine d'hommes, de femmes et de créatures venus de tout le royaume pour réaliser l'ascension et communier avec les dieux. Les portes se sont ouvertes et nous sommes entrés. Nous savions que très peu d'entre nous reviendraient vivants de ce périple. J'avais passé un bon moment à écumer les bibliothèques poussiéreuses des Quatre Royaumes pour récolter toutes les informations qui auraient pu m'être utile. Mais aucun grimoire ou tapisserie touchant de près ou de loin à la tour de Babel ne m'avait préparé à tant d'horreur....

Ses mots se perdirent dans le vacarme provoqué par l'ouverture des gigantesques portent. La présence d'un des seigneurs des Quatre Royaumes avait été détectée par le système de sécurité et Judith avait introduit la clef de Chadia dans l'orifice prévue à cet effet.

Une odeur pestilentielle de souffre se dégagea de l'ouverture et je dus activer le masque gaz de ma combinaison pour ne pas suffoquer.

- Qu'allons-nous trouver là-dedans, Géhofft ?

Il se retourna et me regarda à travers la visière de son casque.

- L'hydre de Babel garde l'accès à l'escalier. C'est la plus terrible créature que Lakoele Entertainment ait pu créer. Elle est indestructible. Nous sommes vingt, seulement deux survivront. Telle est la règle : 10% passe la première épreuve.

Je me retournais vers Judith et Ladyface.

- Je ne pense pas qu'elle fera long feu face à notre puissance de frappe. Les flèches et les lances ne lui font peut-être rien mais elle ne résistera pas à une pluie de balles explosives enrichies à l'uranium.

- Espérons-le, remarqua de façon sarcastique, le roi.

Le commando pénétra à l'intérieur de la tour. Il y faisait particulièrement sombre. Des colonnes par dizaine grimpaient vers le plafond invisible à nos yeux. Le sol était spongieux. Des feux follets dansaient sur plusieurs grosses mares de liquide noirâtre à la surface desquelles explosaient des miasmes pestilentiels.

-L'escalier se trouve au bout de ce marais artificiel, expliqua le Renard d'argent. Envoyez vos soldats. Ils feront un bon appât.

Les androïdes avancèrent sans aucune peur, arme à la main, en contournant les flaques. Nous sommes arrivés face à un étang à la surface plane et huileuse. Puis, soudain l'enfer se déchaina. Un terrifiant serpent géant surgit d'une des mares et attrapa dans sa gueule l'un des soldats. Il le broya entre ses mâchoires et recracha les restes fumants sur le groupe d'assaut. Les Sasmaster ouvrirent le feu de concert sectionnant la terrible tête. Puis, d'autres créatures percèrent la surface du lac. L'hydre surgit alors devant nous en émergeant des marais. Elle était d'une grosseur démesurée. Son corps écailleux de dragon était surmonté de dizaines de têtes de diverses espèces de reptiles venimeux ou constricteurs. La créature soufflait par ses gueules une haleine empoisonnée et hautement corrosive. Ses sifflements étaient assourdissants.

A notre plus grande stupeur, la tête tranchée se mit à repousser et fut très rapidement remplacée par deux autres tout aussi agressives. L'hydre passa à l'attaque vomissant dans notre direction plusieurs jets d'acide gastrique fumant. Je me jetais derrière une colonne qui semblait résistait au effet dévastateur de la substance tout en entrainant Judith. Le bruit des rafales d'armes automatiques et des explosions de grenades offensives cessèrent rapidement. En jetant un rapide coup d'œil, je m'aperçus que les androïdes avaient tous été massacrés. Quelques-uns rampaient encore pour échapper aux gueules affamés. Un autre était emprisonné dans les anneaux mortels d'un puissant boa. Il ne tarda pas à être démembré par la pression excessive de l'attaque.

- Vous n'avez pas une bombe nucléaire, pour faire péter ce truc ? demanda Ladyface, immergée dans une flaque de vase.
- On est plus que quatre, encore deux et la créature retournera dans son antre. Il va s'en dire que vous aurez encore besoin de moi pour activer la porte de l'escalier. Ce qui veut dire que deux d'entre vous doivent se sacrifier, annonça laconiquement le roi Géhofft.
- Toute créature à son talon d'Achille, annonçais-je. L'une de ses têtes est plus grosse que les autres. C'est celle d'un cobra royal. Ce reptile chasse et dévore ses congénères.
- Où veux-tu en venir ? demande Judith.
- Nous allons l'aider à retrouver ses instincts de prédateur.
- Ouvrez le feu pour attirer son attention à mon signal.
- On va tous se faire bouffer, Hakon, remarqua Ladyface. Elle sortit de son trou, passa son bras autour de mon cou et m'embrassa sur la bouche. Je me retournais vers Judith et pointais mes lèvres dans sa direction.
- Si tu nous sors d'ici, je puis t'assurer que tu auras plus qu'un baiser de ma part.

Je m'accroupis et me mis à ramper en direction du lac.

Mes compagnons prirent position aux alentours et ouvrirent le feu pour tromper l'ennemi. La créature sortit du lac pour aller chercher sa pitance, nullement inquiétée par les balles qui explosaient sur sa carapace comme l'auraient fait de vulgaires insectes sur un pare-brise.

Quand le monstre me dépassa, je bondis hors de ma cachette et me mis à courir dans sa direction. D'une main, j'empoignais mon arme et de l'autre la seringue de sérum à moitié vide volée au laboratoire de recherche. Plusieurs têtes remarquèrent mon attaque suicide et se tournèrent vers moi pour m'affronter. Mais il était trop tard. J'avais pris suffisamment de vitesse pour me propulser dans les airs. Ma pluie de projectiles sectionna plusieurs appendices monstrueux. J'esquivais habilement une tête de mamba noir et me retrouvais perché sur le cobra royal au milieu de cette forêt grouillante et mortelle. Mon bouclier magnétique me protégea d'un jet de venin corrosif. J'injectais directement le contenu de la seringue dans l'immense globe oculaire du serpent et me laissais tomber au sol. Les têtes que j'avais tranchées commençaient à repousser. Le cobra me regarda et se pencha vers moi dans l'espoir de me gober. Je n'avais aucun moyen de prendre la fuite. Mais miraculeusement, il se détourna de sa proie pour mordre violemment une autre tête. Un combat acharné s'engagea alors entre les différentes têtes. L'hydre s'autodétruisait en se dévorant elle-même. Le combat était dantesque. Finalement, le monstre s'effondra sur lui-même incapable de régénérer les profondes mutilations qu'il s'infligeait. Nous avons vidé quelques chargeurs pour achever méticuleusement les têtes encore belliqueuses.

- Il ne faut pas trainer ici. Ils vont vite savoir que leur monstre a été vaincu. Alors, ils mettront en place une riposte plus conventionnelle et tout aussi efficace. Suivez-moi, ordonna Géhofft.

Nous l'avons suivi jusqu'au centre du marais. Un escalier en métal nous y attendait. Il se perdait dans l'obscurité au-dessus de nous.

- On va devoir grimper sur plusieurs kilomètres. On en a pour des heures, pesta Ladyface.

- Ça ne sera pas nécessaire. Si nous passons l'épreuve du deuxième étage, il y a un ascenseur qui nous conduira directement au sommet.

- Il y a encore un truc à tuer là-haut ? demanda la petite punk couverte de vase.

- Non, vous n'aurez aucun combat à réaliser. Enfin pas exactement. Je suis surpris que vous n'ayez pas suivi les épisodes spéciaux relatifs à la tour de Babel et à l'ascension. Vous auriez sans doute su pour l'hydre et pour ce qui nous attend. Il est vrai que ce collector est réservé aux initiés particulièrement fortunés. Seule une petite élite privilégiée peut regarder ces atrocités tous les dix ans. Vous étiez contre toute cette barbarie Hakon, lorsque vous étiez au conseil.

Nous avons grimpé les escaliers pour nous retrouver au second étage. La salle toujours aussi colossale était faite de marbre blanc. Les colonnes étaient toujours présentes mais irradiaient cette fois une lumière immaculée presque aveuglante.

Au centre se trouvait effectivement un disque en lévitation qui devait être l'ascenseur salvateur.

- C'est quoi la règle ? demanda Ladyface.
- Elle est très simple, annonça le roi. Nous sommes quatre. Tout est une question de chiffre. 50% de survivants. Seulement deux pourront monter. Les autres devront mourir ici sinon nous périrons tous.

Il pressa la détente de son fusil d'assaut. Les balles atteignirent Ladyface de plein fouet. Elle fut projetée contre une colonne sous l'effet de l'impact. Son corps s'affaissa le long de la pierre laissant une large trainée de sang. Le renard d'argent bondit derrière une autre colonne pour éviter le tir défensif de Judith.

- Ecoute-moi l'Égaré. Nous sommes plus que trois. Le temps nous est compté maintenant. Aide-moi à tuer ta copine et nous retrouverons Chadia ensuite. Il n'y a pas de place pour deux femmes dans ton cœur.

- Je vais te tuer, assassin, criais-je de rage, en voyant le corps sans vie de Ladyface.

J'ouvrais le feu sur sa cachette et avançais jusqu'à ce que mon chargeur soit vide. Hélas, il avait déjà quitté sa position et pouvait se cacher n'importe où.

Judith se déplaçait non loin de moi, à l'affut du moindre mouvement. Où pouvait-il bien se dissimuler ? Il ne disposait plus de ses améliorations mais ses innombrables années d'expérience faisaient toujours de lui un redoutable adversaire.

Puis le compte à rebours s'enclencha. Une voix puissante raisonna et annonça le nombre soixante suivi de cinquante-neuf. Chaque seconde, une lumière rouge inondait l'espace pour intensifier l'oppression qui nous écrasait déjà.

Arrivé à vingt, il fallait se rendre à l'évidence : nous allions tous mourir car Géhofft restait invisible.

- C'est comme ça que tu t'en es sorti, la dernière fois. En te cachant avec Damballa, jusqu'à ce qu'ils s'entretuent.

Personne ne répondit à mon sarcasme.

- Les jeux sont faits, Hakon, déclara Judith.
Elle me regarda. Des larmes coulaient sur ses joues. Il ne restait plus que cinq secondes.
- Je t'aime, mon chéri.
Elle pointa le canon de son pistolet sur sa tempe et pressa la détente avant que je ne puisse faire le moindre mouvement.
Son corps tomba sur le sol au moment même où le compte à rebours s'arrêtait.
Je me précipitais auprès d'elle et serais son corps inanimé contre moi. Je venais de perdre en quelques minutes deux personnes qui m'étaient chères et que j'aimais. J'hurlais ma douleur et mon chagrin frappant du poing le sol jusqu'à y laisser des traces de sang.
- Tu comprends maintenant pourquoi je ne voulais pas remettre les pieds ici. J'ai perdu moi aussi des alliés qui se sont transformés en ennemis.
Je me retournais vers Géhofft.
- Je vais te tuer.
- 50%. Si tu me tues ou si je ne survie pas à tes tortures, le compte n'y sera pas et tu n'accéderas jamais au sommet.
Soudain sa poitrine explosa en une gerbe d'hémoglobine. Un bras et une main tenant son cœur encore palpitant l'avaient transpercé. Incrédule, il me regarda puis posa les yeux sur son organe vital avant de s'affaisser.
Judith repoussa son cadavre. La moitié de son visage humain avait été arraché et brulé laissant apparaitre un crâne en métal.
- Tu es un androïde ?
- Je dirais plutôt un cyborg. Une bonne partie de moi est synthétique mais j'ai encore une cervelle humaine et quelques éléments biologiques. J'ai trompé l'IA en désactivant mes fonctions vitales un court moment. Le quota est respecté. Nous sommes les deux seuls survivants.
Je m'approchais d'elle et lui posais ma main sur l'épaule.
- Allons venger Ladyface, ais-je suggéré.

L'ascenseur nous conduisit au sommet de la tour de Babel. Le disque lumineux s'arrêta dans une salle plus modeste que les précédentes. Nous nous étions attendus à un comité d'accueil des plus musclés mais il n'en était rien. A part quelques grandes tables en pierre et des sièges confortables, il n'y avait pas âme qui vive ici.

Alors que nous nous apprêtions à sortir, une image holographique se forma devant nous. Elle représentait une jolie femme portant un diadème et vêtue d'une toge blanche.

- Vous avez passé les épreuves avec succès et vous avez mérité de rencontrer vos créateurs. Lakoele Entertainment est fier de vous dévoiler tous ses secrets. Etes-vous prêts à rencontrer vos créateurs ?

Je m'approchais de la représentation holographique et passais la main à travers. Elle continua son discours sans prêter attention à mes questions ou à mes gestes.

- C'est un message enregistré sans doute prévu pour préparer les survivants de l'ascension, remarqua Judith. Continuons.

Nous avons franchi la porte pour nous retrouver dans un couloir vide. Des flèches lumineuses au sol clignotaient pour nous indiquer la direction à prendre.

- On va droit dans la gueule du loup.

- Non, je ne pense pas, répondis-je, en poussant une lourde porte de verre fumée.

Une secrétaire parfaitement apprêtée se tenait derrière un bureau en plexiglas. Son corps s'était affaissé sur sa chaise et du sang souillait ses vêtements. Elle avait une balle logée en pleine tête. Deux agents de sécurité, pourtant bien équipés, avaient également été abattus juste devant une grande porte en chêne massif. Son aspect ancien et austère dénotait avec la décoration moderne du hall d'accueil.

Je poussais la lourde porte pour entrer dans la salle du conseil de l'Ultima Céna. Elle était immense et démesurée. Les murs sur mes côtés étaient percés de grandes ouvertures formées par des arches. Elles donnaient sur de majestueux balcons. Sur le mur me faisant face, j'aperçus une fresque murale représentant Jésus-Christ entouré et ses douze Apôtres. Je me rappelais maintenant de cette mystérieuse œuvre d'art qui avait donné son nom à l'instance dirigeante de la planète.

- Savais-tu que Jésus était le fils d'un dieu de l'ancien temps ? Il partage son dernier repas, peu de temps avant son arrestation, la veille de sa crucifixion, annonça une voix que je connaissais que trop bien.

Bruna siégeait au centre d'une longue table rectangulaire en pierre blanche. L'image s'apparentait presque à celle peinte sur la fresque. Cependant, tous les conseillers autour d'elle étaient morts et baignaient dans leur sang, égorgés ou éventrés.

La jeune femme se leva. Malgré l'horreur de la scène, elle était magnifique dans sa robe toute en voiles et légèreté constellée

317

d'éclaboussures de sang. Ses mouvements la faisaient paraître aussi gracieuse qu'une mystique créature élémentaire des airs.
- Tu arrives un peu trop tard, mon cher. Ils voulaient ma tête mais j'ai eu la leur avant. Tu fais maintenant un parfait coupable.
Une boule de foudre surgit soudainement d'un des balcons et frappa de plein fouet Judith. Elle s'écroula au sol. Je tentais de lui venir en aide mais une violente décharge me parcourra le corps à l'instant même où je la touchais. Je fus violement projeté en arrière. En me relevant péniblement, je vis de la fumée s'échapper de son corps et la lueur rouge de son œil cybernétique clignoter un dernière fois avant de s'éteindre.
Falkomed sortit de l'alcôve, son lourd cimeterre couvert de sang dans une main et une arme à énergie fumante dans l'autre.
- Tu es venu pour infecter l'unité centrale, annonça Bruna. Laisse-moi te présenter ma toute nouvelle œuvre d'art.
Elle pianota quelque chose sur son poignet et le sol devant la table se mit à coulisser sans un bruit. Une grande croix en or recouverte de diodes lumineuses surgit du sol.
Je tombais à genou en apercevant le corps de Chadia crucifié sur cet artefact. Elle avait été égorgée et des rigoles de sang séché sillonnaient son corps parfait.
- Pourquoi ? Elle n'était rien pour vous, dis-je en pleurant à chaudes larmes.
- Te voir souffrir est si bon, répliqua Bruna.
- La garce à crier comme une truie et s'est étouffée dans son propre sang, ajouta Falkomed.
Bruna sourit.
- Tu es tenace. Je pensais m'être définitivement débarrassée de toi quand Falkomed a tué Marie en l'étranglant. Nous avons utilisé toute notre technologie pour te faire porter le chapeau. Le tribunal de Midgard n'y a vu que du feu. Tue-le maintenant, ordonna Bruna.
Mes poings se serrèrent et je bondis sur mes jambes évitant la rafale d'énergie. En criant, je me mis à foncer dans sa direction glaive à la main. Il stoppa ma puissante attaque beaucoup trop facilement. Nous échangeâmes quelques passes d'armes. Ses coups étaient puissants, bien ajustés et n'avaient qu'un seul objectif : me tuer. L'assassin que j'avais devant moi n'était plus le puissant guerrier que j'avais déjà affronté et à qui j'avais tenu tête. Non, la chose qui tentait de me tuer n'était pas humaine. Ses gestes étaient trop rapides, trop improbables. Plusieurs de ses attaques m'avaient déjà lacéré le corps et du sang coulait sur le sol. Je

ne voyais déjà pas comment percer son armure avec ma simple épée. Alors quant à le terrasser, c'était une toute autre histoire. Je ne devais ma survie, pour le moment, qu'à mon expérience du combat rapproché et à mes réflexes surhumains. Pourtant, le colosse avait barre sur moi. La moindre faiblesse ou la moindre erreur me terrasserait à coup sûr.

Je me rappelais alors un échange que j'avais eu avec le baron Harmman. Le vieil homme m'avait raconté que l'usage de la ruse et de supercherie était interdit lors des tournois de chevaleries.

- Vois-tu, jeune homme, il vaut mieux parfois tricher et remporter la victoire que mourir bêtement. Soit honorable jusqu'au bout mais si ta défaite implique la mort alors use de tous les stratagèmes pour vaincre ton ennemi.

Je reculais jusqu'au balcon et m'adossais à la rambarde en pierre. Le vent soufflait et balayait la terrasse. En contrebas, la tour perçait les nuages noirs artificiels zébrés d'éclairs. Au-dessus de ma tête, un voile nuageux recouvrait le ciel laissant passer quelques rayons de soleil. C'était un bel endroit pour mourir.

J'esquivais et parais plusieurs coups. Le muret se fissura sous les assauts répétés. Mais le tueur des déserts du sud parvint à tromper ma défense. L'un de ses coups d'estoc me transperça de part en part. N'importe qui aurait succombé à cette terrible blessure mais je n'étais pas n'importe qui.

Falkomed, qui n'avait pas prononcé un mot, sembla se réjouir de son coup fatal.

- On dirait que les jeux sont faits. Je ne pensais pas que tu allais me résister aussi longtemps.

Il tenta de retirer sa lame mais je posais mes mains sur les siennes. Avant qu'il ne puisse réagir, je poussais de tout mon poids le parapet qui s'effondra. J'entrainais dans ma chute l'assassin qui perdit l'équilibre. Ainsi lié à lui, nous nous sommes défenestrés. Avant qu'il ne réagisse, je m'expulsais de son emprise en le poussant violemment avec mes pieds. Tout avait été orchestré à la milliseconde près. A l'instant où il chutait et disparaissait dans l'orage magnétique, je déclenchais le tir de mon grappin thermique et me retrouvais suspendu dans le vide.

Je repris pied sur le balcon en usant de mes dernières forces. Un voile noir passa devant mes yeux mais je parvins à repousser cet insidieux vertige qui sonnait ma fin. Je savais qu'il ne me restait pas longtemps à vivre. Mes blessures étaient trop graves et j'avais perdu trop de sang.

Je me mis à tituber en direction de la croix évitant de regarder le corps de Chadia. Il me suffisait de poser ma paume sur le système de lecture tactile pour que le virus infecte l'ordinateur central du jardin d'Eden. Bruna fut totalement surprise de me voir surgir de l'extérieur. Elle tenta de courir dans ma direction mais j'étais déjà élancé. Je parvins à me jeter au pied de ma bien-aimée et à poser ma paume à la base de la croix. L'instant d'après, les diodes du crucifix géant se tintèrent l'une après l'autre en rouge.

- L'autodestruction de l'ordinateur central est activée. 5…4…3…2…1, prononça une voix artificielle en déclin.

Bruna hurla.

- Qu'as-tu fais, malheureux ? pleura-t-elle en me repoussant brutalement pour pianoter sur le petit clavier de l'intercom du système.

Les diodes s'éteignirent une à une. Quand la dernière clignota pour la dernière fois, Bruna s'effondra sur le sol en pleurs.

- Ils vont venir, maintenant, ils vont venir.

Sentant la vie me quitter, je me trainais vers le balcon. Ce n'était pas une si mauvaise idée de se jeter dans le vide. Je voulais mourir sur le sol des Quatre Royaumes de Lakoele. Alors que je passais de nouveau par-dessus la balustrade, quelqu'un m'attrapa la main. Je me retrouvais suspendu dans le vide.

Bruna m'agrippait le bras. Je ne savais pas comment elle pouvait soutenir tout mon poids mais j'imaginais qu'elle devait bénéficier d'améliorations génétiques et cybernétiques encore plus prodigieuses que les miennes. Elle me remonta sans effort et me déposa mourant le long du mur.

-Tu veux me torturer une dernière fois. Laisse-moi partir, je suis mort de toute façon.

- Si tu meurs maintenant alors ce pour quoi tu t'es battu disparaitra à jamais. Si tu meurs, je suis morte. Tu as donné la liberté aux peuples des Quatre Royaumes.

Elle pressa sa main sur ma blessure et m'injecta un produit à l'aide d'une aiguille rétractable sortie de son index.

- Je ne comprends pas, demandais-je.

- Lakoele Entertainment n'est qu'une filiale d'un consortium beaucoup plus important appelé le Cartel d'Andromède sous l'égide de la planète mère « Enfer ». Notre terre n'est destinée qu'à une seule chose, assurer un spectacle permanant pour des centaines d'autres mondes. Nous ne sommes pas seuls dans cet univers. En détruisant l'ordinateur central, tu

as coupé tous les systèmes et tu viens de tarir leur poule aux œufs d'or.
Qui dit « arrêt des programmes », dit «arrêt du cash», mécontentement, tension et puis soulèvement, rébellion. Ils seront là d'un instant à l'autre. Le Cartel ne rigole pas avec ses revenus. Tu croyais rendre la liberté aux peuples des Quatre Royaumes mais en fait tu as signé leur asservissement.
- Mais pourquoi me soigner ? Tu es l'instigatrice de tous mes maux.
- Je suis aussi celle que tu as aimée.
- Ce n'est pas toi mais Chadia que j'aimais. Tu n'as rien à voir avec elle si ce n'est ton physique.
Elle me sourit et un bref instant je crus vois une étincelle de bonté dans ses yeux. La même étincelle que je percevais dans le regard de ma dulcinée. Son regard devint à nouveau sombre et calculateur.
- Détrompe-toi. Il t'appartiendra de faire fleurir en moi la personnalité de celle avec qui tu as partagé ton aventure. Tous ses souvenirs, ses sensations, ses sentiments sont en moi enfouis quelque part. La technologie de la double écriture génétique fait de moi un formidable disque dur sauvegardant tout ce qu'était Chadia. Il n'appartient qu'à toi de me donner une chance de changer.
- Et pourquoi ?
- Le Cartel me tuera immédiatement. Tu me vois comme une arriviste et une pervertie qui ne pense qu'au pouvoir. Tu n'as pas foncièrement tort mais je travaille aussi durement pour la survie de notre monde. Peu d'entre nous connaissaient ce secret. J'étais l'émissaire sur notre planète du Cartel. La seule solution viable à court terme est de mener la résistance et de faire connaitre notre statut de colonie esclave à Paradis [1].
- Paradis ?
- Une autre galaxie est en guerre contre Enfer. Leur planète mère s'appelle Paradis et elle administre également la Terre ?
- La Terre ?
- Notre patrie d'origine, celle d'où vient l'Ultima Céna. Nous pouvons défendre notre cause auprès d'eux.

---

(1) Voir la saga STARBURST, l'Académie Terrienne du même auteur.

CHAPITRE 11 : EPILOGUE

Le ciel s'obscurcit soudain. Des lumières apparurent à travers les nuages. Ces derniers furent repoussés vers le bas pour céder la place à un gigantesque vaisseau Néphilim. Des myriades de soucoupes volantes, tel un essaim de guêpes quittèrent ses entrailles pour descendre sur la planète.

La révolution ne faisait que commencer.

A suivre... .